林汉达

中国历史故事集

春秋故事

○林汉达 著○

浙江人民出版社

只 为 优 质 阅 读

好
读
———
Goodreads

目录

千金一笑

　　"千金一笑"的故事出自两千七百多年以前。那时候，中国还没有皇帝，皇帝这个称呼是从秦始皇开始的。三千多年之前，中国有一个朝代，叫周朝。周朝最高的头儿不叫皇帝，叫天王。两千七百多年以前，周朝有个天王，叫周幽王。周幽王什么国家大事都不管，光讲究吃喝玩乐，还打发人上各处去找美人儿。有个老大臣叫褒珦，他劝天王要好好管理国家，爱护老百姓，不要把老百姓家里的姑娘弄到宫里去。周幽王听了，冒了火儿，把褒珦下了监狱。

　　褒珦在监狱里被关了三年，眼看着没有放出来的指望了。褒家的人一直给他想办法。他们想："既然天王喜欢美人，我们得在这上面打主意。"他们上各处去找美人，还真被他们找到了一个美貌的乡下姑娘。褒家把小姑娘买了，就算是褒家的人了，取了个名字叫褒姒（sì）。褒家教她唱歌跳舞，把她训练好了，打扮起来，送到京都镐京（在陕西省西安市西边）献给周幽王，算是替褒珦赎罪。

周幽王一看见褒姒长得这么漂亮，真是说不出来的高兴。他越瞧越爱，觉得宫里的美女加到一块儿也抵不上褒姒的一丁点儿。他马上免了褒珦的罪，把褒珦放了出来。从这天起，天王日日夜夜陪着褒姒，把她当作心肝宝贝。但褒姒并不喜欢天王。她总是皱着眉头叹气，暗暗地流泪，进了王宫没露过一次笑脸。周幽王想尽办法叫她笑，可她怎么也笑不出来。

天王出了一个赏格："有谁能叫娘娘笑一下的，就赏他一千斤金子。"（古时候把铜叫作金子。咱们有个成语叫"千金一笑"，也许就是这么来的。）

赏格一出，就有好多人赶着想发财。他们进了宫里，对褒姒说笑话、装鬼脸、演滑稽戏。褒姒见了这些人只觉得讨厌，把他们都轰了出去。

有一个顶会拍马屁的下流人，叫虢石父。他想出了一个办法，说一定能叫褒姒笑痛肚子。他对周幽王说："从前为了防备西戎〔西方的部族，周朝人把他们叫作'犬戎'

（róng）〕，在骊山（在陕西省临潼县①东南）一带造了二十多座烽火台，每隔几里地就有一座。万一西戎打进来，把守第一道关的士兵就把烽火烧起来，第二道关上的人见了烟火，也把烽火烧起来。这么一个接着一个地烧着烽火，邻近的诸侯（就是天王底下的小王）瞧见了，就发兵来救。现在天下太平，烽火台早就没有用了。我想请天王跟娘娘上骊山玩几天。到了晚上，咱们把烽火点着，烧得满天通红，让邻近的诸侯见了，上个大当。娘娘见了这么些兵马一会儿跑过来，一会儿跑过去，肯定会笑的。您说我这个法儿好不好？"周幽王把眼睛眯成一道缝儿，拍着手说："好极了，好极了！就这么办吧。"

他们说走就走，带着褒姒来到骊山。有一位诸侯叫郑伯友，是周幽王的叔叔，他怕天王玩烽火出乱子，赶紧跑到骊山，劝天王别胡来。周幽王正在兴头上，这种话哪儿听得进去。他生气地说："我在宫里闷得慌，难得跟娘娘出来一趟，放放烟火，解解闷儿，这也用得着你管吗？"郑伯友碰了一鼻子灰。

到了晚上，虢石父叫手下的人把烽火点起来，火越烧越

①作者受写作年代所限，本书地名表述与现行规范有所不同，为尊重作品原貌，此类问题均不做改动。

旺，满天全是火光，烽火台一座接着一座烧了起来，远远近近，全是火柱子，好看极了，也可怕极了。邻近的诸侯看见烽火，以为西戎打进来了，赶紧带领兵马赶来。没想到到了那儿，一个敌人都没看见，只听见奏乐和唱歌的声音。大伙儿你看看我，我看看你，都不明白是怎么回事。周幽王叫人对他们说："各位辛苦了，没有敌人，是天王跟娘娘放烟火玩儿，你们回去吧！"诸侯这才知道上了天王的当，一个个气得肺都快炸了。

褒姒根本不知道他们闹的是什么玩意儿。她瞧见许多兵马乱哄哄地忙来忙去，跟没头的苍蝇似的在那儿瞎撞，就问周幽王："这是怎么回事？"周幽王一五一十地告诉了她，说是为了让她看了发笑。他歪着脖子，带笑地问："好看吗？"褒姒觉得又好气又好笑，不由得冷笑了一声，说："呵呵，真好看！亏你们想得出这玩意儿。"这个糊涂到家的天王还当褒姒真笑了呢，这高兴就不用提了，就把一千斤金子赏给了那个小人虢石父。他们玩了几天，这才挺高兴地回到了京都。

隔了没有多少日子，西戎真的打进来了。头一道关的烽火一烧起来，周幽王就慌了，连忙叫虢石父把烽火点起来。那些诸侯上次上了当，这次就当天王又在开玩笑，全都不理他。

烽火白天黑夜地点着，也没有一个救兵赶来。京都里的兵马本来就不多，只有一个郑伯友算是大将，出去抵挡了一阵。可是他的人马太少，打到后来，被敌人围住被乱箭射死了。大将一死，小兵就乱了。西戎的人马像发大水似的涌了进来，把老百姓杀的杀，抢的抢。年轻的男女打不过敌人，被抓了去当奴隶。周幽王和虢石父都被西戎杀了，连那个待在宫里没有真正露过一次笑脸的褒姒，也被他们抢去了。

郑伯友是郑国的诸侯（那时候郑国是在陕西省华阴县），他的儿子叫掘（hū）突，一听说他父亲被西戎杀了，就戴上孝，带着三百辆兵车，从郑国一直赶到京都去跟西戎拼命。

小伙子掘突胆子大，人又机灵，加上郑国的兵马平日训练得好，一交战，就杀了不少敌人。别的诸侯这会儿才知道西戎真的来了，都带着兵车上镐京来打西戎。西戎的头子看见诸侯的大兵到了，就叫手下的人把周朝多年来积累的宝货财物全抢了去，然后放了一把火，气急败坏地退了。

中原诸侯打退了西戎，大伙儿立周幽王的儿子为天王，就是周平王。诸侯回到本国去了，就剩下掘突被周平王留住，请他在京都办事。谁知各路诸侯一走，西戎又打了过来，占了周朝西半边的土地，又一步步打到京都的边上。周平王怕镐京保不住，自己又怕死，再说京都的房子被西戎烧了不少，库房里的财宝早被抢了个一干二净，盖宫殿也盖不起。就这么着，周平王扔了镐京，迁都到洛邑（在河南省洛阳市）。因为镐京在西边，所以历史上把周朝以镐京为京都的时候，称为西周；洛阳在东边，公元前770年，周平王迁都洛阳以后，称为东周。

兄弟相残

　　周平王迁都以后，把东边的新郑（在河南省新郑县）封给掘突。后来，掘突娶了个妻子叫姜氏，姜氏生了两个儿子。大儿子叫寤（wù）生。据说姜氏生他的时候是难产，吓得直喊救命。婴儿什么都不知道，怎么能怪他呢？但姜氏就是讨厌这个孩子。小儿子叫段，长得逗人喜欢，特别受姜氏宠爱。姜氏老在他父亲跟前夸奖小儿子怎么怎么好，将来最好把郑国的君位传给他。父亲掘突不答应，还是照当时的规矩，立大儿子寤生为太子。公元前744年，掘突死了，后寤生即位做了国君，就是郑庄公。

　　姜氏眼见心爱的小儿子没有好位置，就对郑庄公说："你接着你父亲当了诸侯，你兄弟也大了，还没有自个儿的地方住，跟在我身边，成什么样儿？"郑庄公说："母亲，您看该怎么办呢？"

那时候，封王封侯都有城和许多土地。哪个城封给谁，谁就可以剥削那儿的老百姓，过着很阔气的日子。姜氏一听郑庄公问她怎么办，就说："你把制邑（在河南省汜水县西）封给他吧。"郑庄公说："制邑是郑国重要的大城。父亲早就说过，这个城谁也不能封。"姜氏歪着头想了一想，说："那么京城（在河南省荥阳县东）也行。"京城也是大城，郑庄公觉得很为难，只好不言语。姜氏可生气了。她说："哦，你这个城不许封，那个城不答应，不如把你兄弟赶出去，让他饿死得了！"郑庄公赶紧赔不是，说："母亲别生气，事情总可以商量的。"

第二天，郑庄公召集了文武百官，要把京城封给他的兄弟。大夫祭（zhài）足反对说："这哪儿行啊？京城是大城，跟咱们的都城一样，是一个重要的地方。再说段叔是太夫人宠爱的，他得了京城，势力大了，将来必定生事。"郑庄公说："这是母亲的意思，我做儿子的不能不依。"他不管大臣们怎么说，执意把京城封给了段叔。从此，人们把段叔叫作"京城太叔"。

段叔打算动身去京城，来向他母亲姜氏辞行。姜氏拉着他的手说："别忙！我还有话说呢。"她就咬着耳朵嘱咐他说："你哥哥一点儿没有亲弟兄的情分。京城是我逼着他封给你的。他答应是答应了，心里准不乐意。你到了京城，好好操练兵马，将来找个机会，你从外面打进来，我在里面帮着你。要是你当了国君，我死了也能闭上眼睛啦。"

这位年轻的太叔住在京城里挺得意的。他一边招兵买马，一边操练军队。邻近地方的奴隶和犯罪的人，逃到京城去的，他一律收留。这样过了十年二十年，太叔的势力就大起来了。这些事传到郑庄公耳朵里。有几个大臣请郑庄公快点管一管太叔，说他要谋反。郑庄公自己有主意，反倒说他们说话没有分寸，还替太叔辩白说："太叔这么不怕辛苦，操练兵马，还不是为了咱们吗？"大臣们私下都替国君担心，说这么由着太叔，老虎养大了，就要吃人，到那时节，后悔都来不及了。

没过多久，京城太叔真把邻近京城的两个小城夺了去。那两个地方的官员向郑庄公报告太叔占领两个城的情形。郑庄公听了，慢慢地点点头，眼珠子来回转动，好像算计着什么似的，可就是不说话。大臣们着急了，祭足说："京城太叔操练兵马，又占了两个城，这不是造反吗？主公（臣下对诸侯的尊称）就该立刻发兵镇压！"郑庄公把脸一沉，说他不懂道理。他说："太叔是母亲顶喜欢的。我宁可少了几座城，也不能伤了弟兄的情分，叫母亲伤心。"当时有个大夫叫公子吕，他说："主公这会儿由着太叔，将来太叔不由着主公，怎么办呢？"郑庄公很有把握地说："你们不必多说。到了那会儿，谁是谁非，大伙儿就知道了。"

过了几天，郑庄公吩咐大夫祭足管理朝廷上的事情，自己上洛阳给天王办事去了。姜氏得到了这个消息，赶紧写信，打发一个心腹到京城约太叔发兵攻打新郑。

太叔接到了母亲的信直乐，一边写回信约定日期，一边对手底下的士兵说："我奉了主公的命令发兵保卫都城。"太叔说着就发动兵车，打算动身。哪儿知道郑庄公早就派公子吕把一切都布置好了。公子吕叫人在半路上拿住了那个给姜氏送信的人，搜出信来，交给郑庄公。郑庄公原来假装去洛阳，偷偷地绕了一个弯儿，带领着两百辆兵车来到京城附近，埋伏停当，单等太叔动手，就像钓鱼的人等着鱼儿上钩。

公子吕派了一些士兵打扮成买卖人的模样，混进京城。赶到太叔的兵马离开了京城，他们就在城门楼子上放起火来。公子吕瞧见城门起火，立刻带领大军打进去，占领了京城。

太叔出兵不到两天，听说京城丢了。那还了得！他连夜赶回来。士兵们这才知道太叔出兵原来是要他们去打国君，乱哄哄地跑了一半。太叔一见军心变了，夺不回京城，就逃到了附近的一座小城里。大城都守不住，一个小城怎么禁得起两路大军的夹攻呢？太叔叹着气说："娘待我太好，反倒害了我了。"他就自杀了。郑庄公在太叔身上搜出了姜氏的信，恨透了母亲姜氏。他叫人把去信和回信送回去让姜氏自己瞧瞧，还嘱咐祭足把姜氏送到城颍去住，并起誓说："不到黄泉，再也不跟母亲相见。""到黄泉"就是死的意思。那就是说，郑庄公一辈子也不愿意见他的母亲了。

没过几天，郑庄公回到新郑。抢他君位的敌人已经被灭了，他去了这块心病，不用说有多痛快的了。然而，外面却是沸沸扬扬，说他这么对待母亲太过分了。这个不孝的罪名，他可担当不起。作为一个国君，就盼望臣民像孝顺父母那样对待他，他自己落了个不孝的罪名，人家还会来为他效力吗？母亲是他轰走的，他只要吩咐一句就能把母亲接回来。可是他已经起过誓，不到黄泉，不再跟母亲见面。起了誓不算数，往后人家还拿他的话当话吗？真是左右为难。

郑庄公为了这件事，心里很不痛快。城颍有个小官叫颍考叔，他给国君进贡来了，献上一只特别的鸟。郑庄公问他："这是什么鸟？"颍考叔说："这叫夜猫子，白天瞧不见东西，黑夜什么都瞧得见，真是日夜颠倒、不分是非的坏东西。这鸟小的时候，母鸟辛辛苦苦捉到了虫子，自己不吃，喂给它吃。母鸟待它多么好哇，它长大了，翅膀硬了，就把它妈吃了。真是只不孝之鸟，所以我逮了来，请主公办它。"郑庄公知道这话里面有话，也不出声，由着他说。可巧到了吃饭的时候，郑庄公就叫颍考叔一块儿吃，还夹了几块羊肉给他。颍考叔把顶好的一块羊肉包起来，搁在一边。郑庄公问他为什么不吃。他说："我妈上了岁数。我们很难吃上肉，今天主公赏给我这么好的东西，我想起我妈还没吃过，自己哪儿咽得下去？我想带点儿回去给我妈吃。"郑庄公想，颍考叔准是来提母亲的事儿，倒要听听他怎么说，就叹了一口气说："你真是孝子。我做了诸侯，还不能像你这么奉养母亲。"颍考叔显出惊奇的样子，说："太夫人不是很健康吗？主公怎么说不能奉养她呢？"郑庄公又叹了一口气，把姜氏帮着太叔来打新郑的事，以及他赌咒起誓不到黄泉不再与母亲见面的话说了一遍。

颍考叔说："主公这会儿惦记着太夫人，太夫人准也惦记着主公！虽然起过誓，可是人不一定要死了才到黄泉。咱们挖个地道，挖出水来，不就是黄泉吗？咱们再在地道里盖一所房子，请太夫人坐在里面。主公走进地道跟太夫人见面，不就应了誓言了吗？"郑庄公觉得这是一个好办法，就派颖考叔去办。

颖考叔带了五百个人，连挖地道带盖房子，一齐办好了，就把姜氏接到地底下的房子里，请郑庄公从地道里进去。郑庄公见了母亲，跪在地上说："儿子不孝，求母亲恕罪！"郑庄公说着，还咧着嘴哭呢。姜氏又害臊又伤心，赶紧搀起郑庄公说："是我不好，哪儿能怪你呢！"娘儿俩抱头哭了一顿。郑庄公扶着母亲出了地道，上了车，故意转了几条大街，让百姓看看，才慢慢地回到宫里。

颖考叔给郑庄公出了一个两全其美的主意，郑庄公当然很感激，就把他留了下来，拜他为大夫。颖考叔原来就有一身武艺，本领很大，郑庄公就让他跟公子吕、公孙子都一同管理军队。

暗箭伤人

送夜猫子给郑庄公的颍考叔，脑子挺聪明，办事又周到，而且他还是一个直率的人。

有一回，郑庄公打仗回来，开了庆祝大会，大伙儿有说有笑的，高兴得很。文武百官都赞扬郑庄公，把他称为诸侯的头儿。郑庄公听了很得意，只见颍考叔在那儿摇头，心里很不痛快。他拿眼睛瞪了颍考叔一下，说："颍大夫，你怎么不说话啊？"颍考叔说："大伙儿都奉承主公，让我说什么呢？诸侯的头儿，上，必须尊重天王；下，要能叫列国诸侯服从命令。主公上次借天王的旨意出兵攻打宋国，本来叫许国（在河南省许昌市）一块儿去，可是许国不听命令。这哪儿行呢？"

郑庄公点点头说："许国不服从天王，也不进贡，倒不能不去征伐。"

公元前712年，郑庄公打算攻打许国。他做了一面锦缎的旗子，上面绣着"奉天讨罪"四个大字，那就是说，奉了天王的命令去征伐有罪的人。这面大旗长一丈二尺、宽八尺，旗杆有三丈三尺高，插在一辆兵车上，当作旗车。郑庄公下命令说："谁能拿着这面大旗走，就派他当先锋，把这辆兵车赏给他。"

命令刚一传下去，就有一位黑脸膛、浓眉毛、满脸胡子的将军上前说："我能！"郑庄公一瞧，原来是瑕叔盈。瑕叔盈一手拔起旗杆，紧紧握住，朝前走三步，往后退三步，又把大旗插在车上，连气也不喘。将士们见了，大声叫好。瑕叔盈正要把车拉走，又来了一位红脸长胡须的大汉，把他一挡，说："光是拿着走三步，不算稀罕。我能拿着大旗当长枪耍！"大伙儿一瞧，原来是颍考叔。他拿起旗杆，左抡右转，一会儿前，一会儿后，耍得那面大旗扑噜噜扑噜噜地直响。看的人惊讶得伸出了舌头，缩不回去。郑庄公格外高兴，他夸奖着说："真是老虎一样的将军，当得起做先锋，车给你！"话刚说完，又出来了一位挺漂亮的少年大夫，就是公孙子都。他是个贵族，骄横惯了，一向瞧不起颍考叔，说颍考叔是平民出身的大老粗。子都指着颖考叔吆喝一声，说："你行，我就不行？车留下！"颖考叔见子都来势凶猛，再说郑庄公已经说过把车给他了，他就一手拿着旗帜，一手拉着车，飞快地跑开了。子都骂他不讲理，拿着一支方天画戟（jǐ）直追上去。郑庄公赶紧叫大臣把他劝回来，公孙子都才住了手，嘴里还咕哝着："太不把我放在眼里了，不懂规矩的东西！"

郑庄公说："两只老虎不可相争。你也别生气，我自有道理。"说着，郑庄公另外备了两套车马，一套赏给公孙子都，一套赏给瑕叔盈，也没说颖考叔的不是。这时候，公子吕死了，郑庄公格外爱惜这几个将军。公孙子都争了面子，也就不说什么了。颖考叔本来是一个直性子人，隔了一宿，早把抢车的事忘了。大伙儿还跟往常一样地练兵，准备去打许国。

到了七月，郑庄公拜颖考叔为大将，公孙子都和瑕叔盈为副将，率领大军去打许国。公孙子都嘴上不说，心里却很不服气。他跟颖考叔地位相同，已经够别扭了，怎么能在他的手下呢？他就自己带领一支兵马，不听颖考叔的指挥。颖考叔是主将，格外卖力气。交战的时候，他杀了许国的大将，立了头功。许国的兵马逃进城去，再也不敢出来了。大伙儿兴高采烈地围攻许城。颖考叔叫士兵们挖土挑土，要在城墙下堆个小土丘。城上射箭，扔石灰；城下挑土，堆小丘，斗争得万分激烈。不多时，小土丘已经堆得有城墙半截儿高了。颍考叔拿着一面大旗，往土堆上飞似的跑去，像跳高似的那么一蹦，一下子跳上了城头。公孙子都一见颍考叔上了城头，怕他又立大功，一股嫉妒的火焰在他心头烧着，再也压不下去了，便在人堆里对准颍考叔，偷偷地放了一支冷箭，正射中颍考叔后心。颍考叔连人带旗，一个跟头从城头上摔了下来。瑕叔盈见了，还当他是被敌人打死的，气冲冲地拾起那面旗帜，也像颍考叔那样一蹦，跳上了城墙，回身摇晃着旗帜。那些士兵一瞅见，吆喝着全上了城头，杀了许国守城的士兵，打开城门，郑国的大军涌进城去。许国的国君扮作老百姓，早已逃了。

颍考叔死了，公孙子都率领着大军得胜回朝，还把颍考叔的功劳都算在自己身上，这风光就不用提了。郑庄公赏赐有功劳的将士，公孙子都得了头功。郑庄公赐给他许多金子和绸缎，还让他做了大将。

郑庄公想起老虎似的将军颍考叔，很难受地问公孙子都："颍考叔是怎么死的？"公孙子都听了，一愣，脊梁上好似倒了一桶冰水，结结巴巴地说："我……我……我想准是被……被……被敌人射死的。"郑庄公听他说话吞吞吐吐的，心里便起了疑。他也模模糊糊地听人说，颍考叔是被本国人射死的，要不，那支箭怎么能从后心穿进去呢？他想："如果真是本国人的话，谁是他的仇人呢？也许是跟他夺过车的公孙子都吧？可是他哪能干出这种事来啊？大丈夫不能暗箭伤人。不，不能是他。"他就叫人上供，诅咒射死颍考叔的人。当时的人都迷信，一上供一诅咒，将士们不由得互相猜疑起来。公孙子都见大伙儿全都愁眉苦脸的，心里特别别扭，也跟着大家愁眉苦脸，跟着大家诅咒那个害死颍考叔的人。他一听到有人怀疑是这个人，有人怀疑是那个人，心里不由得害怕起来，好像别人都在讥笑他。他一闭上眼睛，就见颍考叔朝他笑，笑他是胆小鬼，笑他冒功领赏。他睁开眼睛盯着别人，别人似乎都变成了颍考叔，默默无声地瞪着他。他吓得直发抖。大伙儿诅咒，他受不了，大伙儿猜疑，他更受不了，要天天这么下去，还不如干脆死了呢。他就对郑庄公直说："颍考叔是我射死的！"公孙子都说完就自杀了。大伙儿这才知道颍考叔死得冤。没想到公孙子都外貌这么漂亮，内心却这么狠毒。

管鲍之交

郑庄公是一个很能干的国君，郑国又很强，当时有不少诸侯国，例如齐、鲁、宋、卫、陈（齐，国都在山东临淄；鲁，国都在山东曲阜；宋，国都在河南商丘；卫，国都在河南淇县；陈，国都在河南淮阳）等跟他有来往，尊重他的意见，连周朝的天王都怕他三分，拿他没奈何。可是他一死，四个儿子抢夺君位，闹得郑国没有一天太平的。大儿子刚即位，老二就把他轰走；老二做了国君，老三又把他杀了。正好齐国的国君齐襄公打算扩张势力，他杀了老三，立老四为国君。郑国就这么越来越衰弱了。

齐襄公又凶恶又荒唐。他对外侵占别的诸侯国，对内压迫老百姓，连他自己的两个兄弟都逃到别的国家避难去了。他那两个兄弟是两个母亲生的，一个叫公子纠，母亲是鲁国人，就躲在鲁国姥姥家；一个叫公子小白，就近躲在莒国。两个公子各有一个师傅。公子纠的师傅叫管仲，公子小白的师傅叫鲍叔牙。管仲和鲍叔牙是中国古时候最要好的朋友。有个成语叫"管鲍之交"，这个成语典故就出在这儿。

管仲和鲍叔牙两个好朋友一块儿做过买卖，一块儿打过仗。买卖是合伙的，鲍叔牙有钱，本钱出得多；管仲家里穷，本钱出得少。赚了钱呢，本钱少的倒多拿一份。鲍叔牙手下的人不服，说管仲"揩油"。鲍叔牙却说："他家里困难，等着钱使，我乐意多分点给他。朋友嘛，应当互相帮助，有钱的帮助没有钱的，这有什么奇怪的呢？"说起打仗，更得把人笑坏了。一出兵，管仲能排在后头他就排在后头；退兵的时候，能跑在前头他就跑在前头。人家说他贪生怕死。鲍叔牙又替管仲分辩，说："谁说管仲贪生怕死？他为的是母亲老了，又多病，不能不留着自己去奉养她。照实说吧，像他那么勇敢的人天下少有。你们当他真不敢打仗吗？"管仲听见了这些话，就说："唉，生我的是父母，了解我的，只有鲍叔牙！"

公元前686年，管仲带着公子纠逃到鲁国，鲍叔牙带着公子小白逃到莒国。不久，齐国发生了内乱，有一帮人杀了齐襄公，另外立了国君。第二年春天，齐国的大臣又杀了那一帮人和新君，派使者到鲁国来迎接公子纠，请他回去做国君。鲁国的国君鲁庄公亲自出兵护送公子纠和公子纠的师傅管仲到齐国去。管仲对鲁庄公说："公子小白在莒国，离齐国近，万一他先回去抢了君位，那就麻烦了。能不能让我先带领一队人马去挡住那一头？"鲁庄公同意了。

管仲带着几十辆兵车赶紧往前走，到了即墨（在今山东省平度市即墨古城），一打听，才知道莒国的兵马在吃一顿饭的工夫之前就过去了。管仲一想："哎呀，公子小白真的跑在头里了，那还了得？"他使劲地往前追，一口气儿跑了三十多里，被他追上了。两个师傅和两国的兵车就碰上了。管仲瞧见公子小白坐在车里，就跑过去说："公子上哪儿去呀？"小白说："回国办丧事。"管仲说："国内有您哥哥在，您就别去了，免得让人家说闲话。"鲍叔牙虽说是管仲的好朋友，可是他为了自己的主人，就睁大了眼睛说："管仲！各人有各人的事，你管得着吗？"旁边的士兵们也吆喝着，就像要动手似的。管仲不敢多说，退下来了，偷偷地拿起弓箭，对准公子小白，"嗖"地一箭射过去。公子小白大叫一声，口吐鲜血，倒在车里。鲍叔牙赶紧去救，大伙儿一见公子直挺挺地躺在车里，眼看活不成了，全哭了起来。管仲急急忙忙带着人马逃跑，跑了一阵，想着公子小白已经被射死了，公子纠的君位稳了，就不慌不忙地保护着公子纠回到齐国去。

谁知道公子小白并没有死。管仲这一箭，恰巧射中他的带钩，他吓了一大跳，害怕再来一箭，故意大叫一声，咬破舌头，口吐鲜血，倒在车里。等管仲走远了，他才睁开眼睛，松了一口气。鲍叔牙叫人抄小道儿使劲地跑。管仲还在路上，他们却早已到了都城临淄了。鲍叔牙跟大臣们争论着要立公子小白。有的说："已经派人去鲁国接公子纠了，怎么可以立别人呢？"有的说："公子纠年长，应该立他。"鲍叔牙说："齐国连着闹了两回内乱，这会儿，非立一位顶有能耐的公子不可。要是听凭鲁国立公子纠为国君，鲁国就会以恩人自居，以后齐国就得听鲁国的。这怎么行啊？"大伙儿听了这话，觉得有道理，就立公子小白为国君，这就是齐桓公，并打发人去对鲁国说，齐国已经有了国君，请别送公子纠来了。可是鲁国的兵马已经到了齐国地界，齐国就发兵去抵抗。鲁庄公就是泥人儿也有土性子，他一生气呀，就跟齐国打了起来。

没想到打了败仗，鲁国的大将差点儿丧了命。鲁国的兵马败退下来，齐国还夺去了鲁国的一大片土地。

鲁庄公吃了败仗，正没法儿收拾，齐国又打上门来了，要鲁国杀了公子纠，交出管仲，才跟以前一样和好，要不，决不退兵。齐国多强啊，鲁国没有法子，都依了，就杀死了公子纠，拿住管仲。鲁国的大夫施伯说："管仲本事大，别放他活着回去。"齐国的使者正告说："他射过国君，国君要报一箭之仇，非亲手把他杀了不能解恨。"管仲要求把自己囚禁起来押送齐国。鲁庄公只好把管仲装上囚车，连同公子纠的人头交给齐国使者，将他押回齐国。

管仲在囚车里想："让我活着回去，那准是鲍叔牙的主意。鲁君勉勉强强把我交给了使者，可是大夫施伯是不同意的。万一鲁君后悔，派人追上来，那怎么办呢？"他就在路上编了一支歌儿，教随从的人唱。他们一边唱一边赶路，越走越带劲，两天的路程一天半就走完啦。等到鲁庄公后悔了，再叫人去追，可他们早出了鲁国的地界了。

管仲到了齐国，好朋友鲍叔牙亲自到城外迎接他，还把他介绍给齐桓公。齐桓公说："他拿箭射我，要我的命，你还叫我用他吗？"鲍叔牙说："那会儿他是公子纠的人，自然帮着公子纠。论本领，他比我强得多。主公要是能够用他，他准能给您做大事，立大功。"齐桓公听从了师傅的话，拜管仲为相国（相当于后来的宰相），鲍叔牙反倒做了他的副手。

一鼓作气

　　齐桓公拜管仲为相国的消息传到鲁国，鲁庄公气得直翻白眼。他说："我当初真不该不听施伯的话，把管仲放了。什么射过小白、什么要亲手杀他才解恨。他们原来把我当作木头人儿，捏在手里随便玩儿、随便欺负，根本就没把鲁国放在眼里。照这么下去，鲁国还保得住吗？"于是，他开始练兵，铸造兵器，打算报仇。齐桓公听了，想先下手，准备攻打鲁国。管仲拦着他说："主公才即位，本国还没有安定，列国还没有交好，老百姓还不能安居乐业，怎么能在这会儿去打人家呢？"齐桓公刚即位，想露一手，显得他比公子纠强，好叫大臣们服他。若是依着管仲，把政治、军队、生产一件件都办好了，还不知道要等到什么时候呢。公元前684年，齐桓公拜鲍叔牙为大将，带领大军，一直往鲁国的长勺（古地名）打过去。

鲁庄公得知此事气了个半死，脸红脖子粗地对大臣们说："齐国欺负咱们太过分了！施伯，你瞧咱们是不是非得拼一下不可了吧？"施伯说："我推荐一个人，请他带兵，准能对付齐国。"鲁庄公急着问："谁呀？快去请他来！"施伯说："这人姓曹名刿（guì），从小跟我交好，挺有能耐，文的武的全行。要是咱们真心去请他，他也许肯出来。"鲁庄公马上派施伯去请曹刿。

施伯见了曹刿，把本国被人欺负的事说了，请他出来给本国出点力气。曹刿是一个平民，家里又穷，笑着说："怎么，你们做大官、吃大鱼大肉的，还要跟吃野菜的小百姓商量大事吗？"施伯赔着笑说："好兄弟，别这么说了。国家要紧，全国人的性命要紧！"他一个劲儿地央求，怎么也得请曹刿帮助国君渡过这一难关。曹刿见他这么诚恳，就跟着施伯去见鲁庄公。鲁庄公问他怎么能打退齐国人。他说："全国上下一心，就能打退敌人。至于到底怎么打，那可说不定。打仗是个活事儿，要随机应变，没有一成不变的死法子。"鲁庄公信任施伯，也就相信曹刿有本事，当时就拜他为大将，带着大军一块儿上长勺去抵抗齐兵。

他们到了长勺，扎下军营，摆下阵势，远远地对着齐国的兵营。两国军队的中间隔着一片平地，好像是一条很宽的干了的大河，两边的军队好像是挺高的河堤。只要两边往中间一倒，就能把这条河填满。鲍叔牙上次打了胜仗，知道对面不敢先动手，就下令击鼓，准备冲锋。

鲁庄公一听见对面的鼓声响得跟打雷似的，就急着叫这边也打鼓。曹刿拦住他说："等等。他们打赢了一回，这会儿正在兴头上。咱们出去，正合了他们的心意，不如在这儿等着，别跟他们交战。"曹刿就下令，不许嚷，不许出去，叫弓箭手守住阵脚。齐兵随着鼓声冲过来，却没有碰上对手，瞧瞧对方阵势稳固，没法打进去，就退了回去。

过了一会儿，齐兵又击鼓冲锋。对方呢，好像在地上扎了根似的动也不动，一个人都没有出来。齐兵白忙了半天，人家不跟你打，使不出劲儿，真没有意思，嘴里直唠叨。鲍叔牙却不灰心，他说："他们不敢打，也许是等着救兵呢。咱们再冲一回，不管他们出来不出来，一直冲过去，准能赢了。"这就击第三通鼓了。齐兵已经冲了两次，腻烦了。他们认为鲁兵不敢交战，冲出去有什么用呢。可是命令又不能不依，去就去吧，大家懒洋洋地提不起劲儿来。谁知道对面忽然"咚咚咚"

鼓声震天价响，鲁国将士"哗"的一下都冲出来，就跟雹子打荷叶似的，把齐国的队伍打乱了。齐兵拼命掉头逃走，鲁庄公想要追上去。曹刿说："慢着，让我瞧瞧。"他就跳下车来，查看了一回敌人的车轮子印，又跳上车去，一手扶着横档往前细细瞧了一回，才发命令说："快追！一直追上去！"就这么追了三十里地，得着了好些齐国的兵器和车马。

鲁国打了大胜仗。鲁庄公不明白了，问曹刿："头两次他们击鼓，你为什么不让咱们也击鼓？"曹刿说："临阵打仗全凭一股子劲儿。击鼓就是叫人起劲儿。打头一次鼓，将士顶有劲儿，第二次就差了。第三次就是鼓响得再怎么厉害，也没有多大的精神了。趁着他们没有劲儿的时候，咱们'一鼓作气'打过去，怎么能不赢呢？"鲁庄公和将士们都点头，可是大伙儿还不明白齐军逃了为什么不立刻追上去。曹刿说："敌人逃跑也许是个计，说不定前面还有埋伏，非得瞧见他们车轮子印乱了，旗帜也倒了，才能毫无顾虑地追上去。"鲁庄公佩服地说："你真是个精通兵事的将军。"

齐桓公打了败仗，自己认了输，向管仲认错，愿意听他的话。管仲就请齐桓公对外跟列国诸侯交好，对内整顿内政，发展生产。齐国又跟鲁国讲和了，还把从鲁国夺来的田地退还给鲁国。齐国接着一个劲儿地开铁矿，造农具，开荒地，多种庄稼，由国家大量地晒盐，鼓励老百姓下海捕鱼。齐国的东边就是海，晒盐捕鱼，极其方便。离海岸较远的诸侯国，没有鱼吃倒也罢了，没有盐那可怎么过日子呢？它们只得与齐国交好，用粮食换齐国的盐。齐国因为齐桓公重用了管仲和鲍叔牙，越来越富强了，没有几年时间，齐桓公便做了诸侯的首领。

老马识途

公元前679年，齐桓公召集诸侯共同订立盟约。盟约上最重要的有三条：第一条是尊重天王，扶助王室；第二条是抵御外族，不准他们向中原进攻；第三条是帮助弱小的和有困难的诸侯。十多个中原诸侯国参加大会，订立盟约，大伙儿尊齐桓公为霸主（霸主是诸侯领袖的意思，跟后来的地主恶霸、封建恶霸是两回事）。可是南方有一个大国叫楚国（在湖北省），不但不参加中原的联盟，还把郑国拉了过去。齐桓公正跟管仲商议着怎么去征伐楚国，没想到北方的燕国（国都在北京市大兴县）派使者到齐国讨救兵，说北边的山戎打进来了，来势非常凶猛，燕国打了几个败仗，眼瞧着老百姓都要被山戎杀害了，央求霸主快发兵去救。管仲对齐桓公说："主公要征伐楚国，得先打退山戎。北方太平了，才能够专心对付南方。"齐桓公就率领大队人马，往北方去支援燕国。

公元前663年，齐国的大军到了燕国，山戎早已逃回去了，抢走了一批壮丁、女子和无数值钱的东西。管仲说："山戎没打就走，等到咱们一走，他们肯定又进来抢劫。要安定北方，非打败山戎不可。"齐桓公就决定再向前进。燕国的国君燕庄公，要带领燕国的人马作为先锋，打头阵。齐桓公说："贵国的人马刚跟山戎打了仗，已经辛苦了，还是放在后队吧。"燕庄公说："离这儿八十里地，有个无终国（在河北省玉田县），跟我们一向很好。要是请无终国出兵帮助我们，我们就有了带路的人了。"齐桓公立刻派使者带着礼物去请无终国的国君。无终国答应了，愿意做向导，派了一位大将带着一队人马来支援燕国和齐国。

齐桓公请无终国的人马带路，把山戎打败了，救出了不少被山戎掳去的青年男女。山戎的老百姓投降了中原，山戎的大王密卢逃到孤竹国（在河北省卢龙县到辽宁省朝阳县一带）借兵去了。齐桓公和管仲决定再去征伐孤竹国。

三国的人马又往北前进，到了孤竹国附近的地方，碰到了山戎的大王密卢和孤竹国的大将黄花。他们每人带着一队人马前来对战敌人，又被齐国的大军乒乒乓乓地打了个落花流水。

齐桓公一瞧天不早了，就安营扎寨，打算休息一夜，明天再去攻打孤竹国。到了头更的时候，士兵们带着孤竹国的大将黄花来见齐桓公。齐桓公一看，他跪在地上，双手捧着一颗人头，就问他："你来干什么？"黄花两只手高高举起，奉上人头，自己耷拉着脑袋说："我们的大王答里呵不听我良言相劝，非得帮助山戎不行。这会儿我们打了败仗，答里呵把老百姓带走，亲自到沙漠去请救兵。我就杀了山戎的大王密卢来投降，情愿在大王手底下当个小卒子。我情愿带路去追赶答里呵，省得他回来报仇。"齐桓公和管仲把那颗人头仔细瞧了一阵子，又叫将士们认了认，还真是山戎大王密卢的脑袋，这就断定他们内部起讧，窝里反了，于是就把黄花留下了。

第二天，齐桓公和燕庄公跟着黄花进了孤竹国的都城，发现果然是一座空城。他们更加相信了黄花的话。齐桓公怕答里呵逃远了，马上叫燕庄公带着燕国人马守住孤竹国的都城，自己率领全部人马跟着黄花去追答里呵。黄花在前头带路，中原的大军在后头跟着，浩浩荡荡，一路赶去。到了掌灯的时候，他们来到一个地方，当地人把它叫作"迷谷"。只见平沙一片，就跟大海一样，一眼望去没边没沿。别说是在晚上，就是在大白天，也分不出东南西北来。中原人哪儿到过这样的地方，大伙儿全迷了道儿。齐桓公和管仲急得跟什么似的，赶紧去问黄花。嗬！哪儿还有他的影儿？大伙儿才知道中了黄花的诡计了。原来黄花杀了山戎的大王密卢倒是真的，投降中原却是假的。管仲说："我听说北方有个'旱海'，是个很险恶的地方，恐怕就是这儿，不可再走了。"齐桓公立刻下令收兵。天一会儿比一会儿黑，又碰上冬天，西北风一个劲儿地刮着。大伙儿冻得直打哆嗦。

往后越来越黑，真是天昏地暗，什么也瞧不见。他们就在这没边没沿、黑咕隆咚的迷谷里冻了一夜。胆小的和怕冷的小兵已经死了好几十个。好不容易盼到天亮，可是又有什么用呢？眼前还是黄澄澄的一片平沙，罩着灰扑扑的一层雾气，道儿在哪儿呢？这鬼地方连一点水都没有，要是走不出去，别说饿死，渴也得把人渴死。大伙儿正不知道怎么办才好的时候，管仲猛然想出一个主意：狗、鸽子，还有蜜蜂，不管离家多远，向来不会迷路的。他对齐桓公说："马也许认得路。不如挑几匹当地的老马，让它们在头里走，咱们在后头跟着，也许能走出这块地方。"齐桓公说："试试瞧吧。"他们就挑了几匹老马，让它们领路。这几匹老马不慌不忙地、优哉游哉地走着，老马识途，真的领着大队人马出了迷谷，回到原来的路上。大伙儿这才透了一口气。

齐桓公的大队人马出了迷谷，走到半路远远瞧见一批老百姓，似乎在搬家，就派了一个老兵扮作逃难的老百姓去问他们："你们这是干什么啊？"他们说："我们的大王打退了燕国的人马，下命令叫我们回去。"齐桓公和管仲探听到这个消息，才知道当初所瞧见的空城也是黄花和答里呵使的诡计。管仲就叫一部分士兵扮作孤竹国的老百姓混进城去。到了半夜，混进城里的士兵放了一把火，从城里杀出来，城外的大军从外边打进去，直杀得敌人叫苦连天。黄花和答里呵也全被杀了，孤竹国就这么完了。

齐桓公对燕庄公说："山戎已经被赶跑了，这一带五百多里的土地都是燕国的了，别再放弃。"燕庄公说："这哪儿行呢？托您的福，打退了山戎，救了燕国，我们已经感激不尽了。这块土地当然属于贵国了。"齐桓公说："齐国离这儿那么远，叫我怎么管得了哇？燕国是北边的屏障，管理这个地方是您的本分。您一方面向天王朝贡，一方面做诸侯国北边的屏障，我也有光彩。"燕庄公不好再推，就谢了齐桓公。燕国一下子增加了五百多里的土地，变成了大国。

仙鹤坐车

　　齐桓公自从打退山戎，救了燕国以后，又帮助鲁国平定了内乱，各国诸侯全都佩服他。齐桓公要当霸主的心愿早已做到了，没有事的时候，喝喝酒，打打猎，享起清福来了。这么一享乐，身子更发福了，人也懒起来了。

　　公元前661年，卫国派了一个使臣来见齐桓公，说北狄（北方游牧部族的总称）侵犯卫国，情况非常严重，请霸主会合诸侯帮助卫国抵抗北狄。齐桓公打了个哈欠，说："齐国的兵马到现在尚未好好休息，等到明年开春再说吧。"

　　哪知道没过几个月，卫国的大夫跑到齐国来报告说："北狄杀了卫国的国君，灭了卫国。卫国的老百姓活不了啦，能逃走的都逃到漕邑（在河南省滑县东南）去了。他们派我到您这儿来报告，请霸主做主。"齐桓公听了很害臊，他说："这全是我的不是，没早点儿去救。现在还来得及，我马上发兵去打北狄，给你们的国君报仇。"他就准备出兵到卫国去。

那个被北狄杀了的国君叫卫懿（yì）公。他有一个特别的爱好，喜欢玩仙鹤。他养仙鹤养得入了迷，连国家大事也全都不管。他把养仙鹤的人都封为大官，原来的大官有的反倒没有职位了。为了养仙鹤，他总向老百姓要粮。老百姓冻死饿死，都不搁在他心上。

卫懿公老带着仙鹤出去玩。这些仙鹤已经养熟了，没有一只是用笼子关的，都是坐车出去的。他还把仙鹤分了等级，头等仙鹤坐头等车，二等仙鹤坐二等车，特等仙鹤坐的是大夫坐的棚车，那时候叫"轩车"。那些坐棚车的特等仙鹤被称为"鹤将军"。鹤将军翅膀一扇，脖子一挺，大红顶子的脑袋显得特别威风。卫懿公时常问人："哪一个将军的脖子像鹤将军那么长？哪一个将军的脑袋能抬得像鹤将军那么高？"手下的人只好打躬哈腰地说："没有！谁也比不上鹤将军。"

有一天，卫懿公带着一连串的车马出去玩，不少鹤将军前呼后拥地给他"保驾"，那股子神气劲儿就好像一队大官儿似的。他正玩得得意扬扬的时候，忽然来了个报告，说北狄打进来了。这可太扫兴了。他一边忙着打道回宫，一边吩咐将士和老百姓快去守城。万万没想到老百姓全忙着逃难，士兵不拿兵器，将军不穿铠甲。卫懿公着急地说："你们怎么啦？北狄打进来，你们怎么不抵抗啊？"他们说："打北狄用不着我们，您还是吩咐鹤将军们去吧。"

到了这时候，卫懿公才明白：自己为了养仙鹤，不管理国家，得罪了文武百官，失去了民心。他哭丧着脸向大臣们认错，把仙鹤全放了。可是那些惯坏了的仙鹤轰也轰不走，净看着国君，伸着脖子，扑扇着翅膀，不断地向他献殷勤。卫懿公急得要哭了。明摆着，这群仙鹤现在变成他犯错的证据了。他可真后悔了。他掐死了一只，狠狠地把它扔了，表示自己真心改过。这样，才凑合着召集了一队人马。

卫懿公一瞧北狄在那儿杀卫国人，他就亲自上马，拿着长矛出去跟敌人拼命。还真打得不错，北狄意料不到地受到了打击。可是卫国的兵马实在太少了，打到后来，挡不住如狼似虎的北狄。将士们打了败仗，连忙请卫懿公打扮成老百姓逃出去。他却不依。他说："我已经对不起全国的人了。到这时候要再贪生怕死，那不是罪上加罪了吗？我非得跟北狄拼个死活不可。"他无论如何不肯逃走。末了，卫国全军覆没，卫懿公被北狄所杀。北狄进了城，来不及跑的老百姓，差不多全都被杀了。卫国的库房，还有城里值钱的东西全被抢空。这些北狄人原来生活在草原上，只会牧马放羊，不会种地，打进卫国来，为的是抢些值钱的东西，不一定要占领地盘。他们为了下一回抢着方便，把卫国的城墙也拆了。等到卫国的使臣到了齐国，北狄早就抢够了，跑了。

齐桓公知道了卫国国破人亡，立刻派公子无亏为大将，带领一队人马到卫国，替卫国立了个新君，就是卫文公。卫文公到了漕邑，就瞧见那地方一片荒凉，哪儿像个都城哪。他直掉眼泪。他把遗留下来的卫国的男女老少集合起来，一共才七百三十人。又从别的地方召集了一些老百姓。费了好大的劲儿，才凑了五千多人，重新建立了国家。

公子无亏一瞧北狄已经跑了，就打算回去。可是卫国连城墙都没有，万一北狄再来，那可怎么挡得住呢？他就留下三千名齐兵，驻扎在那儿防备北狄，保护卫国，自己跟卫文公告别了。

公子无亏见了父亲齐桓公，报告了卫国的这份惨劲儿。齐桓公叹着气说："咱们得好好地帮助卫国。"管仲说："留下三千人也不是办法，咱们不如替卫国砌上城墙，盖点房子，这件事往后可要当成大事了。"齐桓公很赞成这个主意，就召集了几个国家，替卫国砌城墙、盖房子。齐桓公还派人把木料等运到卫国。卫国人没有一个不感激齐桓公的。齐桓公的名声更大了。列国诸侯，不管愿意不愿意，不得不承认他是霸主。大伙儿认为各国向霸主进贡，那是理所当然的。就因为做了霸主，各国向他进贡，听他的指挥，有几个大国的诸侯也想做霸主了。

唇亡齿寒

齐桓公老了。西方秦国（那时候在甘肃省天水县一带和陕西省的一部分地方）的国君想乘着这个机会扩张势力，做中原的霸主。那位国君就是秦穆公。秦穆公一向不跟中原诸侯争地盘。他认为要做大事得有人才，单凭一两个人是不顶事的。他就想尽办法搜罗天下人才。在用人方面，秦穆公有一个与众不同的主张。他不愿意重用本国的贵族，他怕贵族权大势大，国君反倒受他们的牵制。他宁可重用外来的客人，外来的人权力不管多么大，也只听命于他一个人，不可能像豪门大族那样割据地盘，建立自己的势力，威胁国君。

秦穆公搜罗人才，还真被他找到了好几个。第一个人姓"百里"，是复姓，单名"奚"（xī）。百里奚是给人家看牛的，可秦穆公请他来当相国。百里奚是虞国人（虞国，在山西省平陆县东北，三门峡附近），三十多岁才娶了媳妇儿杜氏，生了个儿子叫孟明视（姓百里，名视，字孟明）。

百里奚和杜氏两口子恩恩爱爱，就是家里贫寒。百里奚打算出去找点事做，可又舍不得媳妇儿和孩子。有一天，杜氏对他说："大丈夫志在四方，怎么能老待在家里呢？您现在年富力强，不出去做事，难道等到老了才出去吗？家里的事您尽管放心，我也有一双手呢！"百里奚听了他媳妇儿的话，决定第二天就出门。第二天，杜氏预备些酒菜，替男人送行。家里还有一只老母鸡，杜氏把它宰了。可是灶下连劈柴也没有，杜氏就把门闩当柴烧，又煮了小米饭，熬点儿白菜，让百里奚舒舒服服地吃了一顿饱饭。临走的时候，杜氏抱着小孩，拉住男人的袖子，眼泪是再也忍不住了，抽抽搭搭地说："您要是富贵了，千万别忘了我们娘儿俩。"百里奚也眼泪汪汪地劝了她一番。他们走到河边沿，杜氏从歪脖子柳树上攀了一根柳条，交给他作为分别时候的纪念。

百里奚离开家乡，到了齐国，想去求见齐襄公，可是没有人替他引见，只好流落他乡要饭过日子。后来他到了宋国，已经四十多岁了。在那边他碰见个隐士，叫蹇（jiǎn）叔，比他大一岁。两个人一聊，挺对劲儿，就做了知心朋友。可是蹇叔也不是挺有钱的，百里奚不能老跟着他过活，只好在乡下给人家看牛。

后来这两个好朋友跑了好几个地方，想找一个出路，可是怎么也找不到一个适当的主儿。蹇叔说："咱们还是回老家吧。"百里奚惦记着他的媳妇儿，打算回虞国。蹇叔说："也好，虞国大夫宫之奇是我的朋友。我也想瞧瞧他去。"他们两个人就到了虞国。蹇叔去看他朋友，百里奚去瞧他媳妇儿。

百里奚到了本乡，找到了以前的住处。破房子还在，连河边沿那棵歪脖子柳树还像从前那样，可是他的媳妇和孩子哪儿去了呢？问问街坊四邻，没有一个人知道。他们说："这儿连年遭了灾荒，死的死、逃荒的逃荒。一个妇道人家，也许改嫁了，也许死了。"百里奚在门口愣了半天，想起他媳妇儿劈门闩、炖母鸡的情形，不由得掉下眼泪，很伤心地走了。他去瞧蹇叔，蹇叔带着他去见大夫宫之奇。宫之奇请他们留在虞国，还说他一定带他们去见虞君。蹇叔已经打听明白了，他摇了摇头，说："虞君不知大体，爱贪小便宜，不像个有作为的人物。"百里奚说："我已经奔走了这么些年了，就留在这儿吧。"蹇叔叹了一口气说："这也难怪你。不过我还是回去。

以后您要瞧瞧我，就上鸣鹿村好了。"打这儿起，百里奚跟着宫之奇在虞国做了大夫。哪儿知道果然不出蹇叔所料，虞君为了小便宜，连国也亡了。

公元前655年，邻近的晋国（国都在山西绛县）派使者到了虞国，送上一匹千里马和一对名贵的玉璧，作为礼物。使者说："虢国（又叫北虢，在山西省平陆县，三门峡附近）老侵犯我们，我们打算跟他们打一阵。为了行军的方便，贵国可不可以借一条道让我们过去？"虞君瞧瞧手里的玉璧，又瞧瞧千里马，连连答应："可以，可以！"大夫宫之奇拦住他说："不行，不行！虢国跟虞国贴得那么近，好像嘴唇跟牙齿一样。俗语说'唇齿相依，唇亡齿寒'，我们这两个小国相帮相助，还不至于被人家灭了。万一虢国被晋国灭了，虞国也一定保不住。"虞君说："人家晋国送来了这无价之宝跟咱们交好，难道咱们连一条道儿都不准人家走走？再说晋国比虢国强上十倍，就算失了一个小国，可是交上了一个大国，还不好吗？"宫之奇还想再说几句，却被百里奚拦住了。宫之奇退了出来，对百里奚说："你不帮我说话也就罢了，怎么还拦住我呢？"百里奚说："跟糊涂人说好话，就好像把珍珠扔在道儿上。"宫之奇知道虞国一定灭亡，就偷偷地带着家小跑了。

晋国的国君晋献公派大将率领大军经过虞国灭了虢国。回头一顺手把虞国也灭了，取回了千里马和玉璧。虞君和百里奚都做了俘虏，虞君后悔万分，对百里奚说："当初你为什么不拦住我呢？"百里奚说："宫之奇说的您都不听，难道您能听我的？"

晋献公给虞君一所房子，另外送给他一副车马和一对玉璧，晋献公还要重用百里奚。百里奚宁可做俘虏，不愿意做晋国的官。

五张羊皮

公元前655年，秦穆公派公子絷（zhí）去晋国求婚。晋献公答应把大女儿嫁给秦穆公，还要送一些奴仆过去，作为陪嫁。有人说："百里奚不愿意做官，不如拿他做了陪嫁的奴仆吧。"晋献公就叫百里奚跟着公子絷和别的陪嫁的奴仆一同去秦国。百里奚只好自叹命苦。半道上他趁人家一不留神，就偷偷地溜了。百里奚东奔西逃，一点准主意也没有。后来百里奚居然逃到了楚国。楚人把他当作北方诸侯派到南方来的奸细，绑起来问他说："你是干什么的？"他说："我是虞国人，亡了国，逃难出来的。"大家伙儿瞧他上了岁数，又挺老实，就问他："你是干什么营生的？"他说："看牛的。"他们就叫他看牛。他只好答应，就给楚人看牛。他很有一套看牛的本领，他看的牛慢慢地都比别人的牛强。楚人给他起个外号叫"看牛大王"。看牛大王出了名，连楚国的国君楚成王也知道了，就叫他到南海去看马。

当初公子絷以为跑了个奴仆，算不了什么，一路回来没把这事搁在心里。他在半路上碰到一个大力士叫公孙枝，晋国人，也是个人才，可就没有地位。公子絷把公孙枝带了回来，推荐给秦穆公。秦穆公结了婚，看了陪嫁奴仆的名单，上面有百里奚的名字，就问公子絷："怎么没有这个人？"公子絷说："他是虞国人，是一个亡国的大夫，跑了。"秦穆公回头问公孙枝："你在晋国，知道不知道他是怎么样的一个大夫？"公孙枝说："挺有本领，可惜英雄无用武之地。一个亡国的大夫，情愿做俘虏，也不愿意在敌国做官，这就很了不起了。"秦穆公一听，就派人到各处去打听百里奚的下落。后来居然打听到了，原来百里奚在楚国看马。

秦穆公就要送礼物给楚成王，请他把百里奚送回来。公孙枝说："这可千万使不得。楚人叫他看马，因为不知道他有多大的本领。要是主公这么去请他，分明是告诉楚王去重用他，还能放他到这儿来吗？"秦穆公就依照当时一般奴隶的身价，派使者带了五张羊皮，去见楚成王说："敝国有个奴隶叫百里奚，他犯了法，躲在贵国。请让我们把他赎回去，好办他的罪，免得别的奴隶学他的样。”楚成王命人把百里奚逮住，装上囚车，交给秦国的使者。

百里奚一到秦国，就有公孙枝来迎接他。秦穆公一瞧，是一个白头发白胡子的老头子，问他有多大岁数了。他说：“我才七十。”秦穆公叹了一口气说：“唉，可惜老了！”百里奚不服气，说：“主公要是叫我去打老虎，我是老了。要是叫我坐下来商议国家大事，那我比姜太公还小十岁呢！”秦穆公觉得他的话很有道理，就跟他聊聊富国强兵的道理。想不到越聊越对劲儿，越觉得他是个了不起的人物，一连谈了三天，就要拜他为相国。百里奚不答应。他说：“我算什么？我的朋友蹇叔比我强得多呢！主公真要搜罗人才，最好把他请来。”秦穆公见了百里奚，就觉得他是千中不挑一，万中不挑一的能人，非常信任他。现在听说还有比他更能干的人，怎么能轻易放过呢？他立刻叫百里奚写信，派公子絷上鸣鹿村迎接蹇叔。

蹇叔不愿意出去做官，急得公子絷直摇头。他说：“要是先生不去，恐怕百里奚不会一个人留在秦国。”蹇叔皱了皱眉头，过了一会儿，叹了一口气说：“百里奚有才能，一向没有地方去使，现在找到个主儿，我得成全他。”回头对公子絜说："好吧，我就为了他走一趟。可是我还得回来种我的地呢。"公子絜又跟蹇叔的儿子西乞术和白乙丙（两个人都姓蹇，一个名术，字西乞；一个名丙，字乙）聊了一会儿，觉得他们也是了不起的人物，一定要请他们一块儿去。蹇叔答应了。

公子絜带着蹇叔和他的两个儿子见了秦穆公。秦穆公问蹇叔怎么样才能够做一个好君主。蹇叔一条一条地说了出来，乐得秦穆公连晚饭都忘了吃了。第二天，秦穆公就拜蹇叔为右相，百里奚为左相，西乞术、白乙丙为大夫。这么着，秦国新得了五位能人——蹇叔、百里奚、公孙枝、西乞术、白乙丙。过了几天又来了一个勇士，就是百里奚的儿子孟明视。

原来，百里奚的媳妇儿自从她男人走了以后，靠着双手凑合着过日子。后来碰上荒年，只好带着儿子去逃荒。也不知受了多少磨难，后来到了秦国，给人家缝缝洗洗，娘儿俩过着这种苦日子。没想到孟明视长大成人后，不好好地干活，喜欢跟着一群小伙子打猎练武，反倒叫上了岁数的妈养活他。有一天，孟明视听那群小伙子说："我们的国君用了两个老头儿做相国，已经够有意思了。最特别是一个叫百里奚的相国，说是用五张羊皮买来的……"孟明视一听，心想："也许是我爸爸吧。"孟明视回来告诉了他妈。杜氏也起了疑，想尽办法到"五羊皮"的相府里去洗衣裳。府中的人见她做事利落，全都喜欢她。可是她哪儿能见得到相国呢?

有一天，百里奚在相府请客，乐工在堂下作乐，有的弹琴，有的唱歌，挺热闹。杜氏在大厅外头，想瞧瞧这位相国。相府里的人知道她是洗衣裳的老妈子，也不去管她。她瞧了一会儿，这个老头儿有几分像她男人，可也瞧不准。她瞧见一个弹琴的乐工出来，就小心地跟他探听，又说："我从小也弹过琴，让我弹弹，行不行?"乐工起了好奇心，就把琴交给她。

她拿过来一弹，居然跟乐工差不了多少。相府里的人高兴极了，叫她唱个歌儿。她说："好吧! 不过得请示相国。"百里奚正在兴头上，顺口答应了。杜氏对相国和来宾行了礼，唱了起来:

　　百里奚，

　　五羊皮，

　　可记得——

　　熬白菜，煮小米，

　　灶下没柴火，

劈了门闩炖母鸡?

今天富贵了,

扔了儿子忘了妻!

百里奚听得愣住了,叫过来一问,果然是自己的媳妇儿杜氏。他也不顾别人,抱着她哭了。老两口子的伤心引出了大家伙儿的眼泪。秦穆公听说他们夫妻父子相会,特意赏给他们不少东西。秦穆公又听说孟明视武艺高强,就拜他为大夫,和公孙枝、西乞术、白乙丙共同管理军事。

秦国搜罗人才,操练兵马,开发富源,努力生产,国家越来越强大。可是邻近的姜戎(西戎的一支)不断地侵犯边疆,抢掠财物。秦穆公就叫孟明视他们发兵去征伐,把姜戎打得远远地逃走了。秦国占有了瓜州(在甘肃省敦煌县)一带的土地,更加强大了。

『仁义』大旗

秦穆公要做霸主，可是秦国在西方，离中原诸侯国远，他得先收服邻近的许多小部族，然后再来跟中原诸侯打交道。除了秦穆公以外，宋国的国君宋襄公也要接着齐桓公做霸主。齐桓公去世以前，曾经与管仲商量过，把公子昭托付给宋襄公。齐桓公一死，宋襄公就召集几个诸侯共同立公子昭为齐国的国君，就是齐孝公。以前大伙儿承认齐桓公是霸主，现在齐国的国君还得由宋襄公来立，那么宋襄公不是接着齐桓公做了霸主了吗？不过这是宋襄公自己这么想，人家可并不同意，尤其是楚国和郑国的国君，他们联合起来反对宋襄公，当面侮辱了他。宋襄公气得翻白眼，一定要报仇。楚是大国，兵力强；郑是小国，兵力弱，宋襄公决定先去征伐郑国。

公元前638年，宋襄公准备发兵。宋国有两个出名的大司马，一个叫公子目夷，一个叫公孙固，他们都反对出兵。宋襄公生气了，他说："你们不去？好，那我一个人去！"公子目夷和公孙固虽然不赞成去打郑国，这会儿一见他冒了火儿，只好顺着他。宋襄公亲自带着公子目夷和公孙固率领大军去打郑国。郑国急忙打发使者向楚国求救。楚成王马上派令尹成得臣带领大队兵马去对付宋国。

楚国人很能用兵，他们的大队兵马不去救郑国，反倒直接向宋国进攻。宋襄公没提防到这一招，急得连忙赶回来。大军到了泓（hóng）水（在河南省柘城县北）的南岸驻扎下来，准备抵抗楚军。成得臣派人来下战书。公孙固对宋襄公说："楚国的兵马到了这儿，是因为咱们去打郑国。现在咱们回来了，还可以跟楚国讲和，何必跟它闹翻呢？再说，咱们的兵力也比不上楚国，怎么能跟它打仗呢？"

宋襄公认为楚国一向不讲道理，强横霸道，无法让人心服，就说："怕它什么！楚国就算兵力有余，可是仁义不足。咱们尽管兵力不足，但仁义有余。兵力怎么抵得住仁义呢！"

他就写了回信，约定交战的日期。他一心以为讲"仁义"，就可以当上霸主，就可以打败强敌。他做了一面大旗，上面绣着"仁义"两个大字，把它当作镇压妖魔的法宝，高擎着去抵抗楚军。万万没想到楚军不但没有被"仁义"大旗吓跑，反而从泓水那边渡过来了！

公子目夷瞧着楚国人忙着过河，就对宋襄公说："楚军白天渡河，明明小看咱们不敢去打他们。咱们趁着他们渡到一半，迎头打过去，一定能够打个胜仗。"宋襄公指着大旗上"仁义"两个大字，对公子目夷说："哪儿有这个道理呀？敌人正在过河的时候就打过去，还算得讲仁义的军队吗？"

公子目夷对那面大旗可不感兴趣，一瞧楚军已经上了岸了，乱哄哄地正排着队，心里急得跟什么似的，又对宋襄公说："这会儿可别再待着了，趁他们还没排好队伍，咱们赶紧打过去，还能够打个胜仗。要是再不动手，咱们就要挨打啦！"宋襄公眼睛一瞪，骂他说："呸！你这个不讲仁义的家伙！别人家队伍还没排好，怎么可以打呢！"

楚国的兵马排好了队伍，一声鼓响，就像大水冲塌了堤坝似的涌过来。宋国的军队哪儿顶得住哇。公子目夷、公孙固，还有一位公子荡拼命保住宋襄公，可是宋襄公大腿上早已中了一箭，身上也有几处受了伤。那面"仁义"大旗委委屈屈地被人家夺了去了。公子荡不顾死活，挡住了楚军。公子目夷保护着宋襄公赶着车逃跑。公子荡死在乱军之中。公孙固带着败兵残将一边抵抗，一边后退。楚军乘胜追击，宋军大败，辎（zī）重粮草沿路抛弃，都被楚军拿了去了。

宋襄公连夜逃回睢阳（在河南省商丘县南）。宋国人都怨他不该跟楚国人打仗，更不该那么打法。公子目夷瞧着愁眉苦脸的宋襄公，问他说："您说的讲仁义的打仗就是这个样儿的吗？"宋襄公一边理着花白的头发，一边揉着受了伤的大腿，说："依我说，讲仁义的打仗就是以德服人。比如说，看见已经受了伤的人，可别再去伤害他；头发花白了，可别拿他当俘虏。"

公子目夷再也耐不住了，直率地说："这回咱们打了败仗，就因为主公不知道怎么打仗！要打仗就必须利用一切办法打击敌人，消灭敌人。如果怕打伤敌人，那还不如不打；如果碰到头发花白的就不抓他，那还不如让他抓去呢！"宋襄公没法儿跟公子目夷争辩，可是他像蠢猪一样，仍旧相信尽管这次打了败仗，但仁义还在自己一边儿。

宋襄公逃回睢阳，受了很重的伤，不能再起来了。他嘱咐太子说："楚国是咱们的仇人，千万别跟它来往。晋国的公子重耳挺有本事，手下人才很多，他现在虽然在外面避难，但能够回国的话，将来一定是霸主。你要好好地跟他打交道，准没错儿。"

饱不忘饥

公子重耳逃难的事，说来话长，得先从他父亲晋献公说起。

晋献公跟夫人生了一男一女，男的就是太子申生，女的就是嫁给秦穆公的那个大女儿。夫人去世以后，晋献公又娶了两个夫人，生了两个儿子，一个叫重耳，一个叫夷吾。后来晋献公娶了两个妃子，生了两个儿子，一个叫卓子，一个叫奚齐。这样，晋献公前前后后娶了五个女人，生了五个儿子，就是申生、重耳、夷吾、卓子、奚齐。家里的事就够烦的了。

晋献公到了年老的时候，糊涂到了家。为了讨好年轻的妃子，打算把小儿子奚齐立为太子。他听了妃子的话，逼死了太子申生。太子申生一死，重耳和夷吾分别逃到别国去了。晋献公听说他们哥儿俩跑了，就认为他们跟申生是一党的，立刻派人去杀那两个公子。可是夷吾早已跑到梁国（在陕西省韩城西南），重耳跑到蒲城（在陕西省蒲城县）。那个追赶重耳的叫勃鞮（tí），一直追到蒲城，赶上重耳，拉住袖子，一刀砍过去。古人的袖子又长又肥，勃鞮只砍下了重耳的一块袖子，还是让他跑了。

重耳跑到翟国（在河北省正定县），就在那边住了下来。晋国有才能的人多数跑出来跟着他。其中出名的有狐毛、狐偃（yǎn）、赵衰（cuī）、魏犨（chóu）、狐射（yè）姑（狐偃的儿子）、颠颉（xié）、介之推、先轸（zhěn）。公元前651年，晋献公死了，晋国起了内乱，奚齐和卓子先后做了国君，却都被大臣们杀了。接着，秦穆公帮助夷吾回国做了国君，就是晋惠公。晋惠公与秦国失和，屠杀反对他的人，不得民心，就有一批人指望公子重耳能做国君。晋惠公担心他回来，就打发勃鞮再去行刺。

有一天，狐毛、狐偃接到父亲狐突的信，上边写着："国君叫勃鞮三天之内来刺公子。"他们赶快通知重耳，重耳跟大伙儿商量逃到哪儿去。狐偃说："还是去齐国吧。齐侯（齐桓公）虽说老了，但终究是霸主。"他们就这么决定了。

第二天，重耳叫仆人头须赶紧收拾行李，打算晚上动身，就瞧见狐毛、狐偃慌慌张张地跑来，说："我父亲又来了急信，说勃鞮提早一天赶来了。"重耳听了，急得回头就跑，好像刺客已经跟在身后似的，也不去通知别人。他跑了一阵子，跟着他的那班人前前后后全到了。平时管车马的壶叔也赶来了，就差一个头须。这可怎么办呢？行李盘缠全在他那儿呢！赵衰最后赶到，说："听说头须拿着东西逃了。"他这一跑，累得重耳这一帮人更苦了。

这帮"难民"一心要到齐国去，得先经过卫国。卫文公因为当初齐桓公要诸侯帮卫国建造国都的时候，晋国并没有帮忙，再说重耳是一个倒霉的公子，何必招待他呢，就嘱咐管城门的不许外人进城。重耳和大伙儿气得直冒火儿，可是有难的人还能怎样，只好绕了个大圈子过去。他们一路走着，一路饿着肚子，到了一个地方，叫五鹿（卫地，在河南省濮阳县南），瞧见几个庄稼人正蹲在地头吃饭。那边是一大口一大口地吃，这边是咕噜咕噜地肚子直叫。重耳叫狐偃去跟他们要点儿。他们笑着说："哟！老爷们还向我们小百姓要饭吗？我们要是少吃一口，锄头就拿不起来，锄头拿不起来，就甭想活了。"其中有一个人开玩笑说："怪可怜的，给他一点儿吧！"说着就拿起一块土疙瘩送了过去，说："这一块好吗？"魏犨就冒了火儿，嚷嚷着要揍他们。重耳也很生气，嘴里不说，心里却默许了魏犨。狐偃连忙拦住魏犨，接过那块土疙瘩，安慰公子说："要打算弄点粮食，到底不算太难，要弄块土地，可不容易。老百姓送上土来，这不是一个吉兆吗？"重耳也只好这么下了台阶，苦笑着向前走去。

又走了十几里，缺粮短草，人困马乏，真不能再走了。大家伙儿只好叫车站住，卸了马，坐在大树底下歇歇乏。重耳更没有力气，就躺下了，头枕在狐毛的大腿上。别的人都去掐野菜，凑合着煮了点儿野菜汤，自己还不敢喝，先给公子送去。重耳尝了尝，皱着眉头，他哪儿喝得下这种东西。狐毛说："赵衰还带着一竹筒稀饭呢，怎么他又落在后头了？"说着说着，赵衰也到了。他说："脚底下起了大泡，走得太慢了！"他把一竹筒的稀饭奉给重耳。重耳说："你吃吧！"赵衰哪儿能依。他拿点水和在稀饭里，每人来一口，接接力。

重耳他们就这么有一顿没一顿地到了齐国。齐桓公大摆酒席给他们接风。他送给重耳不少车马和房子，让每一个跟随重耳的人能够安心住下。可是没多久，齐桓公死了，齐国起了内乱，他们就去投奔宋襄公。宋襄公刚打了败仗，大腿受了伤，听说公子重耳来了，就派公孙固去迎接。宋襄公也像齐桓公那样待他们很好。重耳他们非常感激。过了些日子，宋襄公的伤不见好转，狐偃私底下跟公孙固商量。公孙固说："公子要是愿意在这儿，我们是十分欢迎的。要是指望我们发兵护送公子回到晋国去，这时候敝国还没有这份力量。"狐偃说："您的话是实话，我们全明白。"

第二天，他们离开了宋国，一路走去，到了郑国。郑国的国君认为重耳在外边流浪了多年还不能回国，是一个没出息的人，因此理也不理他。他们又恼又恨，可是又不能发作，只好忍气吞声地往前走。没过几天，他们到了楚国。

楚成王把重耳当作贵宾，还用招待诸侯的礼节招待他。楚成王对他越来越好，重耳越来越恭敬，两个人就这么做了朋友。有一天，楚成王跟重耳开玩笑似的说："公子如果回到晋国，将来怎么报答我呢？"重耳说："金银财宝贵国多着呢，我真想不出怎么来报答大王的恩典。要是托大王的福，我能够回国的话，我愿意跟贵国交好，让两国的老百姓能过上太平的日子。如果发生战争，那我怎么敢跟大王对敌呢？那时候，我只能退避三舍（古时候行军，三十里为一舍，退避三舍，就是退九十里），算是报答您的大恩。"楚成王听了倒没有什么，可把令尹成得臣气了个倒仰儿。他悄悄对楚成王说："重耳说话简直没边儿，将来一定会忘恩负义，不如趁早杀了他！"楚成王说："别这么说。他到底是客，咱们得好好地待他。"

有一天，楚成王对重耳说："秦伯派人到这儿来，请公子到那边去。他有心帮公子回国，这是一个好消息。"重耳故意客气一下，说："我愿意跟着大王，何必到秦国去呢？"楚成王劝他说："别这么说。敝国离贵国太远了，我就是有心送您回去，还得路过好几个国家。秦国跟贵国离得最近，早晨动身，晚上就可以到了。再说秦伯肯帮助您，我也放心了。您听我的话，去吧！"重耳这才拜别楚成王，去秦国了。

秦穆公原来立夷吾为国君，就是晋惠公。晋惠公忘恩负义，反倒发兵去打秦国，可打了个大败仗，自己做了俘虏。秦穆公的夫人穆姬（jī）是晋惠公的异母姐姐，她替晋国求情。晋惠公也向秦穆公认了错，割让了河外五座城，又叫太子圉（yǔ）到秦国做质子，秦晋两国这才重新和好。秦穆公为了联络公子圉，把自己的女儿怀嬴（yíng）嫁给他。公元前638年（就是宋国和楚国在泓水打仗那一年），公子圉听说他父亲病了，怕君位传给别人，就偷偷地跑回去。第二年晋惠公一死，公子圉做了国君，就不跟秦国来往。秦穆公后悔当初立了夷吾。现在夷吾死了，没想到公子圉又和夷吾一样。因此，他决定立公子重耳为国君，把他从楚国接来。

秦穆公和夫人穆姬都很尊敬公子重耳。他们要跟他结成亲戚，想把自己的女儿怀嬴改嫁给他。怀嬴说："我已经嫁了公子圉，还能再嫁给他的伯父吗？"穆姬说："为什么不能呢？公子重耳是好人，咱们跟他做了亲戚，双方都有好处。"怀嬴一想，虽说嫁给一个老头子，可是对两国都有好处。她点头认可了。秦穆公叫公孙枝做大媒。狐偃、赵衰他们巴不得能够跟秦国交好，都劝重耳答应这门亲事。这么着，重耳又做了新郎。

大家正在喝喜酒的时候，狐毛、狐偃哭着来见重耳，要他去给他们报仇。原来公子圉即位以后，下了一道命令："凡是跟随重耳的人必须在三个月之内回来，改过自新；过了期限，全有死罪，父兄不叫他们的子弟回来的也有死罪。"狐毛、狐偃的父亲狐突就因为不肯叫他们回去，被新君杀了。重耳把这件事告诉了秦穆公，秦穆公决定发兵替女婿打进晋国去。

公元前636年，秦穆公出动大军，亲自率领百里奚、公子縶、公孙枝等护送公子重耳回到晋国。他们到了黄河边，准备坐船过河。秦穆公分一半人马护送重耳过河，自己留下一半人马在黄河西岸作为接应。他对重耳说："公子回到晋国，可别忘了我们夫妇俩啊！"秦穆公说着便流下眼泪。重耳对他们更是依依不舍。

上船的时候，那个管行李的壶叔，挺小心地把一切东西全搬到船上（他忘不了过去逃难时所受的苦）。重耳这一班人曾经饿过肚子，要过饭，也喝过野菜汤。粮食不够吃，衣服不够穿，大伙儿已经够困难的了，可是管供应的壶叔和他手下的人比别人更多操一份心。他们一辈子也忘不了过去穷困的情形，吃剩下的冷饭、咸菜；穿过的旧衣服、破鞋、破袜子等，全舍不得扔下。重耳一瞧，哈哈大笑。他对壶叔说："你们也太小门小户儿的啦！现在我回国去做国君，要什么有什么，这些破破烂烂的还要它们干什么？"说着就叫手下的人把这些东西全撇在岸上。不少人听重耳这么一说，也觉得自己太可笑了。公子回国做国君，跟着公子的都是有功之人，荣华富贵享受不尽，怎么还露出这份穷相来呢？大伙儿七手八脚地把这些破烂都撇在岸上，有的人干脆把咸菜倒了，把破鞋破袜扔了。

狐偃一瞧他们未得富贵，先忘贫贱，全变成富贵人的做派，就拿着秦穆公送给他的一块白玉，跪在重耳面前说："如今公子过河，对岸就是晋国。内有大臣，外有秦国，我很放心。我想留在这儿，做您的外臣（在外国的臣下）。奉上这块白玉，表表我一点心意。"重耳愣了，说："我全靠你们帮助，才有今日。咱们在外边吃了十九年的苦，现在回去，有福同享，你怎么说不去了呢？"

狐偃说："以前公子在患难中，也许我多少有点儿用处。现在公子回去做国君，情形就不同了，自然另有一批新人可使唤。我们就好比旧衣破鞋，还带去做什么呢？"重耳听了，脸红了，心里怪不好受的，直怪自己不该得意忘形，存着享乐的念头。他流了眼泪，向狐偃认错说："这全是我的不是！我可不是忘恩负义的人。你们的功劳我更忘不了。我可以对天起誓！"他立刻吩咐壶叔再把破烂的东西弄上船来。手下的一些人这才知道做人应当饱不忘饥。

他们过了黄河，接连着打了胜仗。公子圉逃了。晋国的文武大臣迎接公子重耳，立他为国君，就是晋文公。

退避三舍

晋文公靠着秦穆公的帮助，做了国君，首先整顿内政，安定人心。正在这时候，天王家里出事啦。那时候周朝的天王叫周襄王。他的异母兄弟勾结朝廷上一些不三不四的人，借了外族狄人的兵马打进洛阳，来夺王位。周襄王打了败仗，逃到郑国，发了一个通告，派人送到齐、宋、陈、卫等国，通告内容是狄人占领了京都。各国诸侯收到了天王的通告，全派人去慰问天王，或者送点吃的东西去，可是没有人发兵护送他打回洛阳去。有人对天王说："现在只有秦国和晋国的诸侯想做霸主。秦国有蹇叔、百里奚、公子絷等一班大臣，晋国有赵衰、狐偃、胥臣等一班大臣，只有他们能会合大小诸侯，扶助天王，别人恐怕全不中用。"天王就打发两个使者，一个去见秦穆公，一个去见晋文公。

晋文公一听到天王逃难的消息，马上带领大队人马打到洛阳去。他的兵马刚动身的时候，秦国的兵马也已经到了黄河边。晋文公立刻派人去见秦穆公，说："敝国已经发兵去护送天王，您就不必劳驾了。"秦穆公说："好吧！我怕贵国一时不便发兵，只好亲自出马。现在，我就等着你们马到成功的好消息了。"蹇叔、百里奚说："晋侯不叫咱们过去，分明是怕咱们分了他们的功劳。咱们不如和晋国一块儿去！"秦穆公说："我不是不知道。不过重耳做了国君，还没有立过大功，这回护送天王的大功，就让给他吧。"他打发公子縶到郑国去慰问天王，自己带着兵马回去了。

晋国的兵马打败了狄人，杀了乱党的头儿，护送天王回到京都。周朝的大臣们把晋文公当作第二个齐桓公。周襄王大摆酒席慰劳晋文公，还赏了他邻近京都的四座城。从此，晋国在洛阳附近也有了土地。

晋文公接收了四座城回来以后，宋国来请救兵。此时宋襄公已死，他儿子即位，就是宋成公。宋成公打发公孙固来见晋文公，说是楚国派成得臣为大将，率领陈、蔡、郑、许四国的诸侯前来攻打宋国。晋文公召集大臣们商议怎么办。将军先轸说："楚是蛮族，老欺负中原诸侯，谁不向楚国进贡纳税，就打谁。主公打算帮助中原诸侯，做个霸主，这可是时候了。"狐偃说："曹国（在山东省曹县和定陶等这些地方）和卫国本来跟咱们有仇，新近又归附了楚国。咱们只要去征伐它们，楚国一定去救，宋国的围也就能解了。"晋文公就答应公孙固的请求，叫他先回去，晋国的兵马随后就到。

公元前632年，晋文公攻下了曹国和卫国。他以前在逃难的时候在这两个国家受过侮辱，这口气总算出了。

楚成王听说晋国接连攻下了卫国和曹国，就打发人叫成得臣回去，还告诉他说："重耳流亡了十九年，现在已经六十多岁了。他吃过苦，是一个挺有经验的人。咱们跟他打仗，未必能占上风，你还是趁早回来吧。"

成得臣认为宋国早晚可以拿下，不愿意退兵。他派人向楚成王报告说："请再等几天，我打了胜仗就回来。如果碰见晋国人，也得跟他们拼个死活。万一打败了，我情愿受军法处置。"楚成王一瞧成得臣不回来，心里挺不痛快，就问大臣们该怎么办。有个大臣说："现在晋国挺强，重耳帮助宋国是打算做霸主。我想还是通知子玉（成得臣，字子玉）留点儿神，千万别跟他撕破脸。能够讲和的话，还能得到一个平分南北的局面。"楚成王再派人去通知成得臣。

成得臣经不住好几次的通知，没想到宋国又死守着城，他只好下令暂时停止进攻，可不好意思马上退兵。他派人对晋文公说："楚国对于曹国和卫国，正像晋国对于宋国一个样儿。您要是恢复曹国和卫国，我就不打宋国，咱们彼此和好，省得叫老百姓吃苦。"晋文公还没说什么，狐偃开口就骂："成得臣这小子好不讲理！他放了还没有被打败的宋国，又叫我们恢复两个已经灭了的国家。哪有这么便宜的买卖呢？"他把成得臣派来的使臣扣起来，把手下的人放回去。

为了打击楚国，晋国又办了两件重要的事情：第一，打发使者联络秦国和齐国，请它们一块儿来帮助中原诸侯，抵御楚国这个南方"蛮族"；第二，通知卫国和曹国的国君，让他们先与楚国绝交，将来一定恢复他们的君位。这两个亡国之君写信给成得臣，说他们只好得罪楚国，归附晋国了。成得臣正替这两国说情，他们倒来跟他绝交。他这一气，差点儿气昏过去，双脚乱跳地嚷着说："这两封信明明是那个饿不死的老贼逼他们写的！算了！不打宋国了！找重耳这老贼去！打退了晋国再说。"他就带领兵马，一直赶到晋国人驻扎的地方。

晋国大将先轸一瞧楚国人过来，就打算立刻开战。狐偃说："当初主公在楚王面前说过，要是两国打仗，晋国情愿退避三舍。这可不能失信。"将士们都反对说："这怎么行呢？晋国的国君还能在楚国的臣下面前退避吗？"狐偃说："咱们不能忘了当初楚王对咱们的好意。退避三舍是向楚王表示好意，哪儿是向成得臣退避呢？再说，要是咱们退兵，他们也退兵或者不追上来，两国就容易讲和了。那不是很好吗？要是咱们退兵，他们还追上来，那就是他们的不是了。咱们有理，他们没理，咱们的将士个个理直气壮，打起仗来就更卖力，不是对咱们有利吗？"

大伙儿认为狐偃的话很对。晋文公吩咐军队向后撤退，一口气就退了三十里。远远望见楚军朝前移动，他们就再退三十里，把楚军抛远了。晋文公派人一探听，楚军又跟上来了，晋军就又退了三十里，总共退了九十里，到了城濮（卫地，在河南省濮阳县南）才驻扎下来，不再往后退了。这时候，秦国、齐国、宋国的兵马也先后到了。

楚军瞧晋军一退再退，以为晋文公不敢跟楚国打仗，大伙儿甭提多神气了。副将斗勃对成得臣说："晋国的国君一直躲着楚国的军队，咱们已经有了面子了。大王早就吩咐咱们回去，咱们也不能太固执了。我瞧咱们既然有了面子，就下了台阶吧。"成得臣说:"我们没听从大王的命令,已经错了,现在回去也得办罪,倒不如打个胜仗,还可以将功折罪。咱们追上去吧。"楚军就追到了城濮。双方的军队都在此地驻扎下来,遥遥相对,好像密密层层的黑云遮住了整个天空,随时随刻都能来场狂风暴雨。

晋文公知道楚国多少年来没打过一次败仗,成得臣又是一员猛将,他瞧着楚军一步一步地逼上来,心里多少有点儿害怕,要是万一打个败仗,别说不能当霸主,从这儿往后,中原诸侯只好听"南蛮子"的了。他越想越担心,越担心越心虚。他的心好像是被蜘蛛网黏住了的小虫,越挣扎缠得越紧。到了晚上,他翻过来掉过去地睡不着,好不容易刚睡着,就做了个噩梦。

第二天,晋文公对狐偃说:"我有点儿害怕。昨儿晚上我做了一个梦,好像还在楚国,跟楚王摔跤。我摔不过他,摔了个大仰壳儿(仰面跌倒)。他趴在我身上,直打我脑袋,还吸我的脑浆。到这时候我脑袋还有点疼呢!"狐偃可真会说话,他直给晋文公打气,他说:"大喜,大喜!咱们准打胜仗!"晋文公问:"这话怎么讲?"狐偃说:"我能解梦,还解得很准。主公仰面朝天,是得到了老天爷的帮助;楚王向您一趴,他的脸朝下，表示向您服罪。"晋文公听他这么一说，脑袋也不疼了，觉得自己有了胆量，就鼓励将士们准备跟楚军对打。

两边一开战，先轸故意先败下来。成得臣一向骄傲自大，不把晋国的将士放在眼里。他一看晋军逃跑，就不顾一切地直追上去。先轸就这么把楚军引到有埋伏的地方，切断了他们的后路，杀得他们七零八落，腿长的快快地跑了。秦国、齐国和宋国的兵马也早有了准备，把楚国的军队切成好几段，围困起来。楚军彼此失去了联系，后路又被切断，只能一边挨打，一边逃跑。陈、蔡、郑、许四国的兵马伤的伤、亡的亡，活着的各自逃命，回到本国去了。

晋文公连忙叫先轸嘱咐将士们，只要把楚人赶跑就是了，不许追杀，免得辜负了楚王先前的情义，留个后路，还可以跟楚国和好。楚国的令尹成得臣、斗勃、斗宜申、斗椒带着败兵沿着睢水跑。跑了一阵，正打算歇歇腿，突然一阵鼓响，出来了一队晋国的兵马，领头的将军正是楚国人最害怕的大力士魏犫，魏犫有的是力气，两头野牛都顶不过他。他瞧见了楚国的败兵，就把他们围困起来，打算一个一个地收拾他们。他正在那儿动手的时候，忽然来了一个"飞马报"，大声喊道："千万别杀！主公有令，让楚国的将士好好地回去，以报答楚王的情义！"魏犨只好叫士兵们让开一条去路，吆喝着说：
"便宜了你们，滚吧！"楚国的兵将这才低着脑袋，急急忙忙
地滚了。

　　成得臣一直退到连谷城（楚国地名），唉声叹气地说：
"本来想为国家争光，不料中了晋人的诡计，败得这个样儿，
还有什么话说呢？"他就跟斗勃、斗宜申、斗椒在连谷给自己
下了监狱，打发他儿子成大心带着军队去见楚成王。楚成王怒
气冲冲地说："我一再吩咐你们别跟晋人开战，你们偏不听我
的命令！你父亲自己说过愿受军法处置，还有什么可说的？"
成大心说："我父亲早知道有罪，当时就要自杀。将军们都对
他说，见了大王，让大王处置吧！"楚成王说："打了败仗的
将军不能活着回来，这是楚国的规矩，用不着废话！"成大心
只好哭着回到连谷城。

　　有一位大臣知道了这件事，赶紧去见楚成王，对他说：
"子玉是一个猛将，就是没有计谋，本来就不该叫他独当一
面。要是有一个谋士给他出主意，一定能打胜仗。大王不如免
他一死，让他有一个戴罪立功的机会。"楚成王一想这话说得
对，立刻打发使者去传命令："败将一概免死。"

　　成大心回去向他父亲报告。成得臣叹了口气说："我还

有什么脸见人呢？"他拔出宝剑自杀了。等使者赶到连谷城宣布免死的命令，成得臣早已死了。斗宜申悬梁自尽，因为身子太沉，吊上去，绳子断了，还没死。斗勃正在替成得臣刨坑，打算把他埋了之后再自杀。败将一概免死，就只死了一个成得臣。

晋国打败了楚国的消息传到了洛阳，周襄王就派大臣为天使（天子的使者）去慰劳晋文公。晋文公借着招待天使的机会，召集了十来个诸侯开了个大会，订立盟约。当时就正式称晋文公为盟主。

犒军救国

　　郑国表面上加入了中原联盟，可是暗地里又跟楚国通同一气。晋文公打算会合诸侯去征伐郑国。先轸说："我们已经会合诸侯好几次了。征伐郑国，咱们自己的兵马也够了，何必再去麻烦别人呢？"晋文公说："也好。不过，上次秦伯跟我约定有事一块儿出兵，这次不能不去请他。"他就派使者去请秦穆公发兵。

　　晋国的军队到了郑国，秦国的兵马也到了。晋国的兵马驻扎在西边，秦国的兵马驻扎在东边，声势十分浩大，吓得郑国的国君慌了神。有人替他出主意，叫他派能说会道的人去劝秦国退兵。秦穆公还真答应郑国单独讲了和，派副将杞子和另外两个将军在北门外留下两千人马保护郑国，自己带着其余的兵马回去了。

晋国人一瞧秦国人不说什么就走了，都很生气。狐偃主张追上去，或者把留在北门的那些人消灭掉。晋文公说："我要是没有秦伯帮忙，怎么能够回国呢？"他就命将士加紧攻打郑国。郑国投降了晋国，依了晋国提出的条件，把留在晋国的公子兰立为太子。

秦国将军杞子等三人带着两千人马驻扎在北门。一瞧晋国送公子兰回到郑国，立他为太子，不由得气得直蹦。杞子说："主公因为郑国投降了咱们，才退兵回去，叫咱们保护着北门。郑伯反倒甩开咱们，投降了晋国，太不像话了！"他们就派人向秦穆公报告，请他征伐郑国。

秦穆公听了报告，心里很不痛快。不过，他不好意思跟晋文公撕破脸，只好暂时忍着。后来听说晋国几个重要的人物，像狐偃、狐毛、魏犨先后死了。秦穆公心想，晋国的老臣已经是死的死、伤的伤，秦国年轻的将军却像雨后春笋般地长起来，就打算接着晋国之后来做霸主。可是中原诸侯还是把秦国看作西方的戎族，正像把楚国看作"南蛮子"一样。秦穆公想：要做中原的霸主，就得打到中原去，老蹲在西北角上是不行的。青年将军，例如孟明视、西乞术、白乙丙等也打算到中原扩展势力。

公元前628年，秦穆公摩拳擦掌，要建立霸业了。可巧杞子又来了报告说："郑伯死了，公子兰做了国君，他只知道有晋国，不知道有秦国。听说晋侯重耳刚死去，还没有入殓（liàn）呢。现在发兵来打郑国，晋国决不会搁着国君的尸体来帮助郑国打仗的。请主公发兵，我们在这儿做内应，里外一夹攻，一定能把郑国灭了。"

秦穆公召集大臣们商议发兵攻打郑国。蹇叔和百里奚极力反对。他们说："郑国和晋国都刚死了国君，我们不去吊祭，反倒趁火打劫去侵犯人家，这是不合理的。再说郑国离咱们这儿有一千多里地，尽管偷偷地行军，可路远日子久长，能不让人家知道吗？若是打了胜仗，我们也不能路远迢迢地去占领郑国的土地；若是打了败仗，损失就不小了。好处小损失大的事，还是不干为妙。"

秦穆公说："咱们一向替晋国摇旗呐喊，做好了饭请别人吃，人家却把咱们当作瘸腿驴跟马跑，一辈子赶不上人家。你们想想可气不可气。现在重耳死了，难道咱们就这么不声不响地老躲在西边吗？"他就拜孟明视为大将，西乞术、白乙丙为副将，率领三百辆兵车去攻打郑国。

大军出发那一天，蹇叔和百里奚送大军到东门外，对着秦国的军队哭着说："真叫我心疼啊！我瞧见你们出去，可瞧不见你们回来了！"西乞术和白乙丙哥儿俩是蹇叔的儿子，他们瞧着父亲哭得那么难受，就说："我们不去了。"蹇叔说："那可不行！咱们一向受国君的重视，你们就是被人打死，也得尽你们的本分。"西乞术说："是！父亲还有什么吩咐，请直说吧。"蹇叔说："你们这回出去，郑国倒无所谓，千万得留神晋国。崤（xiáo）山（在河南省洛宁县北边，函谷关东边）一带地形险恶，你们得多加小心。要不然，我得到那边收拾你们的尸骨了。"孟明视觉得父亲和蹇伯父怕得太过分了，哪儿真会有这样的事呢！

秦国的军队在公元前627年十二月动身，路过晋国的崤山和周天王都城的北门，第二年二月才来到滑国（在河南省偃师县南）地界。前边有人拦住去路说："郑国的使臣求见！"前哨的士兵赶快通报了孟明视。孟明视大吃一惊，叫人去接见郑国的使臣，还亲自问他："您贵姓？到这儿来干什么？"那个使臣说："我叫弦高。我国的国君听到三位将军要来敝国，赶快派我带上十二头肥牛，送给将军。这点小意思不能算是犒（kào）劳，只不过请将士们吃一顿罢了。我们的国君说，敝国蒙贵国派人保护着北门，我们不但非常感激，而且我们自个儿也格外小心谨慎，不敢懈怠。将军您只管放心！"孟明视说："我们不是到贵国去的，你们何必这么费心。"弦高似乎有点不信。孟明视就偷偷地对他说："我们……我们是来征讨滑国的，你回去吧！"弦高交上肥牛，谢过孟明视，回去了。

孟明视下令攻打滑国，弄得西乞术和白乙丙莫名其妙，问他："将军，您这是什么意思？"孟明视对他们说："咱们偷着过了晋国的地界，离开本国差不多有一千里地了。原来打算郑国没做准备，突然打进去，叫它来不及抵抗。现在郑国派使臣老远地跑来犒军，这明明是告诉咱们，他们早已准备好了。他们有了准备，情况可就两样了。咱们是远道而来的，顶好快打。他们有了准备，用心把守，给咱们一个干着急。要是把郑国长时期地围困起来呢，咱们的兵力又不够，给养也有困难。因此，不如趁滑国没有防备，一下子就把它灭了，多带些财物回去，也可以回报主公做个交代，算是没有白跑一趟。"

没想到孟明视上了弦高的大当。他这个使臣原来是冒充的！他是郑国的一个牛贩子。这回赶了一群牛到洛阳去做买卖，半路上碰见一个从秦国回来的老乡。两人一聊，那老乡说秦国已发兵来攻打郑国。牛贩子一听到这个消息，急得跟什么似的。他想："本国近来有丧事，一定没有做打仗的准备。我既然知道了，好歹得想一个主意呀！"他一边派手下的人赶快回去通知国君，一边赶着牛群迎了上来。果然在滑国地界碰到了秦国的军队，他就冒充使臣犒劳秦军，救了郑国。

郑国的新君郑穆公接到商人弦高的警报，马上派人去打探杞子他们的动静。果然，他们正在那儿整理兵器，收拾行李，打算出发的样儿。郑穆公派大臣去对他们说："诸位辛苦了。孟明视的大军已经到了滑国，你们怎么不跟他们一块儿去呀？"杞子他们听了大吃一惊，知道有人走漏了消息，只好厚着脸皮对付了几句，连夜逃走了。

放虎回山

秦国的军队灭了滑国，把滑国的粮食和财宝抢劫一空，装满了几百辆大车，带了回去。到了（公元前627年）四月初，他们走到离崤山挺近的地方，白乙丙对孟明视说："家父所说的险恶的地方可又到了，咱们得留点儿神。"孟明视说："有什么可怕的，过了崤山就是咱们的地方了。"西乞术有点儿害怕，他说："话是不错，可是万一晋国人在这儿埋伏着，那可怎么办呢？咱们多少得留点儿神。"孟明视也觉得宁可信其有，不可信其无。他就把大军分成四队：小将褒蛮子率领第一队，自己率第二队，西乞术率第三队，白乙丙率第四队。每队隔着一二里地，互相照应着，慢慢地进了崤山。

褒蛮子率领第一队，先到了东崤山，一路上没碰到什么，就是有点儿太静了。刚转过山脚，突然听见一阵鼓响，前边跑过来一队兵车，一个大将拦住去路，开口就问："你是不是孟明视？"褒蛮子反问一句："你是什么人，报上名来！"他说："我是晋国的将军莱驹。"褒蛮子冲他一翻白眼，说："快，快滚开！无名小卒，谁有闲工夫跟你动手！叫你们的头子出来！"莱驹气得拿起戟来就刺过去。褒蛮子把莱驹的戟轻轻拨开，就好比拿掸子掸土似的，回头就是一矛。莱驹赶快闪开，那辆车上的横档早被他戳成两截了。莱驹不由得把脖子一缩，嚷了一声："好个孟明视！可真了不得！"褒蛮子哈哈大笑，说："我是大将手下的小兵褒蛮子。我们的大将怎么能跟你交手？哈哈哈！"莱驹听了，好像鱼泡泄了气似的，赶紧说："我让你们过去，可千万别伤害我们的人马。"莱驹说着赶快跑了。褒蛮子打发小卒子去通报后队，说："有几个小兵埋伏着，已经被我们轰走了。请后队赶快上来，过了山，保准没事。"孟明视催着第三、第四队兵马一块儿过山。

孟明视他们走了没有几里，山道越来越窄，车马简直过不去了。后来只好拉着马推着车，慢慢地走。孟明视瞧不见前队的人马，想必已经走远了，就叫士兵拉着马小心地走。忽然后边有擂鼓的声音，大家伙儿吓得哆嗦成一团儿了。孟明视对他们说："怕什么，道儿这么难走，他们追上来也不容易呀！咱们还是继续走咱们的吧！"他叫白乙丙先上去，自己留着压队。孟明视挺镇静，可是那些小兵一听见后面的鼓声，就吓得连头也不敢回，乱哄哄地把那些从滑国弄来的东西和俘虏，一路走一路摔。又跑了一段路，大伙儿挤着挤着，好像挤进了一条死胡同，走又走不过去，退又退不回来，孟明视挤到头里一瞧，就瞧见山道上横七竖八地堆着不少大木头，当中立着一面大旗，五丈来高，上面有个"晋"字，四边却没有一个人，连山鸟也没有一只！只有那面大旗，在微风中懒洋洋地飘着。孟明视一瞧，说："这是他们弄的假招罢了，不管是真是假，咱们已经到了这儿，后边又有追兵，也只好向前冲过去。"他立刻吩咐士兵们搬开木头，清理出一条走道来。那面大旗当然被他们放倒了。

哪知道那面大旗就是晋军的暗号。他们全藏在山沟里，眼睛盯着那面大旗，就好比钓鱼的人瞅着鱼漂似的。等到旗杆一倒，得！知道秦国人上钩了。才一眨眼，整个山沟里打雷似的鼓声来回地响，简直要把山都震裂了。孟明视抬头一瞧，就瞧见高山冈上站着一队人马。晋国的狐射姑嚷着说："褒蛮子已经被我们逮住了！你们赶快投降，还有活命！"孟明视立刻吩咐军队往后退。退了不到一里地，就瞧见满山全是晋国的旗帜。几千名晋军从后边杀过来了。秦国的兵马只好又退回来。他们就好像叫淘气的孩子用唾沫圈住了的蚂蚁似的，东逃西转，就是没有一条出路，前前后后全都被堵住了。他们只好向左右两边的山上爬。那些向左边爬的还没爬上十几步，又听见鼓声震天，上头挡着一支晋国的军队。少年将军先且居（先轸的儿子）大声叫着："孟明视快快投降！"这一声直吓得左边爬山的秦军全都摔下来。那些向右爬的因为中间隔着一条山涧，全都跳到水里头，磕磕碰碰地逃命，指望一步跨到没有敌人的山冈上去。等到他们离开了山涧，正想往上爬，就听见前边吆喝一声，山冈上又全是晋国的士兵，直吓得秦人又滚回水里去。这时候，前后左右全被晋国的军队围住。秦国的军队被逼得上天无路，入地无门，只好又跑到木头堆那边去。西边山顶上的太阳，好像一个顶大的火球，照得满山比血还红，本来已经叫人心惊肉跳的了。谁想得到木头堆里原来搁着引火的东西，晋兵放了带火的箭，乱木头全烧起来，直烧得快下山的太阳也被压了下去。秦国的将士有的被烧死，有的被杀死，有的被踩死。那些没死的又哭又号，乱成一团。

孟明视对西乞术和白乙丙说："大伯简直是神仙。我今天要死在这儿了。你们赶快脱去盔甲，各自逃命吧！只要有一个能够逃回本国去，请主公出来报仇，我死了，眼睛也能闭上了。"西乞术和白乙丙流着眼泪说："咱们三个人跑得了的话就一块儿跑，要死就一块儿死。"孟明视带着他们两个人，凑凑合合逃出了火坑，坐在一块大石头上等死。他们就觉得头昏眼花，手软脚酸，嘴里又干又涩，舌尖贴着上颚，舔不出半点唾沫来。这时候就算有一条活路，他们也不能跑了。但得有拿刀的力气，他们也许情愿了结自己的性命。可是他们好像在做梦，只能看，只能想，就是不能动弹。四外的敌人好像口袋似的把他们围住。口袋嘴一收，三员大将全被逮住了。

孟明视、西乞术、白乙丙全被装上了囚车。他们还不明白：晋国的军队怎么会布置得这么严密呢？怎么他们走进山里的时候会没瞧见一个敌人呢？原来晋文公死了以后，正要出殡的时候，晋国的大将先轸得了个信儿，说秦国的孟明视率领大军偷过崤山，去攻打郑国。他立刻报告了新君晋襄公。晋襄公跟大臣们商议了一下，就发兵崤山，布置了天罗地网等候着秦国的军队。这么着，他们打得孟明视全军覆没，连一个人也没跑出去。

先且居等把抓到的秦国的大将和士兵，还有秦军从滑国抢来的东西和俘虏，都送到晋襄公的大营里去。晋襄公穿着孝服出来迎接。全军高声呐喊，庆祝胜利。褒蛮子是个大力士，一辆囚车差点儿被他撞破。晋襄公怕他出乱子，先把他杀了。那三员大将，他打算弄到太庙里去活活地当作祭物。

晋襄公的后母文嬴（文公夫人，秦穆公的女儿怀嬴），听到秦国打了败仗，孟明视等被逮住了，担心晋国和秦国的冤仇越结越深，就对晋襄公说："秦国和晋国是亲戚，向来彼此帮忙。为了孟明视这群年轻的武人自己要争势力，弄得两国伤了和气。我想秦伯一定也恨他们三个人。要是咱们把他们杀了，恐怕两国的冤仇越结越深。不如把他们放了，让秦伯自己去处置他们，他必定会感激咱们的。"晋襄公说："已经逮住了的老虎怎么能放回山里去呢？"文嬴说："成得臣打了败仗，就被楚王杀了。难道秦国没有军法吗？再说咱们的先君惠公，也被秦人逮住过，秦伯可把他放回来了。你父亲全靠秦国才做了国君。难道咱们连这一点情义都忘了吗？"晋襄公觉得母亲说得很有道理，就把秦国的三个败将放了。

这时候先轸正在家里吃饭。等到他听说国君把秦国的败将放了，赶快吐出嘴里的饭，三步当两步地跑去见晋襄公，怒气冲冲地问："秦国的败将在哪儿？"晋襄公脸红了，结结巴巴地说："母亲叫我把……把……把他们放了。"先轸一听，直气得青筋暴跳，向晋襄公的脸上啐了一口唾沫，说："呸！你这个小毛孩子，啥事不懂！将军们费了多少心计，士兵们流了多少血汗，才逮住了这三个人。你就凭妇道人家一句话，把他们放了，也不想想放虎回山的祸患！"晋襄公擦着脸上的唾沫，很抱歉地说："是我不好。可怎么办呢？不知道能不能追上去。"大夫阳处父自告奋勇地说："我去追！"先轸对他说："你要是能追上他们，好言好语地请他们回来，就是一等大功！"阳处父手提大刀，上了车，连连加鞭，飞似的追上去了。

孟明视、西乞术、白乙丙恐怕晋襄公后悔，就拼命地跑，连吃奶的劲儿都使出来了。他们一直跑到黄河边，回头一瞧，果然有人追了过来。前无去路，后有追兵，怎么办呢？正在这吃紧的关头，他们瞧见一艘小船停在那儿。三个人不管三七二十一，赶快跳下去。船舱里出来了一个打鱼的。他们一瞧，连话都说不上来，就"扑通"一声倒在了船上。那个打鱼的不是别人，正是他们的好朋友公孙枝！

原来蹇叔送走了他儿子以后，就声称身患重病，告老还乡了。百里奚对他说："我也打算回去。可是我还得等着，也许能再见他们一面。您有什么吩咐？"蹇叔说："咱们这回一定得打败仗。您还是私下里请公孙枝在河东预备船只，万一他们能够回来，好歹也有个接应。"百里奚就去见公孙枝，请他准备。公孙枝扮作打鱼的在河东等了好些天，这时候果然见他们三位来了，立刻叫人开船。

　　小船刚离开河边，阳处父赶到，嚷着说："秦国将军慢点儿走，我们主公一时忘了给你们预备车马，叫我追上来，送给将军几匹好马。请你们收下吧！"孟明视站起来，对阳处父行了个礼，说："蒙晋侯不杀之恩，我们已经万分感激，哪儿还敢再受礼物！要是我们回去还有活命的话，那么再过三年，我们亲自到贵国来道谢。"阳处父还想说什么，就瞧见那只小船漂漂摇摇地越去越远了。阳处父只好张着嘴，瞪着眼，呆呆地出了一会儿神，没精打采地上了车，拖着大刀回去了。

　　晋襄公听了阳处父的报告，很不安心。他只怕孟明视前来"道谢"，时不时派人去秦国探听。他指望秦穆公治死孟明视他们，就像楚成王治死成得臣一样。谁知秦穆公另有主意。他一听到三位将军空身跑回来，就穿着孝衣亲自到城外迎接。孟明视他们三个人跪在地上，请他治罪。秦穆公把他们扶起来，流着眼泪说："这全是我不好，不听你们父亲的话，害得你们吃苦受罪。我哪儿能怪你们呢？只要你们别忘了阵亡的将士们就是了。"三个人感激得直流眼泪，心坎里把君主当作父亲那么看待。百里奚总算见到了他儿子，自己也像蹇叔那样告老回家了。

公元前625年，孟明视要求秦穆公发兵去报崤山的仇。秦穆公答应了。孟明视、西乞术、白乙丙三位大将率领着四百辆兵车打到晋国去。晋国早就防备着秦国，两国的兵马一交手，孟明视又打了个败仗。他自己上了囚车，不希望国君再免他的罪。秦穆公说："咱们一连打了两回败仗，我可不能怪你，要怪得怪我自己。我以往只注重兵马，不大关心国家政治跟老百姓的难处，那怎么行呢？咱们在什么地方栽了跟头，就要在什么地方爬起来！"他还是信任着孟明视他们。

到了那年冬天，孟明视得到了一个报告，说是晋国又打到了秦国的边界。他嘱咐将士们守住城，但不许他们出去对阵。先且居向秦军挑战说："你们已经道谢过了，我们也来还个礼吧！"孟明视也不说什么，就是训练兵马。对于晋国的侵犯，只当作边界上的小事，让他们夺去了两座城。

公元前624年，崤山打败仗之后的第三年，孟明视请秦穆公一块儿去打晋国。他说："要是这回再打不了胜仗，我决不活着回来！"秦穆公说："咱们一连败了三回，别说中原诸侯不把咱们放在眼里，就连西方的小国和西戎部族也都不服咱们管了。要是这回再打败仗，我也没有脸回来了。"

孟明视挑选了国内的精兵，预备了五百辆兵车。秦穆公拿出大量的财帛，把士兵的家属全都安顿好了。大军出发那天，国内的男女老少全来送行。

大军过了黄河，孟明视对将士们说："咱们这回出来有进没退！我想把这些船全烧了，你们瞧怎么样？"大家伙儿说："烧吧！趁早烧了吧！打胜了还怕没有船吗？打败了，还想回家吗？"全体将士的决心像铁一样坚硬。孟明视自己做了先锋，打第一线。士兵们憋了三年的委屈和仇恨，全要在这时候发泄出来。

不出几天，他们夺回了上次丢掉的两座城，接着又打下了几座晋国的大城。晋国上上下下全都慌了。晋襄公下令："只许守城，不许跟秦人作战。"秦国的大军在晋国的地面上耀武扬威地找人打仗，可是没有一个晋国人出来跟他们对敌。最后，有人对秦穆公说："晋国已经屈服了。主公不如埋了崤山的尸首，也可以擦去以前的耻辱了。"秦穆公就率领大军转到崤山，瞧见三年前的尸首全变成了白骨，横七竖八地满处都是。他们把尸首全收拾起来，用草裹着，埋在山坡里。秦穆公穿上孝衣，亲自祭祀阵亡将士，见景生情，不由得放声大哭。孟明视、西乞术、白乙丙哭得更是伤心。全体士兵没有一个不流眼泪的。

西边的小国和西戎部族一听到秦国打败了中原的霸主，全都争先恐后地去进贡。一下子有二十来个小国和部族归附了秦国。秦国扩张了一千多里土地，做了西戎的首领。周襄王打发大臣到秦国去，赏给秦穆公十二只铜鼓，秦国自此强大。

桃园打鸟

晋国被秦国打败以后的一两年里头，重要的大臣先后死了好几个。赵衰的儿子赵盾执掌晋国的大权。公元前621年，晋襄公病死了，他的儿子做了国君，就是晋灵公。

晋灵公长大以后很不成器，成天地想着玩儿。可是赵盾总拉长着脸，让他很害怕。他玩得快快活活的，一瞧见赵盾，一股子高兴劲儿就全被吓跑了。他恨不得这位比父亲还严厉的大臣不在朝堂里。赵盾是一个挺忠心的大臣，他常常替晋国干一些当霸主的该做的事情。相反，那个永远满脸笑容的屠岸贾（屠岸，姓）总让晋灵公非常称心，晋灵公一瞧见他就精神百倍。

屠岸贾把晋灵公揣摸透了，好像钻进了他心里，能听见他心里的话似的。屠岸贾给爱玩儿的国君修了一所大花园，因为里面种了好多桃树，这座花园就叫"桃园"。桃园里盖了一座高台，四面围着栏杆，在台上一眼看去，全城的房子和街道全瞧得见。晋灵公和屠岸贾这两个人老在这儿玩儿。有时候他们拿着弹弓打鸟，大伙儿比赛谁手快眼快。有时候叫宫女们到台上跳舞，大家伙儿喝喝酒，唱唱歌。就这么玩下去，老百姓也有在园子外头看热闹的。

有一天，晋灵公瞧见园子外面的人比园子里面的鸟儿还多。他高兴起来，对屠岸贾说："咱们老打鸟儿也腻了，今儿个换个新花样，用弹弓打人怎么样？比如说，打中眼睛，算是十分；打中耳朵，八分；打中脑袋，五分；打着身子，一分；打不着人的罚酒一杯。"屠岸贾当然赞成。他们两人拿着弹弓，向墙外人群里打去。果然有人被打掉一颗眼珠子，有人被打掉门牙，有人被打肿耳朵，也有人被打破腮帮子或是脑门子，直打得老百姓乱叫乱跑，各自逃命。晋灵公一瞧，哈哈大笑。

赵盾和士会知道了这件事，第二天就到宫里去见晋灵公。晋灵公还没出来，他们就瞧见几个妇人抬着一只筐子，筐子外头露着一只手。赵盾和士会过去一瞧，原来里头装着一堆大卸八块的尸首。赵盾问她们："这是哪儿来的？"她们说："这是厨子老二。主公因为他没把熊掌煮透，发了脾气，就把他杀了。"赵盾对士会说："他把人命当草芥一般看待，简直太不像话了。"士会说："让我先去劝劝他吧。他要是不听，您再来。"士会进去了。晋灵公一瞧见他就说："得了，请你别说了，我全知道了。从今以后，我改过就是了。"士会见他这么痛快，反倒不好意思再说什么了。

没过几天，晋灵公不到朝堂去，他坐着车又到桃园去了。赵盾赶快赶到桃园门口等着，一瞧见晋灵公过来，就跪在地上。晋灵公很不痛快，红着脸说："您有事吗？"赵盾说："主公玩儿，多少也得有个分寸。怎么能拿弹弓打人呢？厨子有小错儿，也不能把他治死呀！要是主公这么干下去，一定会出乱子的。我怕主公和咱们晋国都有危险。我宁可得罪主公，还是请主公回去吧！"晋灵公低着头，眼睛瞧着地上说："你去吧！这回让我玩儿，下回听你的，行不行？"赵盾堵住大门，一定要他回去。屠岸贾说："您对主公原来是一片好意。不过主公已经到了这儿，您多少方便方便，有什么要紧的事，明儿个再说吧。"赵盾没有办法，狠狠地向屠岸贾瞪了一眼，让他们进去了。

他们进了桃园，屠岸贾对晋灵公说："唉！这可是玩儿最后一回了。从明天起，您得关在宫里，听赵盾管教！"晋灵公急得简直要哭了。他央求屠岸贾说："你得想个招儿啊！"屠岸贾笑嘻嘻地说："有了，我家有个大力士叫鉏麑。我叫他刺死那个老不死的，咱们就不受他管了。"晋灵公说："好，就这么办吧。"

当天晚上，屠岸贾叫刺客在五更上朝以前把赵盾刺死。刺客得了命令，当夜跳进赵盾家的院子，躲在大槐树底下。过了四更天，天还没亮，赵家的人都起来预备车马，堂屋的门也开了。他在暗地里一瞧，堂屋上点着蜡烛，一位大臣已经穿好了上朝的衣服，正坐在那儿等天亮。再细一瞧堂屋里的摆设，净是些粗家具，跟他想象的相府排场完全不一样。他一想："这么忠诚老实的大臣，可叫我怎么下手呢？"可是再一想："不把赵盾刺死，回去怎么交代呢？"他心一横，跑到堂屋门口，嚷着说："赵盾，您听着：有人派我来暗杀您。我可不能丧尽天良，杀害好人。可是也许还会派人来，您得多留神！"说完便朝大槐树一头撞去，连脑浆都被撞出来了。

那天早上赵盾照常上朝，把晋灵公和屠岸贾吓了一大跳。他们觉得不对头，赵盾怎么还活着呢？大概是刺客出了纰漏了。散朝以后，屠岸贾对晋灵公说："我有一只猎狗，凶极了。要打算杀赵盾则非它不可。"他又把办法详细说明白了，乐得晋灵公拍手叫好。屠岸贾回家以后，做了一个草人，给他穿上跟赵盾一模一样的衣服，胸脯里搁着羊肉。屠岸贾天天训练那只狗叫它扑过去，抓破胸脯，饱吃一顿。经过几天的训练，那只狗一瞧见草人立刻就扑过去，抓破胸脯。

有一天，晋灵公叫赵盾到宫里喝酒，赵盾的卫士提弥明陪着他去。屠岸贾当然也在座。他说："主公请相国喝酒，别人不得上来。"提弥明只好站在堂下。君臣吃吃喝喝，倒还有说有笑。忽然晋灵公直夸赵盾的宝剑，要他拔出剑来瞧瞧。照规矩，臣下若是在国君面前拔出宝剑，就是犯了行刺国君的大罪，那还了得？赵盾没有想到这一点。他正要拔剑的时候，提弥明在堂下大声嚷着："主公面前不得无礼！"赵盾经他这么一提，才知道这是他们的诡计，就站起来告别。提弥明怒气冲冲地扶他出来。

屠岸贾放出那只猎狗去追赵盾。那只狗一瞧见赵盾，以为就是那个草人呢，就立刻扑过去，抓他的胸膛。提弥明飞起一腿，把狗踢倒，一把抓住狗的脖子，就那么一拧，当场结果了那条狗命。宫里当时就乱了起来。晋灵公大怒，叫武士们去杀赵盾和提弥明。提弥明非常勇敢，一个人保护着赵盾，一边还手，一边跑。提弥明杀了几个武士，末了被他们杀了。武士们又来追赶赵盾，赵盾跌跌撞撞地往外逃。有个武士特别卖力，比别人跑得更快。赵盾一见他到了跟前，吓得两腿一软，眼前发黑，倒在地上，不能动弹。那个武士一把拉起赵盾，背着就跑。

这时候赵盾的儿子赵朔，带了家丁来接他父亲。那个武士把赵盾放在车上，回头跟追来的人拼命。追来的人一瞧赵家的人多，才向后转了。赵盾问那武士："他们全来害我，你怎么反倒救了我？你是谁？"他说："我叫灵辄（zhé），是卫兵。我看不惯屠岸贾的鬼把戏。您快走吧，别问了。路见不平，拔刀相助，并不是太稀罕的事。"赵盾和他的儿子只好逃到国外去避难。他们还想带着灵辄一块儿去，可他早已溜了。

赵盾爷儿俩出了西门，可巧碰见了赵穿打猎回来。赵穿是赵盾的叔伯兄弟，晋襄公的女婿，晋灵公的姐夫。赵盾就把他们要逃走的事说了一遍。赵穿说："您不能离开晋国，我自有办法请您回来。"赵盾说："行，我暂时在河东等着。不过你得小心，千万别再惹出祸来。"

赵穿去见晋灵公。他跪在地上央求说："我虽说是主公的姐夫，可是赵盾得罪了主公，我们赵家的人也有罪。请主公先革去我的官职，再办我的罪吧！"晋灵公说："这是什么话！赵盾欺负我不知道多少回了，真叫我难受。这里没有你的事，你只管放心吧！"他还怕赵穿心里不安，故意装出很亲热的样儿跟他聊天。他说："赵盾大概是怪我太爱玩儿了吧！"赵穿一瞧，四外没有人，就跟晋灵公说："他老人家老那么正经八百地板着脸，我一看见就生气。说真的，做了国君要是不能享点儿福，痛快痛快，那倒不如不做。您知道齐桓公有多少老婆？"晋灵公歪着脑袋，想了想，说："十来个吧？"赵穿撇了撇嘴说："十来个算什么，他的后宫里满是美人儿。您瞧，他做了霸主。咱们的先君文公都六十多岁了，还做一回新郎官。您瞧，咱们的先君也做了霸主。主公您正年富力壮，更应当做一番大事业，怎么不派人去搜罗美人呢？"晋灵公嬉皮笑脸地说："赵盾若是像你这样待我，我早就听他的话了。可是派谁去呢？"赵穿说："谁比得上屠岸大夫呢？他最能办事！

这样的人不重用，您还用谁呢？"晋灵公听了赵穿的话，吩咐屠岸贾出去搜罗美女。

赵穿支开了屠岸贾，把晋灵公杀了。大臣们和老百姓早就痛恨晋灵公了。这时候听说昏君死了，真是人人痛快。

晋国的大臣因为晋灵公没有儿子，就立晋文公的小儿子为国君，就是晋成公。这是公元前606年的事了。晋成公信任赵盾，把自己的闺女庄姬嫁给赵盾的儿子赵朔，君臣做了亲家。

屠岸贾正在外面搜罗美女，一听到晋灵公被杀，就偷偷地跑回来，很小心地伺候着赵家。赵穿对赵盾说："屠岸贾这小子不是玩意儿，昏君全是他带坏的。咱们杀了昏君，他一定怨恨，干脆把他也杀了吧。"赵盾瞪了他一眼，说："人家不办你谋害国君的罪，你还唠叨什么！"赵穿碰了钉子，不敢再言语了。

赵盾更加小心地伺候着新君。赵穿以为自己的功劳不小，央求赵盾升他的官职，赵盾不答应。赵穿越想越烦，没多久就病死了。他的儿子赵旃（zhān）要求赵盾让他继承他父亲的职位。赵盾说："你先别忙，等你立下功劳，自然有你的职位。"大家伙儿一瞧赵盾不袒护自己家里人，都很佩服。大臣们一心一意地辅助晋成公，晋国仍然继承晋文公和晋襄公的霸业，中原诸侯还是听从晋国的。可是南方的楚国一天比一天强大，一心要跟晋国比个高低。

一鸣惊人

楚国在楚成王的时候已经做了南方的首领。公元前613年，楚成王的孙子做了国君，就是楚庄王。赵盾趁着楚国办丧事，召集了宋、鲁、陈、卫、郑、蔡、许七国诸侯，重新订立盟约，晋国又做了盟主。楚国的大臣不服气，一而再，再而三地请楚庄王去争地位。楚庄王不听这一套，白天出去打猎，晚上喝喝酒，听听音乐，看看舞蹈，什么国家大事，霸主不霸主，全不放在心上。就这么胡闹了三年。大家伙儿把他当作昏君看待。哪知道他有他的心思。他早认为楚国的令尹（官名，相当于中原的相国）权力太大，现在的令尹斗椒的势力更比以前的令尹更大。他刚刚即位，没有足够的势力，并且不知道楚国大臣当中谁有能耐，有胆量，可以委以重用。凭他再怎么要强，光凭自己两只手也干不了大事。他索性饮酒作乐，不问朝政，以便让令尹斗椒误以为他是无能之辈。大臣当中也有几位劝过他，可是他们的话，全是隔靴搔痒，不着实际，他听都不爱听。后来，他下了一道命令："谁敢多嘴，谁就有罪！"大臣们吓得都不敢说话了。楚庄王可大失所望，难道不怕死的大臣连一个都没有吗？他只好多喝几盅热酒，暖暖差不多快要凉了的心。

有一天，大夫伍举来见楚庄王。楚庄王问他："你来干什么？来喝酒，还是来听音乐？"他回答说："有人让我猜一个谜，我猜不着。大王聪明过人，我来请大王猜猜。"楚庄王说："什么，猜谜？怪有意思的。来吧！"伍举说：

楚国山上，有只大鸟，

身披五彩，可真荣耀。

一停三年，不飞不叫，

人人不知，是什么鸟。

楚庄王笑着说："这可不是普通的鸟。三年不飞，一飞冲天；三年不鸣，一鸣惊人。你别急！"伍举磕了个头，说：

"大王英明！"他就出去了。接着几天，又有别的大臣大胆地劝楚庄王好好管理朝政。他们说："要再这么下去，别说不能号令诸侯，连南边的属国都管不住了。"

楚庄王就从那天起，一边改革政治，调整人事，叫楚国的大权不再全掌握在令尹手里，一边招兵买马，训练军队，打算跟晋国争争霸主的地位。就在这几年，楚庄王征服了南边的许多小部族。到了楚庄王六年（公元前608年），楚国打败了宋国。楚庄王八年，他亲自率领大军打败了陆浑（在河南省嵩县北）的戎族。陆浑在洛阳的南边，楚庄王顺便在周朝的边界上阅兵示威，吓得天王赶快派人去慰劳他。

楚庄王阅兵回来，到了半路，前面有军队拦住去路，要跟他作战。原来令尹斗椒早就有了造反的心思。自从楚庄王分了他的权力，他更加生气。这回一瞧楚庄王率领大军去打陆浑，好比老虎离了山头，斗椒就发动本族的人马，占领了郢（yǐng）都（楚国的都城，在湖北省江陵县北），又发兵想消灭楚庄王。楚庄王假装退兵，暗地里命大军四下埋伏，让一队兵马将斗椒引过来。斗椒过了一条河，接着去追楚庄王。等到斗椒发觉中了计，赶紧回去，那河上的大桥已经拆去了，弄得他丢了阵地。他瞧见河那边有个大将嚷着说："大将乐伯在此，斗椒快快投降吧！"斗椒叫士兵们隔河射箭。

乐伯手下有个小军官叫养由基，他大声地对斗椒说："这么宽的河，射箭有什么用呢？令尹，您是射箭的好手，咱们俩就走得靠近点儿，站在桥头上，一人三箭，赌输赢。不来的不是好汉。"斗椒说："要比箭，我先射。"养由基就让他先动手。斗椒射箭百发百中，他还惧怕一个小兵吗？他使劲地把箭射过去。养由基用自己的弓轻轻地一拨，那支箭就掉在河里了。接着第二支箭又来了。他把身子一蹲，那支箭从他头顶上擦过去。斗椒嚷着说："不许蹲，不许蹲！"养由基说："好，这回我不蹲，您只有一箭了。"说完了就瞧见第三箭又到了。养由基不慌不忙，伸手一抓，把那支箭接在手里，说："大丈夫说话当话，赖的不是好汉。"说着嗖的一声，斗椒赶快往左边一躲。养由基笑着说："别忙，我就拉拉弓，箭还在手里呢。"接着他又把弓弦拉了一下，斗椒赶快又往右边一躲。养由基就在他往右边躲的那一下子，射了一箭，正射中了斗椒的脑门子。他那高大的身子好像锯断了根的大树，挺沉地从桥头上倒下去了。树倒猢狲散，斗家的兵马逃的逃、投降的投降。楚庄王打了胜仗。因为养由基一箭消灭了敌人，楚国人就管他叫"养一箭"。

楚庄王平了令尹斗椒的叛乱以后，就请了本国的一位隐士为令尹。那位隐士姓芛名敖，字孙叔，大家管他叫孙叔敖。小时候，他听见人说谁见了两头蛇就活不了，吓得他挺怕。有一天，孙叔敖哭着回来，跟他妈说："妈，我活不了啦！"妈问他："你怎么啦？"他说："我真见了两头蛇了！"妈又问："哪儿？蛇呢？"他说："我想这种害人的东西，我已经见了，只好死，别人见了也得死。我就拿锄头把它砸死，埋了。"妈说："好孩子，你别怕！蛇没咬着你，怎么能死呢？再说，像你这么好心眼儿的孩子更死不了。"孙叔敖做了令尹，他就着手改革制度，整顿军队，开垦荒地，蓄水灌田。为了免除水灾旱灾，孙叔敖动员楚人开掘一条楚国最大的河道，他也亲自到工地上鼓励老百姓。这一条河道修好之后，能灌溉一百多万亩庄稼，每年多打了不少粮食。

　　几年后，楚国更加富强，终于有了跟晋国争夺霸主的地位。公元前597年，楚国跟晋国大战一场。这时候晋成公和赵盾都去世了，晋景公已经做了国君。楚庄王把晋景公的军队打得落花流水，拼命逃跑。有人请楚庄王追上去，把晋人赶尽杀绝。楚庄王说："楚国自从城濮之战以后，一直抬不起头来。这回打了胜仗，已经把以前的羞耻擦去了。晋国灭不了楚国，

104

楚国也灭不了晋国。两个大国总得讲和，才是道理。何必多杀人呢？"他立刻下令收兵，让晋国的人马逃了回去。

有人对楚庄王说："把晋人的尸首堆起来，造成一座小山，一来可以留个纪念，二来也可以显显威风。"楚庄王听了，瞪着眼睛说："偶然打个胜仗，有什么值得纪念的？再说杀人杀得多，也不是光彩的事，还表什么功？把尸首全埋了吧！"

这位一鸣惊人的楚庄王也做了霸主。这样，从齐桓公起，接着宋襄公、晋文公、秦穆公到楚庄王，这五个国君先后做了霸主，在中国历史上就被称为"春秋五霸"。

搜孤救孤

晋国被楚国打败以后，不敢往南方扩张势力。晋景公就向西边去夺地盘。刚巧邻近的潞国（在山西省长治县东北）发生了内乱。晋景公趁机把它兼并了。秦国原来打算把潞国当作秦、晋两国之间的一个屏障。这会儿一听到潞国被晋国灭了，秦国就发兵来争这块地盘，没想到打了败仗。

晋景公打败了秦国，后来又打败了齐国，自以为当上了中原诸侯的领袖，两只眼睛慢慢地挪到脑门上去了。这类国君总是喜欢被奉承。那些老的大臣像士会他们接连去世。这么一来，那个顶会奉承的屠岸贾，可就又得了宠。

屠岸贾本来跟赵家有仇。他屡次三番地想谋害赵盾，可是都没有办到。后来赵盾死了，可是赵朔、赵同、赵括、赵疬他们的势力也很大，屠岸贾没有法子，不敢得罪他们，背地里与赵家以外的几家人连成一气。现在他得到了国君的宠用，就横挑鼻子竖挑眼地专找赵家的毛病了。晋景公眼看着赵同、赵括等宗族强盛，势力大，本来就很担心了。他早想找个因由将他们治罪，但就是不敢动手。现在屠岸贾排挤赵家，正合了他的心意。他就对屠岸贾说："惩办他们也得有个名义。"屠岸贾说："当初赵盾派赵穿在桃园里把先君灵公刺死，这个罪名还小吗？主公不治他们的罪，倒也罢了，反倒让乱臣贼子的子孙弄得满朝廷都是，坐享荣华富贵。主公这样纵容他们，难怪赵家招收门客，暗藏兵器，又在那儿有所图谋了！"晋景公心里同意，可是嘴里还不敢说出来。他怕的是孤掌难鸣。他就偷偷地探听探听别的几家大臣的意见。有几家大夫想建立自己的势力，就因为赵家压在上头，伸展不开，要是能够把赵家灭了，也就是增长自己的势力。朝中的大臣，除了司马韩厥以外，多半都怕赵家的势力太大，谁还肯替他们说情。

晋景公有了几个大夫做他的后盾，胆子壮了起来。他吩咐屠岸贾去查抄赵家。

屠岸贾得了命令，亲自带领军队把赵家的各住宅全都围上，把赵同、赵括、赵朔、赵婴齐和他们各家的男女老少，杀得一干二净，这就是所谓的"满门抄斩"。屠岸贾一检查赵家被杀的人名，单单少了一个赵朔的媳妇儿庄姬。那庄姬是晋成公的女儿，晋景公的妹妹。这时候，她正怀着孕，躲在她母亲的宫里。屠岸贾请求国君让他去宫里杀她。晋景公说："母亲最喜欢我这个妹妹，算了吧。"屠岸贾说："她倒不妨免罪，可是听说她快生孩子了，万一生个小子，给赵家留下逆种，将来必有后患。"晋景公说："生了小子，再把他杀了也不晚。"

屠岸贾天天探听庄姬的消息。赵家的两个门客也在暗中探听消息。那两个门客是已经去世的赵盾的心腹，一个叫公孙杵臼（chǔ）（jiù），一个叫程婴。他们两个人想救这孤儿的心与屠岸贾要杀这孩子的心一样着急。后来宫里传出话，说庄姬生了一个姑娘。公孙杵臼一见程婴来了，就哭着说："唉，完了！赵家算全完了！一个丫头有什么用呢？赵朔曾经跟咱们说过：'要是生个小子，起名叫赵武，武人能够报仇；要是生个姑娘，叫赵文，文的没有用。'现在赵家连个报仇的人都没有了。天哪，多冤哪！"

程婴安慰他说："也许是宫里要救这孩子的命，故意说是姑娘。我再去打听打听吧。"他就想办法请宫女给庄姬通个信儿。庄姬得到了她母亲的保护,宫里的人全都帮她。宫女偷偷地把字条传给程婴。程婴一瞧,上面只有一个字。他急忙跑到公孙杵臼的家,两人四只眼睛死盯着那个字,真是个"武"字。两个人高兴了一阵。可是一想到赵武的危险,又难受起来了。屠岸贾怎么会轻易放过他呢?

果然,屠岸贾不信赵家孤儿是女的。他打发一个奶妈到宫里去瞧一瞧到底是姑娘还是小子。奶妈回来报告说,是个姑娘,才生下来就死了。屠岸贾更起了疑。他得到了晋景公的许可,亲自带领手下人进宫里搜查孤儿。可是搜来搜去,怎么也搜不出来。他断定那个孩子早就被人偷出去了,就出了一份通告:"有人报告赵家孤儿的信儿的,赏黄金一千两。谁敢偷藏的,全家死罪。"同时,他派了好些人上各处去搜查。凡是有婴儿的人家,他们都进去调查,有可疑的男孩子,就干脆杀掉。吓得程婴和公孙杵臼没处藏,没处躲。程婴想不出别的办法,只好亲自去见屠岸贾,向他报告了孤儿的下落。

程婴坦然地对屠岸贾说:"小人跟公孙杵臼是赵家的门客。这回,庄姬添了一个儿子。当时打发一个奶妈把他抱了出来,叫我们两个人偷着喂养。小人怕日后被人家告发,只好出来自首。"屠岸贾着急地说："好！你有赏！孤儿在哪儿？"程婴说："现在还在首阳山（在山西省永济县南）的后头。因为没有奶吃，婴儿正病着，已经瘦得不像样了。立刻就去，准保搜得着。要是再过两天，他们可要逃到秦国去了。"屠岸贾说："你跟着一块儿去。搜到了，死的活的都要，赏你千金。要是你骗我，就是死罪。"程婴磕个头，说："小人不敢！"他就领着屠岸贾跟一队武士上首阳山去了。

一队人马走了好些弯弯扭扭的山道，直到山背后，瞧见松林缝里有几间草棚。程婴指着说："就在这里头。"他们到了草棚面前，程婴先去敲门。公孙杵臼出来，一见外边有武士，就想藏起来。屠岸贾说："跑不了啦！乖乖地把孤儿献出来吧！"公孙杵臼假装挺纳闷地问他："什么孤儿？"屠岸贾就叫武士们搜查。他们进去一瞧，小小的几间草棚，简直没有可搜查的地方，就退了出来。屠岸贾亲自进去，也瞧不出什么来。屠岸贾仔细一看，后面还有一间屋子，锁着门。他劈开了门，一瞧，黑咕隆咚的不像住人的样子。他瞪着眼睛往里瞧，慢慢地发现了一些东西，隐隐约约好像有一个竹榻，上头搁着一个衣裳包。他拿起衣裳包一瞧，原来是一个绣花绸缎的小被褥，裹着一个婴孩。

屠岸贾得着了仇人的命根子，赶紧提了出来。公孙杵臼一见，挣扎着就去抢，可是两旁有人架着，动弹不得。他急得扯散了头发，提高了嗓子骂程婴说："程婴，该死的东西！你还有天良吗？是你自己跟我约定救护孤儿。谁知道你贪生怕死，丢了主人，丢了朋友，丢了良心！你为了贪图千金重赏，变成了畜生！对你说：这金子是血铸成的，是赵家的冤魂铸成的！我不怕死，可是你，你怎么对得起天下的人呢？"程婴不敢开口，只是低着头流眼泪。公孙杵臼又指着屠岸贾骂："你这个小人，为非作歹，横行霸道，瞧着你能享几天富贵……"屠岸贾不许他再开口，立刻吩咐武士把他砍了。他又倒提着那个小衣包，看个明白，一条小性命早已被他提溜死了，还怕再活转来，就往地上一摔，让他死个透。

屠岸贾回来，拿出一千斤金子赏给程婴。程婴流着眼泪说："小人只想自己免罪，实在并不是为了贪图重赏。要是大人体谅小人的苦处，请大人把这一千斤金子作为掩埋赵家和公孙杵臼的费用，小人就感恩不尽了。"屠岸贾说："就这么办吧。"程婴磕了三个头，收下金子，急忙忙去办理掩埋尸首的事。

害死朋友、害死孤儿的程婴，虽然没有贪图金子，可早就被人背地里指着脊梁骨骂够了。只有司马韩厥一个人真正佩服他，因为只有他一个人知道程婴和公孙杵臼的计策。原来公孙杵臼问过程婴："扶助幼儿跟慷慨就义哪一件难？"程婴说："死倒是容易，扶助幼儿可就难了。"公孙杵臼说："那么，请你担任那件难事，容易的让给我吧。"刚巧程婴自己有个才生下来的儿子，他横了横心，就把自己的儿子交给了公孙杵臼，换出了赵武，也救了许多无辜的婴儿的性命。他骗过了屠岸贾，安安心心地带着赵武投奔他乡，隐居起来了。

晋景公死了之后，他的儿子即位，就是晋厉公。晋厉公暴虐得很，杀了几个他看不顺眼的大臣。别的大臣唯恐自己的命也保不住，就联合起来把他杀了。这些人共同立孙周（晋襄公的曾孙，晋文公的玄孙）为国君，就是晋悼公。晋悼公倒是个有才干的国君。他非常信任韩厥，拜他为中军大将。韩厥抓住机会提起当年赵衰、赵盾对晋国的功劳，和后来赵家灭门的冤屈。晋悼公正担心屠岸贾是五朝元老，势力太大，就打算借着替赵家申冤的名目把他压下去。他说："我也想到这回事，可不知道赵家还有没有后辈。"韩厥说："当初屠岸贾搜查孤儿，非常紧急。赵盾的两个心腹公孙杵臼和程婴想法子把孤儿赵武救出来了。现在赵武练成一身武艺，已经十五岁了。"晋悼公说："哦，原来他也长大了！快去把他找来。"

韩厥亲自去接赵武和程婴。晋悼公把他们藏在宫里，自己装病不去临朝。大臣们听说国君身体不适，都进宫去看望，屠岸贾也在里头。晋悼公一见大臣们都到齐了，就说："你们也许不知道我得的是什么病吧？我为了一件事情不明白，心里非常难受。当初赵衰、赵盾，为了国家立过大功。谁都知道他们一家忠良。怎么忠良的大臣会没有一个接代的人呢？"大伙儿听了，都叹着气说："赵家在十多年前已经被灭族，哪儿还能有后辈呢？"

晋悼公叫赵武出来，向大臣们行礼。大伙儿就问："这位少年是谁？"韩厥说："他就是赵氏孤儿赵武。当初那个被害的小孩儿是赵氏的家臣程婴的儿子。"屠岸贾听了，吓得魂都没了，瘫在地上直打哆嗦。晋悼公说："不杀屠岸贾，怎么平得了民愤呢？"他立刻吩咐武士们把屠岸贾杀了，又吩咐韩厥和赵武带着士兵抄斩屠岸贾全家。赵武把屠岸贾的脑袋拿去祭奠他父亲赵朔。

全国的人听说国君把屠岸贾治了罪，起用赵武，都挺高兴。晋悼公不仅替赵家申了冤，报了仇，将国家大事也干得很不错。他下令减少劳役，开矿开荒，操练兵马。这些事都做得很好。邻近的诸侯全都归顺了他。这么一来，晋国就又强大起来了。

晏子使楚

晋悼公自从起用了赵武，又做了中原的霸主。到了他儿子晋平公的时候，就慢慢地衰落下去了。公元前531年，楚庄王的孙子楚灵王进攻陈国和蔡国。这两个国家派使者向晋国求救，晋平公回绝了。这等于说晋国不再是中原诸侯的领袖了。齐国的国君齐景公（齐桓公孙子的孙子）就打算接着晋国来做霸主。他听到楚灵王进攻陈国、蔡国，吓得晋国不敢出兵去救，特意打发使者到楚国去观察一下，想看一看这个"蛮子国"到底有多大的实力。齐国的大夫晏平仲做了使者。

楚国君臣听说齐国派使臣到这儿来，成心要把齐国的使臣侮辱一番，显一显楚国的威风。他们知道晏平仲是小矮个儿，就在城门旁边开了一个五尺来高的窟窿，叫他从这个窟窿钻进去。晏平仲看了这个窟窿，听了招待的人说的话，觉得又好气又好笑。他说："这是狗洞，不是城门。要是我上'狗国'来，就得钻狗洞。要是我来访问的是'人国'呢，就应当从城门进去。我在这儿等一会儿，烦你们先去问个明白，楚国到底是个什么国家？"招待他的人立刻把晏平仲的话告诉了楚灵王。楚灵王只好吩咐人大开城门，把他迎接进来。

那些个迎接他的楚国的大臣说了许多难听的话，讥笑齐国和晏平仲，全被他用话驳了回去。他们再不敢随便张嘴了。

楚灵王见了晏平仲，取笑他说："难道齐国没有人了吗？"晏平仲说："这是什么话？临淄城里挤满了人：大伙儿把袖子一举起来，就能够连成一片云；大伙儿甩一把汗，就能够下一阵雨；走路的人肩膀擦着肩膀，脚尖碰着脚跟。大王怎么说齐国没有人呢？"楚灵王说："那么，为什么打发你来呢？"晏平仲打着哈哈说："大王您这一问哪，我实在不好回答。撒个谎吧，又怕犯了欺君之罪；实话实说吧，又怕大王生气。大王，您说我该怎么办呢？"楚灵王说："实话实说，我不生气。"晏平仲拱了拱手说："敝国有个规矩：访问上等国，就派上等人去；访问下等国呢，就派下等人去。我最没出息，就被派到这儿来了。"说着他故意笑了笑。楚灵王也只好赔着笑。

到了吃饭的时候，武士们拉着一个囚犯从堂下经过。楚灵王问他们："那个囚犯犯了什么罪？哪儿的人？"武士回说："是土匪，齐国人！"楚灵王笑嘻嘻地跟晏平仲说："齐国人怎么那么没出息，做这路事情？"在场的楚国大臣们得意扬扬地笑了起来，他们以为这一下子晏平仲可丢了脸了。哪知晏平仲脸不变色，正经八百地说："大王怎么不知道哇？淮南的橘柑，又大又甜。可是这种橘柑，一种到淮北，就变成了又小又苦的枳（zhǐ）。为什么橘柑会变成枳呢？还不是因为水土不同吗？同样的道理，齐国人在齐国能安居乐业，好好地干活儿，一到了楚国，就当上土匪了，也许是水土不同吧？"楚灵王只好赔不是说："我原来想取笑大夫，没想到反倒被大夫取笑了！是我不好，请别见怪。"楚国的大臣们都觉得自己不是晏子的对手，大家对他不得不尊敬起来。

晏子使楚回来，对齐景公说："楚国虽说城墙坚固，兵马强盛，可是国君狂妄自大，文武大臣中没有了不起的人才。咱们没有什么怕他们的地方。主公只要整顿内政，爱护百姓，提拔有才干的人，远离小人，齐国就能强盛起来。"他把当时数一数二的兵法家田穰（ráng）苴（jū）推荐给了齐景公。后来晋国发兵侵犯齐国的边疆，夺去了几座城，燕国也趁机侵略。齐国的军队经过田穰苴的训练，跟以前大不相同，纪律很好，士兵们很勇敢，晋国和燕国的兵马远远地望见就被吓跑了。田穰苴率领着大队兵马一直追下去，杀了好多敌人，收复了被敌人夺去的那几座城。晋国和燕国只得来跟齐国讲和。

齐景公任用晏平仲为相国，田穰苴为大司马（官名，管军政）。中原的诸侯知道了，不由得对齐国就另眼看待。晋国的名声和势力反倒不如齐国了。

混出昭关

这时候，南方的吴国（原来封于梅里，在江苏省无锡市，后来扩展到淮河泗水以南和浙江省嘉兴、湖州等地区）突然起来跟楚国争夺霸权。北方的晋国利用吴国去牵制楚国，特地派人去帮助吴国，教吴人用兵车打仗。吴国学会了用兵车打仗，收服了不少邻近的小国和部族，又开垦了不少荒地，越来越强大了。

楚国受到吴国的牵制，就像被人扯住了后腿一样，不敢再到中原与晋国争地位了。再加上当时的国君楚平王不明是非，宠用小人，楚国就开始衰弱下去。这时候，楚平王的朝廷里有个最会拍马的人叫费无极。他一见国君宠爱妃子，就劝他立妃子的儿子公子珍为太子。这么一来，原来的太子就活不了啦。

楚平王准备把太子废了。费无极说："不能这么来。太子镇守城父（在河南省宝丰县），有的是兵马，还有他的师傅伍奢帮着他。大王要是把他废了，他万一发兵打到郢都，那就麻烦了。不如先叫伍奢回来，太子就没有了帮手，再派人去治死太子，这就省事。"楚平王依了费无极的话，叫伍奢回朝。

伍奢见了楚平王还没开口，楚平王就问他："太子在城父操练兵马，打算造反，你知道吗？"伍奢听了，生了气，他说："大王怎么又听信小人的坏话，胡乱猜疑自己的骨肉呢？一个人总得明辨是非啊！"费无极插嘴说："伍奢骂大王不明是非，证明他跟太子一条藤儿恨上大王了。"伍奢还想分辩几句，却被武士们推进了监狱。楚平王一边派大臣去杀太子建，一边叫押在监里的伍奢亲笔写信给他的两个儿子伍尚和伍员。伍奢只好照着费无极的意思写："我得罪了大王，押在监里。现在大王看在咱们上辈过去的功劳，把我免了死罪，又听了大臣们的劝解，加封你们的官职。你们弟兄俩见了这封信，赶紧回来向大王谢恩。不然，大王又要治我的罪了。"

过了几天，城父报告说，太子建和他的儿子公子胜已经逃到别国去了。又过了两天，那个送信的人带着伍尚回来了。楚平王把伍尚和他父亲关在一起。伍奢瞧见伍尚一个人来，又是高兴又是难受。他说："我知道你兄弟是不会来的。"伍尚说："我们明知道那封信是大王逼着父亲写的，可是我情愿跟着父亲一块儿死。兄弟说，他要留着这条命给咱们报仇，他已经跑了。"

楚平王叫费无极押着伍奢和伍尚上了法场。伍尚骂费无极说："你这个诱惑君王、杀害忠良、祸国殃民的奸贼，看你作威作福，能享受几天富贵！你这个猪狗不如的小人！"伍奢拦住他说："别骂啦。忠臣奸臣自有公论，咱们何必计较呢。我只担心员儿，要是他回来报仇，不是要连累楚国的老百姓吗？"父子二人就不再开口。费无极把他们杀了。

费无极对楚平王说："伍员这小子虽然跑了，一时跑不了多远。咱们应当赶紧派人追上去。伍奢不是说怕他回来报仇吗？这小子准得回来报仇。斩草不除根，必有后患。"楚平王一边打发人去追伍员，一边下了一道命令："拿住伍员的，赏粮食五万石（dàn），封为大夫；窝藏伍员的，全家死罪。"他又叫画像的人画了伍子胥（伍员，字子胥）的像，挂在各关口，嘱咐各地方的官员仔细盘问出关的人。这么一来，伍子胥就是长了翅膀也飞不了啦。

伍子胥从楚国跑出来，一心想去吴国借兵。后来听说太子建已经逃到宋国，他就往宋国去。到了半路上，只见前头来了一队车马，吓得他连忙躲在树林子里，偷偷地瞧着。等到一辆大车过来，瞧见车上坐的好像是楚国的使臣，细细地一瞧，原来是他的好朋友申包胥。伍子胥这么躲躲闪闪，申包胥可已经瞧见了，就问他："你怎么一个人跑到这儿来了？"伍子胥还没开口，眼泪就像下雨似的掉下来，把一家人遭难的经过说了一遍，末了他说："我要上别国去借兵，征伐楚国，活活地咬昏君的肉，剥奸臣的皮，我才能解恨！"申包胥劝他说："虽然君王无道，可怎么能这样对待君王呢？我劝你还是忍着点儿吧。"伍子胥说："夏朝的桀（jié）王、商朝的纣（zhòu）王，不是也被臣下杀了吗？后代的人谁不称赞成汤和武王？君王无道，失去了君王的身份，谁都可以杀他。再说我还有父兄的大仇呢！要是我不能把楚国灭了，誓不为人。"申包胥反对说："成汤杀夏桀，武王杀商纣，是为了给百姓除害，并非为了自个儿报私仇哇！这点，你得分别清楚。再说，你的仇人只是楚王和费无极，楚国的百姓并没有得罪你呀！你为什么要灭父母之邦呢？"伍子胥说："我管不了这些，我非把楚国灭了不可！"申包胥看劝他不回头，就说："你如果灭了楚国，我一定要尽我的力量把楚国恢复起来。"两个好朋友就这么分手了。

伍子胥到了宋国，见了太子建，两个人抱头大哭。不料宋国起了内乱，有人向楚国去借兵。伍子胥得到这个消息，就带着太子建和公子胜偷偷地跑到了郑国。这时候郑国已经脱离楚国，归附了晋国，就把太子建收留了。太子建和伍子胥每回见了郑定公，总是哭着诉说自己的冤屈，请他帮他们报仇。郑定公说："郑国可比不得先前啦！我虽然挺同情你们，可是没有力量。我想你们还是上晋国去商量商量吧。"没想到太子建瞒着伍子胥，私通晋国，暗地里收买勇士，准备谋害郑定公，想霸占了郑国再打回楚国去。他这样以怨报德，终于因为行事不密，被郑定公杀了。

伍子胥对太子建的行动很不放心，天天打发人暗中跟着他。得到了太子建被杀的信儿，他立刻带着太子建的儿子公子胜离开郑国。他们白天躲着，晚上逃跑，千辛万苦地到了陈国。陈国是楚国的属国，他们当然不能露面，只好躲躲藏藏，往东逃去。只要能够偷过昭关（在安徽省含山县西北），就能够照直地上吴国去了。那昭关是两座山当中的一个关口，本来就有官兵守着。楚平王和费无极料着伍子胥准得上吴国去，特地派了大将蒍（wěi）越带着军队等在那儿。关口上挂着伍子胥的画影图形。伍子胥哪儿知道，他一心想带着小孩子公子胜偷出关口。

他们到了历阳山，离昭关不远了，就在树林子里的小道上走着。好在那儿只有小鸟的叫唤声，没有来往的行人。伍子胥正想歇会儿，忽然从拐弯的地方出来了一个老头儿，开口就说："伍将军上哪儿去？"吓得伍子胥差点儿转身就逃，他连忙回答说："老先生认错了人，我不姓伍！"老头儿笑眯眯地说："真人面前别说假话啦！我东皋（gāo）公当了一辈子医者，在这儿也有点小名望。人家得了病，眼瞧着快要死了，我却还要千方百计把他救活！你又没有病，好好的一个男子汉，我怎么能害你呢？"伍子胥说："老先生有什么指教？您的话我可不大明白。"东皋公说："还是大前天呢，昭关上的薳将军有点不舒服，叫我去看病。我在关口上瞧见你的画像。今天一见你，就认出来了。你这么跑过去，不是自投罗网吗？我就住在这山背后，你还是跟我来吧！"伍子胥瞧那位老先生挺厚道，便跟着他走了。

走了三五里地，瞧见一带竹篱笆、三五间小草房，后面是绿茵茵的一个大竹园子。东皋公领着他们进了竹园子，里面有一间屋子，竹床几案，安置得还挺整齐。东皋公请伍子胥坐在上首里，伍子胥指着公子胜说："这位是我的小主人，楚王的孙子。我哪儿敢坐上位？"东皋公就请公子胜坐在上首里，自己跟伍子胥坐在下首里。伍子胥把楚平王杀害他父兄，轰走太子建，连太子建死在郑国这些经过都说了一遍。东皋公叹息了一会儿，劝解他说："这儿没有人来往，将军可以放心住下，等到我有了办法，再送你们君臣过关。"伍子胥千恩万谢地给他磕头。

东皋公天天款待伍子胥，一连过了七八天，就是不提过关的事。伍子胥苦苦地央求说："我有大仇在身，天天像滚油煎似的难受，待一个时辰就像过了一年。老先生可怜可怜我吧！"说着又哭了起来。东皋公说："我还要去找帮手呢。等我找到了帮手，就能送你们过关了。"伍子胥只得再住下去。他怕时间一长，难免会走漏消息；闯出去，又怕被薳越抓住。真是进退两难，愁得他一连几夜睡不着觉。

过了几天，东皋公带回来一个叫皇甫讷（nè）的朋友。他一见伍子胥，就吓了一跳，说："哎呀，你怎么胡子和头发都白了！是病了吗？"伍子胥要了一面镜子，拿过来一照，立即就大哭起来，说："天哪！我的大仇还没报，怎么已经老了！"东皋公一边叫他安静点，一边把皇甫讷介绍给他，又对他说："头发、胡子是愁白的！这倒好，人家不容易认出你来。"接着他们就商量过关的办法。第二天，天还没亮，他们准备动身。

把守昭关的蘧越吩咐士兵们细细盘问过关的人，还要照着画像一个个地对照一下，才放过去。那一天，士兵们瞧见有人慌里慌张地过来，疑心他是逃犯，细细这么一瞧，果然是伍子胥，士兵就把他逮住，拉到蘧越眼前。蘧越一见，就说："伍子胥，你瞒得过我吗？"就把伍子胥绑了，准备解到郢都去。士兵们因为拿住了伍子胥，得了大功，乱哄哄地非常高兴。这时候过关的人也多了。老百姓也都要瞧一瞧那个久闻大名的逃犯。他们说："咱们因为他，进出多不方便，如今可好了，咱们以后过关就不再那么麻烦了。"

过了一会儿，东皋公来见蘧越，说："听说将军逮住了伍子胥，我老头子特地来道喜。"蘧越说："士兵们抓住了一个人，脸庞倒是真像，可是口音不对。"东皋公说："对对画像，就能认出来了。"蘧越叫士兵们把他拉出来。那个伍子胥一见东皋公就嚷起来说："你怎么到这时候才来？害得我莫名其妙地受欺负！"东皋公笑着对蘧越说："将军抓错了人啦。他是我的朋友皇甫讷，跟我约好了在关前见面，一块儿出去玩，怎么把他逮了呢？"蓝越连忙赔不是，说："士兵们认错了，请别见怪！"东皋公说："将军为朝廷捉拿逃犯，我怎么能怪您呢？"蓝越放了皇甫讷，又叫士兵们留神查问过关的人。士兵们的一团高兴变成了一场空，嘟嘟哝哝地说："早就有好些人出关了。也许真的伍子胥混在里头呢。"蓝越一听着急起来，立刻派一队兵马去追。

鱼肚藏剑

伍子胥趁着士兵们拿住皇甫讷正在乱哄哄的当儿，混出了昭关，急忙向前跑。伍子胥走了几个时辰，一瞧前面有一条大江拦住去路。正在无法可想的时候，后面飞起一片尘土，好像千军万马追了上来。他抱起公子胜慌忙顺着江边跑下去，找到有苇子的地方藏了起来。伍子胥四面一瞧，瞧见一个打鱼的老头儿划着一艘小船过来。伍子胥急忙喊道说："渔丈人，请把我们渡过江去！渔丈人，请行个好！"那个老头儿把小船划过来，说："芦中人，你就上船吧！"伍子胥跟公子胜上了小船，不到半个时辰，船快到对岸，他们这才放了心。

到了这时候，那个打鱼的老头儿才开口说："将军想必就是伍子胥吧？您的画像挂在关口，我也见过几回。听说楚王把您父兄杀了，这儿的人都替您担心。今儿个我把您渡过来，我也放心了。将军，您苍老得多啦，可是看上去有精神。"伍子胥感激万分，就说："难得老大爷一片好心，救了我这受难的人。将来我伍员要是有点出息，都是您老人家的恩典。"说着，他摘下佩带的宝剑，交给老头儿说："这把宝剑是先王赐给我祖父的。上头镶着七颗宝石，至少值一百多斤金子。我只有这么点礼物送给您，好歹表表我的心意。"那个老头儿笑着说："楚王出了重赏要逮您。我不要五万石的赏，也不要大夫的爵位，怎么倒贪图您这宝剑呢！再说，这宝剑对我没有什么用处，对您可是少不了的。"伍子胥大大地受了感动，问他说："请问老大爷尊姓大名？让我以后也好报恩。"没想到这句话引起了老头儿的火儿来了。他指着伍子胥说："我瞧着您有危难，才把您渡过来了。您倒开口说'一百斤金子'，闭口说'将来报恩'，真太没有大丈夫的气派了！"伍子胥连忙赔罪说："您当然不要酬劳，可是我怎么能忘了您呢？您把姓名告诉我，也可以让我记住您呢。"那老头儿说："我是个打鱼的，今儿个在这儿，明儿个在那儿，您就是知道了我的姓名，也找不着我。要是咱们还有相逢的日子，那时候，我叫您'芦中人'，您叫我'渔丈人'，不是一样的吗？"伍子胥只好收了宝剑，拜谢一番，走了。

伍子胥带着公子胜进了吴国的边界，又走了三百里地，才到了吴国的都城。他把公子胜藏在城外，自己穿上破衣裳，披散着头发，打扮成一个要饭的样子，手里拿着一根箫在街上要饭。他一会儿吹箫，一会儿唱曲，希望引起吴国人注意他。

伍子胥在大街上吹箫要饭，果然被吴王的哥哥公子光请了去。伍子胥就投在他门下，做了他的心腹，暂时住在城外。有一天，公子光去见伍子胥，开门见山地说："先生在楚国跟在这儿一定有好些朋友吧。先生遇见过有才能的勇士没有？"伍子胥说："有。我有个好朋友，叫专诸，是个勇士。他家离这儿不远，明天我让他来拜见您。"公子光说："哪儿能叫他来呢？先生辛苦一趟，陪我去拜访他吧。"他们就一同去见专诸。专诸见伍子胥和一位公子进来，赶紧迎了上去。伍子胥对他说："这位就是吴国的大公子，久仰兄弟大名，特地来拜见你，想与你交朋友。你可别推辞呀。"专诸向公子光拜见问好。公子光拿出好些礼物，作为见面礼。专诸不收。经伍子胥再三劝说，才收下了。打这儿起，他们三个人交上了朋友。

有一天，公子光去拜访专诸。专诸很过意不去，说："我是一个粗鲁人，受了公子恩典，叫我怎么报答呢？我猜想公子一定有什么为难的事要我去干吧。"公子光说："我有极大的冤屈。我想请你替我报仇，把吴王僚刺死。"专诸说："这从哪儿说起！吴王僚是先王的儿子，正正式式继承王位，公子叫我去害他，这不是造反吗？"公子光说："先王的王位，按理应当由我来继承。我说给你听一听，你就明白了。"公子光就把吴国君王传位的事说了出来。

原来在公元前585年，吴国寿梦称王。吴王寿梦有四个儿子。弟兄四个都很不错，可是寿梦认为小儿子季札顶贤明。寿梦临终时对四个儿子说："你们弟兄之中又贤明又能干的要算季札了。要是他能做国王，吴国准能治理得很好。我要立他为太子，可是他一死儿不依。既然这样，我给你们一个命令：我死了之后，王位就传给老大，老大再传给老二，老二再传给老三，最后由老三传给季札。你们要记住：你们的王位必须传给兄弟，千万别传给自己的儿子。季札虽说是小弟，也有做国王的份儿了。不是我偏疼季札，这可是为了咱们国家的好处。谁要是不服从我这个命令，就不是我的儿子。"嘱咐完了，寿梦咽了气。

老大立刻要把王位传给季札。季札说什么也不同意。他说："父王在世的时候，我不愿意做王，父王归了天，我倒来抢哥哥的王位，我能这么办吗？哥哥要是硬逼着我，我只好上别国躲着去了。"老大拗不过他，只好自己即了位。他想："我要是活到老才死，然后把王位传给老二，老二传给老三，三弟之后才轮到四弟，那四弟还能做王吗？我得另想主意。"他亲自带着士兵去打楚国，成心让自己死在战场上。他打了一个胜仗，可是自己却被敌人射死了。大臣们照着寿梦的命令，立二公子为吴王。老二说："哥哥并不是真死在敌人手里，他是故意去寻死的，为的是要把王位让给四弟。"他也出去打仗，死在外面。三公子就把王位让给季札，季札宁可死去，也不愿做王。老三只好做了国王。

到了公元前527年，老三得了重病。他临死前要季札接他的王位。季札偷偷地跑了。这么一来，王位让给谁呢？公子光是老大的长子。据他说，他爷爷的命令到季札做王为止。季札既然走了，王位就该轮到他了。没想到老三的儿子公子僚继承了王位。公子光一心要把吴王僚刺死，为的是重新继续长子即位的传统。

专诸听了这一段话，就答应了下来。他问公子光："吴王僚平日最喜欢的是什么？先得知道他的脾气，再想法子去亲近他。"公子光想了想，说："他顶爱吃鱼。"专诸就上太湖边

132

一家饭馆里专门去学做鱼，天天琢磨着怎么样才能烧出最好吃的鱼来。他一心一意地学了三个月，居然学会了，然后去给公子光当厨子。

公子光趁着吴王僚高兴，对他说："我有一个从太湖来的厨子，专烧大鱼。他做的鱼比什么都好吃。哪天请大王上我家去尝尝口味怎么样？"吴王僚一听吃鱼，就挺高兴地答应了。

吴王僚怕人行刺，在王袍里面穿上铠甲，带着一百名卫兵去公子光家里吃饭。那一百名卫兵好像铜墙铁壁似的保卫着吴王僚。厨子每上一道菜，先得搜查一遍，然后由卫兵跟着他端上去。赶到专诸端上一条糖醋鲤鱼的时候，吴王僚忽然站起来，大声地说："好，好，好！你真有一套！"公子光吓得脸都白了，竭力装出挺镇静的样子，眼睛瞧着专诸。卫兵把专诸浑身上下搜了一遍，才让他上去。接着吴王僚又说："我一闻见味儿，就知道这鱼烧得不错！"专诸端着那盘大鲤鱼走到吴王僚面前，刚要把那盘鱼放下，突然从鱼的肚子里抽出一把短刀叫"鱼肠剑"，使劲地照着吴王僚的胸脯扎过去。那鱼肠剑刺透了铠甲，穿出脊梁。吴王僚大叫一声，立刻断了气。卫兵们拥上去把专诸砍成了肉泥烂酱。就在这个当儿，公子光和伍子胥带着自己的士兵把吴王僚的卫兵杀散，然后就去占领王宫。紧接着伍子胥带着士兵保护着公子光上了朝堂，召集了大臣，对他们说："吴王僚不遵守先王的命令，霸占了王位，照理早就应该治死。"公子光接着说："我暂且管理朝政，等叔叔（指季札）回来，就把王位让给他。"公子光就这么做了吴王，改名为阖闾。

这是公元前514年的事儿。

掘墓鞭尸

伍子胥为了进攻楚国，给他父亲报仇，向阖闾推荐了当时的大军事家孙武。阖闾从朝堂上跑下来迎接孙武，接着就问他用兵的法子。孙武把自己写的《兵法》十三篇献给他。阖闾叫伍子胥从头到尾一篇一篇地念，讲的原来是怎么用计谋、怎么定战略、怎么行军、怎么进攻、怎么利用地形、怎么使用武器，讲得头头是道，非常透彻。伍子胥每念完一段，阖闾就不住地称赞。他对伍子胥说："这十三篇兵法既扼要又仔细，真是好极了。可是，吴国没有那么多的士兵，怎么办呢？"孙武说："有了兵法，只要大王有决心，不光男子，就是女子也行。男男女女，全能够打仗，还愁什么人马不够吗？"阖闾笑着说："女人哪儿能打仗呢，这不是笑话吗？"孙武一本正经地说："大王要是不信的话，请先拿宫女们试一试瞧瞧。我要是不能把她们训练得跟士兵们一样，情愿认罪受罚。"阖闾派了一百五十名宫女，叫孙武去训练。

孙武请阖闾挑出两个心爱的妃子当队长。阖闾也答应了。末了，孙武请求说："军队中最要紧的是纪律。虽说拿宫女们试试，也得有纪律。请大王派个执掌军法的人，再给我几个武将做助手。不知道大王答应不答应？"阖闾全都答应了。

一百五十个宫女穿上军衣，戴上头盔，拿着兵器，到操场上集合。孙武出了三道军令："第一，队伍不许混乱；第二，不许吵吵闹闹；第三，不许存心违背命令。"跟着，他就把宫女们排成队伍，操练了起来。哪儿知道那两个妃子队长还以为她们穿上军衣，拿着长枪短刀，是出来玩儿的，带头嘻嘻哈哈地不听号令。别的宫女一见领队这个样儿，大伙儿笑成一团，有的坐着，有的蹲着，有的学着姿态，有的还来回奔跑，乱七八糟，简直不像一回事。孙武就传令，叫她们归队立正，但还是有人说说笑笑，不听命令。孙武传了三回令，两个妃子队长和宫女们还是嘻皮笑脸地不听话。她们都是阖闾所宠爱的，孙武敢把她们怎么样？高兴了，操练着玩玩；不高兴就回宫去，怕什么！孙武忍不住了。他大声地对那个执掌军法的人说："士兵不听命令，不服管，按照军法应当怎么处罚？"军法官赶紧跪下说："应当砍头！"孙武就发出命令，说："先把队长正法，做个榜样。"武士们立刻把那两个妃子绑上。这一下吓得宫女们全都变了脸色。

阖闾在高台上远远瞧着她们操练，忽然瞧见两个妃子被武士绑了，立刻打发一个大臣传令去救。那个大臣急急忙忙地见了孙武，传阖闾的话说："大王已经知道将军注重纪律的道理了。这两个妃子看在头一次犯错误，饶了她们吧！"孙武说："操练军队不是闹着玩儿，如果不把犯法的人办罪，以后谁还能指挥军队呢？"他就下令叫武士把那两个队长砍了。宫女们全都变了脸色，一声也不敢言语了。孙武又挑了两个宫女当队长，重新操练。这批宫女经过孙武严厉的训练，居然练成了一支很像样的军队。

公元前506年，阖闾拜孙武为大将、伍子胥为副将，派自己的亲兄弟公子夫概为先锋，发兵六万进攻楚国，把楚国的军队打得一败涂地。那时候，楚平王已经死了，儿子楚昭王眼瞧着郢都难保，匆匆忙忙地逃到别国去了，楚国从来没败得这么惨。

孙武、伍子胥和别的将士护卫着阖闾进了郢都。吴国的君臣就在楚国的朝堂上开了个庆功大会。

第二天，伍子胥劝阖闾把楚国灭了，孙武不同意。他劝阖闾废去楚昭王，立太子建的儿子公子胜为楚王。他说："楚人大多替太子建抱不平，大王立他的儿子为楚王，楚人准会感激大王，列国诸侯也必定佩服大王，公子胜更忘不了您的大恩。这么一来，楚国就是大王的属国，这是名利双收的办法。"阖闾贪图楚国的地盘，就听了伍子胥的话，决定把楚国灭了。伍子胥为了替父兄报仇，咬牙切齿地痛恨着楚平王，可是楚平王已经死了，怎么办呢？他请求阖闾让他去刨楚平王的坟。阖闾说："你帮了我不少的忙，这点小事，你自己看着办吧。"

伍子胥打听出楚平王的坟修在东门外的蓼台湖。他就带着士兵上湖边去找。白茫茫的一片，谁也不知道坟在哪儿。伍子胥捶着胸脯，哭了起来，说："天哪，天哪！我父兄的大仇为什么报不了呢？"正在这个时候，来了个老头儿。他对伍子胥说："昏王自己知道仇人多，怕将来有人刨他的坟，他做了好几个空坟。他又怕做坟的石工泄露机密，在完工之后，把石工全杀了。我就是当时做活儿里头的一个，碰巧逃了一条活命。今儿个将军替父兄报仇，我也正想要替被害的伙伴们报仇呢。"

伍子胥就叫这老石工领路，找着了坟地的地界。大伙儿拆了石头坟，凿开了棺材，里头只放着楚王的衣裳和帽子，连一根骨头都没有。伍子胥又哭了。那老头儿说："这穴坟是假的，真的还在底下呢。"他们拆了底板，再往下挖，又露出了一口棺材。据说楚平王的尸首是用水银制过的。打开棺材一看，尸首没有腐烂。伍子胥见了楚平王完整的尸首，当时怒气冲天，立刻把他拉出来，抄起钢鞭，一气打了三百下，打得骨头也折了。他把钢鞭戳进楚平王的眼眶里，说："你生前有眼无珠，看不清谁是忠臣，谁是奸贼。你听信小人的话，杀害忠良。今天你再死在我手里，也不解我的恨。"他流着眼泪，越骂越气，把尸首的脑袋砍了下来。

伍子胥鞭打尸首以后，又对阖闾说："必须把楚王杀了，楚国才能算灭了。"阖闾就让他带领一队兵马去找楚昭王。伍子胥打听不到楚昭王的下落，很不痛快。后来听说楚国的令尹跑到郑国去了。他想，楚王也许跟令尹在一起，再说，郑国杀了太子建，这个仇也得报。他带领兵马一直往郑国进攻。郑国可就慌了神了。全国上下没有不埋怨楚国的令尹的，逼得他走投无路，只好自杀了。郑定公把令尹的头献给伍子胥，说楚王确实没到郑国来过。伍子胥还是不依不饶，非要灭了郑国不可。郑国的大臣们主张跟吴军拼个你死我活。郑定公说："拿郑国这点兵力来说，哪儿能跟楚国比呢？楚国都被他打败了，别说咱们这个小国了。"他下了一道命令："谁能叫伍子胥退兵，就有重赏。"可是谁有这样的本领呢？命令出了三天，就是没有一个应征的。

到了第四天，有个打鱼的小伙子来见郑定公。他说，他有办法让伍子胥退兵。郑定公问他需要多少兵车。他说："光凭这个划船的桨就能把几万的兵马打退。"谁信他这句话呢？可是大伙儿没有法子，就让他去试试吧。打鱼的小伙子去吴国兵营见伍子胥，一边唱着歌，一边拿着那根桨打拍子。他唱着：

芦中人，芦中人，

渡过江，谁的恩？

宝剑上，七星文，

还给你，带在身。

你今天，得意了，

可记得，渔丈人？

伍子胥一听，吓了一跳，连忙问他：“你是谁呀？”他说：“您没瞧见这根桨吗？我爸爸全靠它过日子，当初也全靠它救了您。”伍子胥一想起芦花渡口的情形和那个打鱼的老大爷的恩德，不由得掉下眼泪，问道：“你怎么会上这儿来的？你父亲呢？”他说：“我们打鱼的向来没有固定的地方。这次因为打仗，才到了这儿。国君下了命令，谁要能请将军退兵，就有重赏。我爸爸已经死了。不知道将军能不能看我死去爸爸的情面，饶了郑国？”伍子胥很感激地说：“我能够有今天，全是你父亲的恩德。我哪儿能把他忘了呢？”当时，他下令退兵。打鱼的欢天喜地地去向郑定公报告。这一下子，郑国人都把他当作大救星。郑定公封给他一大片土地。郑国人全叫他“打鱼的大夫”。

伍子胥离开郑国，回到楚国，把军队驻扎下来，打发人上各处去探听楚昭王的下落。有一天，他接到一封信，是他朋友申包胥寄来的，劝他说：“你的仇也报了，气也出了，还是早点带着吴国的兵马回去吧。你大概还记得我说的话吧：你要是灭了楚国，我一定要尽我的力量把楚国恢复起来。请你再思再想。"伍子胥念了两遍，低头想了一想，跟送信的人说："我忙得厉害，没工夫写回信。烦你带个口信回去，就说我积了十八年的仇恨，到了今天也许有点不近人情，这实在没有办法。"

送信的人回去把这话告诉了申包胥。申包胥知道已经没有办法跟伍子胥讲理了。他一想楚平王的夫人是秦哀公的女儿，楚昭王是秦哀公的外孙，就连夜动身上秦国去借兵。他连白天带黑夜地走，脚走得都流血了，就把衣裳撕下一条来，缠上脚再走。到了秦国，他见着了秦哀公，说："吴王是一个贪心不足的暴君。他想吞并诸侯，独霸天下。今儿个灭了楚国，明儿个还想打到秦国来。现在您的外孙东奔西跑，命还不知道保得住保不住。求您出兵把楚国恢复过来，我们情愿永远做您的属国。"秦哀公说："你先歇歇去，让我跟大伙儿商量商量。"

哪儿知道秦哀公不愿意跟吴国打仗。申包胥两次三番地跟他哀求，他总是敷衍。申包胥就站在朝堂上一个劲儿地哭。大伙儿都散了，他还是不走。到了晚上，人家都睡了，他还站在那儿哭。他一连气哭了七天七夜。秦哀公被他哭得感动了，就派两员大将，带领五百辆兵车，去打吴国的大军。

两国的大军，在楚国的边界上对起阵来。没想到阖闾的弟弟夫概带着自己的一队兵马，偷偷地回到吴国抢王位去了。他一边自立为王，一边打发使者上越国（那时候，越国包括现在浙江余杭以南，东到海边的地方，以后扩展到江苏、浙江两个全省和山东省的南部，都城在会稽，就是现在浙江省绍兴市）去借兵，许诺送五座城给越王当谢礼。

吴王阖闾只好答应与楚国讲和，自己赶回去对付夫概和越国的兵马。伍子胥还没有退兵，接到了申包胥的一封信，信上说："你灭了楚国，我恢复了楚国。你我应当顾念自己的国家，别再连累百姓。你请吴国退兵，我也请秦人回去，好不好？"伍子胥和孙武答应退兵，不过要求楚国派人到吴国去迎接公子胜，封给他一块土地。楚国那方面也答应了。吴国的将士就把楚国库房里的财宝全都运到吴国去，又把楚国的老百姓一万多户迁移到吴国去，叫他们住在人口稀少的地方。

阖闾回到吴国，消灭了乱党，自己仍旧做吴王，可是他恨透了越王，迟早得报这个仇。这次打了胜仗，他把第一大功归给孙武。孙武不愿意做官，一定要回乡下。伍子胥一再挽留他，他反倒劝伍子胥说："我不光是要保全我自己，还想保全你。你已经替父兄报了仇，还是跟我一块儿躲开这地界，免得将来受人家的气。"伍子胥还想帮助吴王建立霸业，孙武就自己走了。

夹谷之会

公元前500年，齐景公打算联络鲁国和别的诸侯国，把齐桓公当年的事业再做一遍。他写信给鲁国的国君鲁定公，约他到两国边界的夹谷（在山东省莱芜县）开会，准备订立盟约。那时候，诸侯开会得有一个大臣做重要助手。这种国君的助手称为"相礼"。鲁定公问大臣们："我去开会，谁当相礼呢？"有一位大夫推荐大司寇（官名，管司法）当相礼。鲁国的大司寇就是大名鼎鼎的孔夫子。

孔夫子也就是孔子。他父亲是个地位不高的武官，叫叔梁纥（姓孔，名纥，字叔梁）。叔梁纥有九个女儿和一个儿子。儿子的脚有毛病，也许是个瘸子。叔梁纥虽然上了年纪，可是还想生个文武全才的儿子。他又娶了小姑娘颜征在。他们曾经在曲阜东南的尼丘山上求老天爷赐给他们一个儿子。后来他们生了个儿子，以为是尼丘山上求来的，就给他取名叫孔丘，字仲尼（"仲"就是"老二"的意思）。

孔子三岁死了父亲。母亲颜氏受人歧视，孔家的人连送殡都不让她去。娘儿俩被孔家轰了出来。颜氏很有志气，带着孔子离开老家，搬到曲阜，日日夜夜辛勤操作，靠着双手抚养孔子。孔子小时候没有可以玩儿的东西，只见过母亲每逢父亲的生日或去世的周年，摆上一些酒食盘儿祭祀，静悄悄地哭一顿。他也就摆上小盆小盘的，玩祭天祭祖。

孔子十七岁那年，母亲死了。因为父亲下葬的时候，孔家的人不许他母亲送殡，娘儿俩一直不知道父亲的坟在哪儿，孔子只好把母亲的棺木埋在曲阜。后来，一位老太太告诉他，说他父亲葬在防山（在山东省曲阜县东），孔子才把母亲的坟移到那边。那一年，鲁国的大夫季孙氏请客，招待读书人，说是只要有学问，谁都可以去。孔子想趁着机会露露面，认识认识当时的名人，也去了。季孙氏的家臣阳虎瞧见了这位没有地位的青年人，就作威作福地骂了他一顿，还说："我们这儿请的都是知名人士，你来干吗？"孔子只好红着脸，别别扭扭地退了出去。他受了这番刺激，格外刻苦用功，一定要做个有学问有道德修养的名士。他住在一条叫达巷的胡同里，学习六艺，就是礼节、音乐、射箭、驾车、书写、计算六门课程。这是当时一个全才的读书人所应当学的六种本领，所以叫"六艺"。达巷里的人都称赞他，说："孔丘真有学问，什么都会。"孔子很谦虚地说："我会什么呢？我总算学会了赶大车。"

孔子在二十六七岁的时候，担任了一个小小的职司叫"乘田"，工作是管理牛羊。他说："我一定把牛羊养得肥肥的。"果然，他管理的牛羊都很肥壮，又繁殖得快。后来他做了"委吏"，干的是会计工作。他说："我一定把账目弄得清清楚楚。"果然，他的账目一点不出差错。孔子快到三十岁的时候，名声大了起来。有人愿意拜他为老师。他就办了一个书房，招收学生，贵族学生、平民学生，他都收。过去只有给贵族念书的"官学"，孔子办了"私学"以后，贵族独占的文化教育也多少可以传给一般的人了。

鲁国的大夫孟僖（xī）子嘱咐他的两个儿子孟懿子和南宫适（kuò）去孔子那儿学礼。后来，南宫适向国君鲁昭公请求派他和孔子一同去考察周朝的礼乐。鲁昭公给了他们一辆车、两匹马和仆人，让他们到周朝的都城洛阳去。那一年，孔子正三十岁。他特地送了一只大雁给老子作为见面礼，向他请教礼乐。老子姓李，名耳，字聃（dān），年纪比孔子大得多。他见孔子向他虚心求教，很喜欢，拿出老前辈的热心肠，很认真地教导孔子。

孔子三十五岁的时候，鲁昭公被大夫季孙氏轰走了，鲁国的三家有势力的大夫孟孙氏、叔孙氏、季孙氏，互相争权，鲁国闹得很乱。齐景公正想继承齐桓公做一番事业。孔子就到了齐国，想实现他的理想。齐景公待他很客气，也许还打算用他。他先探听探听晏平仲的意见。晏平仲固然很佩服孔子的人品和学问，可是两个人的主张不同，合不到一块儿去。晏子对孔子的态度是：恭敬他，可是不接近他。齐景公到底没用孔子。

孔子在齐国待了将近三年，又回到了鲁国。他把全副精力放在教育事业上。他的门生之中成就最高的就有七十二人。他们老师和门生好像一家人那么亲密，大伙儿对孔子非常尊敬，把他当作他们的父亲一样。

孔子五十一岁时，他在鲁国做了中都宰（中都，鲁国大城，在山东省汶上县），后做了司空，又由司空做了大司寇。齐景公邀鲁定公到夹谷开会，鲁定公就请大司寇孔子为相礼，准备一块儿去齐国。

孔子对鲁定公说："齐国屡次侵犯我边疆，这次讲和，也得有兵马防备着。从前宋襄公开会的时候，没带兵车去，到最后受了楚国的欺负。这就是说，光讲和平没有武力不行。请把左右司马都带去。"鲁定公听了他的话，请他去安排。孔子就请鲁定公派申句须和乐颀（qí）两位大将带领五百辆兵车跟着去夹谷。

到了夹谷，两位大将把军队驻扎在离会场十里地的地方，自己带着几个随身的卫士跟着鲁定公和孔子一同上会场去。开会的时候，齐景公有晏平仲当相礼，鲁定公有孔子当相礼。举行了开会仪式之后，齐景公就对鲁定公说："咱们今天聚在一起，实在不容易，我预备了一种很特别的歌舞，请您看看。"说话之间，他就叫乐工表演土人的歌舞。一会儿台底下打起鼓来，有一队人扮作土人，有的拿着旗帜，有的拿着长矛，有的拿着单刀和盾牌，打着呼哨，一窝蜂似的拥上台来，鲁定公吓得脸都白了。孔子立刻跑到齐景公面前，说："中原诸侯开会，就是要有歌舞，也不应该用土人打仗的场景当作歌舞。请快吩咐他们下去吧！"晏平仲也说："说的是啊！我们不爱看这种歌舞。"他哪儿知道这是齐国的大夫黎弥和齐景公两个人使的诡计。他们想拿这些"土人"来吓唬吓唬鲁定公，好让他在会议上做出些让步。被晏平仲和孔子这么一说，齐景公也觉得怪不好意思的，就叫他们下去。

黎弥躲在台下，"土人"上去之后，等他们一动手，自己就在台下带着士兵一齐闹起来。没想到这个计策没办到，只好另想办法。散会以后，齐景公请鲁定公吃饭。正在宴会的时候，黎弥叫了一班抹粉搽胭脂的乐工，在齐、鲁两国的君臣跟前唱着下流的歌儿，表演下流的动作侮辱鲁国的君臣。气得孔子拔出剑来，瞪圆了眼睛，对齐景公说："这种下贱人竟敢戏弄诸侯，应当办罪！请贵国的司马立刻把他们杀了！"齐景公不言语，乐工们继续唱着演着。孔子忍不住了，就说："齐、鲁两国既然和好，结为弟兄，那么鲁国的司马就跟齐国的司马一样，可以执行处分。"接着，他就扯开了嗓子向堂下喊："鲁国的左右司马申句须和乐颀在哪儿？"两位大将一听见孔子叫他们，飞也似的跑上去把两个领头的乐工拉出去了。别的乐工吓得慌慌张张地全跑了。齐景公吓了一大跳，晏平仲却很镇静，他让齐景公放心。这时候，黎弥才知道鲁国的大将也在这儿，还听说鲁国的大队人马都驻扎在附近，吓得他缩着脖子退了出去。

宴会之后，晏平仲狠狠地数落了黎弥一顿。他又对齐景公

150

说："咱们应当向鲁侯赔不是。要是主公真要做霸主，真心实意地打算和鲁国交好，就应当把咱们从鲁国霸占过来的汾阳地方的三块土地还给鲁国。"齐景公听了他的话，把三个地方都退还给鲁国。鲁定公向齐景公道了谢，带着孔子和随从人员回国去了。

孔子在夹谷会上取得了外交上的胜利，鲁定公和三家的大夫都信任孔子，请他管理朝政。鲁国自从让孔子治理以后，据说仅仅三个月时间就变成了一个很像样的国家了。如果有人在路上丢了什么，他可以到原地去找，准能找得着。因为没有主儿的东西，就没有人捡。夜里敞着门睡觉，也没有小偷儿溜进去偷东西。这么一来，别国反倒担一分心。尤其是贴邻的齐国，又是恨又是怕，就有人出来想法去破坏鲁国的内政。

晏子虽说不愿意跟孔子一块儿做事，也不赞成孔子的主张，可他并不干涉别国的事。等到晏子一死，齐国的大夫黎弥掌了权，他就变着法儿想破坏鲁国的事。他劝齐景公给鲁定公和季孙氏送一班女乐去。这种女乐正合糊涂君臣的口味。要让孔子瞧见，他准得头疼。齐景公同意了，送给鲁定公最漂亮的歌女八十名。

鲁定公把八十名歌女留在宫里。他挑了三十个赏给季孙氏。从此鲁定公和季孙氏就天天玩儿了。孔子劝他们几句，他们就恭恭敬敬地躲着他了。孔子的弟子子路说："老师，鲁君不办正事，咱们走吧！"

孔子离开鲁国的时候，已经五十五岁了。从此，他带着门生周游列国。他到过卫国、曹国、宋国、郑国、陈国、蔡国、楚国。这些国家的国君都不能用他。他流浪了十多年，到卫国的时候，已经六十八岁了。卫国的国君想请他做官，他推辞了。正好鲁国的相国派人来请孔子，孔子就回到本国，不打算再上各处去奔波了。他一心一意把精力放在编书上。他编了几本书，其中最主要的一本叫《春秋》，记载从鲁隐公元年到鲁哀公十四年，就是公元前722年至公元前481年的大事。

石屋养马

　　吴王阖闾因为当初越国不帮他攻打楚国，反倒帮夫概造反，早想发兵去征伐越国了。公元前496年，越王死了，他儿子勾践继承了王位。吴王就趁着越国有丧事，发兵去攻打。他叫伍子胥守住本国，自己带着伯嚭（pǐ）、王孙雒和专毅三个将军，率领三万精兵去攻打越国。越王勾践亲自带着大将诸稽郢、灵姑浮他们进行抵挡。

　　吴国的兵马在檇李（在浙江省嘉兴市）中了越国的埋伏，来不及抵抗，就败了下去。勾践的大将诸稽郢和灵姑浮带着士兵见人就砍，把吴王阖闾吓得从车上掉了下来。灵姑浮拿着刀赶上来，阖闾赶紧往后一缩，他的右脚已经被砍了一刀。灵姑浮接着又来一刀，可巧叫专毅架住。王孙雒和伯嚭赶到，一边抵挡，一边退兵，人马已经损失了一半。阖闾因受了重伤，又上了年纪，受不了那份疼痛，还没有回国就断气了。过了几天，专毅也因负伤过重死了。

阖闾死了以后，儿子夫差即位为国王。夫差决心替父亲报仇，叫人每天提醒他几回。一清早起来，他手下的人就扯开了嗓子问他："夫差！你忘了越王杀了你的父亲吗？"夫差流着眼泪说："不，不敢忘！"吃饭的时候，临睡的时候，也这么一问一答地提醒他。他叫伍子胥和伯嚭在太湖上操练水兵，自己在陆上操练兵车，一定要向越国报仇。

一晃两年过去了。公元前494年，吴王夫差拜伍子胥为大将，伯嚭为副将，亲自带领大队兵马，从太湖出发攻打越国。越国的谋臣范蠡（lí）和大夫文种劝勾践向吴王赔不是，向他求和，往后再想办法。勾践说："这哪儿行啊？吴国跟咱们辈辈有仇，他们既然打过来，咱们只好抵挡。如今两国还没有交锋，咱们就先跟人家讲和认错，往后还有脸见人吗？"勾践就派三万壮丁去跟吴人拼个死活。

两国的水兵在太湖上打上了。灵姑浮和越国的大将们阵亡了，越国的水兵差点儿被杀得全军覆没。勾践立刻叫范蠡守住固城（在江苏省高淳县南），勾践自己带着五千人跑到会稽山躲着去了。吴人不放松，紧跟着上了岸，不但屠杀越国的老百姓，还把快成熟的庄稼都烧了，惨极了。吴国的大军围住固城。右边是伍子胥的军队，左边是伯嚭的军队，两面夹攻，急得范蠡、文种只好向勾践请示办法。

大夫文种劝勾践说："别再犹疑了！赶紧去跟人家讲和吧！"勾践说："都到这份上了，他还能答应吗？"文种说："只要大王立志报仇，什么委屈暂时忍受一下，他们一定会答应的。吴国的副将伯嚭向来跟伍子胥面和心不和。伍子胥办事周到严实，伯嚭怕他功劳太大，被他盖着，爬不上去。再说伯嚭又是一个贪财好色的小人，咱们只要去拉拢他，他准能帮助咱们的。"勾践叫文种瞧着办去。

文种到了吴国的兵营，拜见了伯嚭，跪在地上说："越王勾践年幼无知，得罪了贵国。他如今后悔了，情愿当个贵国的臣下。他怕吴王不答应，特地打发我来恳求您。勾践奉上白璧二十双，金子一千斤，又从国里挑选了八个美女，派到这儿来伺候您。这点孝敬，请先收下，以后还要不断地来孝敬您。您是吴王亲信的大臣，这些年来功劳最大，吴国的大事全都靠着您处理。只要您在吴王跟前说句话，没有什么事是办不成的。"

伯嚭听了文种的话，浑身舒坦。可是他还装腔作势，作出满不在乎的样子，用三根手指头捻着下巴底下几根长短不齐的松针胡子，说："越国眼看快完了，越国所有的全是吴国的。你想拿这么点东西来哄我吗？"文种说："越国虽说打了败仗，可是多少还有点兵马守住会稽。要是再打败了的话，只得放火一烧，把库房里的财宝烧个精光，吴国休想能得着什么。就算能抢到一些财宝，吴王也未必全都赏给您。我们不去恳求吴王，也不上右边兵营里去，偏偏来跟您求饶讲和，还不是因为您一向就比他们贤明吗？"伯嚭点了点脑袋，说："你们也知道我向来不欺负人。好，就这么办吧，明天我带你去见大王。"

当天晚上，伯嚭先把这事对夫差说了，夫差答应了。第二天，文种跪在夫差面前，把勾践请求讲和的意思说了一遍。夫差说："越王情愿当我的臣下，他们夫妇愿意不愿意跟着我上吴国去？"文种说："既然当了大王的臣下，理当伺候大王。"伯嚭插嘴说："勾践夫妇情愿上吴国来伺候大王，越国就是吴国的了。大王答应了吧。"夫差就答应了。

右边兵营里的伍子胥听说越国打发人求和，赶紧跑到中军去见吴王夫差，劝他不能答应。他一个人无法动摇夫差和伯囂的决心。夫差很客气地说："您请上后边歇息歇息吧！"伍子胥只能唉声叹气地出来了。

他出来碰见了大夫王孙雄。伍子胥对他说："越国十年生聚，十年教训，二十年就把吴国灭了！"王孙雄冲他笑了笑，有点不信，气得伍子胥连连叹气，他觉得没有一个人能跟他同心合意的了。

文种回到会稽，报告了求和的经过。勾践召集大臣们，要把国家大事托付给他们经管。他见了他们，哭个没完没了，话也说不出来了。大伙儿劝解越王只管放心到吴国去。吴国打败越国，这个仇非报不可。他们都下了决心，一定在国内埋头苦干，想法子恢复越国当年的地位。勾践就拜托文种和别的大臣管理国事，自己带着夫人和范蠡去吴国了。越国的大臣和老百姓哭着送行。

勾践到了吴国，夫差让他们夫妇住在阖闾的大坟旁边的一间石头屋子里，叫勾践给他喂马。范蠡跟着他做奴仆的工作。夫差每次坐车出去，勾践就给他牵马。吴人常常指着勾践说："瞧！咱们大王的马夫！"勾践当作没听见，随便让人家取笑。就这么过了三年。在这三年当中，勾践很小心地伺候着吴王，真是百依百顺，比别的奴仆还要驯服。文种还时常打发人给伯嚭送礼。伯嚭总在吴王跟前给勾践说情。

有一回夫差病了，勾践托伯嚭带话，说他听说大王病了，挺惦记的，想来问候。夫差瞧他殷勤得怪可怜的，就答应了。伯嚭带着勾践到了内房，夫差正要拉屎，勾践赶紧上前搀扶他。夫差叫勾践出去。勾践说："父亲有病，做儿子的应当服侍；大王有病，做臣下的也应当服侍。再说我还有点小经验，瞧瞧拉的是什么屎，就能知道大王的病是轻是重了。"夫差只好让他扶着。拉完了之后，夫差觉得舒坦点。勾践背过身去，掀开马桶盖看了看，回头向夫差磕个头，说："恭喜大王！大王的病已经过了险劲儿了。要是没有别的变化，再待几天就完全好了。"夫差说："你怎么知道的？"勾践说："我刚才看了大王的屎，就知道肚子里的毒气已经发散出来了。"夫差倒觉得过意不去了，说："你待我不错。等我病好了，放你回去。"

公元前491年，夫差亲自送勾践离开吴国。勾践夫妇拜谢了吴王，上了车。范蠡拉着缰绳，说了一声"再见"，就回越国去了。

卧薪尝胆

勾践回到越国，大臣们一见，又是高兴又是伤心。勾践对他们说："我是一个国破家亡的奴才，要不是大伙儿这么尽心尽意地出力，我哪儿能有回国的一天？"范蠡说："这是大王的洪福，哪儿能算是我们的功劳呢？但愿大王从今往后，时时刻刻记住在坟头石屋里的苦楚，这样，越国才能出头，我们的仇准能报的。这是我们做臣下的和全越国人的愿望！"勾践说："我决不叫你们失望！"他就叫文种管理国家大事，叫范蠡训练军队，自己很虚心地接受别人的意见，想办法救济穷苦的老百姓。这么一来，全国的人个个欢喜，恨不得把自己的能耐全都拿出来，好叫这受欺压的弱国改变成为一个强国。

勾践唯恐舒服的生活消磨了志气。他把软绵绵的褥子撤下去，拿柴草当作褥子。勾践在吃饭的地方挂上个苦胆，每逢吃饭的时候，先尝一尝苦味。这就叫"卧薪尝胆"。因为这回遭了亡国之祸，人民大批地被屠杀，人口减少了，他就定出几条奖励生养的条例来。例如，上了年纪的人不准娶年轻的姑娘做媳妇儿；男子到了二十岁，女子到了十七岁，还不成亲的，他们的父母要受一定的处罚；快要临盆的女人，必须报官，以便派官医去照顾她；添小子的，国王赏她一壶酒、一条狗，添姑娘的，国王赏她一壶酒、一口猪；有两个儿子的，官家负责养一个；有三个儿子的，官家负责养两个。赶到种地的时候，越王亲自拿着锄头在地里干活儿，为的是让庄稼人好提起精神，加紧种地，多打粮食。国王的夫人也老出去，看望养蚕、缫丝、织布、纺线的妇女们。没有事的时候，自己也在宫里织布。国王的夫人穿衣吃饭，处处节省，为的是给吴王夫差进贡。夫差见勾践月月进贡，非常满意。

　　这时候，夫差正打算起造姑苏台。越王趁着这个机会，预备了几根又长又粗的木料，打发文种送去。夫差从来没见过这么粗的木料，非常高兴。大材不可小用，姑苏台得照原来的设计加高一层，还得往大了建造，才能够高矮合适。这么一来，工程可就大了。苦了吴国的老百姓，没黑天带白日地干着，还得经常挨打受骂。

勾践叫文种和范蠡向吴王进贡美人儿。范蠡说："托大王洪福，我找着了一位又精明又懂大义的美人儿。她叫西施。她情愿舍出自己的身子，去给大王报仇。"越王就派他送去。夫差一见西施，把她当作下凡的仙女。不出几天，夫差就当了西施的俘虏。有一回，夫差对她说："今天越国的大夫文种上这儿来借粮。他说，越国收成不好，打算借粮一万石，过年如数归还。你瞧应该怎么办？"不用说，西施劝他答应了。

文种领了一万石粮食，回到越国，把这些粮食全都分给穷人。这么一来，全国的人没有一个不感激越王的。转过年来，越国年成丰收。文种就挑选了顶好的可以做种子的粮食一万石，亲自还给吴国。夫差见勾践不失信，更加高兴了。他把越国的粮食拿来一看，粒粒足实饱满，就对伯嚭说："越国粮食的颗粒比咱们的大。咱们就把这一万石当作种子。这么一来，咱们的庄稼就更好了。"伯嚭就把越国的粮食分给农民，叫他们去种。到了春天，吴国的庄稼人下了种，天天等着新秧长出来。等了十几天了，还没出芽。他们想，好种子大概要比普通种子出得慢一点，就耐着心又等了几天，没想到全国撒下去的种子全霉烂了。他们没有了主意，末了，只好再用自己的种子，可是已经误了下种的时间。这一年的饥荒算是坐定了。吴国的老百姓都怪吴王和伯嚭不顾土地合适不合适，就冒冒失失地用了越国的种子。他们哪知道越国送去的粮食，都是已经蒸熟了又晒干了的呀！

越王勾践听到吴国闹饥荒，就想发兵。文种说："还早着呢！一来，伍子胥还没走；二来，吴国的兵马全部在国内。咱们还得等个机会。"越王只好耐心等候，趁这时候扩大军队，操练兵马。

伍子胥听说越王勾践操练兵马，就去见夫差。夫差听了伯嚭的话，叫伍子胥别再多嘴。夫差要去征伐齐国，伍子胥又出来反对。夫差一心想当霸主，哪里肯听他的，亲自带兵进攻齐国，打了场胜仗。他扬扬得意地回到吴国，文武百官全都道贺。伍子胥反倒批评说："打败齐国，只是得了一点小便宜；越国来灭吴国，那才是大灾祸。"这种泼冷水的话，夫差听不进去。他恨透了伍子胥，又经西施一说，就派人给伍子胥送去一把宝剑，让他自杀。

夫差逼伍子胥自杀后，拜伯嚭为太宰，打算会合中原诸侯当个霸主。公元前482年，夫差发兵又打败了齐国，大军到了卫国的黄池（在河南省封丘县西南），召集诸侯开大会。晋国、卫国、鲁国害怕了，承认夫差为首领，订立了盟约。

　　吴王开完黄池大会回去，到了半道上，收到一个接着一个的坏消息：越王勾践已经发大军打进吴国去了。吴国的士兵知道国内打了败仗，加上远道的劳累，已经没有打仗的精力了。越国的兵马是经过好几年训练的。两边一交手，吴国的兵马就像秋天的树叶子经大风一刮，被打得七零八落了。夫差只好派伯嚭去跟越王求和告饶。伯嚭带着好些贵重的礼物跑到越国的兵营，跪在勾践面前，央告求和。范蠡对越王说："吴国还有实力，不是一下子就能灭了的。"勾践就答应了跟吴国讲和，接着退兵回去了。

　　公元前473年（黄池大会之后九年），越王勾践带着范蠡、文种，亲自率领大军进攻吴国。吴国的兵马一连打了几回败仗。伯嚭抵挡不住，投降了。吴王夫差被逼得走投无路，拿衣服遮住自己的脸说："我还有什么脸去见伍子胥呢？"说着就自杀了。此时，吴国的将士死的死、逃跑的逃跑，剩下的全投降了越国。

越王勾践进了姑苏城，坐在吴王夫差的朝堂上，文武百官向他朝贺。吴国的太宰伯嚭也站在那儿，捻着几根七长八短的松针胡子，等着受封。勾践对他说："你是吴国的太宰，我哪儿敢收你做臣下呢？你怎么不跟着你的国君去呀？"伯嚭低着脑袋退了出去。勾践派人把他杀了。勾践大赏功臣，单单短了个范蠡。原来他隐姓埋名，跑到别国去了，临走还给文种留下一封信，劝他说："飞鸟打光了，弓箭就没有用了；兔子打光了，就轮到猎狗被煮来吃了。大王在患难的时候，用得着咱们。现在他得了势，就怕咱们的威信超过他。您也赶快走吧！"文种不怎么真信他这些话，可是心里不很舒坦，就害起病来。有一天，勾践亲自去探望文种，留下了一把宝剑。文种拿起来一瞧，嗬！原来就是当初夫差叫伍子胥自杀的那把宝剑。他这才后悔没有听范蠡的话，只好自杀了。据说范蠡是带着西施一同跑路的，后来经商发了大财。那个有名的大商人陶朱公就是范蠡。

越王勾践灭了吴国，接着带领大队人马渡过淮河，在徐州（在山东省滕县）会合了齐国、晋国、宋国、鲁国的诸侯。当初中原诸侯最怕的是楚国，自从楚国被吴国打败了以后，就转过来怕吴国。如今吴国又被越国灭了，他们只好听从勾践的了。这么着，越王勾践做了霸主。春秋时期在齐桓公、晋文公、宋襄公、秦穆公、楚庄王五霸之后，又兴起了吴、越二霸，就是吴王夫差和越王勾践。

在喧嚣的世界里，

坚持以匠人心态认认真真打磨每一本书，

坚持为读者提供

有用、有趣、有品位、有价值的阅读。

愿我们在阅读中相知相遇，在阅读中成长蜕变！

好读，只为优质阅读。

林汉达中国历史故事集．春秋故事

策划出品：好读文化　　　　　监　制：姚常伟

责任编辑：张世琼　祝含瑶　　产品经理：程　斌

特邀编辑：云　爽　　　　　　封面设计：仙　境

图书在版编目（CIP）数据

林汉达中国历史故事集. 春秋故事 / 林汉达著.—
杭州：浙江人民出版社，2023.6
　ISBN 978-7-213-11036-8

　Ⅰ. ①林… Ⅱ. ①林… Ⅲ. ①历史故事—作品集—中
国—当代 Ⅳ. ① I247.8

中国国家版本馆CIP数据核字（2023）第056116号

林汉达
中国历史故事集

战国故事

○林汉达 著○

浙江人民出版社

只 为 优 质 阅 读

好
读
———
Goodreads

目录

三家分晋

越王勾践（越国原先在浙江省余杭市①以南，东到海边的地方）卧薪尝胆，发愤图强，不但灭了吴国（在江苏省南部），而且率大军渡过淮河，当上了中原诸侯的领袖，做了霸主。一向称为霸主的晋国（在山西省），到了这时候，实际上已经不是一个统一的诸侯国了。有势力的大夫各人割据地盘，把晋国分成了几个小国。他们之间互相攻打，互相兼并。在这种情况下，晋国怎么能跟强大的越国为敌呢？

晋国的大夫当中势力最大的原来有六家，后来有两家被打散了，晋国的大权可就归了四家，就是智家、赵家、魏家、

---

①因作者受写作年代所限，本书地名表述与现行规范有所不同，为尊重作品原貌，此类问题均不做改动。

韩家。那时候，列国的大夫占有着大量的土地。他们直接统治农民，比国君富裕得多。农民生活在大夫的手下，也比在国君的统治下要好一些。有不少农奴受不了国君的压迫和虐待，还情愿逃到大夫的封地里去做佃农。各国的大夫的势力因而越来越大，像晋国那样，土地和人民实际上都落在这四家大夫手里了。

这四家——智伯瑶（yáo）、赵襄子、魏桓子、韩康子之中，智伯瑶的势力最大，他对赵、魏、韩三家说："咱们晋国一向当着中原的霸主，没想到吴王夫差和越王勾践先后起来，夺去了霸主的地位，这是咱们晋国的耻辱。如今只要把越国打败，晋国仍然能够当上霸主。我主张每家大夫拿出一百里的土地和户口归于国家。国家的收入增加了，壮丁增加了，实力才会增强，才能够重新当上霸主。"这三家大夫早就知道智伯瑶想独吞晋国，他所说的"公家"，其实就是"智家"。可是他们三家心不齐，无法跟智伯瑶闹翻。智伯瑶派人向韩康子要一百里的土地和户口，韩康子如数交割了。智伯瑶派人向魏桓子要一百里的土地和户口，魏桓子也如数交割了。智伯瑶就这么增加了二百里的土地和户口。接着，他派人找赵襄子要一百里的土地和户口，赵襄子不答应。他说："土地是先人的产业，我不能送人。韩家、魏家他们愿意送，不关我的事，我没法依从！"来人回去把赵襄子的话报告给智伯瑶，智伯瑶气坏了。他派韩、魏两家一同发兵打赵家，还答应他们灭了赵家之后，三家平分赵家所有的土地和户口。

公元前455年，智伯瑶率领中军，韩家的军队担任右路，魏家的军队担任左路，三队人马直奔赵家。赵襄子知道寡不敌众，就带着赵家的兵马退入晋阳（在山西省太原市）城，打算在那儿死守。这个晋阳城是赵家最坚固的一座城。当初由赵家的家臣董安于一手经营，里面盖了很大的宫殿，宫殿的围墙内部全用苇箔（bó）、竹子、木板做成，外面再用砖和石头砌上。宫殿里的大小柱子全是用上等的铜铸成的。所有的建筑又结实又好看。赵家除了派董安于，又派家臣尹铎（duó）治理晋阳城。尹铎减轻刑罚，减少了当官差的人，因此很得人心。赵襄子一见晋阳城很严实，粮草又充足，老百姓也乐意跟他在一起，他就放心多了。

没过多少日子，三家的兵马把城团团围住。赵襄子吩咐将士们坚决守城，不准交战。每逢三家攻打的时候，城上的箭就像雨点似的落下来，智伯瑶没法打进去。就这样，晋阳城仗着弓箭守了半年多。可是箭用完了，怎么办呢？赵襄子为了此事，闷闷不乐。他的手下张孟谈对他说："听说当初董安于在宫殿里准备了无数的箭，咱们去找找。"这一下可把赵襄子提醒了。他立刻叫人把围墙拆去一截，果然里面全是做箭杆的现成材料，又拆了几根大铜柱子，铸成无数的箭头。有了这么多的箭，再使几年也使不完。赵襄子叹息着说："要是没有董安于，如今上哪儿找这么多的兵器？要是没有尹铎，老百姓哪能这么不怕死地守住这座城呢？"

　　三家兵马将晋阳城围了两年多，也没有打下来。到了第三年，有一天，智伯瑶察看地形的时候，一看到晋阳城东北的那条晋水，便有了主意：晋水是从龙山那边过来，绕过晋阳城往下流去；要是把晋水引入西南边，晋阳城不就淹了吗？他立即吩咐士兵在晋水旁边挖了一条河，一直通到晋阳城，又在上游造了一个很大的蓄水坑。在晋水上筑起坝来，拦住上游的水。这时候正赶上雨季，一连下了几天大雨，蓄水坑里的水都满了。智伯瑶命士兵们开了个豁（huō）口。这一下，大水直冲晋阳城，灌到城里了。不到两天时间，城里的房子多半被淹了。老百姓跑到房顶上和高地上避难。竹排、木头板子都当了筏子。烧火、做饭都在城墙的顶头上，可是全城的老百姓宁可淹死，也不肯投降。

赵襄子叹息着对张孟谈说："民心固然没有变，但水势再高涨起来，咱们不就全完了吗？"张孟谈说："我觉得韩家和魏家绝不会心甘情愿地把自己的土地让给智家。他们也是出于无奈。依我说，主公多准备小船、竹排、木筏子，跟智伯瑶在水上拼个死活。我先想办法去见见韩康子和魏桓子。"当天晚上，张孟谈偷偷地跟两家相商，约他们一同攻打智伯瑶。要是韩康子和魏桓子同意的话，赵襄子就有救了。

第二天，智伯瑶下命令，让韩康子和魏桓子一同去察看水势。他指着晋阳城挺得意地对他们说："用不着交战，我能够叫这条晋水替我消灭赵家。你们看，晋阳不是快完了吗？早先我以为晋国的大河像城墙一样可以拦住敌人。照晋阳的情形来看，水能灭国，大河反倒是祸患了。你们看看：晋水能够淹晋阳，汾水就能淹安邑（魏家的大城，在山西省解县东北），绛水也就能淹平阳（韩家的大城，在山西省临汾县南），是不是？哈哈哈！"韩康子和魏桓子连连答应说："是，是，是！"智伯瑶见他们答话时有点慌张，似乎挺害怕的，才觉得自己说漏了嘴。他赔着不是说："我这个人哪，是直心眼，有一句说一句，你们可别多心！"他们两个人又点头哈腰地说："是，是！您是顶天立地的英雄。我们能够跟着您，蒙您抬举，真是非常荣幸了。"他们尽管嘴里这么说，心里却决定要跟着赵襄子干了。

第三天晚上，约莫四更天，智伯瑶正在自己的营里睡觉，猛然间听到一片喊杀声。他连忙从卧榻上爬起来，衣裳和被子已经湿了，兵营里全是水。他还以为是堤坝开了口子，大水灌到自己营里来了，赶紧叫士兵们去抢修。不一会儿，水势越来越大。智伯瑶的家臣豫让带着水兵，扶着智伯瑶上了小船。智伯瑶在月光下回头一瞧，只见士兵们在水里一沉一浮地挣扎着，这才明白是敌人把水放过来了。智伯瑶正在惊慌不定的时候，四面八方都响起了战鼓。韩家、赵家、魏家三家的士兵驾着小船、竹排、木筏子，一齐冲杀过来，见了智家的士兵就连杀带砍，一点不手软。队伍当中还夹杂着喊叫的声音："别放走了智伯瑶！拿住智伯瑶的有赏！"智伯瑶对豫让说："原来那两家也反了！"豫让说："别管他们反不反，主公赶紧杀出去，去秦国借兵！我留在这儿死命对付他们。"说着，他跳上木筏子，杀散敌人，叫家臣智国护着智伯瑶逃跑。

智国护着智伯瑶，坐小船直向龙山那边划去。这一带没有追兵，智伯瑶才喘了口气。他们好不容易把船划到了龙山跟前，急急忙忙爬上了岸。幸亏此时东方已经发白，他们便顺着山道走去，跑了一阵子，略略宽了宽心。不料刚一拐弯，智伯瑶迎头碰见了赵襄子！赵襄子早就料到智伯瑶准会从这条路上跑，预先带领一队兵马在那边埋伏着。他当时就逮住智伯瑶，砍下他的脑袋。智国也抹脖子自杀了。

三家的兵马合到一块儿，把沿着河边的堤坝拆了。大水仍旧流到晋水里去，晋阳城又露出了旱地。

赵襄子安抚好居民之后，就向韩康子和魏桓子道谢。他们宣布智伯瑶的罪恶，就照当时的习惯把智家的男女老少杀得一个不剩。韩家和魏家的一百里土地和户口，当然由各人收回了。智家的土地和户口，他们就平分了。

韩康子、赵襄子和魏桓子三家灭了智伯瑶后，想趁着这个时候把晋国分了，可是这么大的事情也不能说干就干，总得找一个恰当的时机吧。

公元前438年，晋国的国君晋哀公死了，儿子即位，就是晋幽公。韩康子、赵襄子、魏桓子见新君软弱无能，就商定了平分晋国的办法。他们把晋国的绛和曲沃两座城给晋幽公留着，别的地界三家瓜分了。这么一来，韩、赵、魏三家就称为"三晋"，各自独立。晋幽公只好在三晋的势力之下活着。他不但不能把三晋当作晋国的臣下对待，反倒一家一家地去朝见他们，地位就这么颠倒了过来。

公元前425年，赵襄子得重病死了。就在这一年，韩康子和魏桓子也病死了。这三家的继承人叫韩虔、赵籍和魏斯，他们打算自己正式做诸侯。

公元前403年，韩、赵、魏三家打发使者上成周（在河南省洛阳市东北）去见周威烈王，要求他把他们三家加在诸侯的名册上，还说："韩虔、赵籍、魏斯是因为尊敬天王，才来禀告。只要天王正式封他们为诸侯，他们就能辅助天王。"周威烈王一想，不认可也不行，就封魏斯为魏文侯，赵籍为赵烈侯，韩虔为韩景侯。

新起来的三个诸侯宣布了天王的命令，各自立了宗庙，向列国通告。诸侯都来向他们贺喜，只有秦国（在陕西省南部）不跟中原诸侯来往。中原诸侯把它当作西方的戎族（山戎的部族）看待，秦国当然没有派人来。

晋幽公之后，到了他孙子的时候，三晋干脆把这个挂名的国君废了，让他做个老百姓。从此，晋国的统治系统就断了，以后只有韩、赵、魏，连晋国这个名称也不用了。

用
人
不
疑

　　三晋中最强盛的要数魏国。魏文侯斯一个劲地搜罗人才，兴修水利，改进耕种方法，还实行粮食平粜（tiào）：每逢丰年，国家把粮食照平价买进；遇到荒年，国家把粮食照平价卖出。这么一来，不管年成好不好，粮价总是平稳的，农民生活比以前安定，生产发展就比较快。

　　魏国渐渐强盛起来，魏文侯就决心要收服中山国（在河北省定县）。中山国在魏国的东北边，原来是晋国的属国，自从三家分晋之后，中山国向哪国都没进贡。魏文侯怕赵国或是韩国把中山国夺过去，就打算先下手。再说中山国国君荒淫无道，对待老百姓非常凶暴，魏文侯更觉得有理由发兵去征伐。有人推荐一个文武双全的人叫乐（yuè）羊，说请他当将军，一定能够把中山国收过来。可是另外有些人反对说："不行！乐羊的儿子乐舒，如今正在中山国做大官，咱们不能叫他去打中山国。"魏文侯就派人去探听，才知道乐羊很有见识。乐羊的儿子乐舒曾经奉中山国国君的命令去请他，乐羊不但不去，还叫儿子离开中山国，说中山国的国君荒淫无道，跟他在一块儿必然自取灭亡。魏文侯就派人把乐羊请了来。

魏文侯对乐羊说："我打算派你去征伐中山国，可是听说你的儿子在那边，怎么办呢？"乐羊说："大丈夫为国立功，绝不能为了父子的私情不顾公事。我如果不能收服中山国，情愿受处分！"魏文侯挺高兴地说："你这么有把握，好极了。我就用你，相信你。"乐羊很感激国君这么信任他，要求马上发兵。

公元前408年，魏文侯拜乐羊为大将，西门豹（姓西门，名豹）为副将，率领五万人马去进攻中山国，中山国国君姬窟派大将鼓须带领一大队兵马迎上来，不让魏兵过去。两边打了一个多月，也没见胜败。后来乐羊和西门豹用火攻的法子把鼓须打败，一直追到中山国城下。

中山国大夫公孙焦对姬窟说："乐羊是乐舒的父亲，主公不如叫乐舒去要求乐羊退兵。"姬窟就叫乐舒去说。乐舒推辞说："早先我奉了主公的命令去请他,他坚决不肯来。如今我们父子两个各有主人,他绝不会答应我的。"姬窟逼着他去劝说,并吓唬他说:"你不去,我先要了你的狗命!"乐舒只好上了城楼,请他父亲跟他见面。乐羊一见乐舒,就骂道:"你就知道贪图富贵,不知道进退,真是没出息的奴才!赶快去告诉昏君早点投降,他还有活命,你还能见我。要不然,我先把你杀了。"乐舒央告说:"投降不投降在乎国君,我不能做主。我只求父亲暂时别再攻打,让我们商量商量。"乐羊说:"这么着吧,给你一个月的期限,你们君臣早点打定主意。"乐羊下令把中山国围住,不许攻打。

姬窟认为乐羊心疼自己的儿子,绝不会急着攻城。他仗着中山城牢固,城里粮草又充足,不打算投降。转眼间,一个月过去了,乐羊准备再次攻城。姬窟又叫乐舒去求情,再宽限一个月,他还想到外边去搬救兵。可是乐羊把中山城围了好几层,城里的人没法出去。就这么着,打也不打,降也不降,只是叫乐舒一再请求乐羊放宽期限。

几个月又过去了,魏国朝廷里有不少人议论纷纷,说乐羊为了儿子不加紧攻打,中山国别想收服了。魏文侯却不发话,接连不断地打发人去慰劳乐羊,还告诉他国君正在替他盖房子，等他得胜回朝的时候送给他。乐羊非常感激，可就是按兵不动。西门豹也着急了，对乐羊说："将军，你还打不打算攻打中山国？"乐羊说："我两次三番地答应中山国国君放宽期限，让他两次三番地失信，为的是让老百姓知道谁是谁非。我不是为了乐舒一个人，为的是收服中山国的民心。"西门豹听了，这才放心。

又过了一个月，中山国君依然不投降，乐羊可就开始攻城了。姬窟眼瞧着中山国守不住，就叫公孙焦把乐舒绑在城门楼子上，准备杀他。乐舒嚷着说："父亲救命！"中山国的大夫公孙焦对乐羊："赶快退兵，你儿子还有活命；你要是再攻城，我们就要拿他开刀了！"乐羊骂乐舒说："你当了大官，不能劝告国君改邪归正，又没法守城，投降又不投降，抵御又不抵御，还像一个吃奶的孩子叫唤什么？"他拿起弓来，准备射箭。公孙焦叫人把乐舒拉下来。他对姬窟说："乐舒的父亲向咱们进攻，乐舒也不能说没有罪呀。"姬窟就把乐舒杀了。公孙焦看着乐舒的尸首，想出了一个主意。他对姬窟说："咱们把乐舒的尸首煮成肉羹给乐羊送去，他见了儿子的肉羹必定难受，也许悲伤得神魂颠倒，就没有心思再打仗了。"姬窟依了公孙焦的话，打发人把乐舒的肉羹给乐羊送去，还对他说："小将军不能退兵，我们就把他杀了，做了一罐肉羹送给你！"乐羊气得头顶冒火，指着瓦罐骂着说："你伺奉无道昏君，早就该死！"他把瓦罐狠狠地往地上一摔，嚷着说："你们会做肉羹，我的兵营里也有大锅，正候着你们的昏君呢！"乐羊恨不得一口把中山国吞下肚去。他命令将士加紧攻城，等到撞开城门，带头冲了进去。姬窟急得没有办法，只好自杀了。公孙焦出来投降，乐羊数说他的罪恶，把他杀了。接着，乐羊安抚中山国的百姓，废除了姬窟定下的一些暴虐的法令，叫西门豹带着五千人留在中山国，自己率领着大队人马回去了。

乐羊刚到魏国都城安邑城外，就瞧见魏文侯在那儿等着他。魏文侯慰问他说："将军为了国家，舍了自己的儿子，我真过意不去。"乐羊献上中山国的地图和战利品，大伙儿都称赞乐羊。魏文侯请他到宫里去喝酒。乐羊因为立了大功，谁都向他表示钦佩，他不由得显出骄傲的神情来。宴会完了，魏文侯赏他一只箱子，箱子上下封得挺严实。乐羊一看，心里想不是黄金，就是白玉。他想，大概魏文侯怕别人见了引起嫉妒，才这么封着。他越想越得意，当时就叫手下的人很小心地把箱子搬到家里去。

乐羊赶紧回到家里，打开箱子一瞧，愣了。箱子里装的不是什么宝贝，全是朝廷里大臣们的奏章！他随便拿起一本奏章来瞧瞧，上面写道："乐羊连打胜仗，中山国眼看就要攻下来了，然而就因为乐舒的一句话，乐羊就不再进攻了。父子私情，于此可见。"他又拿起一本奏章，上面写着："主公如不召回乐羊，恐怕后患难防。"其余的奏章大都写着："再让乐羊留在中山国，怕是连五万大军也要断送了。""当初拜乐羊为大将，已经错了主意。""人情莫过于父子，乐羊怎么能忍心伤害自己的骨肉。"乐羊一边看一边掉眼泪，说："想不到朝廷中有人在背后诽谤我！要是主公不能坚定地信任我，我哪儿能成功呢？"

第二天，乐羊上朝谢恩。魏文侯要赏赐他，乐羊再三推辞说："中山国能够打下来，全是主公的力量，我有什么功劳可言。"魏文侯说："没错，除了我，没有人能够这么信任你；可是除了你，也没有人能够收服中山国。你辛苦了，我封你为灵寿君。"乐羊谢了国君，就动身到封地灵寿（原属中山，在河北省正定县北）去了。

河伯娶妇

魏文侯想起中山国离着本国太远，必须派自己人去守才放心。他就封太子为中山侯，把西门豹替换回来，要他去守另一个重要的地方邺城（在河北省临漳县西）。邺城夹在韩国和赵国当中，西边是韩国的上党（在山西省长治市），北边是赵国的邯郸（在河北省邯郸市），这块重要的地方非派个像西门豹那样有本领的人去管理不可。

西门豹到了邺城，一瞧那地方非常凄凉，人口也挺少，好像刚打过仗，逃难的居民还没有回来似的。他把当地的父老们召集到一块儿，跟他们随便聊聊天。他问："这地方怎么这么凄凉，老百姓一定很苦吧？"父老们回答说："可不是吗！河伯娶妇，害得老百姓快逃光了。"西门豹摸不清是怎么回事，问：“河伯是谁？他娶媳妇儿，老百姓干吗要跑呢？”乡亲们说：“这儿有一条大河叫漳河，漳河里的水神叫河伯，他最喜爱年轻的姑娘，每年要娶一个媳妇儿。这儿的人必须挑选模样好的姑娘嫁给他，他才会保佑我们。要不然，河伯一不高兴，就兴风作浪，发大水，把这儿的庄稼全冲了，还淹死人呢，您想可怕不可怕？”西门豹说：“这是谁告诉你们的？”他们说：“还有谁，就是这儿的巫婆。她手底下有好些女徒弟，当地的里长和衙门里的差役又跟她连在一起，挑头给河伯娶媳妇办喜事。我们每年拿钱几百万。喜事办下来，花了二三十万，其余的就全都装到他们的腰包里去了。”

西门豹听了很生气，可是故意装作不明白，说：“那也用不着逃跑哇。”乡亲们又解说给他听，他们说：“要是单单为了这笔花费，老百姓还不至于逃跑。最怕的是每年春天，我们正要耕种的时候，巫婆打发她手下的人挨门挨户地去看姑娘。瞧见谁家的姑娘长得好，就发话说：‘这姑娘应当给河伯做新媳妇。’这个小姑娘就送了命了！有钱的人家可以拿出一笔钱赎身，没钱的人家哭着求着，至少也得送他们一点东西。实在穷苦的人家只好把女儿交出去。每年到了河伯娶媳妇的那一天，巫婆把选来的姑娘打扮起来，把她搁在一只用苇子编成的小船上，岸上吹吹打打，挺热闹的。然后巫婆把小船送到河里，由它随着风浪漂去。漂了几里地，连船带新媳妇儿就让河伯接去了。因为这档子事，好些有女儿的人家搬走了，城里的人就越来越少。"

西门豹问："你们这儿老闹水灾吗？"他们说："全仗着每年给河伯娶媳妇儿，还算没碰上大水灾。有时候夏天缺雨，庄稼旱了倒是难免的。要是巫婆不给河伯办喜事，那么除了旱灾，再加上水灾，日子就更过不下去了！"西门豹说："这么说来，河伯倒是挺灵的。下次他娶媳妇的时候，你们早点告诉我一声，我也去给河伯道个喜。"

到了日子，西门豹带着一队武士跟着父老去"送亲"。当地的里长和办理婚礼的人，没有一个不到的。西门豹还派人去通知一些过去把女儿送给河伯的人家，邀他们来看看今年的婚礼。远远近近的老百姓都来看热闹，一时聚了好几千人。里长带着巫婆来见西门豹。西门豹一看，原来是个三分像人七分像鬼的老婆子。在她后面跟着二十来个女徒弟，手里拿着香炉、蝇甩什么的。西门豹说："烦巫婆叫河伯的新媳妇上这儿来让我瞧瞧。"巫婆就叫她的女徒弟去把新媳妇领来。只见她们搀着一个十四五岁的小姑娘走了过来。小姑娘不停地哭，脸上擦着的胭脂花粉，不少已经被眼泪冲花了。

西门豹对大伙儿说："河伯的媳妇儿必须挑一个特别漂亮的美人儿。这个小姑娘配不上，烦巫婆劳驾先去跟河伯说：'太守打算另外挑选一个更好看的姑娘，明天送去。'请你快去快来，我在这儿等你回信。"说着，他叫武士们抄起那个巫婆，扑通一声，扔到河里去了。岸上的人吓得连大气都不敢出。巫婆在河里挣扎了一会儿，就沉了下去。西门豹站在河岸上，恭恭敬敬地等着。站在岸上的人都张着嘴，眼睛顺着西门豹的眼睛盯着河心，几千人没有一丁点声音，只有河里的流水声儿响着。

过了一会儿，西门豹说："巫婆上了年纪，不中用，去了这么长时间还不回来，年轻的徒弟去催她一声吧！"接着扑通扑通两声，两个领头的女徒弟被武士们扔进了河里。大伙儿笑了一声，叽叽喳喳地议论开了。他们一会儿望望河心，一会儿望望西门豹的脸。又过了一会儿，西门豹说："女人不会办事，还得烦出头办事的善士们辛苦一趟吧！"那几个经常向老百姓勒索的里长正想逃跑，早被一群老百姓挡住，一个一个被武士抓住了。他们还想挣扎，西门豹大声喝道："快去，跟河伯讨个回信，赶紧回来！"武士们左推右搡，不由分说，把他们都推入水中，一个个都在呼喊，眼看都活不成了。旁边看的人有的笑了，有的用手指头指着河心，直骂这几个坏蛋。西门豹向大河行个礼，挺恭敬地又等了一会儿。看热闹的人当中有的害怕、有的欣喜、有的咬牙，可是谁也不愿意走开，都要看个究竟。

西门豹回头又说："这些人怎么这么久还不回来？我看还是派差役去催一催他们吧！"那一班衙门里的差役吓得脸上连一点活人的颜色都没有了，哆里哆嗦地跪在西门豹跟前直磕响头，有的脑门子都磕出血来了。西门豹对他们说："什么地方没有河？什么河里没有水？水里哪儿有什么水神？你们瞧见过吗？罪大恶极的巫婆造谣骗人，里长跟她勾结在一起，搜刮老百姓的钱财，害了许多姑娘的性命。你们这些人还跟着他们兴风作浪，助长这种野蛮的风俗！你们害了多少人？应该不应该偿命？"老百姓听了，高声嚷着说："对，太应该了！这批该死的坏蛋，早就该办罪了！"那一班差役连连磕头，推说是巫婆干的勾当。西门豹说："如今害人的巫婆已经治死了，往后谁要再胡说八道什么'给河伯娶媳妇'，就叫他先上河里去跟河伯见面！"大伙儿嚷着说："对呀！把他扔到河里！"

西门豹把巫婆和里长们的财产都分给了老百姓。打这时起，谁也不敢再提给河伯娶媳妇的事了。以前离开邺城的人，也纷纷回来了。

西门豹叫水工测量地势，带领邺城一带的百姓开了十二条水渠，让漳河的水灌溉庄稼。有不少荒地变成了良田，一般的水灾、旱灾可以免了，老百姓安心耕种，收成比以往任何时候都好。魏国越来越富强了。

起死回生

魏文侯叫乐羊收服中山国，叫西门豹治理邺城，这是新兴的魏国两件很成功的大事情。魏文侯接着又拜当时很出名的一位军事专家吴起为大将镇守西河（地名，不是河名，在陕西省华阴、白水、澄城一带，地在黄河西边，所以叫西河）。吴起跟孙武一样都以精通兵法出名，所以咱们有时候把他们两个人连着叫"孙、吴"，他们的兵法也连着被称为"孙吴兵法"。

吴起到了西河，立刻修理城墙，训练兵马。为了防备秦国，他还修了一座很重要的城叫吴城。他不但挡住了秦国，而且转守为攻，打到秦国的地界去，夺了西河的五座城，吓得秦人不敢再到西河这边来。这一来，魏国的名声可就大了。韩国、赵国、齐国派使者来朝贺，尤其是齐国的相国田和，特别尊重魏文侯，把他当作新起来的霸主。

田和这么尊重魏文侯，有他自己的算盘。他想仗着魏国的势力作为靠山，夺取齐国的政权。齐国几代国君，对待老百姓非常残酷，剥削重，刑罚严。齐国百姓一年劳动的收入，有三分之二被国君夺去了，只能勉强过着半死不活的日子。老百姓要是发牢骚，怨恨朝廷，动不动就会受到砍脚的刑罚。齐国有一种专门卖给砍了脚的人穿的鞋叫作"踊"。因为被砍了脚的人实在太多了，市场上卖踊的生意比卖鞋的还好，踊的价钱比鞋的价钱涨得更快。老百姓怎么能不痛恨国君呢？

齐国掌权的大夫有五家，数田家（也叫陈氏，古代"田"字和"陈"字是可以通用的）势力最大。从田和的曾祖父手里起，田家为了收买人心，把粮食借给百姓，借出的时候用大斗，收回的时候用小斗。田家还把自己封地出产的树木、鱼、盐、海螺、蛤蜊等运到各地卖给人家，白贴运费，价格跟出产地一样。齐国百姓因为痛恨国君，都心归向田家。田家尽力搜罗人才，因此在大夫中占了极大的优势，就把其余的四家大夫都灭了。到了田和做相国的时候，他看看时机已经成熟，国内的人拥护他，国外魏文侯肯尽力帮他的忙，他就干脆把国君齐康公放逐到一个海岛上去了。

齐国整个儿归了田和以后，田和又托魏文侯替他向天王请求，依照当初"三晋"的例子封他为诸侯。那时候周威烈王已经死了，他的儿子即位，就是周安王。周安王答应了魏文侯的请求，在公元前386年，封田和为齐侯，就是田太公。他是新齐国的第一个国君。

田太公做了两年国君，死了。他儿子田午即位，就是齐桓公（和五霸之一的齐桓公小白称号相同，为做区别，称田午为桓公午）。桓公午第六年，有一位非常出名的民间医生叫扁鹊，回到本国，桓公午把他当作贵宾招待。扁鹊原来是上古时代（据说是黄帝时代，黄帝是传说中的一个部落首领）的一位医生。桓公午招待着的那位扁鹊姓秦，名越人。因为秦越人治病的本领特别大，人们都尊他为"扁鹊"。后来谁都叫他扁鹊，他原来的名字秦越人，反倒很少人知道了。扁鹊治病的方法是多种多样的，医药、针灸、按摩都采用，看情况而定。他周游列国，替老百姓治病。到了赵国的都城邯郸，他看到那边的人一般都重视妇女，他就做了妇科大夫，给妇女治病。到了周天王的都城洛阳，他看到那边的人一般都尊敬老年人，他就做了耳目科和治疗神经麻痹（bì）、风湿症的大夫，给老年人治病。到了秦国的咸阳，他看到那边的人爱护儿童，他就做了小儿科的大夫，给儿童治病。总之，他到了哪儿，那儿的人最需要看什么病，他就治什么病。

有这么一回事：人死了，尸首搁了几天。扁鹊一看，又问明白了病人临死时的情况，就断定这不是死，而是一种严重的昏迷，给他扎了几针，居然把他救活了，又给他吃了些药，把他的病治好了。大家都称赞扁鹊，说他能起死回生。他可不同意这么个说法，他说他无法叫死人活转过来。他说："这个人本来就没有死，生命还在他身上，我只不过是帮助他把受着压制的生命兴起来罢了。"话虽这么说，人们还是说他治病有起死回生的本领。

这一次，扁鹊见了桓公午，对他说："主公有病，病在皮肤，要是不及时医治，病就会严重起来的。"桓公午挺一挺胸脯，使劲地弯了弯胳膊说："我没有病。"他送走了扁鹊，对左右说："做医生的就想赚钱，人家没有病，他也想治。"过了五天，扁鹊见了桓公午，说："主公有病，病在血脉，要是不医治，病准会严重起来的。"桓公午摇摇头说："我没有病。"他有点不高兴。又过了五天，扁鹊特地再来看桓公午。他说："主公有病，病在肠胃里，再不医治，病还会加深。"桓公午很不高兴，干脆不搭理他。扁鹊只好退了出去。

又过了五天，扁鹊再来看桓公午。他见了桓公午，一句话也没说，就退了出去。桓公午叫人去问他，他说："病在皮肤，用热水一熴就能好；病到了血脉里，还可以用针灸治疗；病到了肠胃里，药酒治疗还来得及；现在病入了骨髓，没法治了。"桓公午一再耽误，十五天就这么过去了。到了第二十天上，桓公午病倒了。他赶紧派人去请扁鹊，可哪儿也找不到他。桓公午躺了几天就死了。

扁鹊注重医学和治病的经验，他最反对用巫术给人治病。他说："一个人相信巫术，不相信医药，那个病就没法儿治。"这么有本领的一位民间医生，受到方士和巫婆们的攻击，因为他们把扁鹊看成死对头；最气人的是：他遭到了大医官的嫉妒。秦国有一个太医令叫李醯（xī），他知道自己的技术比不上扁鹊，怕扁鹊的名声比自己大，自己的名望和地位受到影响，就派人偷偷地跟着扁鹊，把他刺杀了。

桓公午不听扁鹊的话，得病死了。他儿子即位，就是齐威王。

就在公元前379年，齐康公死在海岛上，恰巧他没有儿子，等到齐威王公元前356年即位时，算是继承了齐康公的君位。原来齐国君主姓姜，打这儿起，齐国虽然还叫齐国，可是已经是新兴的田家的齐国了。

不受蒙蔽

　　齐威王有点像当初楚庄王刚即位时候的派头，一个劲儿地吃喝玩乐，不把国家大事搁在心上。人家楚庄王"三年不飞，一飞冲天；三年不鸣，一鸣惊人"，可是齐威王呢，一连九年不飞不鸣。在这九年当中，韩国、赵国、魏国时常侵犯齐国，齐威王也不着急，打了败仗他也无所谓。他还不准大臣们去劝告他。

　　有一天，有琴师求见齐威王。他说自己是本国人，叫驺忌，听说齐威王爱听音乐，特来拜见。齐威王一听来人是琴师，就叫他进来。驺忌拜见了国君之后，把琴放好，调好弦像要弹的样子，可是他又把两只手搁在琴弦上不动了。齐威王问他："你调了弦，怎么不弹呢？"驺忌说："我不光会弹琴，还懂得弹琴的一套大道理呢。"齐威王虽说也能弹琴，可是不知道弹琴还有什么道理，就叫他细细地讲。驺忌张口讲弹琴的理论，讲得天花乱坠，越讲越玄。这些话齐威王有些能听懂，有些听不懂。他听着听着，不耐烦起来，对驺忌说："你说得挺好、挺对，可是你为什么不弹给我听听呢？"驺忌说："大王瞧我拿着琴不弹，有点不乐意吧？怪不得齐国人瞧见大王拿着齐国这张大琴，九年来没弹过一回，都有点不乐意了！"齐威王站起来说："原来先生是拿弹琴这事儿劝告我。我明白了。"他叫人把琴拿下去，就和驺忌谈论起国家大事来了。驺忌劝他搜罗人才，重用有能耐的人，增加生产，节省财物，训练兵马，以建立霸主的事业。齐威王听得非常高兴，就拜驺忌为相国，帮助他加紧整顿朝廷的事务和全国各地的官吏。

齐威王用驺忌做了相国，果然把齐国治理得井井有条。全国上下都说他是英明的君主。齐威王非常得意。驺忌心里可暗暗担忧，怕齐威王骄傲起来，想找个机会提醒提醒他。

有一天，驺忌早上起来，穿好衣服，戴上帽子，对着镜子瞧瞧，觉得自己很漂亮，心里很得意。他问他的妻子说："我跟北门的徐公比起来，哪个漂亮？"徐公的漂亮是出了名的，全国的人都认为他是美男子。驺忌这么一问，他的妻子说：

"徐公哪能比得上您呢？"驺忌不大相信，又问他的使唤丫头："我跟徐公比，到底哪个漂亮？"使唤丫头说："徐公怎么能跟您比呢，当然是您漂亮啊。"

过了一会儿，来了一位客人。两个人坐着谈天。客人是来向驺忌借钱的。谈话当中，驺忌问他："我跟徐公比，哪个漂亮？"客人说："您漂亮，徐公比不上您！"

第二天，巧极了，城北徐公来拜访驺忌。驺忌一看，愣了，天下真有这么漂亮的男子！他觉得自己比不上徐公。他偷偷地照照镜子，再瞅瞅徐公，越照越瞧，越觉得自己的长相比徐公差远了。

到了晚上，驺忌躺在床上琢磨来琢磨去，悟出了一个道理来。第二天一清早，他去见齐威王，把他是怎么问的，妻子、丫头、客人是怎么答的，说了一遍。齐威王听得笑了起来，问驺忌说："那么你自己说说看，你跟徐公相比，到底谁漂亮呢？"驺忌说："我哪儿比得上徐公呢？我的妻子说我美，是因为她偏向我；我的使唤丫头说我美，是因为她平日怕我；我的朋友说我美，是因为他有求于我。"齐威王点点头："你说得很对。听了别人的话，是得好好想一想，要不就有可能受蒙蔽。"驺忌说："是呀，我想齐国有一千多里土地，一百二十个城邑。宫里的美女和伺候大王的人，没有一个不想讨大王喜欢的；朝廷上的臣下，没有一个不害怕大王的；全国各地的人，没有一个不想得到大王的照顾。从这些情况来看，大王是很容易受到蒙蔽的。"

齐威王听了驺忌的话，觉得很有道理。他立刻下了一道命令："不论朝廷大臣、地方官吏和老百姓，能当面指出我的过错的，得上等赏；能书面指出我的过错的，得中等赏；就是在背后议论我的过错的，也给他下等赏。"

驺忌不但这么规劝齐威王，还细心查问各地的官吏，要弄清楚他们办事办得怎样。朝廷里的很多大官回答他说："中等的太多了，不知道从哪儿说起。我们只知道太守里面最好的是阿（在山东省阳谷县东北）大夫，最坏的要数即墨（在山东省平度县东南）大夫了。"驺忌就照样地告诉了齐威王。齐威王问左右，大伙儿都说阿大夫是太守里面数一数二的好人，即墨大夫是太守里面的败类。齐威王只怕受蒙蔽，暗地里派人到阿城和即墨去实地调查。

不久，齐威王把阿大夫和即墨大夫召回来。朝廷上的大臣们一琢磨，这还用说吗，一定是叫阿大夫来领赏，叫即墨大夫来受处分。那些给阿大夫说好话的都暗暗高兴，阿大夫升了官，他们也有好处。那个不懂人情世故、默默无闻的即墨大夫，准得被撤职查办了。

就在那天，文武百官都来朝见齐威王。齐威王叫即墨大夫上来。众人都静悄悄地站着，瞧见殿上放着一口大锅，烧着满满一锅开水，都替即墨大夫捏了一把汗。齐威王对即墨大夫说："自从你到了即墨，天天有人告你，说你怎么怎么不好。我就派人去即墨调查。他们到了那边，瞧见地里长着绿油油的庄稼，老百姓安居乐业。这都是你治理即墨的功劳。你专心一意办事，不和大官们联络，也不送礼给这儿的人，他们就天天说你坏话。像你这种老老实实、勤勤恳恳，不吹牛、不拍马的大夫，咱们齐国能找得出几个？今天我特意叫你来，加封你一万家户口的俸禄！"

那些说即墨大夫坏话的人，都觉得自己脸上热辣辣的，脊梁骨冒着凉气，恨不得钻入地下。

齐威王回头对阿大夫说："自从你到了阿城，天天有人夸奖你，说你怎么怎么能干。我就派人去阿城调查。他们到了那边，就瞧见庄稼地里长满了野草，老百姓面黄肌瘦，连话都不敢说，只是暗地里叹气。这是你治理阿城的罪恶！你为了欺压小民，装满自己的腰包，接连不断地给我手下的人送礼，让他们替你说好话。他们恨不得把你捧上天去。像你这种专仗着行贿、巴结上司的贪官污吏，要是再不惩办，国家还成体统吗？——把他扔进大锅！"

武士们就把阿大夫扔到大锅煮了。吓得那些受过阿大夫好处的人好像自己也被扔进大锅一样，一个个站不住了。他们一会儿换换左脚，一会儿换换右脚；一会儿擦擦脑门上的汗珠，一会儿挠挠脖颈子，愁眉苦脸地站在那儿。

齐威王回头叫那些平日颠倒是非的人过来，责备他们说："我在宫里怎么能知道外边的事情？你们就是我的耳朵、我的眼睛。可是你们贪赃受贿，昧着良心，把坏的说成好的，把好的说成坏的，这不是比堵住了我的耳朵更糟糕吗？你们简直是打算扎瞎我的眼睛！我要你们这些臣下干什么？——把他们都煮了吧！"

这十几个人吓得跪在地上直磕响头，苦苦地哀求着。齐威王就挑了几个最坏的，把他们治了罪。

这么一来，贪官污吏都害怕了，他们担心国君暗中派人调查，怕自己被扔进大锅。有的确实不敢再为非作歹了；有的不敢再在齐国待着，跑到别国去了。

驺忌又对齐威王说："从前齐桓公、晋文公当霸主，都是借着天王的名义号召列国诸侯的。目前周室虽说是衰弱了，可是还留着天王的名义。大王要是去朝见天王，奉了他的命令去号令诸侯，就能当上霸主了。"齐威王说："我已经称王了，哪儿还能去朝见另一个王呢？"驺忌说："他是天王啊！只要在朝见的时候，您暂且称为齐侯，天王必然高兴，您还不是要怎么着就怎么着吗？"齐威王就亲自上成周去朝见周烈王。周烈王果然挺高兴，赏给他几件珍宝。齐威王从成周回来，沿路都是称赞他的话，乐得他满面笑容，装着一肚子的得意回到了齐国。

商鞅变法

三家分晋，兴起了魏、赵、韩三个诸侯国；田氏做了诸侯，姓姜的齐国变成了姓田的齐国。这四个国家都是新起来的诸侯国。这时候，有几个小国被大国兼并了。宋国和鲁国虽说没有被兼并，却默默无闻，连自己也承认是弱国。越国自从勾践死了之后，慢慢地就衰败了，在南方的地位又被楚国夺了。有实力的大国只剩下七个：齐、楚、魏、赵、韩、燕、秦，称为"战国七雄"。

齐威王朝见了天王之后，楚、魏、赵、韩、燕五国公推他为霸主。只有秦国在西方，中原诸侯还是把它当作戎族看待，没跟它来往。秦国在政治、经济、文化各方面也确实比中原诸侯国落后，又让新兴的魏国夺去了西河一大片地方。这种形势逼得秦国不得不从事改革了。

公元前361年，秦国的新君秦孝公即位。秦孝公打算向中原扩张势力。他为了搜罗人才，就下了一道命令："不论是本国人还是外来的客人，谁能想办法让秦国富强起来，就重用他，封给他土地和户口人民。"这么一来，不少有才干的人就跑到秦国找出路去了。

秦孝公这道搜罗人才的命令，吸引了卫国贵族卫鞅。他跑到秦国，托人引见，得到了秦孝公的重用。卫鞅对秦孝公说："一个国家要打算富，就必须注重农业；要打算强，就必须奖励将士；要打算把国家治好，就必须有赏有罚。有赏有罚，朝廷才有威信，改革也就容易了。"秦孝公完全同意，就命他改革制度。

秦国的贵族和大臣们一听到秦孝公重用卫鞅，打算改革制度，并提高农民和将士的地位，都表示反对，弄得秦孝公很为难。他完全赞成卫鞅的办法，但是反对的人这么多，自己刚即位，怕闹出乱子，只得把改革制度的事暂时搁一搁。过了两年多，秦孝公越想越觉得改革制度对秦国有好处，自己的君位也坐稳了，就拜卫鞅为左庶长（秦国官名），对大臣们说："从今天起，改革制度的事全由左庶长拿主意。谁违抗他，就是违抗我！"那些反对的人听了这道命令，脖子短了一截，不敢再说话了。

公元前359年（秦孝公三年），卫鞅起草了改革的法令，送给秦孝公看。秦孝公完全同意，命他发布告，让全国的人都依着新法令办事。卫鞅担心老百姓不信任他，不把新法令当作一回事儿，就叫人在南门立了一根木头，下了一道命令："谁能把这根木头扛到北门，赏他十两金子。"

不一会儿，南门口围了一大堆人。大伙儿交头接耳，议论纷纷。有的说："这根木头谁都拿得动，哪儿用得着十两金子？"有的说："大概是左庶长成心跟咱们开玩笑吧。"大伙儿瞧瞧木头，又瞧瞧别人，都想瞧瞧谁有这傻劲儿去上当。卫鞅听说净是瞧热闹的，没有一个肯扛。他一下就把赏金加到原来的五倍，说："谁能把这根木头扛到北门，赏他五十两金子。"没想到赏金越高，看热闹的人越觉得不近情理，大伙儿对这根木头连碰都不敢碰，更别说扛了。

正在大伙儿疑神疑鬼的时候，人群里忽然钻出一个人。他歪着脑袋打量打量那根木头有多沉，说："我扛得动，我扛去！"他真把木头扛起来就走。大伙儿闪开一条道儿，好像小孩子看耍猴儿似的嘻嘻哈哈跟在后头，一直跟到北门。卫鞅叫人传话，对他说："你听从朝廷的命令，真是个奉公守法的好人。"当时就赏给他五十两黄澄澄的金子，一两也不少。瞧热闹的人一见他真得了赏，都愣了。他们都后悔刚才没有扛，错过了机会。要是明天再有木头，傻蛋才不扛哪！这件新闻立刻传了开去，一下子全国都知道了。老百姓都说："左庶长说到哪儿应到哪儿，他的命令就是命令。"

第二天，大伙儿又跑到城门口去看有没有木头。这回换了新花样，木头没有了，在立木头的地方立着一个挺大的告示。他们不识字，看了也不懂，好在有个小官念给他们听。念出来的东西有的听得懂，有的听不懂，有的话觉得很好，有的话不怎么好。可是他们知道左庶长的命令就是命令，都得服从。

新法令共三条：

一、实行保甲制度。每五家人家编为"一伍"，十家编为"一什"。一伍一什互相监督。一家有罪，其余九家应当告发。不告发的和罪人同样有罪，告发的和杀敌人同样有功。每个居民必须领取居民凭证，没有凭证的不能来往，不能住店。

二、奖励杀敌立功。官职的大小和爵位的高低，拿杀敌多少和立功大小作为标准。杀一个敌人记功一分，升一级。功劳大的地位高。田地、住宅、车马、奴婢、衣服等，随地位的高低分等级享受。没有在军事上立过功的人，就是有钱也不得铺张。贵族也得看打仗的功劳定爵位的高低。

三、奖励农业生产。老百姓多生产粮食和布帛的，免除官差；凡是因为做买卖和因为懒惰而贫穷的，连同妻子、儿女一概没入官府为奴婢。弟兄到了成年就应当分家，各立门户，各缴各的人头税。不愿分家的，每个成人加倍付税。

新法令公布之后，秦国发生了极大的变化。没有军功的贵族领主失去了特权，他们即使有钱，也不过是一个富户，在政治上没有地位。立军功的有赏，最高的赏是封侯。但是封了侯也只能在封地里征收租税，不能直接管理百姓。这么一来，贵族领主制度的秦国，从此变成了地主制度的秦国。这一巨大的变化不能不引起贵族领主的反对。秦孝公坚决地信任卫鞅，处罚了那些反对新法令的大臣。

这么过了三年，老百姓开始认识到新法令倒是好。生产增加了，生活也有所改善。老百姓最满意的是增加生产可以免除官差这一条。大家宁可多努力耕种和纺织，多生产粮食和布帛，谁也不愿意离开家庭、田园、妻子、儿女，被征发到远地去当差。将士们呢，因为提高了待遇，立了军功就能升级，谁都愿意做一个勇敢的战士。

秦国自从卫鞅变法以后，农业生产增加了，军事力量强大了，连着进攻魏国的西部，从河西打到河东，把魏国的都城安邑也打了下来。公元前350年，原来算是头等强国的魏国不得不跟秦国讲和。秦孝公为了进一步推进变法，也愿意做些让步，和魏惠王订了盟约，把河西大部分的地方和安邑退还给魏国。秦孝公用的是长线放远鹞（yào）的手段。魏惠王认为秦孝公心眼儿好，够朋友，就打消了秦国会来侵犯的顾虑。

秦孝公跟魏惠王订立了盟约之后，就叫卫鞅实行更大规模的改革，最重要的有下列三项：

一、开辟阡陌封疆。"阡陌"是供兵车来往的田间大路。春秋时代打仗多用兵车，到了战国时代，各国打仗都用步兵、骑兵，很少用兵车了，因此，东方各国早已陆续把阡陌开成了田地。这会儿，秦国除了田间必要的走道以外，把宽阔的阡陌一概铲平，种上庄稼。"封疆"是贵族领主作为划分疆界和防守用的土堆、荒地、树林、沟渠等。现在把这些土地也都开垦起来，作为耕种地。谁开垦的土地，归谁所有。田地可以自由买卖。

二、建立县一级的统治机构。除了领主贵族所占领的封邑以外，在没有建立县的地区，把市镇和乡村合并起来，组织成大县。每县设置一个县令，主管全县的事；县令还有助理，叫县丞。县令和县丞都由朝廷直接任命。这种由朝廷直接统治的地方机构，一共建立了四十一个。

三、迁都咸阳。为了便于向东发展，把国都从原来的栎阳（在陕西富平东南）迁移到渭河北面的咸阳。

第二步的大改革当然也有人反对。据说有一回，在一天之内就杀了七百多名反对改革的人，渭河的水都变红了。没想到第四年，太子也犯了法，居然也批评起新法令来了。这真叫卫鞅为难。他对秦孝公说："国家的法令必须上下一律遵守。要是上头的人不遵守，底下的人可就不信任朝廷了。太子犯法，他的老师应当替他受罚。"秦孝公叫卫鞅瞧着办去。卫鞅就把太子的两个老师都治了罪：公子虔被割了鼻子，公孙贾（gǔ）

脸上被刺字。这么一来，其余的大臣更不敢批评新法了。

秦国土地广，人口不太多，而邻近的"三晋"土地少，人口密。卫鞅就请秦孝公出赏格，叫邻国的农民到秦国种地，给他们田地和住房。秦国本地人必须服兵役，轮流应征。外来的人只要专力于耕种和纺织，完全免服兵役。原来秦国各地的尺有长有短，斗有大有小，斤有轻有重，卫鞅把全国的度（尺的长短）、量（斗的大小）、衡（斤的轻重）规定了一个标准。如此，老百姓缴税、纳租、做买卖，都方便多了。

秦国变法之后，仅仅十几年时间，就变成了挺富强的国家。周朝的天王周显王打发使者去慰劳秦孝公，封他为"方伯"（一方诸侯的首领）。中原诸侯一看既然秦国富强了，不能再把人家当作戎族看待，就都向秦国贺喜。那些有心要做霸主的诸侯眼见秦国用了一个卫鞅，变了法，就变成了强国，他们也学习秦国，到各处搜罗人才。

后来，秦孝公封卫鞅为侯，把商於（在河南省淅川县西）一带十五个城封给他，称他为商君。卫鞅就叫商鞅了。

孙膑下山

"三晋"中数魏国最强。魏惠王也学秦孝公的样儿，打算找个"卫鞅"。他花了许多财物以招徕天下豪杰。有个叫庞涓的本国人，求见魏惠王。他跟孙膑是同学。

庞涓见了魏惠王，把自己的学问和用兵的法子说了一说。魏惠王对他说："咱们的东边有齐国，西边有秦国，南边有韩国、楚国，北边有赵国、燕国。咱们的四周都是大国，怎么能在列国之中站住脚呢？"庞涓说："大王要是让我做将军的话，我敢说，就是把它们灭了也不难，还用得着怕它们吗？"魏惠王很高兴，就拜他为大将。庞涓的儿子庞英和侄儿庞葱、庞茅全当了将军。庞家将倒是人人卖力气，天天操练兵马，准备跟列国打仗。魏惠王听了庞涓的话，先从软弱的卫国和宋国下手，一连气打了几次胜仗，吓得卫国、宋国、鲁国都去朝见魏惠王，向他低头服软。只是齐国很不服气，不但不去朝见，反倒发兵来攻打魏国。庞涓把齐国的兵马打了回去，打这时起，魏惠王更加信任庞涓了。

正在这时候，墨子的门生禽滑釐云游天下，到了鬼谷。他一见孙膑像伺候老师似的招待他，心里已经很喜欢了，听了孙膑的谈论，看了他的举动，更觉得他是人才。墨子一派的人是反对战争的。禽滑釐想：要是孙膑能够下山做个将军，劝国君注意防守，不让别国打进来，打仗的事就能够减少。于是，他便对孙膑说："你的学问已经很有根底了，该出去做事了，不该一直待在山上。"孙膑说："我的同窗好友庞涓初下山的时候跟我约定，他有了事情，一定替我引见。听说他已经到了魏国，我正等着他的信呢。"禽滑釐说："庞涓已经做了魏国的大将，怎么还不来叫你呢？我到了那边替你打听打听吧。"

禽滑釐到了魏国，跟魏惠王一说，魏惠王就对庞涓说："听说将军有一位同学叫孙膑，有人说他是兵法家孙武子的后代，只有他才知道十三篇兵法的秘诀。将军为什么不把他请来呢？"庞涓回答说："我也知道孙膑的才能。可有一样，他是齐国人，亲戚、本家都在齐国。就算咱们请他做将军，万一以后遇到大事他先给齐国打算，那怎么办呢？"魏惠王说："如此说来，不是本国的人就不能用了吗？"庞涓不好意思再反对，就说："大王要叫他来，我就写信去吧。"

魏惠王派人拿了庞涓的信去请孙膑。孙膑很高兴地下了山，来到魏国，先见过庞涓，感谢他的好意推荐。庞涓就留他住在一起。第二天，他们一块儿去朝见魏惠王。魏惠王和孙膑谈论之后，就要拜他为副军师，跟正军师庞涓共同执掌兵权。庞涓觉得不妥当，说："孙膑是我的兄长，他的才能也比我强，怎能在我的手下呢？我说，不如暂且委屈他做个客卿，等他立了功，有了威望，我就让位，当他的助手。"魏惠王就请孙膑为客卿。拿职务来说，客卿没有实权，按地位来说，客卿却比臣下高一等。孙膑非常感激庞涓替他安排得这么周到，两个同窗好友就都在魏国做事了。

庞涓背地里对孙膑说："你一家人都在齐国，你怎么不把他们接来呢？你既然在这儿做了官，一家人总该团聚吧。"孙膑掉着眼泪说："你我虽是同学，可是你哪儿知道我家的事啊！我四岁的时候，母亲死了，九岁的时候，父亲又死了，从小由叔父养大。叔父孙乔当过齐康公的大夫，后来田太公把齐康公送到海岛上去，一些旧日的臣下死的死、被杀的杀、被轰走的轰走，孙家的人就这么散了。后来，我叔父带着我的叔伯哥哥孙平、孙卓和我一块儿逃到洛阳。谁知道到了那边又赶上荒年，我只好给人家当使唤人。末了，我叔父和叔伯哥哥也不知道上哪儿去了。我就独个儿流落在外。直到现在，我是一个孤苦伶仃的光杆儿，哪儿还有家人？"庞涓听了记在心里，还直叹气。

大约过了半年光景，有一天，有一个齐国口音的人来找孙膑。孙膑询问他的来历。来人说："我叫丁义，一向在洛阳做买卖。令兄有一封信，托我送到鬼谷。我到了那边，听说先生已经做了大官，我才找到这儿。"丁义说着，拿出信来交给孙膑。孙膑一瞧，原来是他的叔伯哥哥孙平和孙卓来的信，大意说他们从洛阳到了宋国；叔父已经死了；如今齐王正准备把旧日的臣下召回国，他们准备回去；叫孙膑也回齐国，重新创家立业，让孙家一族的人团聚在一起。此外，还说了一些流落外乡，多年没有上坟的话，真是一封悲伤的家信。孙膑念完之后，哭了一场。丁义劝了半天，又说："你哥哥让我劝你快点回去，一家人可以骨肉团聚。在这兵荒马乱的日子里，能够在一块儿就是苦些也是值得的。"孙膑说："我已经在这儿做了客卿，哪儿能随便走哪？"他招待了丁义，写了一封回信，托他带回去。

没想到孙膑的回信被魏国人搜了出来，并交给了魏惠王。魏惠王对庞涓说："孙膑想念本国，该怎么办呢？"庞涓说："父母之邦，谁能忘怀？如果他回到齐国，当了齐国的将军，就要跟咱们争高低。大王，还是先让我去劝劝他，要是他愿意留在这儿的话，大王就重用他，加他的俸禄。万一他不干的话，那么，既然是我举荐来的，大王还是交给我处置吧！"

庞涓辞了魏惠王，立刻去见孙膑，问他："听说你接到了一封家信，有没有这回事？"孙膑说："有这回事。我叔伯哥哥叫我回老家去，可是我怎么能离开这儿呢？"庞涓说："你离家也有好些年了，怎么不向大王请一两个月的假，回去上了坟，马上回来，不是两全其美吗？"孙膑说："我不是没想过，可是我怕大王起疑，不敢提。"庞涓说："那怕什么？有我呢！"

孙膑听了庞涓的话，上了一奏章，说是要请假回齐国上坟去。魏惠王正怕他私通齐国，如今他果然要回国去，可见他有心背叛魏国了，当时就生了气，骂他私通齐国，叫左右把他解到军师府庞涓那儿去审问。庞涓一见孙膑受了冤屈，直叨叨自己不该让他上奏章，还安慰他说："大哥不要害怕，我这就给你去说。"庞涓当时就出去了。过了一会儿,他慌里慌张地回来,跺着脚对孙膑说:"大王十分恼怒,非要定你死罪不可。我什么话都说了,再三再四地磕头求情,总算保全了大哥的性命,可是必须把膝盖骨剜(wān)掉,再在脸上刺字。这是魏国的法令,我实在不能再求了。"孙膑哭着说:"虽然要受刑罚,但总算免了死罪。你这么给我出力帮我的忙,我一辈子也忘不了你的大恩。"庞涓叹了一口气,吩咐刀斧手把孙膑绑上,剜去两块膝盖骨。孙膑大叫一声,昏了过去。刀斧手又在他的脸上刺了字。过了一会儿,孙膑慢慢地缓醒过来,只见庞涓愁眉苦脸地给他上药。接着,庞涓叫人把他抬到自己的屋里,一天三顿饭全由庞涓供给,还不断地给他换药。过了一个多月,膝盖上的创口好了,可是他变成了瘸子,只能爬着走。

孙膑成了残废,靠庞涓过日子,心里老觉着对不起人家。有一天,庞涓对他说:"大哥,你那祖传的十三篇兵法,能不能凭着记忆写出来?不但能让我拜读拜读,还能留传后世,给你孙家扬名。"孙膑恨不得做点事情以报答庞涓,那十三篇兵法,据说是鬼谷先生传给孙膑的,孙膑早就背得滚瓜烂熟,庞涓这么一要求,他就满口答应。打这时起,孙膑开始默写祖先的兵书。可是,那时候写东西是用漆写在竹简上,不像现在用墨写在纸上那么方便。再说孙膑心里烦得慌，天天唉声叹气的，哪儿能专心默写呢？写了足有一个多月，还没写几篇。伺候孙膑的那个老头儿叫诚儿，他见孙膑受了冤屈，挺可怜他的，时常劝他歇息，不要老坐着辛辛苦苦地写。

有一天，庞涓把诚儿叫去，问他："他每天写多少？"诚儿说："孙先生身体不好，躺的时候多，坐的时候少，一天只写三五行。我瞧着竹简上写字可费劲啦！"庞涓一听冒了火了，骂着说："这么慢条斯理，得写到什么时候啊！你该催着他，叫他加紧点儿！"诚儿嘴上答应，心里可不明白。他想："干吗一个劲儿催他？"可巧伺候庞涓的一个手下人来了，诚儿悄悄问他："嗨，小哥！我跟你打听件事儿。军师干吗老催着孙先生写那玩意儿？"手下人说："傻瓜，你还不知道吗？军师为了得到一部兵书，才留着他的命，等到兵书写完，他的命也就完了。你千万别跟人说啊！"

诚儿听了，替孙膑捏了一把汗，他就偷偷地告诉了孙膑。孙膑这时候才明白过来，他想："原来庞涓是这么一个人，我哪儿能把兵书传给他呀！唉，我真瞎了眼睛，交上了这么一个人面兽心的东西！"他又想："要是我不写，他一定会弄死我。这该怎么办呢？"他越想越气，越气越没有主意，急得直流眼泪，一下儿闭过气去。等到缓过气来，他瞪着两只大眼睛，连喊带叫，把屋子里的东西全扔在地上，把他写好了的兵书抽了好几片扔在火里烧了，即便有没烧的，可也没有一篇是全的。吓得诚儿赶紧跑去报告庞涓说："不好了！孙先生疯了！"

庞涓亲自来看孙膑，就见他趴在地上哈哈大笑，笑完了又哭。庞涓叫了他一声，他就冲着他一个劲儿磕头，哭着说："鬼谷老师，救命啊，救命啊！"庞涓说："你认错了，我是庞涓！"孙膑拉着庞涓的衣服不放，嘴里胡喊乱叫。庞涓怕他是装疯，就叫人把他揪到猪圈里。孙膑披头散发，趴在猪圈里睡着了。庞涓派人暗地里给他送饭，那个人小声地对他说："孙先生，我知道您的冤屈。这会儿我瞒着军师，给您送点酒饭来，请吃吧，这是我的一点心意。"那人说着直唉声叹气，还挤出了几滴眼泪。孙膑伸了伸舌头，做着鬼脸，把送来的酒和饭都倒在地上，骂着说："呸，谁吃这脏东西？我自己做得比你那个好多了。"说着，他抓了一把猪粪，团成一个圆球，往嘴里塞。庞涓知道了这件事，说："想不到他真疯了。"

打这时起，孙膑住在猪圈里，哭一会儿，笑一会儿，有时候爬到外边晒晒太阳，到了晚上又爬回猪圈睡觉。庞涓叫人给他一点吃的，让他疯疯癫癫地爬进爬出。他还想等孙膑好起来给他写那部兵书呢。要是孙膑到街上去，就有人跟着他。后来庞涓嘱咐人天天把孙膑的行踪向他报告。人人都知道孙膑是疯子，两条腿也不能走道儿，都挺可怜他的。有的人还给他吃的，他高兴了，就吃点儿，一不高兴，嘴里嘟嘟囔囔地唠叨一阵，把吃的倒在身上。他变成一个迷迷糊糊、又脏又可怜的疯子了，知道他的人都替他惋惜，说他当初还是不下山好。

马陵道上

孙膑总躺在街上，有人跟他说话他也不理。有一天，天已经黑了，他觉得有人揪他的衣服，那个人低声地说："我是禽滑釐，你还认得我吗？我已经把你的冤屈告诉了齐王。齐王打发淳于髡（kūn）到魏国来聘问。我们都安排好了，一定把你偷偷地带回齐国，替你报仇。"孙膑一听禽滑釐来了，眼泪好像下雨似的掉下来。他说："你们可得小心，庞涓天天派人看着我。"禽滑釐给孙膑换上衣服，把他抱上车，那套脏衣服叫一个手下人穿上，让他假装孙膑，披头散发的，两只手捧着脑袋躺在那儿。

第二天，魏惠王招待了齐国使臣淳于髡，送了他一点礼物，叫庞涓护送他出境。此前，庞涓已经得到了报告，说孙膑还在街上躺着，他挺放心地送走了齐国的使臣。淳于髡叫禽滑釐先走一步，自己跟庞涓谈了一会儿，然后大大方方地辞别了庞涓，走了。过了两天，那个手下人脱去了孙膑的衣服，偷着跑回去了。庞涓派去监视孙膑的人一见那套脏衣服扔在那儿，孙膑却不见了，赶紧向庞涓报告，说孙膑大概跳河死了。庞涓怕魏惠王查问，就说孙膑淹死了。

淳于髡、禽滑釐带着孙膑到了齐国，大夫田忌亲自到城外去接他。孙膑到了田忌家里，洗了澡，换了衣服，坐着软轱辘车跟着田忌去见齐威王。齐威王听他谈论兵法，真是只恨没有早点见面，就要封他官职。孙膑推辞说："我一点儿功劳也没有，怎么能受封呢？再说，庞涓如果知道我回到了本国，一定会来找麻烦的。我不如不露面，等大王有用得着我的地方，我一定尽力。"齐威王就让孙膑住在田忌家里。孙膑想去谢谢禽滑釐，哪知道他早走了。

孙膑打发人去打听叔伯哥哥孙平和孙卓，哪儿找这两个人去？他这才知道那个送信的人原来是庞涓派人冒充的。哪儿有什么家信和上坟的事，全是庞涓使的鬼主意。

公元前353年，魏惠王派庞涓进攻赵国，围住了赵国国都邯郸。赵国的国君赵成侯派使者去齐国求救，情愿把从魏国拿来的中山国送给齐国作为谢礼。齐威王知道孙膑的才能，要拜他为大将去救赵国。孙膑推辞说："不行，我是一个带残疾的人，当了大将会让敌人笑话。大王还是拜田大夫为大将吧！"齐威王就拜田忌为将军，孙膑为军师，发兵救赵国。孙膑对田忌说："目前，魏国的兵马已经把邯郸围上了，赵国的将士又不是庞涓的对手，咱们此刻去救邯郸已经晚了，还不如在半道上等着，假传说是去打襄陵（魏国地名，在河南省睢县西）。庞涓听到了，一定得往回跑。咱们迎头痛击他一顿，准保能把他打败。"田忌就按这个计策行事了。

果然，邯郸抵挡不住庞涓，投降了。庞涓打发人向魏惠王报告。庞涓忽然听说齐国派田忌攻打襄陵，他着急起来，立刻吩咐退兵。刚退到桂陵（在山东省菏泽县东北）地界，正碰上齐国的兵马。两边一开仗，魏兵就败了。庞涓正在心慌意乱的时候，忽然瞧见一面大旗，上面有个"孙"字！庞涓大叫一声："这瘸子果然在齐国，我上当了。"这一吓，差点让他从车上摔下来，幸亏庞英、庞葱两路兵马赶到，总算把他救了。庞涓逃了，虽捡了一条命，可是损失了两万多兵马。齐国大军得胜而归，邯郸又归了赵国。

相国驺忌怕田忌权力太大，劝齐威王不可把兵权交给他。

齐威王起了疑，派人在暗中察看田忌的行动。田忌发觉了，就告了病假，把兵权交了出来。孙膑也辞了军师的职位。

庞涓探听到了这个消息，又抖起精神来了。他说："如今我可以横行天下了。"那时候，韩国早就把郑国灭了，势力大了起来。赵国要报邯郸的仇，就跟韩国约定一块儿攻打魏国。庞涓得到这个消息，请魏惠王先发兵攻打韩国。魏惠王仍旧拜庞涓为大将，把全国大部分的兵马交给他攻打韩国。

庞涓带领大军到了韩国，打了几回胜仗，眼瞧着要打到韩国的都城了。韩国接连不断地向齐国求救。公元前343年，齐威王重新起用田忌，拜田忌为将军，田婴为副将，孙膑为军师，发兵五万去救韩国。孙膑又使出他的老办法：不救韩国，直接攻打魏国。

庞涓接到本国告急的信儿，只好退兵赶回去。等他回到魏国的边境时，齐国的兵马已经进去了。庞涓一察看齐国军队扎过营的地方，发现齐国的营盘占了很大的地方，叫人数了数地下做饭的炉灶，足够供十万人吃饭用的。庞涓吓得说不出话来，心想："齐国有十万大军进了魏国的本土，一时间怎么也不能把他们打出去。"第二天，庞涓带领大军到了齐国军队第二次扎营的地方，又数了数炉灶，只有供五万来人用的了。

他想："这是怎么回事？"第三天，继续往回走，他们追到了齐国军队第三次扎营的地方，仔细数了数炉灶，就剩下两三万人了。庞涓这才放心了，笑着说："还好，还好！齐国人都是胆儿小的。"庞涓的侄儿庞葱问他："您怎么知道他们胆小呢？"庞涓笑了笑说："什么事情都得仔细调查。我三次数了他们的炉灶，就全明白了。十万大军到了魏国，才三天时间，就逃了一大半。田忌呀田忌，这回是你自己来送死，看你逃到哪儿去！上次桂陵的仇，这次可得报了。"他吩咐大军整天整宿地按齐国军队走的路线追上去。

他们这一追，一直追到马陵（在河北省大名县东南），正是天快擦黑的时候。马陵道是在两座山的中间，山道旁边就是山涧。这时候正是十月底，晚上没有月亮。庞涓恨不得一步追上齐国的军队。虽说是山道，反正是本国的地界，庞涓就吩咐大军顶着星星往前赶。忽然前面的士兵回来报告，说："前面山道被木头堵住了。"庞涓骂着说："这也值得喊叫吗？齐国人打算往北逃回本国去，怕咱们今天晚上追上他们，就堵住了道儿。大伙儿一齐动手把木头搬开不就结了吗？"庞涓上前亲自指挥士兵，就见道旁的树全被砍倒，只留着一棵最大的树没有砍。他很奇怪，为什么单单留着这一棵呢，细细瞧去，那棵树一面刮去了树皮，露出一块又光又白的树瓢，上面影影绰绰写着几个大字，但是看不清楚。庞涓就叫小兵拿火来照。有几个小兵就点起火把来。庞涓在火光之下，看得非常清楚，上面写的是："庞涓死此树下！"庞涓心里一急，连忙说："哎呀！又上了瘸子的当了！"庞涓回头对将士们说："快退！快……"第二个"退"字还没说出，也不知道有多少支箭，就像下大雨似的向他射来。原来，孙膑天天减少炉灶的数目，目的就是引诱庞涓追上来，早就算准了庞涓到这儿的时辰，左右埋伏着五百名弓箭手，吩咐他们说："一见树下起了火光，就一齐放箭。"

一会儿，山前山后，山左山右，全是齐国的士兵，把魏兵杀得连山道都变成了血河，直闹到东方发白，才安静下来。魏国的士兵不是投降了，就是跑了，那些没投降、没跑了的全躺在地上，再也起不来了。齐国的军队带着俘虏和战利品从原道回去。走了一程，碰见了魏国后队的兵马，领队的将军正是庞涓的侄儿庞葱。孙膑叫人挑着庞涓的人头给他瞧，庞葱立刻下马跪着求饶。孙膑对他说："我给你一条活路，赶紧回去，叫魏王上表朝贡，要不然，魏国的宗庙也保不住啦！"庞葱连连磕头，捧着脑袋逃回去了。

魏惠王打了大败仗，只好打发使者向齐国朝贡，韩国和赵国的国君更加感激齐国，都去朝贺。齐国的威名打这时起就大了起来。相国驺忌告了病假，交出了相印。齐威王就拜田婴为相国，还要加封孙膑。孙膑不愿受封，他亲手把十三篇兵法写出来，献给齐威王，辞了官职，隐居起来。

悬梁刺股

　　齐国用孙膑的计策，大败魏军之后，过了五年（公元前338年），秦孝公得病死了，太子即位，就是惠文王。他做太子的时候，因为反对新法令，被商鞅定了罪，他的老师公子虔被割去了鼻子，另一个老师公孙贾脸上被刺了字。如今他当上了国君，公子虔和公孙贾他们就得了势了。这一帮人都是商鞅的冤家对头，以前的仇恨可得清算一下。秦惠文王就给商鞅加了个谋叛的罪名，把他杀了。

　　秦惠文王杀了商鞅，可并没改变商鞅的法令。在战国七雄里面，最强盛的就数秦国。是联合起来抵抗秦国呢，还是联合秦国以保存自己，六国诸侯都不能不考虑这个问题，于是出现了"合纵"和"连横"两种主张。"连横"就是说，中原诸侯应当跟秦国亲善，造成东西联盟的局面。从地理上看，东西连成一条横线，所以叫"连横"。"合纵"就是说，中原诸侯应当联合起来一同抵抗西方的秦国，造成南北联盟的局面。从地理上看，南北合成一条直线，所以叫"合纵"（"纵"就是"直"或"竖"的意思）。就在这种时势下，出来了两个能说会道的政客，借着合纵、连横的名头，追名逐利，东游西说，闹得天下鸡犬不宁。

那个借着合纵出名的人叫苏秦。他是洛阳人，本来没有一定的主张，合纵也好，连横也罢，他只打算仗着一张能说会道的嘴，弄个一官半职就行，不论哪个君王，只要给他官做，都可以做他的主子。他想先去见周天王，可是人家不给他在天王跟前推荐，他就改变了主意，上秦国去了。他见了秦惠文王就说连横怎么怎么好，秦国这样强大，正好一步一步去兼并六国。谁知道秦惠文王自从杀了商鞅之后，就不喜欢外来的客人。他听完苏秦的话，挺客气地回绝了他，说："我的翅膀还没有那么硬，哪儿能飞得高呢？先生的话挺有道理，可是我得准备几年，等到翅膀硬了，再请教先生。"

苏秦碰了软钉子，却没有死心，依然希望秦王用他。他费了很多功夫，写了一封长信，帮秦惠文王出主意，去吞并列国。他把这封长信献给秦惠文王，秦惠文王潦潦草草地看了看，就搁在一边了。苏秦在秦国耐着性子等了一年多，家里带来的盘缠都花光了，身上的衣服也破旧了，眼瞧着再待下去，连吃饭住店的钱也没有了，于是只好回家去了。

苏秦回到家里，仍丢不下做官发财的念头。他独个儿琢磨着："秦国不用我，还可以去找六国。我拿利害去打动六国的君王，难道他们就没有一个肯用我的？"苏秦一心想升官发财，就开始研究起兵法来了。有时候念书念累了，苏秦眼皮粘到一块儿怎么也睁不开，他气急了，骂自己没出息，拿起锥子在大腿上刺了一下（文言叫"刺股"），当时血都流出来了。这一下子，苏秦可来精神了，接着又念下去。据民间传说，苏秦因为有时候太累了，就扑在案头上打瞌睡，他自己生自己的气，想办法不让自己打瞌睡。他拿根绳子一头吊在房梁上，一头吊住自己的头发。他脑袋一扑到案头上去，那根绳子就把他揪住，这么脑袋一顿，头发一揪，就把他揪醒了（文言叫"悬梁"；据记载，苏秦曾经"刺股"，"悬梁"是汉朝人的故事）。他悬梁刺股，苦苦地熬了一年多时间，竟然读熟了姜太公的兵法，记熟了各国的地形、政治情况、军事力量。他还研究了诸侯的心理，以便当说客时迎合他们，说动他们重用自己。苏秦觉得自己做官的资本准备得差不多了，跟他兄弟苏代、苏厉商量，说："我的学业已经完成了。天下的富贵只要我一伸手就能拿到。要是你们能给我凑点盘缠，让我周游列国，等到我出头了，我一定推荐你们。"他又把姜太公的兵法和中原列国的形势讲给他们听。他们被他说服了，拿出钱来送他动身。

公元前334年，苏秦到了燕国，见了国君燕文公，对他说："燕国在列国当中，虽说有两千里土地、几十万士兵、六百辆兵车、六千多骑兵，要是跟西边的赵国、南边的齐国一比，可就显出力量不够来了。近几年来，赵国强大了，齐国强大了，可是强大的国家老打仗，弱小的燕国反倒太平无事，大王您知道这里头的缘故吗？"燕文公说："不知道。"苏秦说："燕国没受到秦国的侵略，是因为有赵国挡住秦国。秦国离燕国远，就是要来侵犯的话，也必须路过赵国。因此，秦国绝不能越过赵国攻打燕国。可是赵国要攻打燕国，那就太容易了，早上发兵，下午就能到。大王不跟近邻的赵国交好，反倒把土地送给挺远的秦国，这种做法很不好。要是大王用我的计策，先去跟邻近的赵国订立盟约，然后再去联络中原诸侯一同抵抗秦国，这样，燕国才能够真正安稳。"燕文公很赞成苏秦的办法，就怕列国诸侯心不齐。苏秦表示他愿意跟赵国商量。燕文公就供给他礼物、路费、车马和底下人，请他去跟赵国接头。

苏秦到了赵国，赵肃侯听到燕国有客人来，亲自去迎接。他对苏秦说："贵客光临，有何指教？"苏秦说："如今中原各国中，最强盛的就是赵国，秦国最注目的也是赵国。可是为什么秦国不敢发兵侵犯，还不是因为西南边有韩国和魏国挡住秦国了吗？可有一样，韩国和魏国并没有高山大河可以防守，要是秦国真的发大军去打韩国和魏国的话，韩、魏两国很难抵抗。如果韩国、魏国投降了秦国，赵国可就保不住了。我仔细研究了列国的地形和政治，中原列国的土地比秦国的大五倍，列国的军队比秦国的多十倍。要是赵、韩、魏、燕、齐、楚六国联合起来一同抵抗西方的秦国，还怕打不过它吗？为什么一个一个要断送自己的土地，去奉承秦国呢？六国不联合起来，各自单独地向秦国割地求和，绝不是办法。要知道六国的土地有限，秦国却贪心不足。要是大王联合诸侯，结为兄弟，订立盟约，不论秦国侵犯哪一国，其余五国一同去帮它，这样，一个孤立的秦国还敢欺负联合起来的六国吗？我说咱们不如约会列国诸侯到洹水（又叫安阳河，从山西省流到河南省）开大会，商量共同抗秦的大事。"

赵肃侯听了苏秦合纵抗秦的计策，完全同意。他就拜苏秦为相国，把赵国的相印交给他，又给了他一百辆马车、一千斤金子（古时候铜也叫作金）、一百双玉璧、一千匹绸缎，叫他去游说各国诸侯。

苏秦当上了赵国的相国，乐得轻飘飘的，好像在云端里似的。他准备先联络韩国和魏国。刚要动身的时候，赵肃侯召他入朝，说有要事商议。苏秦连忙去见赵肃侯。赵肃侯对他说："刚才边界上来了报告，说秦国进攻魏国，把魏国打败了，魏王向秦国求和，把河北的十座城割让给秦国了。万一秦国侵犯过来怎么办呢？"苏秦心里吓了一跳，他想：要是秦国军队到了赵国，赵国一定会像魏国一样割地求和，他那合纵的计策不就吹了吗？他做官发财的本钱不就完了吗？苏秦却没有显出心慌的样子，很镇静地说："秦国的军队刚打了魏国，已经累了，一时半会儿不会打到这儿来的。万一来了，我也有退兵的办法。"赵肃侯说："既是这样，你先别出去。要是秦国的兵马不过来，到那时候你再动身吧。"苏秦只好留下，请赵肃侯加紧准备，防御敌人。

苏秦回到相府里着实担心。末了，他想出一个法子：他要利用一个人，叫秦国不来攻打赵国。可有一层，那个人也非常机灵，哪儿能让苏秦利用呢？苏秦必须使出很巧妙的高招儿来才行啊。

攻守同盟

苏秦打算利用的那个人，就是他的同学张仪。

张仪是魏国人，跟当初的苏秦一样，是一个穷困潦倒的政客。他求见过魏惠王，魏惠王没有用他。他就带着媳妇儿去楚国求见楚威王。楚威王也没有见他。末了，他投在令尹（楚国的相国叫令尹）昭阳的门下，做了门客。

有一天，令尹昭阳与客人、家臣们在池子旁边的亭子里喝酒。客人当中有一个说："听说咱们大王把无价之宝'和氏璧'赏给了令尹。令尹的功劳实在大，令尹的光荣没法儿说。令尹可以不可以把'和氏璧'拿出来让我们见识见识？"昭阳就把这块玉璧交给在场的客人，让他们挨着个儿传着看。凡是看见"和氏璧"的人没有一个不惊奇、不赞叹的。正在传着瞧的时候，突然池子里"扑通"一下，蹦出一条大鱼，大伙儿急忙把着窗户瞧。只见那条大鱼又蹦了起来，接着又有几条鱼在水面上蹦。一会儿工夫，东北角起了一大片乌云，眼瞧着大雨快来了。昭阳怕客人们被雨截住，赶紧就散了席。谁知道那块玉璧没了，也不知道传到哪个人手里了。大伙儿乱了一阵子，到最后也没找着。昭阳很不高兴，又不好意思得罪客人，只得让大家回去。可是他自己的门客得搜一搜。昭阳手下的人见张仪这么穷，就说："偷和氏璧的不是他就没有别的人了。"昭阳也起了疑，叫手下的人拿鞭子抽他，逼他招认。张仪哪儿能招认哪？他把眼睛一闭，咬着牙，挨了几百下，浑身上下没有一处好的。昭阳见他被打得这个样儿，也就算了。有人可怜张仪，把他送回了家。

张仪的媳妇儿一见丈夫被人家打得不像样了，哭着说："你不听我的劝，如今被人家欺负到这步田地。要是不想去做官，哪能被人家打成这样呢？"张仪哼哼着问她："你瞧一瞧，我的舌头还在吗？"媳妇儿啐了他一口，说："瞧你的，被人家打成这个样儿，还逗乐呢！舌头当然还长着。"张仪说："好！只要舌头没掉，我就不怕，你也可以放心。"他调养了好些日子，回本国去了。

张仪在魏国住了半年，听说苏秦在赵国当了相国，打算投奔他，找个出路。正在这当儿，有一个买卖人，人都管他叫贾舍人，恰巧赶着车马走到门口站住了。张仪出来一问，知道他是从赵国来的，就问他说："听说赵国的相国叫苏秦，真的吗？"贾舍人说："先生贵姓？难道您知道我国的相国？"张仪说："我叫张仪，是苏相国的朋友，我们还是同学呢。"贾舍人听了高兴起来，说："哦，失敬，失敬！原来是相国的自家人！要是您去见相国，相国准会喜欢，说不定会重用您呢。我这儿的买卖已经完了，正要回去。要是先生瞧得起我，车马是现成的，咱们在道上也好搭个伴儿。"张仪很高兴，就跟他去赵国了。

他们到了城外。贾舍人说："我住在城外，就在这儿跟您告别了。离相府不远的一条街上，有一家客店，靠东有一棵大槐树，一找就能找到。先生到了城里，可以在那儿住几天，我有时间一定去拜访您。"张仪很感激贾舍人，千恩万谢地说了声回头见，独个儿进城去了。

第二天，张仪就去求见苏秦，可是没有人给他通报。直到第五天，看门的才给他往里回报。通报的人回来说："相国今天特别忙，说请先生留下住址，打发人去请您。"张仪只好留下住址，回到客店，安心地等着。没想到一连等了好多天，半点消息也没有。张仪不由得生了气，他跟店里掌柜的唠叨了一阵子，说完了就准备回家去。可是掌柜的不让他走，他说："您不是说相国要打发人来请您吗？万一他来找您，您走了，叫我们上哪儿找去？别说才这么几天，就是一年半载，我也不敢让您走哇！"这真叫张仪左右为难了。他向掌柜的打听贾舍人家住哪里，他却说不知道。

就这么又待了几天，张仪再次求见苏秦。苏秦叫人传出话来，说："明天相见。"到了这时候，张仪的盘缠早花完了，身上穿的也该换季了。相国既然约定相见，总该穿得像样一点吧。他向掌柜的借了一套衣裳和鞋帽，第二天摇摇摆摆地上相府去了。他到了那儿，想着苏秦会跑出来接他。谁知道大门关着，那个看门的叫他从旁边的小门进去。张仪就耐着性子低着头从旁门进去。他到了里边，刚往台阶上一走，就有人拦着他，说："相国的公事没有办完，客人在底下等一等吧！"张仪只好站在廊子下等。他往上一瞧，就瞧见有几个大官正跟苏秦聊天呢。好不容易走了一批，谁知道接着又来了一批。张仪站得腿都酸了，看了看太阳都过了晌午了。正在气闷的当儿，忽然听见堂上喊："张先生有请！"左右的人对张仪说："相国叫你呢！"张仪就整了整帽子，掸了掸衣服，向台阶走去。他想：苏秦见了他，一定会跑下来。万没想到苏秦挺神气地坐在上边，一动也不动。张仪忍气吞声地走上去，向苏秦作了一个揖（yī）。苏秦慢条斯理地站起来，对他说："好些年不见了，你好哇？"张仪气哼哼地也不搭理他。就有人禀告说："吃午饭了。"苏秦对张仪说："我因为公事忙，累得你等了这半天。请你就在这儿用点便饭，我还有话跟你说呢。"底下人把张仪带下去，请他坐在堂下，跟着摆上的只是一点青菜和粗米饭。张仪往上一瞧，就见摆在苏秦面前的全是山珍海味，满满地摆了一桌子。他想不吃，可是肚子"咕噜噜"直叫唤，只好先吃了。

吃了饭，待了一会儿，堂上传话："张先生有请！"张仪走上去，只见苏秦挪了挪屁股，连站也没有站起来。张仪实在忍耐不住，往前走了两步，高声地说："季子（苏秦字季子）！我以为你没有忘了朋友，才老远地来看你。没想到你没把我放在眼里，连同学的情谊都没有！你……你……你真太势利了！"苏秦微微一笑，对他说："我道你的才能比我高，总该先出山。哪儿知道你竟穷到这步田地。不是我不肯把你推荐给国君，可是……可是我怕你三心二意，不但成不了大事，

069

反倒连累了我。"张仪气得鼻子眼儿冒烟,他说:"大丈夫要富贵自己干,难道非叫你推荐不可?"苏秦冷笑着说:"那你何必来求见我呢?好吧,我看在同学的情分上,帮助你一锭金子,请你自己方便吧!"说着叫底下人递给张仪十两金子。张仪把金子扔在地上,气呼呼地跑出去。苏秦摇摇头,也不留他。

张仪回到客店,就见自己的行李全都被搬在外边了。他问掌柜:"怎么啦?"掌柜很恭敬地说:"先生见了相国,当上大官儿了,还能住在我们这儿吗?"张仪摇着脑袋说:"气死人了!真是岂有此理!"他只好脱下衣裳,换了鞋帽,还给掌柜。掌柜问他:"怎么啦?"张仪简单地说了说。掌柜说:"难道不是同学?先生有点高攀吧?别管这个,那锭金子您总该拿来呀!这儿的房钱、饭钱还欠着呢。"张仪一听掌柜的提起房钱、饭钱,心里又着急起来。

正在这当儿,贾舍人可巧来了,见了张仪就说:"我忙了这些天,没有来看您,真对不起。不知道您见过相国了没有?"张仪垂头丧气地说:"哼!这种无情无义的贼子,别提啦!"贾舍人一愣,说:"先生为什么骂他?"张仪气得说不出话来。掌柜替他说了一遍,又说:"如今张先生的欠账还不上，回家又没有盘缠，我正替他着急呢。"贾舍人一瞧张仪跟掌柜都愁眉苦脸的，自己也觉得不痛快，挠了挠头皮，对张仪说："当初是我多嘴，劝先生上这儿来。没想到反倒连累了先生。我情愿替您还这笔账，再把您送回去，好不好？"张仪说："哪儿能这么办呢？再说我也没有脸回去。我心里打算去秦国，可是……"贾舍人连忙说："啊？先生要到别的地方去，怕不能奉陪。上秦国去，这可太巧了，我正要去那边瞧个亲戚，咱们一块儿走吧，现成的车马，又不必另加盘缠，彼此也有个照应。"张仪一听，好像迷路的人忽然来了个领道的，很感激地说："天下还真有您这么侠义心肠的人，真叫苏秦害臊死了。"他就跟贾舍人结为了知心朋友。

贾舍人替张仪还了账，做了两套衣服，两个人就坐着车往西去了。他们到了秦国，贾舍人又拿出好些金钱替张仪在秦国朝廷里铺了一条道。此时，秦惠文王正在后悔失去了苏秦，一听说有人推荐张仪，就召他上朝，拜他为客卿。

张仪在秦国做了客卿，先要报答贾舍人的大恩。贾舍人可巧来跟他辞行。张仪流着眼泪说："在我困苦的时候，没有人瞧得起我。只有你是我的知己，屡次三番地帮助了我，要不，我哪儿有今日。咱们有福同享，你怎么能回去呢？"贾舍人笑着说："别再糊涂了！打开天窗说亮话，你的知己不是我，苏相国才是你的知己。"张仪摸不着头脑，说："这是什么话？"贾舍人咬着耳朵对他说："相国正盘算着让中原列国联合起来，但是怕秦国去打赵国，破坏他的计策。他想借重一个亲信的人去执掌秦国的大权。他说这样的人，除了先生没有第二个。他就叫我扮成一个做买卖的，把先生引到赵国。他又怕先生得了一官半职就满足了，特地用了激将法。先生果然发誓要争口气。他就给我好些金钱，非要让秦王重用先生不可。我是相国手下的门客，如今办完了事，我得回去报告相国了。"张仪听了，不由得愣住了。张仪呆了一会儿，叹息着说："唉，我自以为聪明机警，想不到一直蒙在鼓里还没觉出来。我哪儿比得上季子啊！请您回去替我向他道谢，他在一天，我决不叫秦王攻打赵国。"

　　就这么，战国时期出了两个能说会道的政客，一个搞合纵，一个搞连横，他们首先形成了攻守同盟。

合纵抗秦

贾舍人回去向苏秦报告，苏秦就对赵肃侯说："秦国绝不敢侵犯赵国，我还是去联合各国诸侯吧。"赵肃侯同意了，给了他不少金钱、车马和下人，让他到各国去走一趟。苏秦就向韩、魏、齐、楚等国的诸侯详细说明割地求和的坏处和联合抗秦的好处。他们一个一个被他说服了，大伙儿愿意听他的话。苏秦回到赵国，赵肃侯封他为武安君。赵肃侯打发使者去邀请齐、楚、魏、韩、燕五国的诸侯到赵国的洹水开大会。公元前333年，苏秦和赵肃侯先到了洹水，布置一切。过了几天，五国的国君先后到了。苏秦先跟各国的大夫接头，商量了座位。拿地位来说，楚国和燕国是老前辈，韩国、赵国、魏国和姓田的齐国是新起来的国家。可是在战时，还是按国家的大小来排次序比较合适。如此一来，楚国最大，齐国第二，魏国第三，赵国第四，燕国第五，韩国最小。其中楚、齐、魏已经称"王"了，赵、燕、韩却是称"侯"，爵位大有差别，怎么能肩并肩地结为兄弟呢？大伙儿都觉得这事不好办，连称呼都叫不上来。苏秦有了主意。他建议痛痛快快地六国一概称王。赵王是发起人，也是主人，坐主位，其余的按国家大小依次排列。各国君王全都同意了。

到了正式开会的时候，各国君王按照预先议定的座位坐下。苏秦上了台阶，禀告六国的君王说："在座的六国君王，土地广大，人口众多，兵力雄厚。难道愿意低三下四地向秦王磕头，平白无故把自己的土地一块一块地割给人家吗？"六国的君王听得直点头。苏秦又说："合纵抗秦的计策，我早就跟各位说过了。如今大家订立盟约，结为兄弟，有困难互相帮助。"六国的君王就拜告天地，写了六份盟约，各国各收藏一份。

赵王提议说："苏秦奔走六国，我们应当封他一个官职，请他专门办理合纵的事，你们看怎么样？"其他五位君王都赞成，就公推苏秦为"纵约长"，把六国的相印都交给他。苏秦赶紧跪在地上，向他们谢了恩。六位君王欢欢喜喜地回去了。

六国君王在洹水订立盟约,简直就是向秦国挑战。秦惠文王对相国公孙衍说:"六国合而为一,秦国还有什么发展的希望呢?咱们必须想办法破坏他们的合纵。"公孙衍说:"合纵是赵国开头的,大王不如先发兵攻打赵国,看谁敢去救赵国,就先打谁,让六国诸侯知道秦国的厉害,如果六国都怕咱们去打它们,合纵就容易拆散了。"张仪连忙反对,说:"六国新近订了盟约,正在兴头上,一下子是拆不散的。要是咱们发兵去打赵国,那么韩、魏、楚、齐、燕一同出兵帮它,咱们该对付哪个好呢?越逼得紧,人家越怕,越害怕就越需要联合起来共同抵抗。秦国还不如用点精力去联络它们当中的几个国家,跟这几个国君亲善起来,他们必然彼此猜疑。里面起了疑,合纵就可以拆散了。比如说,离咱们最近的是魏国,最远的是燕国。从魏国拿来的城池退还给魏国几座,魏国一定感激大王,当然会来跟咱们和好。另外,如果大王能够把自己的女儿许配给燕国的太子,咱们跟燕国成了亲戚,秦国就不孤立了。秦国先把这最近的和最远的两国拉过来,以后的事情就好办了。"

　　秦惠文王依了张仪,不进攻赵国,反倒去拉拢魏国和燕国。一个得到几座城,一个娶到一个来自大国的儿媳妇,眼前已经够便宜了,它们果然跟秦国好起来了。赵王得到这个消息，责备纵约长苏秦说："你倡导六国合纵，一同抵抗秦国。如今还不到一年时间，魏国和燕国就被秦国拉过去了。要是秦国这会儿来打赵国，这两国还能帮助咱们吗？合纵还靠得住吗？"苏秦觉得这事情不好办，要是再不想办法挽救，他自己就下不了台了。他说："好吧，我先去燕国，然后再到魏国，非把这两国的事办好不可。"赵王就让他去了。

苏秦到燕国的时候，燕文公已经死了，燕易王即位，见了苏秦，就拜他为相国。这个相国可不容易当，燕易王是故意令苏秦为难的。原来，东南边的齐国趁燕国办丧事，就发兵打过来，夺去了十座城。燕易王拜苏秦为相国，对他说："当初先君听了您的话，合纵抗秦，希望六国和好，彼此帮助。先君的尸首还没有埋呢，齐国就夺去了我们十座城，洹水的盟约还有什么用处呢？您是纵约长，总得想想办法啊！"苏秦本来是为赵国来责问燕国的，如今倒先得为燕国责问齐国了。他只好对燕易王说："我去跟齐国要回那十座城，好不好？"燕易王当然喜欢。

苏秦到了齐国，对齐威王说："燕王是大王的同盟，又是秦王的女婿。大王为了贪图十座城，跟他们结下了冤仇。贪小失大，太不值得！要是大王照我的计策办，把这十座城退还给燕国，不但燕王感激大王，就是秦王也一定喜欢。齐国得到了秦国和燕国的信任，大王还能够号召天下建立霸业呢！"这一番话，正说在齐威王的心坎上。他为什么要攻打燕国，破坏盟约呢？齐国本来是大国，离着秦国又远，为什么要加入合纵呢？齐威王就打算借着合纵的名义来号召天下，做霸主。没想到洹水会上，小小的赵国反倒当上了领袖，这哪儿能叫他服气！齐国跟秦国势力差不多，西方的秦国想吞并六国，东方的齐国也不是没有这个念头。他一听到苏秦的计策，就想拿十座城做本钱去收买天下的人心，当时挺痛快地答应了苏秦，退还了燕国的土地。

燕易王凭着苏秦的一张嘴，收回了十座城，当然很高兴，可是他看到苏秦的声望越来越高，势力越来越大，就对苏秦冷淡起来了。苏秦心里有数，就对燕易王说："我在这儿对燕国没有多大用处，不如上齐国去，表面上做齐国的大臣，背地里可以替燕国打算。"燕易王说："随您的便。"苏秦假装得罪了燕易王，逃到齐国。齐威王正要利用他，拜他为客卿。没过多少日子，齐威王死了，他儿子即位，就是齐宣王。齐宣王有两个毛病：一是好色；二是贪财。苏秦就利用他这两个毛病叫他派人去搜罗美女，起造宫殿和花园，加重捐税来充实国库。

苏秦拿孝顺父亲的大帽子叫齐宣王耗费钱财和人力给齐威王造大坟。苏秦认为若要六国同心协力地抗秦，就得让六国的势力一样大。齐国比别的五国强大，破坏了这个均势。因此，他想办法叫齐国消耗人力和财力。他这种毒辣的手段虽然把齐宣王蒙住了，可是瞒不了那些机灵的大臣，尤其是老相国田婴的儿子田文（就是孟尝君）。田婴一死，齐宣王重用田文，那些反对苏秦的人以为齐宣王既然重用了田文，一定不再信任苏秦了。他们背地里派人去刺苏秦。这个凭着一张嘴混了半世的政客，终于死在了刺客的手下。

苏秦死了之后，假装得罪燕王逃到齐国，企图破坏齐国的阴谋，慢慢地从苏秦手下人的嘴里泄露了出来。齐宣王这才明白过来，齐国和燕国就又有了仇。公元前314年，燕国起了内乱，齐宣王趁机攻打燕国，杀了燕王，差点把燕国灭了。齐国的势力可就大了。这还不算，齐宣王还跟楚国结了同盟。齐、楚两个大国联合起来，秦国可就不能独霸天下了。张仪要实行"连横"，就非把齐国和楚国的联盟拆散不可。他向秦惠文王说明了这个意思，上楚国去了。

连横亲秦

张仪到楚国的时候，楚威王的儿子做了国王，就是楚怀王。楚怀王听说秦惠文王拜张仪为相国，担心他为了当初"和氏璧"的因由，向楚国报仇。这次一听到张仪到楚国来，楚怀王就准备好好地招待他。

张仪到了楚国，先拿出贵重的礼物送给楚怀王手下一个叫靳尚的最得宠的人，然后去见楚怀王，开门见山地对他说："如今天下称得上英雄的只剩下七个国家了，其中最强大的要数齐、楚、秦三国。要是秦国跟齐国联合，那么齐国就比楚国强；要是秦国跟楚国联合，那么楚国就比齐国强。如今秦王特意派我来跟贵国交好，可惜听说大王跟齐国通好，秦王有什么办法呢？要是大王能下个决心跟齐国绝交，秦王不但情愿跟贵国永远和好，还愿意把商於一带六百里的土地送给贵国。这么一来，贵国可就得了三样好处：第一，增加了六百里的土地；第二，削弱了齐国的势力；第三，得到了秦国的信任。一举三得，请大王决定吧。"

楚怀王是糊涂虫，经张仪这么一说，就挺高兴地说："秦国要是能够这么办，我何必一定要拉着齐国不撒手呢？"楚国的大臣们听说能得到六百里的土地，大伙儿眉开眼笑地向楚怀王庆贺。此时，忽然有个人站起来，说："这么下去，你们哭都来不及，还庆贺呢！"楚怀王一看，原来是客卿陈轸（zhěn），就很不高兴地问他："为什么？"陈轸说："秦国为什么把六百里的土地送给大王呢？难道不是因为大王跟齐国订了盟约吗？楚国有了齐国作为兄弟国，势力就大了，地位也高了，秦国才不敢来欺负。要是大王跟齐国断绝来往，就如同砍去自己的胳膊。到那时候，秦国不欺负楚国才怪呢！大王听了张仪的话跟齐国绝交，张仪要是说话不算话，秦国不交出土地，请问大王有什么办法？大王不如打发人先去接收商於。等到六百里的土地接收过来之后，再去跟齐国绝交也来得及。"

三闾大夫（官名，掌管王族三姓的大官）屈原干脆反对跟齐国绝交。他说："张仪的话不能信，大王千万别上他的当。"那个收了张仪礼物的靳尚，眯缝着眼睛，反对陈轸和屈原。他说："若不跟齐国绝交，秦国哪儿能平白无故地给咱们土地呢！"楚怀王点着头说："那当然！咱们先派人去接收商於吧！"

楚怀王一边派逄（páng）侯丑为使者，跟着张仪去接收商於，一边跟齐国绝了交。逄侯丑和张仪到了咸阳，张仪假装摔坏了腿，被接去治疗。逄侯丑足足等了三个月，心里非常着急，只好写信给秦惠文王，说明张仪答应交割土地的事。秦惠文王说："相国答应了的，我一定照办。可是楚国还没跟齐国完全断绝来往，我怎么能随便听信片面的话呢？且等相国病好了再说吧。"逄侯丑把秦惠文王的话向楚怀王报告。楚怀王说："难道秦王还不相信我跟齐国绝交了吗？"他派人去齐国骂齐宣王。齐宣王气极了，打发使臣去见秦惠文王，约他一同进攻楚国。

张仪这才与逄侯丑相见，问他："怎么将军还在这儿，难道那块土地还没交割清楚吗？"逄侯丑说："秦王要等相国病好了再说。"张仪说："我把我的六里土地献给楚王，干吗要跟秦王说呢？"逄侯丑听了，不敢相信自己的耳朵。他说："我来接收的是商於那边的六百里土地呀！"张仪晃着脑袋说："怎么可能！秦国的土地全是凭打仗得来的，哪儿能轻易送人哪？别说六百里，就是六十里也不行。我说的是六里，不是六百里，是我自己的土地，不是秦国的土地，楚王大概听错了吧！"逢侯丑这才知道他原来是一个骗子。

逢侯丑回到楚国一报告，楚怀王气得直翻白眼。公元前312年，楚怀王拜屈匄（gài）为大将，逢侯丑为副将，率领十万兵马征伐秦国。秦惠文王拜魏章为大将，甘茂为副将，也出了十万兵马去跟楚国交战。秦惠文王同时还请齐国发兵助战。齐宣王派大将匡章带领五万兵马攻打楚国。楚国受到两面夹攻，一连败了几仗。屈匄被俘，逢侯丑阵亡，十万人马只剩下了两三万，连楚国汉中六百多里的土地都被秦国夺了去。韩国、魏国一见楚国打了败仗，都趁火打劫，发兵侵占楚国的边疆。楚怀王急得直挠头皮，只好打发三闾大夫屈原去齐国谢罪，叫客卿陈轸上秦国兵营求和，请求退兵，情愿再割让两座城，作为礼物。楚国从此元气大伤。

秦国的大将派人回去向秦惠文王报告。秦惠文王说："用不着再送两座城，我情愿用商於的土地来调换楚国黔中（在湖南省沅陵县西）的土地。如果楚王同意，我们立刻退兵。"魏章把这话回报了楚怀王。这时候，楚怀王恨的是张仪，倒不在乎土地，就说："用不着调换，只要秦王把张仪交出来，我情愿奉送黔中的土地。"

那些恨张仪的大臣对秦王说："拿一个人换取几百里的土地，太上算了！"秦王说："这哪儿成啊？"张仪说："那有什么呢？死我一个人，得了黔中的土地，我已经够体面了。再说我也许死不了呢。"秦惠文王真的让张仪去楚国了。

张仪到了楚国，楚怀王把他关起来，打算挑个日子，拿他去祭祀太庙。张仪早已买通了楚怀王的左右，尤其是靳尚。靳尚买通了楚怀王最得宠的美人儿郑袖，叫她劝楚怀王放了张仪。就这么着，两个亲信的人，你一言，我一语，说得楚怀王心活了。再说黔中的土地究竟不大愿意送给人家，他就把张仪放回秦国去了。

张仪回到秦国，叫魏章退兵，又劝秦惠文王退还汉中一半的土地，重新跟楚国和好。楚怀王满意了，直夸张仪够朋友。

秦惠文王因为张仪一硬一软地收服了楚国，赏给他五座城，还封他为武信君，叫他去周游列国，布置连横亲秦的计策。张仪先去拜见齐宣王，对他说："楚王已经把他女儿许配给秦国的太子，秦王也已经把他女儿许配给楚王的小公子。两个大国结成了亲家。韩、赵、魏、燕四国为了保全自己，一个个送土地给秦国。如今五国都跟秦国交好，怎么大王还不肯一心一意地跟秦国联在一起呢？要是大王把自己孤立起来，那么，秦王叫韩、魏两国攻打贵国的南边，叫赵国攻打临淄（zī）、即墨，秦国自己再发大军，大王可怎么对付呢？到那时候，再跟秦国交好，就晚了一步了。如今的局势明摆着，谁跟秦国交好，谁就平安无事；谁跟秦国作对，谁就保不住自己。请大王细细地想一想。"齐宣王就被他连拍带吓唬地说服了。

张仪到了赵国，对赵武灵王（赵肃侯的儿子）说："楚国跟秦国做了儿女亲家，韩国早就归附了秦国，齐国也向秦国送礼求和。强大的国家都跟秦国联到一块儿，只有赵国孤单单四面全是敌人，不是太危险了吗？要是秦王率领着秦、楚、齐、韩、魏几国的大军打进来，把贵国分了，大王可怎么办呢？"赵武灵王也被张仪吓唬住了。

张仪到了燕国，对新君燕昭王说："贵国只知道防备赵国的侵犯，可是如今楚、齐、韩、魏、赵全都归顺了秦国，他们都拿出几座城来送给秦王作为礼物。大王要是孤零零地不去跟秦国联络，秦王只要打发一个使臣，叫赵、韩、魏进攻贵国，贵国还保得住吗？要是大王归顺秦国，就有了靠山，谁还敢欺负贵国呢？"燕昭王经他这么一吓唬，就把洹水东边的五座城献给了秦王。

张仪把齐宣王、赵武灵王、燕昭王说服了，连横亲秦的计策大体上就成功了。他很得意地回秦国。他还没到咸阳，秦惠文王就死了。太子即位，就是秦武王。秦武王做太子的时候，就看不惯张仪，平常反对张仪的一些大臣都在秦武王跟前说他坏话。秦武王准备不用张仪。张仪一到咸阳，他手下的人就把这些情况告诉了他。他就对秦武王说："听说齐王特别恨我，说我骗了他，一定要跟我报仇。咱们将计就计，一定能得到好处。我愿辞去相国的职位，辞别大王去魏国。齐王如果知道我在魏国，准去攻打。大王趁着齐国跟魏国打仗的时候，发兵攻打韩国。把韩国收下来，就可以直接攻到成周去，周朝的天下就是大王的了。"秦武王正想去看看天王的京都，就赏了张仪三十辆马车，让他去魏国。魏襄王果然很欢迎他，还拜他为相国。

齐宣王当初听了张仪的话，以为韩、赵、魏已经跟秦国和好了，自己不得不跟他们合在一起，才送礼物给秦国。后来一打听，才知道张仪借着齐国做幌子威胁别的诸侯。他就耿耿于怀。这会儿听说秦惠文王死了，就叫相国田文通知各国，重新订立盟约，合纵抗秦，自己做了纵约长。齐宣王还出了赏格：

"谁拿住张仪,就送他十座城。"这会儿听说张仪做了魏国的相国,他就发兵攻打魏国。

魏襄王急得跟什么似的,就跟张仪商量。张仪请他放心。他打发自己的心腹冯喜去见齐宣王,对他说:"听说大王恨透了张仪,真的吗?"齐宣王说:"谁说假的呢?"冯喜说:"要是大王真恨他,就不该帮他!"齐宣王瞪着眼睛说:"谁帮他来着?"冯喜老老实实地告诉他说:"我从咸阳来,听说张仪离开秦国是个计。秦王料着张仪到了魏国,大王一定会跟魏国开仗,他就趁着你们彼此交战的时候去打韩国,然后路过韩国去侵犯成周,夺取天王的地位。秦王这才送给张仪三十辆马车,叫他去魏国。如今大王果然要跟魏国打仗,这不是正好入了他们的圈套吗?"齐宣王拍拍自己的后脑勺,说:"哎呀!我差点儿上他的当了。"他赶紧把军队撤回来,不攻打魏国了。魏襄王就更加信任张仪了。张仪没过多少日子得了重病,死在了魏国。

胡服骑射

张仪死了之后，秦武王又想起张仪劝他攻打韩国的话来。公元前307年，秦武王拜甘茂为大将，打下了韩国的宜阳（在河南省宜阳县），到了成周，还没见过周天王，先去看看周朝的传国之宝——九座大鼎。据说这九座大鼎是大禹王时铸的。那时候中国分为九州，每座鼎代表一州。这九座大鼎从夏朝传到商朝，从商朝传到周朝。秦武王一座一座挨着看过去，只见每座大鼎上都铸着州的名字。他指着"雍州"这座大鼎，说："雍州就是秦国，这座大鼎是咱们的呀，我想把它搬到咸阳去。"秦武王是一个粗人，有点蛮力，他把千儿八百斤的大鼎扛了起来，没想到力气接不上，大鼎落下来砸断了他的腿，到了半夜就断气了。

秦武王没有儿子，大臣们把他的一个异母兄弟立为秦王，就是秦昭襄王。秦昭襄王即位以后，竭力拉拢楚国，跟楚怀王做了亲戚，订了盟约。合纵那一头的纵约长齐宣王因此约会韩国和魏国，一块儿去攻打这位退出合纵抗秦的楚怀王。楚怀王打发太子横上秦国去做质子，以此请求秦国发兵来帮助。秦昭襄王还真发兵去帮助楚国。三国的兵马只好退了。没想到太子横在秦国受了欺负，逃了回来。秦国借着这个因由，接连攻打楚国，夺去了好几座城，杀了好几万楚国人。楚怀王只好脱离秦国，重新加入了合纵，还打发太子横上齐国做质子。楚国跟齐国联合起来，当然对秦国不利。秦昭襄王就很客气地给楚怀王写信，请他到武关（在陕西省商县东）相会，两国君王当面订立盟约，永远和好。

楚怀王接到秦昭襄王的信，对大臣们说："秦王请我去订盟约。不去呢，怕招他怨恨；去呢，又怕有危险。你们看怎么办？"大夫屈原从齐国回来的时候劝楚怀王治死张仪，可是楚怀王听了靳尚和郑袖的话，把张仪放了。这会儿他对楚怀王说："秦国强暴得像豺狼，咱们受秦国的欺负也不止一次了。大王一去，准上他的圈套。"靳尚却劝他去，说："秦国不是咱们的亲戚吗？因为咱们把亲戚看成敌人，咱们才打了败仗，死了不少士兵，丢了土地。如今秦国愿意跟咱们亲善，咱们不该推辞。"楚怀王的小儿子公子兰也说："我姐姐不是嫁给秦国的太子了吗？秦王的女儿不是嫁给我了吗？两国既然结为亲戚，理当亲善才对。"楚怀王听了靳尚和公子兰的话，到秦国去了。

果然不出屈原所料，秦昭襄王对楚怀王说："你以前答应把黔中的土地让给秦国，这件事直到今天还没办。今天劳你的大驾，等土地交割清楚，就放你回去。"他把楚怀王押在咸阳，叫楚国拿土地来赎。楚国的大臣得了这个信儿，只好从齐国把太子横迎回来，立他为国君，就是楚顷襄王，当时打发使者去通知秦国，说楚国已经有了国王。秦王恼羞成怒，就派大将白起和副将蒙骜（ào）发兵十万，从武关直打楚国。这一仗楚国死了五万多人，丢了十六座城。

被押在秦国的楚怀王得到本国打败仗的消息，背地里直掉眼泪。他在秦国被押了一年多时间，后来看守他的人瞧他挺可怜的，再说这种差事也干腻了，慢慢地就懈怠起来。楚怀王找了个机会，换了一身衣服，偷偷地逃出了咸阳。他原来打算逃回本国，可一听说通往楚国的路已经被堵住，东边、南边都跑不了，就抄小道往北跑，一直跑到赵国的边界上。只要赵主父肯收留他，他就有活命了。

　　楚怀王跑到赵国的边界上，赵主父偏偏没在本国。这位赵主父就是赵武灵王。他是一个眼光远、胆子大的君主。赵国的大臣像楼缓、肥义、公子成，全是他的帮手。

　　公元前307年。有一天，赵武灵王对楼缓说："咱们北边有燕国，东边有东胡，西边有林胡、楼烦、秦、韩等国，中间还有中山国。四面八方全是敌人，什么是咱们的保障呢？自己要是再不发愤图强，随时都能被人家灭了。要发愤图强就得做好些事情。我打算从改革服装着手，接着改变打仗的方法。你瞧怎么样？"楼缓说："可怎么改服装呢？"赵武灵王说："咱们穿的衣服，袖子太长，腰太肥，领口太宽，下摆太大。穿着这种长袍大褂，做事多不方便。"楼缓把话接过去，说："还费衣料。"赵武灵王把袖子晃了晃，下摆兜了兜，说："费衣料还在其次，穿上长袍大褂，不但做事不方便，而且走起路来摇摇摆摆的，干起活儿来就迟慢了。因此，也就减少了奋起直追的精神。全国的人都这样，国家哪儿强得起来？我打算仿照胡人（北方的民族）的风俗，把大袖子的长袍改成小袖儿的短褂，腰里系一根皮带，脚上穿皮靴。穿上这种衣服，做事方便，走路灵活。你再想摇摇摆摆地走，就办不到了。"

楼缓听得很高兴地说："咱们仿照胡人的穿着，也能学习他们打仗的方法，是不是？"赵武灵王说："是啊！咱们打仗全靠步兵，就是有马，只知道用马拉车，不会骑着马打仗。我打算穿胡人那样的衣服，学胡人那样骑马射箭，多么灵活！"楼缓愿意帮着赵武灵王去教导赵国人都这么办。他又去告诉肥义，肥义也很同意。

　　第二天上朝的时候，赵武灵王、楼缓和肥义，穿着小袖子的短衣出来。一班大臣瞧见他们这个样子，都吓了一跳。他们还以为赵武灵王跟两位大臣犯了疯病呢。赵武灵王把改变服装的事宣布了。大臣们总觉得这太丢脸了。这不是把中原的文化、礼仪都扔了吗？可是赵武灵王下了决心，非实行不可。他摆出种种理由把他那个最顽固的叔叔公子成说服了。大臣们一见公子成也穿上了胡服，只好随着改了。接着，赵武灵王下了一道改革服装的命令。不久，全国上下不分富贵贫贱，全都穿上了胡服。有钱的人起初觉着有点不像样，后来因为穿胡服比以前的衣服方便得多，反倒时兴起来了。

　　赵武灵王第二件向胡人学习的事，就是骑马射箭。不出一年，赵国的骑兵就训练成了。公元前305年，赵武灵王亲自把邻近的中山国从魏国手里接收过来，又收服了东胡和邻近的几个部族，接着打发使者去联络秦国、韩国、齐国、楚国。赵国就这么强大起来了。到公元前300年（实行胡服骑射第七年），不但中山国、林胡国、楼烦国都已经被收服了，还扩张势力，北边一直到代郡、雁门，西边到云中、九原，一下增加了不少土地。赵武灵王可就打算跟秦国比比上下高低。他总在国外，国内的事由谁管呢？他因宠爱小儿子，就把太子废了，传位给小儿子，就是后来称为赵惠文王的，他则自称主父，赵主父拜肥义为相国，李兑为太傅，公子成为司马，封大儿子为安阳君。国内的政权布置妥当之后，他打算考察秦国的地理形势，顺带侦察一下在位的秦王，看看他是怎样一个人。

赵主父打扮成使臣的模样，自称"赵招"，带了几十个手下人，去秦国访问，沿路察看山水要道，画成地图。他到了咸阳，以使臣的身份见了秦昭襄王，还向他报告了赵武灵王传位的事情。秦昭襄王问他："你们的国君老了吗？"他回答说："正壮年。"秦昭襄王就问："那为什么要传位呢？"他说："我们的国王叫太子先练习练习，国家大权仍然在主父手里。"秦昭襄王跟"使臣赵招"瞎聊天，他说："你们怕不怕秦国？""使臣赵招"说："怕！要是不怕，就用不着改革服装，练习骑马射箭了。好在如今敝国的骑兵比起早先增加了十多倍，大约能够跟贵国结交了吧！"秦昭襄王听了这话，还挺尊敬他。"使臣赵招"辞别了秦王，回到使馆里去了。

当天晚上，秦昭襄王想起赵国使臣的谈话，又文雅又强硬，态度又尊严又温和，是个人才。他还想跟他谈谈。第二天，秦昭襄王派人去请他。"使臣赵招"的手下人说："使臣病了，过几天再去朝见大王吧。"就这么又过了几天，秦昭襄王又派人去请赵国使臣，一定要他去。可是"使臣赵招"不见了，随从人员也不见了，只留下一个人，自称赵国的使臣赵招。他们就把他带到秦昭襄王跟前。秦昭襄王问他："你是使臣赵招，那么上次见我的那个使臣又是谁呢？"真赵招说："是我们的主父。他想见见大王，特意打扮成使臣。他嘱咐我留在这儿给大王赔罪。"秦昭襄王咬牙切齿地说："赵主父骗了我！"立刻叫泾阳君和白起带领三千名精兵，连夜追上去。他们追到函谷关，守关的将士说："赵国的使臣已经过去三天了。"泾阳君白跑了一趟，只好回去向秦王报告。秦昭襄王没有办法，索性大方点儿，把真赵招放了。

赵主父见过了秦王，又到了云中、代郡、楼烦这几个地方。他在灵寿（在河北省正定县北）造了一座城，叫赵王城。夫人吴娃在肥乡（在河北省广平县西北）也造了一座城，叫夫人城。就在这个时候，楚怀王从秦国逃到赵国的边界，打算去避难。他断定赵主父一定会收留他，可万万没有想到赵主父不在，他的儿子赵惠文王怕得罪秦国，不让楚怀王进去。楚怀王逼得前无去路，后有追兵，急出了一身冷汗，差点晕过去。他还想再往南逃，逃到大梁去，可是秦国的追兵已经追上来了，他又当了俘虏，被带回咸阳。

再当俘虏让他太难堪了，气得他连连吐血，得了重病，没过多少日子就死在了秦国（公元前296年）。秦国把他的灵柩送回楚国。楚国人因为楚怀王被秦国欺负，死在外面，都气得不得了。各国诸侯也觉得秦王太不讲理了，就重新联合到一块儿，闹起合纵抗秦来了。楚国的三闾大夫屈原更是替楚怀王抱不平，一个劲儿地劝楚顷襄王给先王报仇。

屈原投江

　　楚国大夫屈原早就看出秦昭襄王没安好心，屡次三番劝楚怀王，要他联合齐国共同抗秦。可是楚怀王是糊涂虫，听了靳尚、公子兰这一伙人的话，连自己的命都丢了。如今楚顷襄王做了国君，不但没把这批人治罪，反倒重用他们。屈原看着这批人只图眼前安乐，目光短浅，胆儿又小，一味向秦国迁就让步，割地求和，这样做正是拿肥肉喂老虎，楚国早晚要亡在他们手里。他心里苦闷得没法说。他痛恨靳尚、公子兰这批人，认为不能跟他们在一起共事，就打算辞职。可是一想到楚国的处境这么危险，又不忍心走开。他劝楚顷襄王收罗人才，远离小人，鼓励将士，操练兵马，才能为国家争气，替先王报仇。靳尚、公子兰等人就怕屈原在楚顷襄王面前时不时地提起反抗秦国，怕打起仗来自己不能过好日子。他们把屈原看作眼中钉，非拔去不可。

屈原还是劝楚顷襄王联络诸侯共同抗秦。靳尚、公子兰他们就天天在楚顷襄王跟前说他的坏话。靳尚对楚顷襄王说："大王没听见屈原数落您吗？他老跟人家说：'大王不报先王的仇，公子兰不敢提抗秦，楚国出了这种不争气的君臣，哪儿能不亡国呢？'大王，您听听这叫什么话啊！"楚顷襄王问了问公子兰，公子兰也这么说。楚顷襄王大怒，把屈原革了职，放逐到湘南（现在湖南省洞庭湖一带）去。

屈原抱着救国救民的志向，一肚子富国强兵的打算，反倒被人排挤出去了。到了这时候，他简直要气疯了。他不想吃，不想喝，弄得面容憔悴，身子也瘦了。他憋着满腔忧愤没处诉说，在洞庭湖边、汨（mì）罗江（在湖南省湘阴县北，向西流入湘水）边，一边走，一边唱着伤心的歌儿。

屈原有个姐姐叫屈须。她听说兄弟的遭遇，大老远地跑到湘南去看他。她找到了屈原，一见他披头散发、脸庞又黄又瘦，不由得掉下泪来，说："兄弟，你何必这样呢？楚国人哪一个不知道你是忠臣？大王不听你的话，那是他的不是。你已经尽心了，悲伤又有什么用呢？"屈原说："我伤心的不是我自己的遭遇。楚国弄成这个样儿，我心里像刀割一般！"屈须说："可是君王不肯听你的话，反对你的人又有势力，你孤孤单单的一个人，怎么斗得过他们呢？你的脾气太耿直，我担心你会吃亏，如今果真落到这个地步，叫我怎么放心呢？"屈原说："我知道我忠心耿耿会招来不幸，可是我怎么能够眼看着国家的危险不管呢？只要能救楚国，就是叫我死一万次我也愿意。如今把我放逐到荒山野地，国家大事我没法儿管，我的主张没处去说，我大声呼喊君王，君王也听不到。我痛苦得真要疯了。这样儿下去，还不如死了好。"屈须摇摇头，说："别傻了！要是你一死，国家就能够好起来，那我也愿意跟你一块儿死。可是你这么糟蹋自己，对国家不但没有什么帮助，反倒还会带累别人也消沉下去。"屈原叹了口气，说："那么怎么办呢？"屈须说："将来君王也许会明白过来，那时候你还可以给国家出力。"

屈原在流放中，和老百姓生活在一起。他看到他们一年到头辛辛苦苦种地，还是经常受冻挨饿，生病没钱医，死了没钱葬，遇到天灾人祸，就弄得妻离子散，家破人亡。这种悲惨的景象，更加深了屈原的痛苦。他一直喜欢写诗，这会儿诗写得更多。《离骚》这首有名的长诗，就是他在这个时期写成的。

日子过得挺快，十几年过去了，屈原还没有得到楚王召他回去的消息。他忧虑国家的前途，常常夜里睡不着觉。好不容易睡着了，梦里老回到郢都，可是醒来仍旧是一场空。他想借山川景物来排解忧愁，结果反而更加伤心：楚国的政治这么腐败，这秀丽的河山总有一天会成了秦国的土地。

屈原想立刻回到郢都，再劝劝楚顷襄王。正好有一个朋友来看他。朋友劝他说："你已经被革了职，回去也做不了什么。现在楚王不用你，你为什么不到别的国去呢？你这样有才学，不论到哪一国，还怕他们不重用你，何必留在楚国受这份罪呢！"屈原说："一个人难道可以为了自己的富贵扔了父母之邦、扔了家乡吗？！"那个朋友说："话不是这么说的。现在楚王不用你，又不是你不肯为楚国出力。你把自己的才华埋没了，多可惜！"屈原说："鸟飞倦了，想回到自己的老枝上去歇息；狐狸死了，头还向着土山。我不能离开楚国。"

屈原对楚国爱得这么深，看着掌权的人越来越腐败，国家一天一天衰落下去，自己偏偏得不到救国救民的机会。他痛苦到了极点，仍然只能写写诗歌来抒发他的悲哀，陈说他对朝廷大事的想法。

公元前278年，秦国派大将白起去攻打楚国，打下了楚国的国都。屈原听到这个消息，伤心得放声大哭。他已经是六十一岁的老人了，知道楚国已经没有希望了，可不愿意眼看着楚国被毁，自己的社稷人民落在敌人手里，他就在五月初五那一天，抱着一块大石头，跳到汨罗江里去了。

渔民和附近的庄稼人得到了这个信儿，赶紧划着小船去救屈原。不一会儿，好些小船争先恐后地赶来了。可是汪洋大水，哪儿有屈原的影儿呢？他们在汨罗江上捞了半天，也没有找到屈原。渔民挺难受，他们对着江面祭祀了一会儿，把竹筒子里的米饭撒在水里，算是献给屈原的。

到了第二年五月初五那一天，大伙儿想起这是屈原投江的周年了，又划着船，用竹筒子盛上米饭撒到水里去祭祀他。到后来，人们把盛着米饭的竹筒子改成粽子，划小船改为赛龙船，把五月初五称为端午节，也叫端阳节。吃粽子和赛龙船，就变成全国的一种风俗了。

这时候，赵主父已经死了。当初，赵主父从云中回到邯郸，知道了赵惠文王怕得罪秦国，不敢收留前来投奔的楚怀王，就瞧出他没有多大的出息，心里挺后悔，打算立原来的太子安阳君为代王。他把这个意思告诉了公子胜。公子胜说："大王废了太子，已经错了主意。如今君臣的名分已经定了，要是再一更改，反倒容易引起内乱。我看还是好好地辅导新君为是。"赵主父又跟夫人吴娃商议这件事。吴娃是赵惠文王的母亲，当然不赞成立安阳君。就因为赵主父想再立安阳君，赵国起了内乱。一批大臣怕王位一更动，自己的地位就保不住了。于是，他们不但杀了安阳君，还把赵主父锁在宫里，让他活活地饿死了。

赵惠文王因为公子胜反对主父立安阳君为代王，就拜他为相国，封为平原君。这位平原君为了巩固自己的地位，专结交天下的各种人物，凡是投到他门下来的，他一概收留，供养着他们。这种收养门客的做法，当时成了风气。齐国的孟尝君、魏国的信陵君、楚国的春申君，都像平原君那样收养着门客。他们每家都有几千个门客。连秦昭襄王听说了平原君收养门客的事儿，都想跟他结交结交呢。

鸡鸣狗盗

秦昭襄王听说平原君收养了几千个门客，叹息着对向寿说："像平原君那样的人，恐怕天下少有吧。"向寿说："他若比起齐国的孟尝君来，还差得远呢！"秦昭襄王问："孟尝君又是怎么样的人？"向寿说："孟尝君田文继承他父亲田婴做了薛公（薛，在山东省滕县东南；田婴封于薛，称为薛公，田文继承他父亲，也叫薛公），就大兴土木，修盖房子，招待天下各种人物。只要是投奔他的，不管有什么能耐，他一概收留。吃、喝、穿、戴，他全包了。他的门下真是人才济济，平原君哪能比得上他呀。"

秦昭襄王说："我挺尊重像孟尝君那样的人，怎么才能请他到秦国来呢？"向寿说："这有什么难的？只要大王打发自己的子弟到齐国做质子，然后请孟尝君上这儿来，我想齐国是不能不答应的。等到孟尝君到了这儿，大王拜他为丞相（秦武王改相国为丞相），齐国也只好拜咱们的人为齐国的相国。这么着，秦国跟齐国联合到一块儿，要打算收服诸侯，事情就好办多了。"

秦昭襄王真打发自己的兄弟泾阳君去齐国做质子，请孟尝君上咸阳来。就在这短短的几天里，孟尝君和泾阳君交上了朋友。齐宣王在公元前301年死了，后来他儿子即位，就是齐湣（mǐn）王。齐湣王不敢得罪秦国，只得让孟尝君去秦国。后来，大臣中有人对齐湣王说："大王既然诚心跟秦国结交，何必一定要把泾阳君留在这儿做质子呢？"齐湣王就把泾阳君送走了。

公元前299年，孟尝君带着一大帮门客，一同到了咸阳。秦昭襄王亲自去迎接他。他见孟尝君左呼右拥，威风凛凛，不由得更加敬重起来。两个人说了一些敬仰彼此的话。孟尝君奉上一件纯白的狐狸皮袍子，作为见面礼。秦昭襄王知道这是很名贵的银狐，当时就很得意地穿上，向宫里的美人们夸耀了半天。那时候天还暖和，他就把袍子脱下来交给手下的人并吩咐好好地收藏着。

孟尝君和他的一些门客到了咸阳之后，一些秦国的大臣怕秦王重用孟尝君，就在背地里商量着怎样排挤他。秦王择个日子，拜孟尝君为秦国的丞相。接着就有大臣对秦王说："孟尝君是齐国的贵族，手下的人又多，现在他当了丞相，一定先替齐国打算。要是他利用他丞相的权力暗中谋害秦国，秦国不就危险了吗？"秦昭襄王说："你们说得也对。那么，还是把他送回去吧。"他们说："他在这儿已经住了不少日子，秦国的事他差不多全都知道，哪儿能轻易放他回去呢？"秦昭襄王就把孟尝君软禁起来。

　　泾阳君为了建立自己的势力，在齐国的时候就跟孟尝君交上了朋友，这会儿一听说秦王把他软禁了，还想谋害他，就替他想办法。他带了两对玉璧送给秦王最宠爱的燕姬，请她帮助。燕姬用三个手指托着下巴颏儿，斜着眼睛，装腔作势地说："让我跟大王说句话倒是不难，你把这两对白玉带回去，别的谢礼我一概不要，我只要一件银狐皮袍子就够了。"

　　泾阳君把她的话告诉了孟尝君。孟尝君皱着眉头说："我就那么一件，已经送给秦王了，哪儿还能要回来呢？"当时，有一个门客说："我有办法。"他立刻去跟那个看衣库的人聊天，看准了门路。当天晚上，这位门客从狗洞爬入宫内，找着了衣库去偷那件皮袍子。他掏出好些钥匙，正在开门的时候，看库的人惊醒了，咳嗽了一声。那个门客装狗叫，"汪汪"地叫了两声，看衣库的人就放了心，又睡着了。那个门客进了衣库，开了箱子，拿出那件银狐皮袍子，然后又锁上箱子，关上库房，从狗洞钻了出去。

孟尝君得到了这件皮袍子，送给燕姬，燕姬就甜言蜜语地劝秦王把孟尝君放回去。秦王最终依了她，发了过关文书，让孟尝君回去。

孟尝君得到了文书，好像漏网之鱼，急急忙忙地赶往函谷关（在河南省灵宝县西南）。他怕秦王反悔，派人来追回去，又怕把守关口的人刁难他，就更名改姓，打扮成买卖人的样儿。他的门客中有一个专门假造和挖补文书的人，很巧妙地把过关文书上的名字改了。他们到了函谷关，正赶上半夜里，依照秦国的规矩：每天早晨，关口要到鸡叫的时候才许放人，他们只好在关里等候天亮。孟尝君急得跟什么似的，万一天亮以前，秦王派人追上来，怎么办呢？好在孟尝君的门客之中各色各样的人都有。大伙儿正发愁，忽然门客里有人捏着鼻子学公鸡打鸣儿，接着一声跟着一声，好像有好几只公鸡在应和着，紧跟着关里的公鸡全都打起鸣儿来。关上的人就开了城门，验过孟尝君的过关文书，让这批"买卖人"出了关口。

秦国有一个大臣，一听说秦王把孟尝君放了，立刻赶去见秦昭襄王。他说让孟尝君回去，好比"纵虎归山"，必有后患。秦昭襄王后悔了，立刻派人去追。追赶者快马加鞭，连夜赶路。他们赶到函谷关，天还没有亮。他们查问守关的人，说："孟尝君过去了没有？"守关人说："没有。"守关人还拿出过关文书让他们瞧，果然没有孟尝君的名字。他们才放了心，大概孟尝君还没到呢。

等了半天，仍不见孟尝君的身影，他们起了疑，就跟守关的人说了孟尝君的长相，以及他带着的门客的人数和车马的样子。守关的人说："哦！有，有！他们早就过去了，是第一批过的关。"他们又问："你什么时候开的城门？我们到这儿的时候，天空黑黑的什么都还看不清楚，难道你半夜里就开城门？"守关的人一愣，说："谁说不是呢？我们也正在纳闷儿，城门是鸡叫以后开的，可是等了半天，东方才发白。我们还纳闷今天太阳怎么出来得这么晚呢？"追赶的人一听这话，知道赶不上了，只好垂头丧气地回去报告秦昭襄王。

狡兔三窟

孟尝君逃回齐国，齐湣王仍旧拜他为相国。秦国因为齐国远在东方，不便再去找麻烦，两国总算相安无事。

孟尝君的门客越来越多，他把门客的待遇分为三等：头等门客吃的是鱼肉，出去有车马；二等门客吃的也是鱼肉，但没有车马；三等门客吃粗茶淡饭，饿不着就行了。孟尝君养了三千多个门客，供给他们吃、喝、住，这费用从哪儿来呢？他只能加重剥削老百姓，特别是在自己的封地薛城向老百姓放贷，用高利贷的进项来补贴养门客的费用。薛城的老百姓在高利贷的剥削之下，喘不过气来。

有一天，招待门客的总管对孟尝君说："下一个月的开支不够，请打发人到薛城去收账吧。"孟尝君问他："派谁去呢？"总管说："早先总拍着宝剑唱歌的那位冯先生，在这儿待了一年多了，还没做过事，不如请他去一趟吧。"孟尝君就打发冯驩（huān）上薛城去收账。

冯驩是齐国人，当初穿得破破烂烂地来见孟尝君。孟尝君问他有什么本领，他说："没有什么本领。听说凡是投到公子这儿来的，不论有本领没本领，您都收留。我因为穷，才来投靠公子。"孟尝君点点头，收留了他，把他安排在三等门客里头。过了十几天，孟尝君问总管："新来的那位客人都做些什么？"总管说："冯先生穷得要命，他只有一把宝剑，连鞘（qiào）也没有，就用绳子拴着挂在腰间。他每回吃完了饭，就用指头弹着宝剑唱歌。吃饭没有鱼，宝剑哪，咱们不如回去！"孟尝君说："就给他鱼吃吧。"冯驩升为二等门客，可以吃鱼吃肉了。又过了几天，孟尝君又问总管："冯先生满意了吧？"总管说："我想他总该满意了。可是他吃完了饭，还是弹着宝剑唱歌，出门没有车（jū），宝剑哪，咱们不如回去！"孟尝君愣了一愣，他想："他原来要当上等门客，看样子准是个有本领的。"回头跟总管说："把冯先生升为上等门客，你留心他的行动，听他还说了些什么，再来告诉我。"又过了五六天，总管向孟尝君报告说："冯先生又唱歌了，这回唱的是：老母撇不下，宝剑哪，还是回家吧！"孟尝君叫人去供养冯谖的母亲，冯谖这才安安停停地住下去了。

这会儿孟尝君派他到薛城去收账，冯谖就问："回来时要顺便买些什么东西吗？"孟尝君随口回答了一句："这儿短什么，就买些什么，您瞧着办吧。"冯谖坐车去薛城收利钱了。薛城人听说孟尝君打发一个上等门客来收账，大伙儿都叫苦连天，有的打算躲到别的地方去，有的准备托人去说情以缓些日子。收账的第一天，只有一些较宽裕的人家给了利钱。冯谖一计算，已经收了十万钱。他就从中拿出一笔钱来，买了不少牛肉和酒，出了一个通告，说："凡是欠孟尝君钱的，无论能还不能还，明天都来把账对一对，大家伙儿聚在一块儿吃一顿。"

欠账的老百姓都来了。冯谖一个个地招待他们，请他们喝酒吃饭。大伙儿喝过酒，冯谖就根据债券一个个地问了一遍。有的请求延期，冯谖就在债券上批上。有的说不准什么时候能还，冯谖就把这些搁在一边。等到债券批完之后，堆在一边的有一大半。老百姓这时候全都诉说自己的苦处：

"今年年成不好，我们连饭都吃不上。"

"我妈死了，连棺材还没有。"

"我已经交了好几年的利钱，交的利钱比本钱都多了，今年实在不能给了。"

"我的孩子病着，抓药的钱都没有！"

"我的媳妇儿难产……"

"自从我摔折了一条腿……"

冯骓不再听下去。他叫人拿火来，把这一大堆的债券全烧了。大伙儿瞧着烧债券的火，又是高兴，又是犯疑，他们哪儿知道冯骓是替孟尝君收买民心哪！冯骓编了一套话，对大伙儿说："孟尝君放贷给你们，原本是实心实意地救济你们，并不贪图利钱。可是他收留着几千人，光靠他的俸禄哪儿够呢？这才不得不叫我来收账。他对我说：'那些能给的，你就收了来；谁要是一时拿不出，让他再缓一期，将来再给；那些真的给不了的，烧了债券，一概免了！'"众人听了信以为真，高兴地嚷着说："孟尝君是我们的恩人！"

冯骓回来，把收账的经过报告给孟尝君。孟尝君听了，脸上变了颜色，说："那我这三千多人吃什么呢？您怎么花了这些钱，又打酒又买肉的，还把债券烧了！我请您去收账，您收了些什么回来呢？"冯驩说："您别生气，我说给您听。那些实在穷得还不了的，您就是留着债券也没用，再过五年、十年，利钱越来越多，一辈子也还不了，反倒逼他们跑到别的地方去。既然债券没有用，还不如烧了干脆。您要是拿势力去逼他们，利钱也许能够多少收点儿，可是民心丢了。您说过：这儿短什么，就买些什么。我觉得这儿短的就是民心，我就买了民心回来。我敢说，收回民心要比收回利钱强得多！"孟尝君无可奈何地向他拱拱手，说："先生眼光远大，佩服！佩服！"

虽然冯驩没把账全收回来，可是孟尝君的名声却更大了。秦昭襄王没追上孟尝君，本来已经不高兴了，如今听说齐湣王又重用他，更担心了。他暗中打发心腹去齐国散布谣言，说："孟尝君收买人心，齐国人只知道有孟尝君，不知道有齐王。孟尝君眼瞧着快要当齐王了。"齐湣王听到了这些谣言，果然起了疑，收回了孟尝君的相印，打发他回薛城。

"树倒猢狲散"，孟尝君被革职，那些门客全散了。孟尝君觉得很凄凉，只有收账烧债券的冯先生仍一步不离地跟着他，替他驾车，一块儿上薛城去。薛城的老百姓一听孟尝君来了，都来迎接他，有的带了一只鸡，有的提着一瓶酒。孟尝君见了，感激得掉下眼泪。他对冯驩说："这就是先生给我买来的民心呀！"

冯驩说："这一点算得了什么！如今您能安居的地方只有这个薛城。俗语说'狡兔三窟'（机灵的兔子有三个窝），您至少也得有三个能安身的地方才能踏实。您要是能借给我这辆马车，让我上秦国去一趟，我一定能再叫齐王重用您，加您的俸禄。那时候，薛城、咸阳、临淄三个地方都会欢迎您，您看好不好？"孟尝君说："全听先生调度吧！"

冯驩到了咸阳，对秦昭襄王说："如今天下有才干的人，不是投奔秦国，就是投奔齐国。上秦国来的想叫秦国强，齐国弱；上齐国去的都想叫齐国强，秦国弱。可见当今之世，不是秦得天下，就是齐得天下，这两个大国是势不两立的。"秦昭襄王听了他的话，跪起来说（当时的人是坐在地上的）："先生有何妙计能叫秦国强大，请先生指教！"冯驩连忙请他坐了，说："齐国把孟尝君革职了，大王知道吗？"秦王装模作样地说："我倒是听说了，可不太清楚。"冯驩说："齐国能够有现在这样的地位，全仗着孟尝君哪。如今齐王听了谣言，革了他的官职，收回了相印。齐王这么以怨报德地对付孟尝君，孟尝君当然也怨恨齐王。大王趁着他怨恨齐王的时候，赶

111

快把他请来。要是他能够给大王出力，还怕齐国不来归附吗？齐国要是一归附，天下可就是秦国的了。大王赶快打发人用车马带着礼物去请他，还来得及。万一齐王一反悔，再拜他为相国，齐国可又要跟秦国争高低了。"

这时候，正巧老丞相死了，秦昭襄王需要帮手，就依了冯驩的话，打发使者带了十辆车、一百斤金子，用迎接丞相的仪式去薛城迎接孟尝君。冯驩就告辞了秦昭襄王，他说："我先回去告诉孟尝君一声，免得临时匆促。"

冯驩离了咸阳，急急忙忙地直接到了临淄，求见齐湣王，对他说："齐国和秦国是势不两立的两个大国，谁要是得到人才，谁就能号令天下。我在道儿上听到秦王正暗中拉拢孟尝君，打发使者带了十辆车、一百斤金子，用迎接丞相的仪式去薛城迎接他。孟尝君真要是做了秦国的丞相，临淄、即墨不就危险了吗？"齐湣王真没防到这一招，很着急地说："怎么办呢？"冯驩说："不能再耽误了，趁着秦国人还没到，大王赶紧先恢复孟尝君的官职，加封他一些土地，孟尝君必定感激大王。再说，他做了相国，秦国没有得到大王的认可，就可以随便接走别国的大臣吗？"

齐湣王答应重新重用孟尝君，可是心里还有点疑惑。他背地里打发心腹去边境探听秦国的动静。派去的人一到了边境，就见那边秦国的车马已经来了，他立刻赶回临淄，上气不接下气地向齐湣王报告。齐湣王立刻吩咐冯骥接孟尝君来做相国，另外又封给他一千户的土地。赶到秦国的使者到了薛城，孟尝君已经官复原职了。秦国的使者白跑了一趟，秦昭襄王只得怪自己晚了一步。

火牛陷阵

　　孟尝君官复原职以后，公元前286年，齐湣王联合了楚国和魏国共同灭了宋国，把宋国的土地分了。齐湣王得到了宋国大部分的土地，可他仍不满意。他说："这回灭宋国，全是齐国的力量，楚国和魏国怎么能坐享其成呢？"他乘人家不防备，突然攻击楚军和魏军，从他们手里抢过来几百里的土地。楚国和魏国从此恨透了齐国，便与秦国交好了。

　　齐湣王并吞了宋国大部分的土地，越发骄横起来了。他对大臣们说："我早晚把周朝灭了，就能当天王。只要自己有力量，谁还敢反对？"孟尝君劝告他说："宋王狂妄自大，得罪了列国，大王才把他灭了。请大王别学他的样儿。天王虽说失了势，但终究还是列国诸侯共同的主人，大王为什么要攻打天王呢？"齐湣王说："为什么不能呢？成汤征伐桀（jié）王，武王征伐纣（zhòu）王，我为什么就不能当成汤和武王呢？可惜你不是伊尹、太公罢了！"君臣俩就这么闹了别扭，齐湣王又把孟尝君的相印收回去。孟尝君怕再得罪他，带着门客逃到大梁，投奔魏公子信陵君去了。

齐湣王自从孟尝君走了以后，更加骄横了，天天想去进攻成周，自己当天王。这么一来，列国诸侯都对他不满意，北边的燕国就趁着机会，前来报仇。

燕国在公元前314年，起了内乱，齐宣王趁火打劫，借着平定燕国内乱的名义，派大将匡章把燕国灭了。后来燕国人发起了一个复国运动，找到了以前的太子，立他为国君，就是燕昭王。各地投降了齐国的将士也起来反对齐国，把齐国人轰了出去，归顺了燕昭王。匡章没法镇压，只好退回齐国去了。燕昭王回到都城，整顿朝政，搜罗人才，操练兵马，立志要向齐国报仇。

燕昭王听说齐湣王轰走了孟尝君，还想进攻成周。他就对他最信任的将军乐毅说："燕国受了齐国的欺负已经这些年了，我天天想替先王报仇，就是不敢太鲁莽。如今齐王无道，跟诸侯结下冤仇，这正是灭掉齐国的好机会。我打算发动全国的军队去跟齐国以死相拼，您看怎么样？"乐毅说："齐国地大人多，很有力量，咱们单个儿去攻打，怕办不到。大王要征伐齐国，必须联络别的国家。列国之中跟咱们紧挨着的是赵国，大王跟赵国一联合，韩国准会加入。孟尝君在魏国也恨着齐王，他也许会请魏王帮助咱们。这样，燕国联合了赵、韩、魏一同去征伐，准能把齐国打败。"

燕昭王就请乐毅跟列国联系。秦昭襄王担心齐国太强大，也愿意帮助燕国。公元前284年，燕国的大将乐毅、秦国的大将白起、赵国的大将廉颇、韩国的大将暴鸢（yuān）、魏国的大将晋鄙，各人带着本国的兵马，按约定的日子会合在一起。燕国的乐毅当了上将军，统率五国的兵马，浩浩荡荡地向齐国进攻。

上将军乐毅跑在赵、韩、魏、秦各国兵马头里，到最接近敌人的地方去指挥作战。四国的将士一见，个个拼命往前冲，把齐国的兵马打得死的死、伤的伤，剩下的只能往后退。赵、韩、魏、秦四国的将士打了几次胜仗，各自占领了齐国的几座城，就心满意足地驻扎下来，不再接着往下打了。乐毅认为夺下来的城由赵、韩、魏、秦四国守住，也很好。他自己就带着本国的军队接着往下打。

乐毅出兵才半年，就接连打下了齐国七十多座城。齐湣王也被淖齿杀了，只剩下莒城和即墨两处没有投降。乐毅一想：单靠着武力，收服不了齐国的民心。民心不服，就算把齐国全打下来，也守不住。好在齐国只剩下两座城，也不能再成什么大事，不如拿恩德去打动齐国人，叫他们自己来投降。他就做出几件讨好齐国人的事情，例如废除齐王所定的苛刻的法令，减轻人民的捐税，尊重他们的风俗习惯，优待地方上的名流等。

乐毅围困莒城和即墨三年，但还没有攻下来。他就下令退兵，大军驻扎在离城十来里的地方。又下了一道命令，说："城里的老百姓出来打柴，让他们随便来往，不准为难他们。瞧见挨饿的，给他们吃；受冻的，给他们穿。"要是燕国的君臣能够信任乐毅到底，实行收服人心的办法，那么，莒城和即墨的抵抗也许长久不了。可是有人从中破坏，辜负了乐毅的一番苦心。

燕国的大将骑劫对燕太子说："齐王已经死了，齐国就剩下两座城。乐毅能在半年之内打下了七十多座城，为什么费了三年时间却打不下这两座城呢？这里头准有鬼。"太子点了点头。骑劫接着说："听说他怕齐国人心不服，因此要拿恩德去感化他们。等到齐国人真的归顺了他，他不就当上齐王了吗？他再要回燕国来当臣下才怪呢！"太子把这话告诉了燕昭王。燕昭王一听，蹦了起来，怒气冲冲地打了太子二十板子，骂他是一个忘恩负义的畜生。他说："先王的仇是谁给咱们报的？乐毅的功劳简直没法说。咱们把他当作恩人还怕不够尊敬，你们还要说他的坏话？就是他真做了齐王，也是应该的呀！"

燕昭王责打了太子之后，打发使者去临淄见乐毅，立他为齐王。乐毅非常感激燕昭王的心意，可是他对天起誓，情愿死，也不愿接受这封王的命令。

公元前279年，燕昭王死了。太子即位，就是燕惠王。燕惠王信任骑劫正像燕昭王信任乐毅一样。他还算顾全大局，没把乐毅革职。可是不久又传来了谣言，说什么"乐毅本该早就当上齐王的，为了讨先王的好，他不敢接受王号。如今新王即位，乐毅就要做王了。要是新王另外派个将军来，一定就能攻下莒城和即墨"。燕惠王信了，就派骑劫为大将，把乐毅调回来。

乐毅叹了口气说："要是回去，万一被新王杀了，失了一条命倒不算什么，只是太对不起先王了。"乐毅原来是赵国人，他就回到老家去。赵王欢迎他回到本国，封他为望诸君。

骑劫当了大将，接收了乐毅的军队。他有他的一套办法，把乐毅的命令全改了。燕军都有点不服气，可是大伙儿敢怒而不敢言。骑劫下令围攻即墨，围了好几层，可是城里早就做了准备。守城的将军田单，把决战的步骤已经很周密地布置好了。

田单是齐国国君远支宗族。齐湣王在世的时候，他是一个无声无臭的小军官。后来燕军进攻即墨，即墨大夫出去抵抗，打了败仗，受了重伤死了。城里没有人主持，军队没有人带领，差点乱了起来。大伙儿就公推田单为将军，才有了个带头的人。田单跟士兵们同甘共苦，又把本族人和自己的妻子都编在队伍里。即墨的人见他能这样做，都愿意服从他。

田单知道乐毅的本领，不出去与他开战，而是很严实地守着城。等到燕惠王一即位，田单就钻了空子，暗中派人去燕国散布谣言。燕惠王果然派骑劫为大将接替了乐毅。田单又叫几个心腹扮作老百姓在城外谈论。他们说："以前乐将军太好了，抓了俘虏还好好地待他们，城里的人当然不怕了。要是燕国人把俘虏的鼻子削去，齐国人还敢打仗吗？"另有人说："我们祖宗的坟都在城外，要是燕国军队真刨起坟来，可怎么办呢？"这种仨一群儿、俩一伙儿的谈论传到骑劫的兵营里。

骑劫听到了这些话，真的把齐国俘虏的鼻子都削了去，又叫士兵把即墨城外的坟都刨了，把死人的骨头拿火烧了。即墨的人听说燕国的军队这么虐待俘虏，全愤恨起来。后来他们在城头上瞧见燕国的士兵刨他们的祖坟，就都大哭起来，咬牙切齿地痛恨敌人，大伙儿全都一心一意地要替祖宗报仇。

即墨的士兵和群众都纷纷向田单请求，一定要跟燕国人拼个你死我活。田单就挑选了五千名壮丁、一千头牛，先训练起来，叫老头儿和妇女们在城墙头上值班。他又收集了好些金子，打发几个人装作即墨的富翁，偷偷地给骑劫送去，说："城里粮食已经完了，不出三天就会投降。贵国大军进城的时候，请求将军保全我们的家小。"骑劫满口答应，交给他们几十面小旗子，叫他们插在门上作为记号。骑劫得意扬扬地对将士们说："我比乐毅怎么样？"他们说："强得多了！这一来，燕军净等着田单来投降，用不着再打仗了。"

那些派去的人回来报告以后，田单就把那一千头牛打扮起来。牛身上披着一件褂子，上面画着大红大绿、稀奇古怪的花样；牛犄角上捆着两把尖刀；牛尾巴上系着一捆浸透了油的麻和苇子。这就是预备冲锋陷阵的牛队。五千名壮丁组成一个"敢死队"，他们都抹成五色的花脸，拿着大刀阔斧，跟在牛队后头。到了半夜里，拆了几十处城墙，把牛队赶到城外，牛尾巴点上了火。牛尾巴一烧着，一千头牛就犯了牛性子，一直向燕国的兵营冲过去。五千名"敢死队员"紧跟着冲杀上去。城里的老百姓狠命地敲铜盆、铜壶，跟在牛后面到城外来呐喊，霎时震天动地的喊杀声夹着鼓声、铜器声，吓醒了燕国人的睡梦。大伙儿手忙脚乱，慌里慌张地找不着家伙了。睡眼蒙眬地一瞧，成百上千的怪兽，脑袋上长着刀，已经冲过来了！后面还跟着一大群稀奇古怪的妖精。胆小的吓得腿都软了，一开步就瘫倒在地上。就是能跑的人见了这些鬼怪，哪儿还敢抵抗哪！别说一千对牛犄角上的刀扎伤了多少人，那五千名敢死队员砍死了多少人，就是燕国军队自己连撞带踩地一乱，也够受的了。大将骑劫坐着车，打算杀出一条活路，可巧碰上了田单。这位自认为比乐毅强得多的大将，就被田单像抹臭虫一样地抹死了。

田单整顿了队伍，立即反攻。整个齐国轰动了。那些已经投降了燕国的将士一听到田单打了大胜仗，就杀了燕国的将士，准备迎接田单。田单的军队打到哪儿，哪儿的百姓就起来响应，田单的兵力就越来越强大了。不出几个月，被燕国和秦、赵、韩、魏四国占领着的七十多座城，一座一座地全都收回来了。将士和百姓因为田单恢复了父母之邦，立了大功，要立他为齐王。田单说："太子法章住在莒城，我们早已有了联络，我哪儿能自立为王呢？"他就把太子接到临淄来，择了个好日子，祭祀太庙，太子法章正式做了国君，就是齐襄王。

齐襄王对田单说："齐国之前已经亡了，后全靠叔父重新建立起来，这功劳实在太大了，叫我怎么来报答您呢？我封叔父为安平君，请叔父不可推辞。"田单谢了恩，当时就请齐襄王继续发愤图强，防备燕国再来报复。但是齐国经过这几年的战争，实力已经削弱，再没有能力跟秦国争夺天下了。

燕惠王直到骑劫被杀，燕军打了败仗之后，才想起乐毅，后悔也来不及了。他写信再次请乐毅，乐毅回了他一封信，说明他不能回来的难处。燕惠王闷闷不乐，又怕乐毅在赵国怨恨他，就把乐毅的儿子乐闲封为昌国君，继承他父亲的爵位。这样一来，乐毅做了燕国和赵国的中间人，劝赵王跟燕国交好。最后他死在赵国。

完璧归赵

赵国和燕国和好的时候，秦国屡次三番地侵犯赵国，可都被大将廉颇打了回去。秦昭襄王没法儿，只好假意地跟赵国和好。他打算用别的手段收拾赵国。

秦昭襄王听说赵王得到了和氏璧，就是当初楚国丢的、害得张仪受了冤屈的那块玉璧。他派使者带着国书去见赵惠文王，说："秦王情愿拿十五座城来换'和氏璧'，希望赵王答应。"赵惠文王就跟大臣们商量。赵国想要答应秦国，又怕上当；要不答应，又怕得罪秦国。大伙儿计议了半天，还不能决定到底应当怎么办。赵惠文王问谁能当使者上秦国去。他说着，瞧了瞧大臣们，大臣们都低着头不开口。

当时，有个宦官对赵王说："我有一个门客叫蔺相如，他是个挺有见识的谋士。我想，叫他上秦国去倒还合适。"赵惠文王把蔺相如召来，问他："秦王拿十五座城来换取赵国的'和氏璧'，先生认为是答应好，还是不答应好？"蔺相如说："秦国强，咱们弱，不能不答应。"赵惠文王接着又说："如果把'和氏璧'送了去，得不到城，怎么办呢？"蔺相如说："秦国拿出十五座城来换一块玉璧，这个价钱总算够高的了。赵国要是不答应，错在赵国。大王把'和氏璧'送去了，要是秦国不交出城来，那么错在秦国。我说，宁可叫秦国担这个错儿，咱们也不能不讲道理。"赵惠文王说："先生能上秦国去一趟吗？"蔺相如说："要是没有可派的人，那我就去一趟。秦国交了城，我就把'和氏璧'留在秦国；要不然，我一定'完璧归赵'。"赵惠文王就派蔺相如去秦国。

蔺相如带着"和氏璧"到了咸阳。秦昭襄王听说赵国送"和氏璧"来了，得意地坐在朝堂上，让使者去见他。蔺相如恭恭敬敬地把"和氏璧"献了上去。秦昭襄王接过来，看了看，很高兴。他把"和氏璧"递给左右，让大伙儿传着看，又交给后宫的美人儿瞧瞧。大臣们一齐欢呼，向秦昭襄王庆贺。蔺相如一个人冷冷清清地站在朝堂上等着，等了老大半天，也不见秦昭襄王提起交换城的事。他想："秦王果然不是真心实意地拿城来交换。可是玉璧已经到了别人手里，怎么能再拿回来呢？"他急中生智，上前对秦昭襄王说："这块玉璧虽说挺好，可是有点儿小毛病，别人不容易瞧出来，让我指给大王瞧瞧。"秦昭襄王就叫手下的人把"和氏璧"递给蔺相如。

蔺相如拿着"和氏璧"往后退了几步，靠着朝堂上的大柱子，瞪着眼睛，气哼哼地对秦昭襄王说："大王派使者到敝国送国书的时候，说是情愿拿十五座城来换这块'和氏璧'。赵国的大臣们都说：'这是秦王骗人的话，千万不能答应。'我却反对说：'大国的君王哪能不讲信义呢？可不能瞎猜疑。'赵王这才斋戒了五天，然后派我把'和氏璧'送过来。这是多么郑重的一回事！可是，大王却拿着'和氏璧'随随便便地让左右传看，还送到后宫给女人们玩弄，没把它重视得像十五座城一样。从这点来看，我知道大王没有交换的诚意。如今'和氏璧'在我的手里。大王要是逼我的话，我宁可把我的脑袋和这块玉璧在柱子上一同碰碎！"说话间，他拿起"和氏璧"，对着柱子就要摔。

秦昭襄王连忙向他赔不是，说："别误会了，我哪儿能说了不算呢？"他让大臣拿来地图，指着说："打这儿到那儿，一共十五座城，全给赵国。"蔺相如一想："可别再上他的当！"他就对秦昭襄王说："好吧。只是赵王斋戒了五天，又在朝堂上举行了一个很隆重的送玉璧的仪式。大王也应当斋戒五天，然后再举行一个接受玉璧的仪式。要郑重其事地尽了礼，我才敢把'和氏璧'奉上。"秦昭襄王一想："反正你跑不了。"于是他说："好！就这么办吧，咱们五天后举行仪式。"他叫人把蔺相如护送到住宿的地方歇息。

蔺相如拿着那块玉璧到了住宿的地方。他琢磨着："过了五天，仍然得不到那十五座城，怎么办呢？"他就叫一个手下人扮成买卖人的模样，把"和氏璧"包好贴身系着，偷偷地从小道跑回赵国去了。

过了五天，秦昭襄王召集了大臣们和几个在咸阳的别国的使臣，大家伙儿都来参加接受"和氏璧"的仪式。他想借着这个因由向各国夸耀夸耀。朝堂上非常严肃。忽然传令官喊着说："请赵国的使臣上殿！"蔺相如不慌不忙地走上殿去，向秦昭襄王行了礼。秦昭襄王见他空着两只手，就对他说："我已经斋戒了五天，这会儿举行接受玉璧的仪式吧。"蔺相如说："秦国自从穆公以来，前后二十几位君主，没有一个讲信义的。孟明视欺骗了晋国，商鞅欺骗了魏国，张仪欺骗了楚国……过去的事一件件都在那儿摆着呢。我也怕受到欺骗，对不起赵王，已经把'和氏璧'送回赵国去了，请大王治我的罪吧！"

秦昭襄王听了大发雷霆，嚷嚷着说："我依了你斋戒五天，约定今天举行仪式，你竟把'和氏璧'送回去了！是你欺骗了我，还是我欺骗了你？"他气呼呼地对左右说："把他绑了！"蔺相如面不改色，说："请大王息怒，让我把话说完了。天下诸侯都知道秦是强国，赵是弱国。天下只有强国欺负弱国，绝没有弱国欺负强国的道理。大王真要那块'和氏璧'的话，请先把那十五座城交割给赵国，然后打发使者跟着我一块儿到赵国去取那块玉璧。赵国得到了十五座城之后，绝不能不顾信义，得罪大王的。好在各国的使者都在这儿，他们都知道是我得罪了大王，不是大王欺负了弱国的使臣。我的话说完了，请把我杀了吧。"

秦国的大臣们听了这番话，你瞧着我、我瞧着你，都不作声。各国的使者都替蔺相如捏着一把汗。两旁的武士正要去绑他，就听到秦昭襄王喝住他们说："不许动手！"回头对蔺相如说："我哪儿能欺负先生呢？不过是一块玉璧，我们不应该为了这件小事儿伤了两国的和气。"他很恭敬地招待了蔺相如，让他回去了。

秦昭襄王本来也不是一定要得到"和氏璧"，只是要借着这件事试探赵国的态度和力量。蔺相如"完璧归赵"，表现了赵国不甘心屈服的决心。可是秦昭襄王总忘不了赵国，要是连一个小小的赵国都收服不了，怎么还能够兼并六国呢？

公元前279年，秦昭襄王又使了个花招，请赵惠文王去渑池（在河南省渑池县）与他相会。赵惠文王怕被秦国扣留，不敢去。廉颇和蔺相如都认为要是不去，反倒叫秦国看不起。赵惠文王没法，准备硬着头皮去冒一趟险，叫蔺相如跟着他一块儿去，叫廉颇辅助太子留在本国。平原君赵胜对赵惠文王说："最好挑选五千精兵作为随从，再把大队兵马驻扎在三十里外的地方作为接应。"赵惠文王就叫大将李牧带领着五千人，叫平原君带领着几万人，一块儿出发。廉颇还觉得不大妥当，他说："这次大王去秦国，是凶是吉谁也不敢断定。我估计，路上一去一回，加上两三天的会，至多也不过三十天。如果过了三十天，大王还不回来，能否把太子立为国君，以便让秦国死心，无法要挟大王。"赵惠文王答应了。

到了约会的日子，秦昭襄王和赵惠文王在渑池相会，很高兴地喝酒、谈天，彼此都说相见恨晚。秦昭襄王喝了几盅酒，醉醺醺地对赵惠文王说："听说赵王喜欢音乐，弹得一手好瑟，我这儿有具宝瑟，请赵王弹个曲儿，给大伙儿凑个热闹！"赵惠文王脸红了，可不敢推辞，就弹了个曲儿。秦昭襄王称赞了一番。秦国的史官当场把这件事记下来，并念道："某年某月某日，秦王和赵王在渑池相会，赵王给秦王弹瑟。"赵惠文王气得脸都紫了。赵国还没有亡呢，秦王竟把赵王当作臣下看待，还把这种丢脸的事记在历史上，赵国的面子丢尽了。可是赵惠文王没法抗议，只好把气忍在肚子里。

这时候，蔺相如拿着一个缶，突然跑到秦昭襄王跟前，跪着说："赵王听说秦王挺会秦国的音乐。我这儿有个缶，请秦王赏脸敲首曲儿吧！"秦昭襄王立刻变了脸色，不理他。蔺相如的眼睛射出光芒，他说："大王太欺负人了！秦国的兵力虽说强大，可是在这儿五步之内，我就可以把我的血溅到大王身上去！"秦昭襄王见他逼得这么紧，只好拿起筷子来在缶上敲了一下。蔺相如叫赵国的史官也把这件事记下来，说："某年某月某日，赵王和秦王在渑池相会，秦王给赵王击缶。"

秦国的大臣眼看着蔺相如伤了秦王的面子，很不服气，有人站起来说："请赵王割让十五座城给秦王上寿！"蔺相如站起来对着秦昭襄王说："请秦王割让咸阳给赵王上寿！"这时候，秦昭襄王已经得到了密报，说赵国的大军驻扎在临近的地方，人多马壮，准备打过来。他知道用武力也得不到便宜，就喝住秦国的大臣，又请蔺相如坐下，和颜悦色地说："今天是两国君王欢聚的日子，诸位不必多言。"说着，他给赵惠文王敬了一杯酒。赵惠文王也回敬了一杯。双方约定谁也不侵犯谁，渑池之会圆满而散。

负荆请罪

赵惠文王回到本国，正好是三十天时间。打这时起，他更加信任蔺相如，拜他为上卿，地位比大将廉颇的还高。这可把廉颇气坏了。他回到家里，满脸通红，气呼呼地对自己的门客们说："我是赵国的大将，拼着命替赵国打仗，立了多少功劳！他呢，一个宦官手下的人，就仗着一张嘴，有什么了不起的，倒爬到我的头上来了！有朝一日，他要碰到我，哼！就给他个样儿瞧瞧！"早有人把这话传到蔺相如的耳朵里了。蔺相如就装病，不去上朝，就是有公事，也不跟廉颇见面。蔺相如手下的人都说他胆小，三三两两地谈论着，替他不服气。

有一天，蔺相如带着一队随从出去，老远就瞧见廉颇的车马迎面过来。他连忙叫赶车的退到小巷里躲一躲，让廉颇的车马过去。这么一来，可把他的门客和底下人气坏了。他们私下里一商量，派几个领头的去见蔺相如，对他说："我们远离家乡，投奔在您的门下，还不是因为敬仰您吗？如今您和廉颇是同事，地位又比他高，他骂了您，您怕了他，在朝堂上不敢跟他见面，半道上碰见他，也躲躲藏藏的，叫我们怎么受得了？要这么下去，人家非得骑在我们的脖子上呢！我们气量小，只好跟您告辞了！"

蔺相如拦着他们，说："诸位看廉将军跟秦王哪一个势力大？"他们说："当然是秦王的势力大喽！"蔺相如说："对呀！天下的诸侯，哪个不怕秦王？哪个敢反对他？可是为了保卫赵国，我就敢在秦国的朝堂上当面责备他。为什么我见了廉将军反倒会怕了呢？你们替我抱不平，难道我自己就没有火儿吗？可是各位要知道：强横的秦国为什么不来侵犯咱们赵国呢？还不是因为咱们同心协力地抵抗敌人吗？要是两只老虎斗起来，准是两败俱伤。秦国知道之后，一定会趁机侵犯赵国。因此，我宁愿忍气吞声，容让点儿。你们想想：是国家要紧呢，还是私人要紧呢？"他们听了这番话，一肚子的气全消了，打这儿起，就更加佩服蔺相如了。

后来，他的门客碰见了廉颇的门客，也都能够体贴主人的心意，总是让他们几分。可是廉颇反倒越来越自高自大了。

这件事情被赵国的一位叫虞卿的名士知道了。他告诉了赵惠文王，赵惠文王请他去调解。虞卿见了廉颇，先夸奖他的功劳。廉颇听了，很高兴。虞卿接着说："要论起功劳来，蔺相如比不上将军；要论起气量来，将军可就比不上他了。"廉颇一听，又犯起他那蛮横劲儿来了。他说："他有什么气量？"虞卿就把蔺相如对门客说的话说了一遍。廉颇当时脸就红了，低着头说："我是一个粗人，先生要不说，我还蒙在鼓里呢！这么说来，我……我太对不起他了！"

廉颇送走了虞卿，就裸着上身，背着荆条（文言叫"负荆"。"荆"是责打用的木条）跑到蔺相如的家里去请罪。他见了蔺相如，跪在地上说："我是一个粗人，见识少，气量窄。哪儿知道您竟这么容让我，我实在没有脸来见您。请您只管责打我，就是把我打死了，我也甘心乐意。"蔺相如连忙跪下，说："咱们两个人一心一意地为赵国尽力，都是重要的大臣。将军能够体谅我，我已经万分感激了，怎么还来给我赔错儿呢？"廉颇连话都说不出来，只是流着眼泪。蔺相如也哭了。两个人很亲热地抱着，好久不放。将军跟相国就这么和好了，还做了知心朋友。两个大臣同心协力地保卫赵国，秦国还真不敢来侵犯。

　　自从渑池开会之后，整整十年工夫，秦国和赵国没有大的冲突。可是在这十年里，秦国从楚国、魏国得到了不少土地。到了公元前270年，秦国又打算发兵去打齐国。正在这时候，秦昭襄王接到了一封信，落名张禄，说有非常紧要的话来奉告他。秦王一时想不起张禄这个人。这张禄究竟是谁呀？

远交近攻

张禄是魏国人，他的原名叫范雎，投在魏国中大夫须贾（gǔ）的门下做门客。当初乐毅联合五国共同攻打齐湣王的时候，魏国也曾出兵帮助燕国。后来，田单用火牛阵打败了燕军，恢复了齐国，齐襄王法章即位，发愤图强。魏昭王怕他来报仇，就跟相国魏齐商量，打发须贾去齐国缔结友好关系。须贾带着范雎同去。

齐襄公见了魏国的使臣，想起以前的仇恨，痛骂魏国不该帮助燕国来打齐国。他说："这个仇我还没报呢，你们倒还有脸来见我！"须贾迎头碰了钉子，说不出话来。范雎在旁边替他回答说："如今大王即位，我们的国君非常高兴，希望大王能接续桓公（春秋五霸之一的齐桓公）的事业，替湣王遮盖遮盖，这才打发使臣前来庆贺，两国重新和好。哪儿知道大王只知道责备别人，不想想自己的错处。难道大王不看桓公的样儿，反要学潴王的样儿吗？"齐襄王不由得拱着手说："这是我的不是！"回头问须贾："这位先生是谁？"须贾说："是我的门客，叫范雎。"齐襄王很器重范雎，想把他留在齐国。

齐襄王打发人背地里去见范雎，来人对他说："我们大王十分钦佩先生，打算请先生做客卿，请别推辞。"来人还送给他十斤金子、一盘子牛肉、一瓶子好酒。范雎坚决地推辞了。来人一定要请他把礼物收下，还说："这是我们大王的诚意，先生要是不收下，叫我怎么回去交代呢？"他苦苦地央求，说什么也不走，闹得范雎只好把牛肉和酒留下，十斤金子则坚决不收。

早有人把这件事向须贾报告去了，须贾疑心范雎私通齐国。他们回到魏国之后，须贾把这事告诉了相国魏齐。魏齐认为范雎一定把魏国的机密大事告诉了齐襄王，他就严刑拷打要范雎招供。范雎嚷嚷着说："老天爷在上，我并没做错什么事，叫我招认什么呢？"须贾坐在一旁只是冷笑。魏齐十分恼怒，吩咐底下人把他打死。起先范雎还直喊冤枉，打到后来，一点声音也没有了。手下的人报告说："已经断气了！"魏齐亲自下来一瞧，见他浑身没有一处好地方，一根肋骨折了，戳到肉皮外头，两颗门牙也掉了。魏齐叫手下的人拿破苇席把他裹起来，扔在厕所里，叫宾客们往他身上撒尿。

天黑下来，范雎慢慢地苏醒过来，只见一个下人在那儿看着他。范雎对他说："我活是活不了啦！我家里还有几两金子，你要是能让我死在家里，我把金子全给你。"那个人说："您还得跟死人一样地躺着，我去请求相国。"他向魏齐报告，说范雎的尸首发臭了。魏齐就说："扔到城外叫鹞鹰收拾他去。"

看尸首的那个人等到半夜，趁别人不注意的时候，把范雎背到范家。范家的人一见，全都哭了。范雎叫他们别声张，又叫他媳妇儿拿出金子来谢了那个人，把那领破苇席交给他，嘱咐他扔到城外荒地里。他跟媳妇儿说："魏齐也许还会打听我的下落，你快把我送到西门郑家。"家里人连夜把他弄到他的好朋友郑安平的家里。范雎又嘱咐家人千万别走漏风声，叫他们第二天在家里号丧穿孝。

郑安平给范雎上药调养，等到范雎能够活动了，就把他送到山里隐居起来。范雎更姓改名叫张禄。打这儿起，再没有人提起范雎了。后来，通过郑安平的安排，张禄到了咸阳。秦昭襄王叫他住在客馆里，等候召见。

张禄住在客馆里足有一年多，秦昭襄王没召过他一回，张禄觉得很失望。有一天，他在街上走，听街上的人纷纷议论着，说丞相穰（ráng）侯要攻打齐国的刚寿（刚城和寿城）。张禄拉住一位老头儿，问他："齐国离着秦国这么远，中间还有韩国和魏国，怎么跑得那么远去打刚寿？"那个老头儿咬着耳朵对他说："你还不知道吗？我们秦国的大权都掌握在太后和丞相手里。刚寿跟丞相的封邑陶邑紧挨着，丞相把它打下来，不是增加了自己的土地吗？"张禄回到客馆，当天晚上就给秦昭襄王写了封信，说有极其重要的话奉告。秦昭襄王定下日子约他到离宫相见。

到了那天，张禄去离宫，在半道上碰见秦昭襄王坐着车过来了。他不迎接，也不躲避，大模大样地照旧走他的道儿。左右的人叫他躲开，说："大王来了！"张禄回说："什么，秦国还有大王吗？"正在争吵的时候，秦昭襄王到了。张禄还在那儿嚷嚷说："秦国只有太后、穰侯，哪儿有什么大王呢？"这句话正说到秦昭襄王的心坎上。他急忙下车，恭恭敬敬地把张禄请上车，一块儿来到离宫。

秦昭襄王命左右退下，向张禄拱了拱手，说："我仰慕先生大才，诚恳地请先生指教。不管是什么事，上至太后，下至朝廷大臣，先生只管直说，我没有不愿意听的。"张禄说："大王能给我这么一个机会，我就是死了也甘心。"说着他拜了一拜，秦昭襄王也向他作了个揖，君臣俩就谈论了起来。

张禄说："论起秦国的地位，哪个国家有这么好的天然屏障？论起秦国的兵力，哪个国家有这么些兵车、这么勇敢的士兵？论起秦国的人，哪个国家的人也没有这么守法的。除了秦国，哪个国家能够管理诸侯、统一中国呢？秦国虽说是一心想要这么干，可是几十年来也没有多大的成就。这就是因为没有一定的政策，一会儿跟这个诸侯订立盟约，一会儿跟那个诸侯打仗，听说大王新近又上了丞相的当，发兵攻打齐国。"

秦昭襄王问："这有什么不对的呢？"张禄说："齐国离秦国多么远，中间隔着韩国和魏国。要是派去的兵马少了，也许会被齐国打败，让各国诸侯取笑；要是派去的兵马多了，国内也许会出乱子。就算一帆风顺地把齐国打败了，大王也不能把齐国与秦国连接起来，以后怎么管理呢？当初魏国越过赵国把中山国打败了，后来中山国倒被赵国兼并了去。为什么呢？还不是因为中山国离赵国近、离魏国远吗？我替大王着想，最好是一边跟齐国、楚国交好，一边攻打韩国和魏国。离着远的国家既然跟我们有了交情，就不会老远地去干预跟他们不相干的事。把邻近的国家打下来，就能够扩张秦国的地盘，打下一寸就是一寸，打下一尺就是一尺。把韩国和魏国兼并之后，齐国和楚国还站得住吗？这种像蚕吃桑叶似的由近而远的办法，叫作远交近攻。"秦昭襄王拍着手说："秦国若是真能兼并六国，统一中原，全仰仗先生的远交近攻的计策了。"当时就拜张禄为客卿，照着他的计策去做，把攻打齐国的兵马都撤回来。打这儿起，秦国就把韩国和魏国作为进攻的主要目标。

秦昭襄王非常信任张禄，时常在晚上单独跟他谈论朝廷大事。这样过了几年，张禄知道秦昭襄王已经完全信服他了，就很严肃地告诉他怎么建立君王的实权，怎么削弱太后和贵族的势力。秦昭襄王很小心地布置了自己的兵力。公元前266年，秦昭襄王收回了穰侯的相印，叫他回到陶邑。穰侯把他历年搜刮来的财宝装了一千多车，其中有好多宝物连秦国国库里都没有。过了几天，秦王又打发最有势力的三家贵族上关外居住。末了，他逼着太后养老，不许她参与朝政。他拜张禄为丞相，把应城封给他，称他为应侯。

秦昭襄王按照丞相张禄的计策，准备进攻韩国和魏国。魏安釐（xī）王得到了这个消息，立刻召集大臣们商量怎么办。

魏公子信陵君说："秦国无缘无故地来打咱们，欺人太甚了，咱们应当守住城狠狠地与秦国打一下。"相国魏齐说："现在秦是强国，魏是弱国，咱们哪儿打得过人家？听说秦国的丞相张禄是魏国人，他对父母之邦总有点情分，咱们不如先跟他交往交往，请他从中说情。"魏安釐王依了魏齐的主张，打发中大夫须贾去秦国求和。

赠送绨袍

须贾到了咸阳，住在客馆里，打算先求见丞相张禄。张禄一听说须贾来了，心里又是高兴又是难受，说："我报仇的时候到了！"他换了一身破旧的衣服去见须贾。须贾一见，吓了一大跳，挣扎着说："范叔……你……你还活着吗？我以为你被魏齐打死了。你怎么会跑到这儿来？"范雎说："他把我扔在城外，第二天我缓醒过来。也是我命不该绝，可巧有个做买卖的打那边路过，发了善心，救了我一条命。我也不敢回家，就跟他来秦国了。想不到在这儿还能够跟大夫见面。"须贾问他："范叔到了秦国，见着秦王了吗？"范雎说："当初我得罪了魏国，差点丧了命。如今跑到这儿来避难，哪儿还敢多嘴啊！"须贾说："范叔在这儿靠什么过活呢？"范雎说："给人家当使唤人，凑合着活呗。"

须贾知道范雎的才干，当初怕魏齐重用他，对自己不利，因此巴不得魏齐把他治死。如今范雎到了秦国，须贾就想不如好好地待他，免得他记恨在心。他叹了口气，说："想不到范叔的命运这么不济，我真替你难受。"说着，就叫范雎跟他一同吃饭，很殷勤地招待他。

那时候正是冬天，范雎穿的是破旧的衣裳，冻得打哆嗦。须贾显出怜悯的样子，对他说："范叔寒苦到这步田地，我真替老朋友难受。"他拿出一件茧绸大袍子（古文作"绨袍"），送给范雎。范雎推辞，说："大夫的衣服，我哪儿敢穿？不敢当，不敢当！请大夫收回，我心领了。"须贾说："别大夫大夫地叫了！你我老朋友，何必这么客气呢？"范雎就把袍子穿上，再三向他道谢，接着问他："大夫这次上这儿来，有什么事情吗？"须贾说："听说秦王十分重用丞相，我想跟他交往，可就是没有人给我引见。你在这儿这么些年了，朋友之中总有认识张丞相的吧，给我引见引见，成不成？"范雎说："我的主人也是丞相的朋友，我跟着他上相府里也去过几次。丞相喜欢谈论，有时候，我们主人一时答不上来，我凑合着替他回答。丞相见我口齿还好，时常赏我一点吃食，还算瞧得起我。大夫要想见见丞相，我就伺候着大夫去见他吧！"

须贾听到这儿不由得对他尊敬起来，马上把"你"字改为"您"字，还想试探他到底是不是丞相的朋友，就说："您能陪我同去，再好不过。可是我的车马出了毛病，车轴头折了，马拧了腿，您能不能借给我一套车马？"范雎说："我们主人的车马倒可以借用一下。"说着他就出去了。

不大一会儿工夫，范雎赶着自己的车马来接须贾。须贾犹犹豫豫地心怀鬼胎，只好上了车，跟着他一块儿去见丞相。到了相府门口，下了车，范雎对须贾说："大夫在这儿等一等，我去通报。"范雎就先进去了。须贾在门外等着，正等得心烦意乱的时候，忽然听见里边"丞相升堂"的喊声，可不见范雎出来。须贾就问看门的说："刚才同我一块儿来的范叔，怎么还不出来？"那个看门的说："哪儿来的范叔？刚才进去的是丞相啊！"须贾一听，才知道范雎就是张禄，吓得脑袋嗡嗡地直响，当时脱下了使臣的礼服，跪在门外，对看门的说："烦你通报丞相，就说，魏国的罪人须贾跪在门外等死！"

须贾跪在门外，里面传令出来叫他进去。他不敢站起来，用膝盖跪着走，一直跪到范雎面前，连连磕头，嘴里说："我须贾瞎了眼睛，得罪了大人，请把我治罪吧！"范雎坐在堂上，问他："你犯了几件大罪？"须贾说："我的罪跟我的头发一般多，数不过来。"范雎说："我是魏国人，祖坟都在魏国，才不愿意在齐国做官。你硬说我私通齐国，在魏齐跟前诬告我。魏齐发怒，叫人打去了我的门牙，打折了我的肋骨，你连拦都不拦一下。他把我裹在一领破苇席里扔在厕所里，你喝醉了还在我身上撒尿，我受了这么大的冤屈和侮辱，如今你落在我手里，这是老天爷叫我报仇！我该不该砍你头？该不该打落你的门牙，打断你的肋骨，也拿一块破苇席把你裹上扔给狗吃？"须贾磕头磕出声音来，连连地说："该，该！太应该了！"范雎接着说："可是你送我这件绨袍，做得还有点人情味儿。就为了这一点，我饶了你的命。"须贾没想到范雎会饶恕他，流着眼泪，一个劲儿地磕头，范雎叫他第二天来谈公事。

第二天，范雎对秦昭襄王说："魏国派使臣来求和，咱们不用一兵一卒，就能够把魏国收过来，这全仗着大王的德威。"秦昭襄王很高兴，还说："也是你的功劳。"突然范雎趴在地上，说："我有件事瞒着大王，求大王饶了我！"秦昭襄王把他扶起来，说："你有什么为难的事只管说，我决不怪你。"范雎说："我并不叫张禄，我是魏国人范雎。"他就把逃到秦国来的经过，从头到尾说了一遍，接着说："如今须贾到这儿来，我的真姓名已经泄露了，求大王宽恕。"

秦昭襄王说："我不知道你受了这么大的委屈。如今须贾自投罗网，杀他了，替你报仇。"范雎说："他为公事而来，哪儿能为难他呢？再说成心打死我的是魏齐，我不能把这件事完全搁在须贾身上。"秦昭襄王说："魏齐的仇，我一定给你报，须贾的事，你瞧着办吧！"

范雎出来，把须贾叫到相府里来，对他说："你回去跟魏王说，快把魏齐的脑袋送来，秦王就答应魏国割地求和。要不然，我就亲自领着大军去打大梁，那时候可别后悔。"

须贾谢过了范雎，连夜回去了。他见了魏安釐王，把范雎的话说了一遍。魏安釐王愿意割地求和。魏齐被逼得走投无路，自杀了。这么着，秦昭襄王按照范雎"远交近攻"的计策，一边与齐国、楚国交好，一边进攻邻近的小国，首先是韩国。

坑杀赵卒

公元前262年，秦昭襄王派大将王齕（hé）进攻韩国，占领了野王城（在河南省沁阳市），切断了上党（在山西省东南部）和韩国都城（在河南省新郑县）的联络。这么一来，上党的军队可就变成了孤军。上党郡守冯亭对将士们说："我认为与其投降秦国，不如投降赵国。赵国得到了上党，秦一定去争，这样，赵国就不得不和韩国联合起来，共同抵抗秦国。"大伙儿全都赞成这个办法。冯亭就打发使者带着上党的地图去献给赵国。这时候赵惠文王已经死了，他儿子即位，就是赵孝成王，蔺相如已经告退，平原君赵胜做了相国。

赵孝成王派平原君带领五万人马去接收上党，仍然派冯亭为上党太守。平原君临走的时候，冯亭对他说："上党归了赵国，秦国一定会来攻打。公子回去之后，请赵王快派大军来，才能够打退秦军。"

平原君回去把所有的经过向赵孝成王报告。赵孝成王非常高兴，天天喝酒庆祝，反倒把抵抗秦国的事搁下了。秦国的大将王龁随后就把上党围住。冯亭守了两个月，一直不见赵国的救兵。将士们和老百姓急得没有办法，只好开了城门，拼死往赵国逃跑。冯亭的残兵败将带着上党的难民，一直逃到了长平关（在山西省高平县西北），这才碰见赵国大将廉颇率领二十万大军来救上党，可是上党已经丢了。

廉颇和冯亭会合在一起，正打算反攻，秦国的兵马跟着就到了，一下子把赵国的前哨部队打败了。廉颇连忙退回阵地，守住阵脚，叫士兵们增高堡垒，加深壕沟，准备跟远来的秦军对峙，做长期抵抗。王龁屡次三番地向赵军挑战，赵军拒不出战。两下里耗了足有四个多月，王龁想不出进攻的法子。他派人去禀报秦昭襄王，说："廉颇是一个很有经验的老将，不轻易出来交战。我们大老远地来到这儿，如果长时间对峙下去，粮草接济不上，这可怎么办呢？"

秦昭襄王请应侯范雎出个主意。范雎说："要打败赵国，必须先想个办法让赵国把廉颇调回去。"秦昭襄王说："这哪儿办得到呢？"范雎说："让我试试看吧。"

过了几天，赵孝成王听到左右议论纷纷，说："廉颇太老了，哪儿还敢跟秦国打呢？要是派年富力强的赵括去，秦国这点儿兵马早就被他打散了。"赵孝成王派人去催廉颇快跟秦国开仗，廉颇还是不动声色地坚守阵地，这可把赵孝成王气坏了。他立刻把赵括叫来，问他能不能把秦军打退。赵括说："要是秦国派白起来，我还得考虑一下。如今来的是王龁，他只是廉颇的对手。要是碰上我，不是我说大话，简直就像秋天的树叶遇见大风，全都得刮下来！"赵孝成王一听，特别高兴，当即就拜赵括为大将，去替换廉颇。

赵括还没动身，他母亲就上了一道奏章，请求赵孝成王别派她儿子去。赵孝成王就召见她，要她说说理由。赵括的母亲见了赵孝成王，说："他父亲赵奢临死的时候再三嘱咐，说：'打仗是多么危险的事儿，战战兢兢，处处都考虑到，还怕有疏忽之处。赵括这小子却把军事当作闹着玩儿似的，一谈起兵法来，就眼空四海，目中无人。将来要是大王用他为大将的话，我们一家大小遭了灾祸还在其次，怕的是连国家都要断送在他手里呢。'为了这个，我请求大王千万别用他。"赵孝成王说："我已经决定了，你就别多嘴了。"他叫赵括再带领二十万兵马，一直向长平关开去。

公元前260年，赵括到了长平关，请廉颇验过兵符（两块可以符合的老虎形的信物，所以"兵符"也叫"虎符"），办了移交。廉颇回邯郸去了。赵括统领着四十多万大军，声势浩大。他下了一道命令，说："若秦国前来挑战，必须迎头打回去；敌人打败了，就得追，非杀他们个片甲不留不算完。"冯亭劝止他，把廉颇成心消耗秦国兵马的用意说了一遍。赵括说："老头儿懂什么。"

那边范雎一得到赵括替换廉颇的信儿，就打发武安君白起去指挥王龁。白起布置了埋伏，故意打了几次败仗，把赵括的军队引了出来，然后切断了他们的后路。赵括的大军就这么变成了孤军。他们守了四十六天，内无粮草，外无救兵，赵括被乱箭射死，冯亭自杀，赵军全垮了。白起叫人挑着赵括的脑袋，叫赵军投降。赵军已经饿得没有力气了，他们一听说主将被杀了，全都扔了家伙，投降了。

白起一查投降的赵军，一共有四十多万人。他把他们分为十个营，每营配上秦国士兵，由秦国将军管理着。当天晚上，秦国士兵把牛肉和酒搬到赵国的兵营里，让赵国士兵大吃一顿，还说明天改编军队，凡是年岁大的、身体弱的，或者不便去秦国的，都让他们回家去。四十多万赵兵酒足饭饱后，一听到这个命令，欢天喜地地睡觉去了。

王龁偷偷地对白起说："将军真这么优待他们吗？"白起说："上次你打下了野王城，上党已经可以到手了，可是他们却投降了赵国，可见这儿的人是不愿意归附咱们的。如今投降的人四十多万，随时随刻都能叛变，谁管得住他们？你去通知那十个将军，今天晚上把赵兵全都杀了！"

秦国的士兵得到这个秘密的命令，就一齐动手。那些投降了的赵国人，一来没有准备，二来手里没有家伙，全被秦国人捆上，推到大坑里活埋了。这是战国时期最残酷的一次大屠杀。赵国四十多万名士兵，只留下了二百四十人，叫他们活着回邯郸去传扬秦国的威风。

那二百四十个小兵跑回赵国一报告，整个赵国一片哭声。这还不算，秦国把上党一带十七座城都夺去了，武安君白起亲自率领大队人马，要来围攻邯郸。赵孝成王、平原君和大臣们惊惶失措，一点主意都没有了。可巧燕国的大夫苏代（苏秦的兄弟）在平原君家里，他愿意帮助赵国。他自告奋勇地去见范雎，请他在秦王跟前给赵国和韩国求情。范雎一来怕白起势力太大，不容易管得住，二来想着几次打仗，秦国的兵马也死伤不少，需要调整，他就叫韩国和赵国割让几座城，答应他们讲和。秦昭襄王全同意，吩咐白起撤兵回国。

白起实在不愿意退兵，后来他听说是应侯出的主意，背地里大发牢骚。已经过了两年，他还是唠唠叨叨地对门客们说："那次就不该退兵，要是连下去打，至多一个月准能把邯郸拿下来。"白起的话传到秦昭襄王的耳朵里，他后悔了，想再叫白起攻打赵国。白起装病不去。秦昭襄王就叫大将王陵带领十万兵马攻打邯郸。可是王陵的对手不是那个只会"纸上谈兵"的赵括，而是能征惯战的大将廉颇！王陵吃了几次败仗，急急向本国请求救兵。

秦昭襄王再一次派白起去替换王陵。白起对秦昭襄王说："上次赵国打了败仗，死了四十多万人，全国慌乱。那时候火速进攻，我是有把握的。如今过了两年，赵国已经喘过气来，再说各国诸侯都知道赵国割地求和，秦国已经跟赵国和好了，现在忽然又打过去，人家准说咱们不讲信义，也许会帮助赵国。因此，咱们这回出兵，未必能胜。"他干脆就不去了。

秦昭襄王生了气。他说："难道除了白起之外，秦国就没有大将了吗？"他叫大将王龁去替换王陵，再给他十万兵马。王龁统领二十万大军，把邯郸围了快半年，可就是打不下来。

白起对门客们说："我早就说过邯郸打不下来，大王偏不听我的话，你们看如今到底怎么样？"秦昭襄王听到了这些话，知道白起不服气，就革了他的官职。白起还是唠唠叨叨地直发牢骚，秦昭襄王就送他一把宝剑，让他自杀了。

秦昭襄王逼白起自杀后，又派郑安平带领五万精兵去帮助王龁。赵孝成王一看秦国又增了兵，看样子是非把邯郸打下来不可，急得他请平原君想办法去向各国求救。平原君说："魏公子无忌（就是信陵君）是我的亲戚，再说我们跟他一向有交情，他准能劝魏王发兵来救。楚国很有实力，就是离这儿远些。我亲自去一趟，楚王也许能帮咱们。"赵孝成王就请平原君辛苦一趟。

毛遂自荐

平原君打算带二十个文武全才的人跟他一同到楚国去。他也有三千多个门客，要挑选二十个人本来不算回事，可是这些人，文是文的，武是武的，要文武全才真不易找。平原君挑来挑去，对付着挑了十九个人，这可真把他急坏了。他叹息着说："我花了几十年时间，养了三千多人，如今连二十个人都挑不出来，真太叫我失望了。"那些平日只知道吃饭的门客，这时候恨不得有个耗子洞能钻进去。忽然有个坐在末位的门客站起来，自己推荐自己说："不知道我能不能来凑个数？"好些人都拿眼睛瞪他，好像叫他趁早闭嘴。平原君笑着说："你叫什么名字？"他说："我叫毛遂，大梁人（大梁，就是魏国的国都），到这儿三年了。"平原君冷笑一声，说："有才能的人就好像一把锥子搁在兜里，它的尖儿很快就露出来了。可是先生在我这儿三年了，我就没见你露过一回面。"毛遂也冷笑一声，说："这是因为我到今天才叫您看了这把锥子。您要是早点把它搁在兜里，它早就戳出来了，难道单单露出个尖儿就算了吗？"平原君倒佩服他的胆子和口才，就拿他凑上二十人的数，当天辞别了赵王，上楚国陈都（在河南省淮阳县）去了。

平原君跟楚考烈王在朝堂上讨论着合纵抗秦的大事，毛遂和其他十九个人站在台阶下等着。平原君嘴都说得冒了白沫子，楚考烈王却说什么也不同意抵抗秦国。他说："合纵抗秦是贵国提出来的，可是合纵根本得不到什么好处。苏秦当了纵约长，给张仪破坏了；我们的怀王当了纵约长，下场是死在秦国；齐湣王也想当纵约长，反倒被诸侯杀了。各国诸侯就只能自顾自，谁要打算联合抗秦，谁就先倒霉。还有什么话可说呢？"

平原君说："以前的合纵抗秦也确实有用处。苏秦当纵约长的时候，六国结为兄弟。自从洹水之会以后，秦国的军队就不敢出函谷关。后来楚怀王上了张仪的当，想去攻打齐国，就这么被秦国钻了空子。这可不是合纵的毛病。齐湣王呢，借着

155

合纵的名义打算并吞天下，惹得各国诸侯跟他翻了脸。这也不是合纵的失策。”

楚考烈王还是不同意。他说：“话虽如此，可是事情都在那儿明摆着。秦国一出兵，就把上党一带十七座城打下来了，还坑杀了四十多万名投降的赵卒。如今秦国的大军围上邯郸，叫我们离着这么远的楚国能有什么办法呢？”平原君分辩着说：“提起长平关的那次战争，是由于用人不当。赵王要是一直信任廉颇，白起未见得赢得了。如今王龁、王陵用了二十万兵马，把邯郸围了足足有一年，仍不能打败敝国。要是各国的救兵联合在一起，一定能把秦国打败，列国就能太平几年。”楚考烈王又提出了一个不能帮助赵国的理由，说：“秦国近来跟敝国很要好，敝国若是加入了合纵，秦国一定会把气恨挪到敝国头上，这不是叫敝国代人受过吗？”平原君反对说：“秦国为什么跟贵国和好呢？还不是为了一心要灭‘三晋’。等到‘三晋’灭了，贵国还能保得住吗？”

楚考烈王到底因为害怕秦国，愁眉苦脸总是不敢答应平原君，只得低着脑袋，抓抓耳朵，挠挠头皮，显得对不起的样子。突然，他瞧见一个人提着宝剑上了台阶，走到他跟前，嚷着说：“合纵不合纵，只要一句话就行了。怎么从早晨说到这会儿，太阳都下山了，还没说停当呢！"楚考烈王很不乐意地问平原君："他是谁？"平原君说："我的门客毛遂。"楚考烈王骂毛遂说："咄（duō）！我跟你主人商议国家大事，你多什么嘴？还不滚下去！"

毛遂提着宝剑又往前走了一步，说："合纵抗秦是天下大事。天下大事天下人都有说话的份儿，这怎么叫多嘴呢？"楚考烈王见他上来，害怕了，又听他说的话挺有劲儿，只好像斗败了的公鸡似的收起了翎毛，换了一副笑脸对他说："先生有什么高见，请说吧！"

毛遂说："楚国有五千多里土地，一百万甲兵，原来就是个大国。自从楚庄王以来，一直做着霸主。以前的历史多么光荣！没想到秦国一兴起，楚国连着打败仗，堂堂的国王当了秦国的俘虏，死在敌国，这是楚国最大的耻辱。紧接着又来了白起那小子，把楚国的国都（郢都）夺了去，改成了秦国的南郡，逼得大王迁都到这儿（指陈都）。这种仇恨，十年、二十年、一百年也忘不了哇！把这么天大的仇恨说给小孩子听，他们也会难受，难道大王不想报仇了吗？今天，平原君跟大王商议抗秦的大事，也是为了楚国，哪儿仅仅是为了赵国呢！"

这段话一句句就像锥子似的扎在楚考烈王的心坎上，他不由得脸红了，连着说："是！是！"毛遂又接了一句，说："大王决定了吗？"楚考烈王说："决定了。"毛遂当时就叫人拿上鸡血、狗血、马血。他捧着盛血的铜盘子，跪在楚考烈王面前，说："大王做合纵的纵约长，请先歃血。"楚考烈王和平原君当场就歃血为盟。平原君和那十九个门客全都佩服这把锥子的尖锐劲儿。

公元前258年，楚考烈王派春申君黄歇为大将，率领八万大军，同时魏安釐王派晋鄙为大将，率领十万大军，共同去救赵国。平原君和二十个门客回到赵国，天天等着楚国和魏国的救兵，等了好些日子，一路救兵都没到。平原君派人去探听，才知道楚国的兵马驻扎在武关，魏国的兵马驻扎在邺下（在河北省临漳县西）。这两路救兵全都停下了，也不往前进，也不往后退，这是为什么呢？

盗符救赵

秦昭襄王一听到魏国和楚国发兵去救赵国，就亲自跑到邯郸督战。他派人对魏安釐王说："邯郸早晚得被秦国打下来。谁要去救，我就先打谁！"魏安釐王吓得连忙派使者去追晋鄙，叫他在当地安营，别再往前进。晋鄙就把魏国的十万兵马驻扎在邺下。春申君听说魏国的兵马不再往前进，他也就在武关驻扎下来了。秦王把两路救兵吓唬住，就叫大将王龁加紧攻打邯郸。赵孝成王急得没有办法，只好再打发使者偷偷地跑到魏国，催魏安釐王快点进兵救赵。

赵国的使者见了魏安釐王，请他催晋鄙进兵。魏安釐王想要进兵，怕得罪秦国；不进兵吧，又怕得罪赵国。他只好不进不退地耗着。平原君也派人上邺下去请魏国的大将晋鄙进兵。

晋鄙回答平原君说："魏王叫我驻扎在这儿，我不能自作主张。"平原君又给魏公子信陵君写了一封信，大意是说："我一向佩服公子，跟您结为亲戚，我觉得很荣幸。如今邯郸万分危急，敝国眼看快要亡了，全城的人眼巴巴地盼着救兵来。贵国的大军竟待在邺下，说什么也不再往前进。我们在火里，他们倒挺坦然。您姐姐（平原君的夫人是信陵君的姐姐）黑天白日地哭着，劝解她的话我都说尽了，公子也得替您姐姐想一想啊！"

信陵君接到了这封信，心里就像有好几百条虫子在咬似的，他再三央求魏安釐王叫晋鄙进兵。魏安釐王始终不答应。信陵君对门客们说："大王不愿意进兵，怎么办呢？好吧！我自己上赵国去，要死就跟他们死在一起。"他预备了车马，决计上赵国去跟秦军拼命，有一千多个门客愿意跟着他一块儿去。

他们路过东门，信陵君下了车去跟他最尊敬的朋友侯嬴辞别。侯嬴很冷淡地说："公子保重。我老了，不能跟您一块儿去，请别怪我。"信陵君向他拱了拱手，丢了魂儿似的看着他，等着他再说几句话。这是最后一次见面了，侯嬴可没说什么。信陵君只好走了，还不断地左回头、右回头地瞧着侯嬴。

侯嬴还是不动声色地站在那儿。

信陵君越想越难受，自言自语地叹息着说："我拿他当作知心人，他倒眼瞧着我去送死，连一句体贴的话都没有。"他越想越伤心，走了几里地，再也忍不住，就叫门客们站住，自己再去跟侯嬴说句话。

侯嬴还在门外站着。他见了信陵君，就笑着说："我料定公子准得回来！"信陵君说："是啊！我想我一定有得罪先生的地方，因此特地回来请先生指教。"侯嬴说："公子收养了几十年的门客，吃饭的有三千人，怎么没有一个替您想想办法，反倒让您去跟秦国拼命？你们这么上秦国的兵营里去，正像绵羊去跟狼拼命，不是白白去送死吗？"信陵君说："我也知道没有什么用处。可是我这么一死，总算尽我的力量了！"侯嬴说："公子进来坐一会儿，咱们商量商量吧。"

侯嬴支开了旁人，对信陵君说："听说咱们的大王在宫里最宠爱的是如姬，对不对？"信陵君连连点头说："对，对！"侯嬴接着说："当初如姬的父亲被人害死，她请大王给她报仇，大王派人去找那个仇人，找了三年也没找着，后来还是公子叫门客给如姬报仇，把仇人的脑袋送给了她，有这么一回事没有？"信陵君说："有，有！"侯嬴说："如姬为了这件事非常感激公子，她就是替公子死，也是甘心情愿的。因此，只要公子请她把兵符盗出来，咱们拿了兵符去夺取晋鄙的军队，就能跟秦国打了，这比空手去送死不是强得多吗？"

信陵君听了，好像从梦里醒过来一样。当时拜谢了侯嬴，叫门客们暂且在城外等着，自己回到家里，托了一个跟他有交情的内侍叫颜恩，去跟如姬商量。如姬说："公子的命令我决不推辞，就是赴汤蹈火（跳到开水里，跳到火里去，指不避艰苦和危险）我也干。"当天晚上，如姬伺候魏安釐王睡下，到了半夜，趁着他正睡得香的时候，把兵符偷了出来，交给颜恩。颜恩立刻送到信陵君那儿，信陵君拿着兵符再上东门去跟侯嬴辞别。侯嬴说："万一晋鄙验过兵符，不把兵权交出来，怎么办？"信陵君突然觉得脊梁上被浇了一桶冰水，皱着眉头说："这……这怎么办呢？"侯嬴接着说："我的朋友朱亥，是天下数一数二的大勇士，公子可以请他出点力。要是晋鄙痛痛快快地把兵权交出来，最好。要是他不答应，就叫朱亥杀了他。"信陵君鼻子一酸，伤心地说："晋鄙老将忠心耿耿，没做错事，他不答应我，也是应当的呀！我要是杀了他，这怎么不叫我痛心呢？"侯嬴说："死一个人，救了一国的危急，还不值吗？咱们应当从大处着想，婆婆妈妈的怎么行呢？"

侯嬴和信陵君到了朱亥家里，侯嬴向他说明了来意，朱亥一口答应下来。侯嬴说："照理，我也应当一块儿去，可是我老了，跟着你们反倒叫你们多一份麻烦。祝你们马到成功！"信陵君不敢再耽误，立刻带着朱亥上了车，走了。

信陵君带着朱亥和一千多个门客到了邺下，见了晋鄙，对他说："大王因为将军在外面辛苦了几个月，特地派无忌（信陵君，名无忌）前来接替。"信陵君说着，就叫朱亥奉上兵符，请他验过。晋鄙把兵符接过来，再跟自己带着的那一半兵符一合，果然合成了一个老虎形的信物。虎符完全符合，是真的。可是他想了一想，说："请公子暂缓几天，我把将士们的名册整理出来，把军队里的事务结束一下，然后才能够清清楚楚地交出来。"信陵君说："邯郸十分紧急，我想连夜进兵去救，哪儿能耽误日子呢？"晋鄙说："不瞒公子说，这是军机大事，我还得奏明大王，方能照办。再说……"他的话还没说完，朱亥大喝一声，说："晋鄙！你不听王命，竟敢反叛！"晋鄙问他："你是谁？干什么？"朱亥从袖子里拿出一个四十斤重的大铁锤，冲着晋鄙的脑袋一砸，说："我是惩办反叛的！"晋鄙的脑袋当时就被打得粉碎。

信陵君拿着兵符对将士们说："大王有令，叫我接替晋鄙去救邯郸。晋鄙不听命令，已经治死了。你们不用害怕，服从命令，一心一意去杀敌人的，将来都有重赏！"兵营里静悄悄的，连咳嗽的声音都没有，大伙儿就等着进军的命令。

信陵君下了一道命令："凡父亲和儿子都在军队里的，父亲可以回去；哥哥和弟弟都在军队里的，哥哥可以回去；独子可以回去养活老人；有病的或者身子弱的，也可以回去。"大概十成里有二成的士兵请求回去。信陵君重新编排队伍，总共有八万精兵。信陵君亲自出马跑到最前面，指挥将士们向秦国的兵营冲杀过去。秦国将军王龁没有料到魏国军队会突然进攻，手忙脚乱地抵抗了一阵。平原君开了城门，带着赵国的军队杀出来，两边夹攻，打得秦国的军队就像山崩似的倒了下来。多少年来，秦国没打过这样的大败仗。秦昭襄王赶紧下令退兵，已经死伤了一半人马。郑安平的两万人被魏国的军队切断了退路，变成了孤军。他叹了一口气，说："我本来是魏国人，还是回到本乡本土去吧。"他带领两万人马投降了信陵君。

赵孝成王亲自到魏国兵营向信陵君道谢。他说："赵国没有亡，全仗公子！"平原君更是感激信陵君，在他前面领路，把他迎接到城里。信陵君进了邯郸城，赵王特别恭敬地招待他，又封他五座城。信陵君向他说明盗符救赵的经过，很虚心地推让着说："我对贵国没有多大的功劳，对本国还背着大罪呢。大王肯收留我这个罪人，我就知足了，哪儿还敢受封呢？"赵王再三请他接受，又叫平原君劝他，他只好接受赵王的赏赐。他自己不敢回国，把兵符和军队交给魏国的将军带回去，自己留在了赵国。

楚公子春申君黄歇还在武关，他听到秦国打了败仗跑了，就带着八万大军回楚国了。春申君向楚考烈王报告秦国打败仗的情况。楚王叹息着说："赵公子所说的合纵计策实在不错，可惜咱们没有像魏公子那样的大将，也没有像毛遂那样的谋士！"春申君臊得跟什么似的，可是他心里仍有点不服气，说："上次赵公子他们已经公推大王为纵约长，如今秦国打了败仗，威风也下去了，大王这时候就该掌起纵约长的大权来，赶紧打发使者去约会各国，再能够得到周天王的同意，借着他号令诸侯，共同去征伐秦国。大王要能这么办，就比齐桓公、晋文公、楚庄王的功业大得多了。"楚考烈王经春申君这么一鼓动，又勾起当霸主的瘾来了，当时就打发使臣上成周去请求周天王下令征伐秦国。

周赧（nǎn）王虽说顶着天王的头衔，真正受他管辖的土地还不如列国里最小的诸侯国。这么小小的天下还分成两半儿：河南巩城一带叫东周，河南王城一带叫西周（原来的东周又分成东周、西周）。周赧王这时候正住在西周。他接见了楚国的使臣，就答应楚王用天王的名义约会列国诸侯。

公元前256年，天王派了六千人马到了伊阙（就是现在河南省洛阳市南的龙门山），就在那边等候各国的兵马。可是韩、赵、魏三国跟秦国刚打过仗，元气还没有恢复，没有出兵的力量。齐国跟秦国已经交好了，不愿意发兵。只有燕国和楚国派来几队人马，大伙儿在伊阙驻扎下来。楚国和燕国等了三个月，也没有见别的国发兵来。这回合纵抗秦的计划又吹了，他们只好回去。谁知道楚国和燕国的兵马一退，秦国就发兵来打成周，西周不能抵抗，投降了秦国，周赧王做了俘虏，没多久死了。打这儿起，西周就完了。

秦昭襄王灭了西周，通告各国。各国诸侯不敢得罪秦国，争先恐后地打发使臣上咸阳道贺。秦昭襄王很得意，可是他已经快七十岁了。丞相范雎坚决请求告退，秦昭襄王只好答应他。公元前251年秋天，秦昭襄王得病死了，后太子安国君即位，就是秦孝文王。这时候孝文王也已经五十二岁了。他即位才三天，据说中毒死了。后太子即位，就是秦庄襄王。

秦庄襄王重用吕不韦，拜他为丞相，立儿子嬴政为太子。

丞相吕不韦对秦庄襄王说："近来得到报告，都说东周公为了秦国接连故去了两位君王，料想秦国不能安定，就打发使者到各国去煽动合纵抗秦。我想咱们既然把西周灭了，东周就不应当再留着，不如把它也灭了，免得各国诸侯再借着这顶破旧的大帽子来欺压咱们。"秦庄襄王拜吕不韦为大将，发兵十万攻打东周。公元前249年，秦国灭了东周，周朝的天下从此完了。

秦庄襄王灭了东周，仅仅隔了两年多时间，自己得病死了。吕不韦立十三岁的太子为国君，就是秦王政（后来称为秦始皇）。秦国的大权全在吕不韦手里。吕不韦派大将分头攻打赵国、韩国和魏国，得到了几十座城，逼得各国诸侯不得不再采用合纵的办法以抵抗秦国。

图穷匕见

公元前241年，各国诸侯除了齐国以外，赵、韩、魏、燕、楚，都出兵加入合纵阵营去抗秦，公推楚国为首领，拜春申君为上将军，浩浩荡荡地杀奔函谷关来。秦国丞相吕不韦派蒙骜、王翦（jiǎn）、桓齮（yǐ）、李信、内史腾五员大将，每人带领五万兵马，分头去对付五国的军队。王翦决定集中兵力先袭击楚军。他暗中调动兵马，准备连夜进攻。没想到他这一计策被一个手下人偷偷地透露给了春申君。春申君一听，吓得魂不附体，连其余四国的军队也来不及通知一声，就下令退兵，急急地跑了五六十里地，才喘了口气。等到秦军进入楚军驻扎的地方，才知道楚军已经跑了。王翦那五路人马就合在一起攻打四国的兵马。四国的将士们听说领头的楚军先跑了，全泄了劲儿，瞧见秦国的大军压下来就好像耗子见了猫似的撒腿就跑。合纵抗秦的蜡头儿就此完全熄灭了。

自从这次合纵抗秦失败，加上楚国的衰落，秦国要兼并六国就更方便了。秦王政为了进攻赵国，假意跟燕国和好，先打发使者去破坏燕国和赵国的联盟。燕王喜果然听信了秦国的话，叫太子丹到秦国做质子，又请秦王政派个大臣来做相国。他以为这么一来，燕国高攀上秦国，就不必再怕赵国了。使者带着燕太子丹到了咸阳，请秦王政派一个大臣去作为交换。吕不韦就派张唐去，张唐推辞说："我几次攻打赵国，赵国当然恨我。如今丞相叫我去燕国，我不能不路过赵国，这不是叫我去送死吗？"吕不韦再三请他，他坚决不干。

为了这件事，吕不韦闷闷不乐，赌着气坐在家里。他家有一个小门客，叫甘罗，年纪很轻，口才可好。他替吕不韦去见张唐，对他说："您不听从丞相的劝告，他能轻易放过您吗？"张唐经他这么一说，害怕了，愿意听从丞相的吩咐。

张唐跟着甘罗去向吕不韦谢罪，情愿上燕国去。吕不韦叫张唐准备动身，回头又谢过甘罗。甘罗说："张唐愿意上燕国去，可是他还害怕赵国，请丞相派我上赵国去替他疏通疏通。"秦王政就拜十几岁的小甘罗为大夫，给他十套车马，一百个人，让他上赵国去。

赵悼襄王（赵孝成王的儿子）听说燕国跟秦国和好，正担着心。现在秦国派使臣来，他立即派人去迎接，等到一见面，原来使臣是个小孩子，不由得奇怪起来，就问："小先生光临，有何见教？"甘罗说："燕太子丹到了秦国，大王知道吗？"赵悼襄王说："听说了。"甘罗又问："张唐上燕国去当相国，大王知道吗？"赵悼襄王说："也听说了。"甘罗说："大王既然都听说了，就该明白贵国所处的地位了。燕太子丹上秦国去，就是燕国信任了秦国；秦国的大臣去燕国当相国，就是秦国信任了燕国。燕国和秦国这么彼此信任，那么赵国就危险了。"赵悼襄王故意很镇静地说："为什么呢？"甘罗说："秦国联络燕国，就是打算一同来进攻贵国，为的是要夺取河间一带的土地。依我说，大王不如把河间的五座城送给秦国，秦王一定喜欢。我再替大王去求秦王别叫张唐去燕国，别跟他们来往。这样，贵国要是去进攻燕国，秦王准不去救。强大的赵国对付一个弱小的燕国，那还不是要几座城就有几座城吗，送给秦王五座城简直就不算一回事儿啦！"

赵悼襄王想拿五座城送给秦国做本钱，然后去侵略燕国，以夺到更多的土地，当时送给甘罗一百斤金子，两对玉璧，又把河间五座城的地图和户口册子交给了他。甘罗满载而归。秦王政一一照办。赵悼襄王一打听，果然秦国不派张唐到燕国去，就知道燕国真孤立了。他叫大将李牧发兵去打燕国，夺到了几座城。这么着，秦国和赵国都得到了土地，就是燕国太倒霉了。燕太子丹住在秦国，眼瞧着秦王政失了信，让赵国去欺负燕国，这个日子太难过了。他一个人孤苦伶仃地在秦国，跟谁去商量呢？忽然想起甘罗来，打算跟他结交结交，也许能有条出路。没想到这位年纪轻轻的小政客是短命鬼，才当了几天上卿就死了。

太子丹想求吕不韦放他回去，可是吕不韦跟自己一样，心里头也正滚油煎着呢。原来秦王政年轻的时候，一切事情全由吕不韦做主。后来，他就要执掌大权，觉得吕不韦是个碍手碍脚的人。公元前238年，有人利用太后造反。秦王政剿灭了乱党。又过了一年，他觉得自己有了实力，眼看着吕不韦的主张和做法跟他不对劲儿，就拿出主子的手段，把吕不韦免了职，最后叫他自杀了事。秦王逼死了吕不韦，重用谋士尉缭，一心要统一中原，不断地向各国进攻。在这种情况下，燕太子丹没法儿再在秦国住下去了。

燕太子丹知道秦王政决心要兼并列国，又屡次侵犯燕国，夺去了燕国的土地，哪儿还能放他回去呢？他就换了一身破衣裳，脸上抹了泥土，打扮成一个穷人的样子，给人家去当使唤人，一步步地离开咸阳。后来，他混出了函谷关，逃回燕国。他恨透了秦王政，一心要替燕国报仇。他不从发展生产、操练兵马着手，也不打算联络诸侯共同抗秦，他认为这些都办不到。他只是把燕国的命运寄托在刺客身上，他把所有的家当拿出来，一心要收买能刺杀秦王的人。

　　那时候，有个杀人犯叫秦舞阳，太子丹知道他有胆量，把他救出来，收在自己的门下。这么一来，燕太子丹优待勇士的名声可就传遍了燕国，连躲在燕国深山里的樊於（wū）期也知道了。樊於期原来是秦国的大将，他煽动秦王政的兄弟长安君造反没成功。长安君被杀，樊於期逃到燕国。这会儿，他大胆地投奔太子丹。太子丹把他当作上宾，在易水（源出河北省易县）的东边给他盖了一所房子。

　　太子丹请到了当时公认很有本领的一位剑客叫荆轲，把他收在门下。太子丹把自己的车马给他坐，自己的饭食给他吃，自己的衣着给他穿，也给他在易水东边盖了一所房子。自己很小心地伺候着荆轲，还总怕招待不周。荆轲实在过意不去，问他："太子打算怎么样去抵抗秦国呢？"太子丹说："拿兵力去对付秦国，简直像拿鸡子儿去砸石头。去联合各国诸侯吧，也不行：韩国已经完了（公元前230年）；赵王逃到代郡（公元前228年），赵国也差不多完了；魏国和齐国早已归顺了秦国（公元前237年）；楚国离着又远，没法派兵来。合纵抗秦是办不到了。我想，如果有一名勇士，打扮成使臣去见秦王，那时候，他站在秦王面前，逼他退还诸侯的土地，就像当年曹沫对付齐桓公那样。秦王答应了，再好不过；如果不答应，就把他刺死。这是没有办法的办法，先生看行不行？"荆轲说："这是国家大事，还得准备周到了，才能发动。"太子丹再三请他帮助，荆轲答应了。

有一天，太子丹慌慌张张地来见荆轲，对他说："秦王派王翦来打北方，已经到了咱们南部的边界，先生快想个办法吧！再等下去，我怕先生有力也没处用了。"荆轲说："我早就想过了，要挨近秦王的身边，必须先叫他相信咱们是去跟他求和的。秦国早就想得到燕国最肥沃的土地督亢（河北省涿县东南有督亢陂，涿县、定兴、新城、固安一带，都是当初燕国督亢的地界）了。我要是能拿着督亢的地图去献给秦王，他一定喜欢，也许能让我当面见他呢。"太子丹说："好！我让下面人把地图拿出来。"

荆轲背地里去见樊於期，对他说："秦王害死了将军的父母宗族，还出赏格要将军的脑袋，将军不想报仇吗？"樊於期一听这话，眼泪就掉下来了。他叹息着说："我一想起秦王，恨不得跟他拼命，可是哪儿办得到呢？"荆轲说："我倒有个主意能帮助燕国解除祸患，还能替将军报仇，可就是说不出口来。"樊於期连忙问："什么主意？说啊，说啊！"荆轲刚一张嘴又闭上了。樊於期见他话到嘴边又咽了回去，催他说："只要能够报仇，就是要我的脑袋我也乐意给，你还有什么不好说出口的呢？"荆轲说："我决定去行刺，怕的是见不到秦王。我要是能够拿着将军的头颅献给他，他准能让我见他。到那时候，我左手揪住他的袖子，右手拿匕首（短刀）扎他的胸脯，这样，将军的仇、燕国的仇、列国诸侯的仇都能报了。将军您瞧怎么样？"樊於期咬牙切齿地说："我天天想着的就是这件事，你还怕我舍不得这颗人头吗？好吧，你拿去，祝你马到成功！"说着，他拔剑自杀了。

荆轲派人通知太子丹。太子丹趴在樊於期的尸体上呜呜地哭了一阵。他叫人好好地把尸身安葬了，把人头装在一个木头

174

匣子里交给荆轲，又送给他一把最名贵的匕首。匕首用毒药煎过，只要刺出像线那么一丝血，那人就会立刻死去。太子丹然后问他什么时候动身。荆轲说："我有个朋友叫盖聂，我是等着他呢，我要他做帮手。"太子丹说："哪儿等得了呢？我这儿也有几个勇士，其中秦舞阳最有能耐，要是您看能够用他，就叫他当个帮手吧。"荆轲见他这么心急，盖聂又不知道在什么地方，樊将军的脑袋已经割下来了，不能多搁日子。这么着，荆轲就决定走了。

　　荆轲和秦舞阳动身的那天，太子丹和几个心腹偷偷地送他们到了易水，挑了一个僻静的地方摆上酒席。喝酒的时候，太子丹忽然脱去外衣，摘去帽子，别人也都这么做。霎时，他们变成全身穿孝的了。大家伙儿显得特别悲伤，全都哭丧着脸，一声不响地压着眼泪不让它流下来。荆轲的朋友高渐离拿着筑（古时候的一种用竹尺敲出音乐来的乐器）奏着一曲悲哀的歌儿。荆轲打着拍子，对着天吐了一口气，唱着：

　　风萧萧兮易水寒，

　　壮士一去兮不复还！

太子丹斟了一杯酒，跪着递给荆轲。荆轲接过来，一口喝下去，伸手拉着秦舞阳，蹦上了车，头也不回，飞也似的去了。

公元前227年，荆轲到了咸阳，通报上去。秦王政一听燕国使臣把樊於期的人头和督亢的地图都送来了，就叫荆轲来见他。荆轲捧着樊於期的人头，秦舞阳捧着督亢的地图，一步步地上了秦国朝堂的台阶。

秦舞阳一见秦国的朝堂那么威严，不由得害怕起来。秦王的左右一见，喝了一声，说："使者干吗脸变了颜色？"荆轲回头一瞧，只见秦舞阳的脸又青又白，跟死人差不多。他对秦王说："他是北方的粗鲁人，从来没见过大王的威严，免不了有点害怕。请大王原谅。"秦王防着他们可能不怀好意，就对荆轲说："叫他退下去，你一个人上来吧。"荆轲心里直怪秦舞阳太不中用，只好独自捧着木头匣子献给秦王。秦王打开一瞧，果然是樊於期的脑袋。他就叫荆轲把地图拿过来。荆轲走到台阶下，从秦舞阳的手里接过地图，反身又上去了。他把地图慢慢地打开，一个地方一个地方地指给秦王看。当地图全部打开（文言叫"图穷"，就是地图完了的意思）时，卷在地图里的匕首可就露出来了（文言叫"匕见"）。秦王一见，立刻蹦了起来。荆轲连忙抓起匕首，扔了地图，左手揪住秦王的袖子，右手扎了过去。秦王使劲地向后一转身，那只袖子可就断了。他一下子跳过旁边的屏风，刚要往外跑，荆轲拿着匕首追了上来。秦王一见跑不了了，躲也没处躲，就绕着朝堂上的大铜柱子跑，荆轲紧紧地逼着，两个人好像走马灯似的直转悠。台阶上站着的文官全都手无寸铁；台阶下的武士，照秦国的规矩没有命令是不准上去的。荆轲逼得那么紧，秦王政只能绕着柱子跑。他身上虽说带着宝剑，可是连拔出来的那一点时间都没有。有一两个文官拉拉扯扯地想去拦挡荆轲，全被他踢开了。一个伺候秦王的医生，拿起药罐子对准荆轲打过去，荆轲拿手一扬，药罐子碰得粉碎。秦王政就趁着这一眨眼的工夫，拼命拔那把宝剑。可是秦王心又急，宝剑又长，怎么也拔不出来。有个手下人嚷着说："大王把宝剑拉到脊梁上，就能拔出来了！"秦王政就按着他的话去做，真把宝剑拔出来了。他手里有了宝剑，胆子就更壮了，往前一步，只一剑就砍坏了荆轲的一条腿。荆轲站立不住，一下就倒下了。他拿匕首直向秦王政飞过去，秦王政往右边一闪，匕首从耳朵旁边擦过去，打在铜柱子上，"嘣"的一声，直进火星儿。秦王政跟着又向荆轲砍了一剑，荆轲用手一挡，被砍去了三个手指头。他苦笑着说："你的运气真不坏！我本来想先逼你退还诸侯的土地，因此没早下手。可是你也长不了！"秦王政一口气连砍了他好几剑，结果了他的性命。那个台阶底下的秦舞阳，早就被武士们剁烂了。

统一中原

秦王政斩了荆轲，恨透了燕国，当时就派王翦和王贲（bēn）父子二人加紧攻打燕国。燕太子丹亲自带着兵马出去交战，被秦军打得稀里哗啦。燕王喜和太子丹带着一部分兵马和老百姓退到辽东。秦王政非要把太子丹拿住不可。燕王喜被逼得无路可走，只好杀了太子丹，向秦王政谢罪求和。

秦王政问谋士尉缭这事应当怎么办。尉缭说："韩国已经兼并了，燕国搬到辽东，赵国只剩了一个代城，它们还能干得了什么？目前天冷，不如先去收服南方的魏国和楚国。把这两国收服了，辽东和代城自然也就完了。"秦王政就把北方的军队撤回，派王贲为大将，率领十万人马攻打魏国。

魏王假（魏安釐王的孙子）派人去跟齐王建（齐襄王的

179

儿子）联络，请他发兵来救。齐国的相国后胜对齐王建说：
"秦国向来没亏待过咱们，咱们哪儿能平白无故地去得罪秦国
呢？"齐王建也认为别人家打仗，他还是不去过问的好。他不
帮魏国，也不帮秦国，省得得罪了这一边或那一边。他不答应
魏国的请求，让魏国独个儿去对付秦国。

公元前225年，大将王贲灭了魏国，把魏王假和魏国的
大臣全拿下，装上囚车，派人押到咸阳。秦王政接着打算去
打楚国，他问大将李信要用多少人马。李信说："也就是
二十万吧。"秦王点点头。他又问老将军王翦，王翦回答说：
"二十万人去打楚国不行，照我的估计，非六十万不可。"秦
王政一想："年纪大的人到底胆儿小。"他就拜李信为大将，
蒙武为副将，发兵二十万往南方去了。王翦推托有病，告老还
乡了。

李信和蒙武碰到楚国大将项燕，打了败仗，都尉死了七
个，士兵死伤无数，接连往后退回来。秦王政大怒，把李信革
了职，亲自跑到王翦那儿，请他再辛苦一趟。王翦说："我已
经老了，请大王另派别人吧。"秦王政直向他赔不是，说：
"上次是我错了，这次非请将军出马不可，将军千万别再推
辞。"王翦说："那么，还是非要六十万人不可。楚是大国，

地广人多，楚王号令一出，要发动一百万人马也不太难。我说六十万，还怕不太够。再要少，那就不行了。"

秦王政用自己的车马亲自把王翦接到朝廷里来，当时就拜他为大将，交给他六十万兵马，仍旧派蒙武为副将。出兵的那天，秦王政亲自送到霸上（在陕西省长安县东），在那儿摆上酒席，给王翦送行。王翦斟了一杯酒，捧给秦王政，说："请大王干了这杯，我要请求点事。"秦王政接过来，一口喝完，说："将军尽管说吧。"王翦从袖子里掏出一张单子，上面写着咸阳上等的田地几亩、上等的房子几所，请秦王赏给他。秦王政看了说："将军成功回来，难道还怕受穷吗？"他满口答应，心想："这位老将军真有点太小家子气了。"

王翦率领六十万大军去打楚国，路上就打发一个手下人回去，向秦王请求给他修一个花园。过了几天，王翦又派人去恳求秦王，还想要个水池子，里面好养鱼。副将蒙武笑着说："老将军请求了房屋、田地也就是了，为什么还要花园、水池子？打完了仗，将军还怕不能封侯吗？"王翦咬着耳朵对他说："哪个君王不猜疑，你能保证大王不是这样的吗？他这回交给了咱们六十万大军，简直把全国的兵马全交给咱们了。我左一个请求，右一个请求，为的是让大王知道我惦记着的不

181

过是这点儿小事，好让他安心。"蒙武这才明白过来，点点头说："老将军的高见真叫我佩服得没法说。"

王翦的大军到了天中山（在河南省商水县西北），在那儿驻扎下来。楚国的大将项燕带了二十万兵马，副将景骐也带了二十万兵马，两路一共四十万人，不光来抵抗，还直向王翦挑战。王翦把一部分的人马专门用在运输粮草这件大事上，对于项燕的挑战，压根儿不去理他。这样过了一年多，项燕没法跟秦军交战，他想："王翦原来是上这儿来驻防的。"他就不怎么把秦国的军队搁在心上了。没想到在楚国人不做准备的时候，秦军排山倒海似的冲了过去。楚国的士兵好像在梦中被人家当头打了一棍，手忙脚乱地抵抗了一阵，都各自逃命了。项燕和景骐带着败兵一路逃跑，兵马越打越少，地方越丢越多。项燕只好到淮上去招兵。王翦打下了淮南、淮北，一直到了寿春。楚国的副将景骐急得自杀了。楚王负刍（楚考烈王的儿子）当了俘虏。

项燕招募了二万五千名壮丁，到了徐城（在安徽省泗县北），碰见了楚王的兄弟昌平君从寿春逃来，向他报告楚王被掳的消息。项燕说："吴、越有长江可以防御敌人，地方一千多里，还能够立国。"他就率领大伙儿渡过长江，立昌平君为楚王，准备死守江南。

王翦知道了昌平君和项燕退守江南，就叫蒙武造船。第二年，王翦已经准备了不少战船，训练了几队水兵，就渡过长江，进攻吴、越。到了这时候，楚国不能再挣扎了。昌平君在阵上被乱箭射死，项燕叹了口气，自杀了。这一来，秦国想要兼并的六国只剩下燕、赵、齐三个了。

王翦灭楚以后，向秦王政告老。秦王政拜他的儿子王贲为大将，再去收拾燕、赵。公元前222年，王贲打下了辽东，逮住了燕王喜，把他送到咸阳去。接着他就进攻代城。代王嘉（也就是赵王）兵败自杀。燕国和赵国全部归并到秦国。

六国诸侯只想保持自己的地位，对人民加重剥削和压迫，彼此之间互相攻打，想拿别人的地盘来补偿自己的损失，企图小范围地保持着割据的局面。另外，秦国不仅在经济和军事上占了优势，而且它还符合人们要求统一的愿望，这才有可能在不到十年时间，一个一个地把韩、魏、楚、燕、赵灭了。如今只剩下一个齐国了。

王贲派人上咸阳报告胜利的消息。秦王政派大臣去慰劳他，请他回过头来去打齐国。王贲就向齐国进攻。齐王建一向不敢得罪秦国，每回列国中有谁来求救，他总是用好言好语拒绝了。他把"和好"作为靠山，死心塌地地听秦国的话，他觉得有了秦国，什么都不必怕了。赶到韩、魏、楚、燕、赵五国都被秦国兼并了，他才派兵去守西部的边界，可是已经太晚了。公元前221年，几十万的秦国兵马好像泰山一样地压下来，多年没打仗的齐国的兵马哪儿抵挡得住？这时候，齐王建才想起来向各国求救，可是各国早已完了。王贲的大军一路进来，简直一点拦挡都没有，没有几天时间就进了临淄，齐王建投降了。

　　齐国一亡，范雎的"远交近攻"的计策完全成功了。打这儿起，六国全都归并到秦国，天下统一。东周列国，经过"春秋时期"和"战国时期"五百多年的变迁，才合成了一个大国。秦王政跟着就改变国家的制度。当初六国诸侯都称为"王"，如今"王"没有了，那么自己又叫什么呢？他觉得自己的功劳威望比古时候的三皇五帝还大，就采用了"皇帝"这个名称。自己是中国头一个皇帝，就叫"始皇帝"，人们就称他为秦始皇。以后就用数目字计算：第二个皇帝就叫"二世"，第三个叫"三世"……这么下去一直到万世。他又叫玉器工匠刻了一枚大印，称为"玉玺"。玉玺刻好之后，大臣们向秦始皇朝贺，听他的新命令。

秦始皇废除了分封诸侯的办法，采用了郡县制度，把天下分为三十六郡。郡下面再分县。每个郡由朝廷直接任命三个最重要的长官，就是郡守、郡尉和郡监。郡守是一郡中最主要的长官。郡尉在郡守底下，管理治安，全郡的军队也由他统领。郡监执行监察的事情。三十六郡全是这么统治的。

在秦始皇统一中原以前，列国诸侯向来没有一个划一的制度。不说别的，就拿交通来说吧，各国都有车马，可是道儿有宽有窄，车辆有大有小。各地方的车只能在自己那里方便地行驶。秦国的兵车若要在三十六郡的道儿上都能很快地通行，可就办不到了。秦始皇规定车轴上两个轮子的距离，一律改为六尺，使车轮的轨道相同（文言叫"车同轨"），各地的道儿就得修一修。这样，天下三十六郡都修起有一定宽窄的"驰道"（就是公路）来，从咸阳出发，北边通到燕国，东边通到齐国，南边通到吴国、楚国，甚至湖边、海边都修了驰道。驰道宽五十步（秦以六尺为一步），每隔三丈种上青松。好在天下已经统一，各地方不再打仗，所有的兵器都搬到咸阳来，铸成了十二个巨大的金人（就是铜像）和好些大钟。各地方不打仗，一部分原来的士兵变成修路的人。驰道很快地就修好了。

交通一方便，商业就发达起来，麻烦的事儿又来了。除秦国以外，各地方的尺寸、升斗、斤两全不一样，就是在一个诸侯国里也很杂乱。秦始皇就规定全国一律的度、量、衡，禁止使用旧的杂乱的度、量、衡。这么一来，全国的老百姓可就方便多了。

交通和商业的发展促进了度、量、衡的统一。可是还有一件多少年来没统一的事情，也必须改革一下，那就是中国的文字。别说那时候中国有好几种不同的文字，就是一样的文字也有种种不同的写法。秦始皇采用比较方便的书法，规定为正式的统一的文字，就是所谓"书同文"。其余各诸侯国写法不同的字也跟那些杂乱的度、量、衡一样，一律废除。

秦始皇还想从事国内的改革，没想到北方的匈奴打进来了。匈奴趁着燕、赵衰落的时候，一步步地南下，连河南（黄河河套以南）大片的土地也被夺了去。秦始皇派将军蒙恬发兵三十万北伐匈奴，把河南收回来，编成四十四个县。为了加强北方的防御，秦始皇下了决心，把原来燕国、赵国和秦国的长城连起来，又造了不少新的城墙，从临洮到辽东，筑成一道万里长城。

公元前214年，秦始皇发大军五十万人，平定岭南，添了三个郡。在南方大兴水利，叫水工史禄带人在湘江上游开掘渠道，号称"灵渠"，能通航，能灌溉。第二年，蒙恬打败了匈奴，又添了一个郡。两年增加了四个郡，合成四十郡。秦始皇因为开拓了国土，就在咸阳宫开庆祝会。会上，大臣们纷纷议论，有不少人认为古时候的制度不能改，分封诸侯的制度不能废，这种制度都有古书为证，谁也不应当改变它。秦始皇就下了一道命令：除了秦国的历史和那些对人们有用的书，像医药、占卜、种树、法令等以外，其余的诗、书、百家的言论，全被烧了。谁要私藏就治罪；拿古代的议论来反对我们现在的法令的，也是死罪。

有两个方士（就是以求神仙、求仙丹为名骗钱的人），一个叫侯赢，一个叫卢生，他们在背后跟儒生们说："始皇帝是个专制暴君。在他的手下，博士也好，方士也好，算卦详梦的也好，反正只能说奉承的话，可不能批评他的过错。我们就没法儿替他求仙药。"儒生和方士本来就混在一起，这会儿由于侯赢和卢生背地里联络儒生反对秦始皇，那批儒生就引经据典地批评起秦始皇来了。

秦始皇一听到这些议论，就派心腹暗地里去探察他们的动静，准备逮捕一些反对他的人，头一个就是侯赢，第二个就是卢生。他正打发人去抓他们，可他们早已跑了。秦始皇才知道他们原来还有内线，就叫御史把那些反对皇帝的人抓来审问。哪知道这批人还没有受拷打，就东拉西扯地供出了一大批人。审问下来，秦始皇把那些犯禁情况严重的四百六十几个人都埋了，把那些犯禁情况次一等的都到边疆上去开荒。秦始皇杀了这一批儒生和方士，从此跟孔孟一派的儒家结下了怨仇，后世也有不少人随声附和，把他当作典型的暴君。可是废分封、建郡县，筑长城、御匈奴，统一度量衡，做到车同轨、书同文，这些都是好事情；把战国混乱的割据局面统一而为东方大国，更不能不归功于秦始皇。

图书在版编目（CIP）数据

林汉达中国历史故事集. 战国故事 / 林汉达著.—
杭州：浙江人民出版社，2023.6
ISBN 978-7-213-11036-8

Ⅰ．①林… Ⅱ．①林… Ⅲ．①历史故事—作品集—中
国—当代 Ⅳ．① I247.8

中国国家版本馆CIP数据核字 (2023) 第056925 号

在喧嚣的世界里，

坚持以匠人心态认认真真打磨每一本书，

坚持为读者提供

有用、有趣、有品位、有价值的阅读。

愿我们在阅读中相知相遇，在阅读中成长蜕变！

好读，只为优质阅读。

林汉达中国历史故事集 . 战国故事

策划出品：好读文化　　　　　　监　　制：姚常伟

责任编辑：张世琼　祝含瑶　　　产品经理：程　斌

特邀编辑：云　爽　　　　　　　封面设计：仙　境

林汉达
中国历史故事集

西汉故事

○林汉达 著○

浙江人民出版社

只 为 优 质 阅 读

好
读
———
Goodreads

目录

张良拜师

　　秦始皇灭了六国，统一中原以后，经常到各地方去视察。公元前218年（218+1949＝2167，就是中华人民共和国成立前2167年）春天，他带着大队人马到了博浪沙（在河南省）。车队正在拐弯的时候，突然"哗啦啦"一声响，不知道打哪儿飞来个大铁椎（chuí），把一辆车打得粉碎。秦始皇就在前面的车上，半截车档迸到他的跟前，差点儿打着他。好险呀！一下子车队全停下来。武士们四面搜查，没费多大工夫就把那个刺客逮住了。

　　秦始皇一定要手下的人把主使刺客的人查出来，主使的人当然是有的，可是那个刺客就是不说。他骂着、骂着，不知不觉地露了点儿口风，又怕他们追问下去，就自己碰死了。

从刺客的话语中，他们推想那个主使刺客的人是从前韩相国的儿子。秦始皇立刻下了命令，捉拿那个韩国的公子，韩国（在河南省）一带更加搜得紧。那位韩国的公子只好更名改姓叫张良，又叫张子房。

张良的祖父、父亲都做过韩国的相国（就是后来的宰相）。韩国被灭的时候，张良还年轻，他决心替韩国报仇，就变卖家产，推说到外边去求学，离开了家。其实他是到外边去找机会暗杀秦始皇。果然，他交上了一个大力士，情愿替他拼命。那个大力士使的一个大铁椎，足足有一百二十斤重（秦汉时候的一斤，大约是现在的半斤）。

他们到处探听秦始皇的行动。这会儿探听到秦始皇到东边来，就在博浪沙埋伏着，给了他一大椎。哪儿知道打错了一辆车，刺客自杀了。张良逃哇逃哇，一直逃到下邳（在江苏省），躲了起来。他虽然逃难出来，好在身边有钱，就在那边结交了不少朋友，还想替韩国报仇。不到一年工夫，他在下邳出了名。邻近的人都知道他是个很有学问的读书人，可不知道他就是跟大力士在博浪沙行刺的韩国的公子。

有一天清早，张良一个人出去散步，走到一座大桥下，瞧见一个老头儿穿着一件土黄色的大褂，搭着腿坐在桥头上，一只脚一上一下地晃荡着，那只鞋拍着脚底心，像在那儿哼歌儿打板眼。真怪！他一见张良过来，有意无意地把脚跟往里一缩，那只鞋就掉到桥下去了。老头儿回过头来对张良说："小伙子，下去把我的鞋捡上来。"张良听了，不由得火了。可是再一看那个老头儿，哪儿还能生气呢？人家连眉毛带胡子全都白了，额上的皱纹好几层，七老八十的，就是叫他一声爷爷也不过分。张良就走到桥下，捡起那只鞋来，上来递给他。谁知道老头儿不用手去接，只是把脚一伸，说："给我穿上。"张良一愣，觉得又好气又好笑。可是他已经把鞋捡上来了，干脆好人做到底，索性跪着恭恭敬敬地拿着鞋给他穿上。那老头儿这才捋了捋胡子，微微一笑，慢吞吞地站起来，大摇大摆地走了。这一下可又把张良愣住了，天底下怎会有这号老头子，人家替他做了事，连声"谢谢"都不说，真太说不过去了。

张良盯着他的背影望着，见他走起路来又快又劲，心想这老头儿一定有点儿来历。他赶紧走下桥去，跟在后头，看他往哪儿去。约莫走了半里地，老头儿知道张良还跟着，就回过身来，对他说："你这小子有出息。我倒乐意教导教导你。"张良是个聪明人，知道这老头儿有学问，就赶紧跪下，向他拜了几拜，说："我这儿拜老师了。"那老头儿说："好！过五天，天一亮，你到桥上再来见我。"张良连忙说："是！"

第五天，张良一早起来，匆匆忙忙地洗了脸，就到桥上去了。谁知道一到那边，那老头儿正生着气呢。他说："小子，你跟老人家定了约会，就该早点儿来，怎么还要叫我等着你？"张良跪在桥上，向老师磕头认错。那老头儿说："去吧，再过五天，早点儿来。"说着就走。张良愣愣地站了一会儿，只好垂头丧气地回来。

又过了五天，张良一听见鸡叫，脸也不洗，就跑到大桥那边去。他还没走上桥呢，就狠狠地直打自己的后脑勺儿，自言自语地说："怎么又晚了一步！"那老头儿瞪了张良一眼，说："你愿意的话，过五天再来！"说着就走了。张良闷闷不乐地憋了半天，才拖着沉重的脚步回来，只怪自己不够诚心。

这五天的日子可比前十天更不好挨。到了第四天晚上，他翻过来掉过去，怎么也睡不着。半夜里，他就到大桥上去，静静地等着。

过了不大一会儿工夫，那老头儿可一步一步地迈过来了。张良赶紧迎上去。他一见张良，脸上显出慈祥的笑来，说："这样才对。"说着，拿出一部书来交给张良，说："你把这书好好地读了，将来能够做一个有学问的人。"张良挺小心地把书接过来，恭恭敬敬地道了谢，接着说："请问老师尊姓大名？"老头儿笑着说："你问这个干吗？"张良还想再问个明白，那老头儿可不理他，头也不回地走了。

等到天亮了，张良拿出书来，一看，原来是一部《太公兵法》（太公，就是周文王的军师姜太公）。张良白天读，晚上读，把它读得滚瓜烂熟。他一面钻研《太公兵法》，一面还留心着秦始皇的行动。

学万人敌

　　博浪沙的大铁椎并没把秦始皇吓唬住，他还是经常到各地去视察。国内还算平静，可是北方的匈奴很强，老是侵犯中原。公元前215年，秦始皇派蒙恬带领三十万士兵去打匈奴。匈奴是北方的游牧部族，经济、文化都比中原地区差。他们老到河套一带进行掠夺，还把那些地区的青年男女抓去当奴隶。这会儿中原大兵一到，他们纷纷逃去。蒙恬就这么收复了河套地区，建立了四十四个县，把内地的囚犯大批地送到那边，让他们住下来开荒耕种。

　　为了秦国边防的长远打算，秦始皇下了决心，除了三十万大军以外，又送去几十万民夫，把过去秦、赵、燕三国的长城连接起来，西边从临洮（在甘肃省）起，翻山越岭一直到东边的辽东，造一道万里长城。因为大儿子扶苏反对他焚书坑儒，秦始皇就派他到北方去监督蒙恬的军队。

中原的大批士兵和民夫正在北方造长城的时候，南方岭南一带的部族又向中原打过来了。岭南在那时候又叫南越（就是现在的广东、广西地区）。那些地区的部族，生产很落后，文化还不发达，老往中原地区掠夺财物和青年男女。秦始皇把中原的囚犯全都免了罪，作为防守南方的军人，又叫民间的奴仆和一些小贩商人一起去服役。将军、士兵、囚犯、奴仆、小贩商人等合在一起，一共有二十来万人，终于把南方的部族打败了。秦朝就在那边建立郡县，把那二十来万人留在那儿防守，又从中原迁移了五十万贫民到那边去居住、开荒。为了运输粮草，秦始皇叫水工开了一条水道叫灵渠，沟通湘江和桂江之间的交通，使长江流域的粮草物资等可以由水道运到南方去。这么多中原的军民长住在那儿，修建水利，改进农具，发展生产，岭南一带就初步安定下来了。

公元前210年，秦始皇又到东南去视察。这回跟着他出去的，除了丞相李斯、宦官（相当于后世的太监）赵高以外，还有他的小儿子胡亥。那时候，胡亥也有二十岁了，他要求跟他父亲一块儿去，好开开眼界。秦始皇挺喜欢他，就答应了。他们到了江南，越过浙江，到了会稽郡的吴中（会稽郡包括江苏省东部和浙江省西部；吴中，就是江苏省吴县[①]）城里。街道两旁挤满了人。车队过来了。秦朝的旗子多用黑色，马车一辆接着一辆地连着，正像一条大乌龙在陆地上游。拿着长戟的卫士和带着各种刀枪的武士在马前车后一批一批地过来，真是威风凛凛，杀气腾腾。老百姓一听说皇上来了，都踮着脚尖要瞧一瞧这位灭六国、统一中原的大皇帝。秦始皇干脆打开车上的帷（wéi）子，让老百姓瞧个够。

正在这时候，人群里忽然挤出一个二十来岁的小伙子。他身材魁梧、浓眉大眼，后面跟着一个年过半百的大汉。两个人分开人群，要把秦始皇看个明白。一会儿，车队到了跟前，只见秦始皇端端正正地坐在车里，果然十分威严。街道两旁的老百姓都静静地站着。这个小伙子可一点儿也不害怕，两个眼珠子闪闪发光，看着看着，嘴里还嘀咕起来。他说："这有什么了不起！我可以取代他！"背后的大汉听见了，连忙捂住他的嘴，咬着耳朵说："你不要命啦！"说着赶紧拉着小伙子从人群里溜了。

[①]因作者受写作年代所限，本书地名表述与现行规范有所不同，为尊重作品原貌，此类问题均不做改动。

这个小伙子是中国历史上很有名的一个人物，叫项羽。他背后的大汉是他的叔父项梁。项羽是下相县人（下相，在江苏省），从小死了父亲，全仗他叔父项梁把他养大成人。他祖父就是楚国的大将项燕。项家祖祖辈辈都做楚国的大将，曾经封在项城（在河南省），就姓了项。公元前223年，秦始皇派王翦攻打楚国，项燕打了败仗，自杀了。楚国被秦国灭了以后，项梁老想恢复楚国，替父亲报仇，可是秦国这么强，自己又没有力量，只好忍气吞声地等候机会。

项梁瞧见侄儿项羽挺聪明，亲自教他念书。项羽学了几天，就不愿意再学下去了。项梁看项羽学文的不行，就教他练武。他先教他学剑。项羽学了一点儿，又扔下了。这可把项梁气坏了，直骂他没出息。可项羽有他的想头，他说："念书有多大的用处呢？学会了，不过记记自己的姓名。剑学好了，也不过跟别人对打对打，有什么了不起的？要学就学一种真本领，能敌得过上千上万的人（文言叫'学万人敌'），那才有意思。"

项梁觉得这小子口气倒不小，心里也实在喜欢，就说："你有这种志向也不坏。我教你兵法，好不好？"项羽高兴得连连说："好，好！请叔叔教给我吧。"项梁就把祖传的兵书拿出来，一篇一篇地讲给他听。项羽才学了几天，只略略懂得了一个大意，又不肯再深入钻研了。项梁见他这个样儿简直没法治，只好由他去。

后来项梁被人诬告，关在监狱里，气极了。他一出监狱，就去找那个仇人，三拳两脚把仇人揍死了。这下子可闯祸了。他就带着项羽逃到吴中，隐姓埋名躲避他的仇家。可是他又不愿意安安静静地躲在家里，没过多少日子，就跟吴中人士结交起来。吴中人士见他能文能武，才干比他们都强，大家伙儿把他当作老大哥看待。每回吴中碰到大的官差或者丧事喜事，总请他做总管，大家都愿意听他的。项梁趁着机会暗暗教他们兵法。一班青年子弟见项梁的侄儿项羽相貌堂堂，一表人才，个儿又高，力气比谁都大，连千斤重的大鼎（一种器具，有三条腿、两个耳朵，用铜或铁铸成）也举得起来，都很佩服他，喜欢跟他来往。这次他在吴中街上信口乱说，急得项梁连忙把他拉到家里，还怕他再出岔子，一连多少天不让他出去，直到听说秦始皇已经离开了会稽，才放了心。

秦始皇离开会稽，在路上身子很不舒服，到了平原津（在山东省平原县南）就病倒了。随从的医官给他看病、进药，全不见效。七月里，他到了沙丘（在河北省），病势越来越重。

他嘱咐李斯和赵高说："快写信给扶苏，叫他立刻动身回咸阳。万一我好不了，叫他主办丧事。"

李斯和赵高写好了信，给秦始皇看。他迷迷糊糊地看了看，叫他们盖上印，打发使者送去。他们正商量着派谁去的时候，秦始皇已经晏驾了（从前皇上死了，叫"晏驾"）。

丞相李斯出了个主意，他说："这离咸阳还有一千六百多里，不是一两天就能赶到的，要是皇上晏驾的消息传了出去，里里外外可能引起不安。不如暂时保守秘密，赶回京城再做道理。"他们就把秦始皇的尸体安放在车里，关上车门和车窗，放下帷子，外面的人什么也看不见。随从的人除了小儿子胡亥、丞相李斯、宦官赵高和几个近身的内侍以外，别的人全不知道秦始皇已经死了。文武百官照常在车外上朝，每天的饮食也像平日一样由内侍端到车里去。

李斯叫赵高把信送出去，请长公子扶苏赶回咸阳来。赵高藏着秦始皇给扶苏的信，偷偷地先跟胡亥商议篡（cuàn）夺皇位的事。赵高是胡亥的心腹，跟扶苏和蒙恬都有怨仇。扶苏要是即位，一定重用蒙恬，他必然吃亏。为这个，他要帮着胡亥夺取扶苏的地位。不用说，胡亥是求之不得，完全同意。他们逼着李斯参加到他们的行动中来。李斯一来怕死，二来怕将来不能再做丞相，也同意了。这么着，三个人就假造遗嘱，立胡亥为太子。另外又写了一封信给扶苏，说他在外怨恨父皇，蒙恬和他是同党，都该自杀，兵权交给副将王离，不得违命。当时就派心腹把信送去，还逼着他们二人自杀了事。

赵高和李斯催着人马日夜赶路。可是一千多里路程，一时怎么赶得到？再说夏末秋初的天气，尸首搁不住，没有多少日子，车里发出臭味来了。赵高派士兵去收购鲍鱼，叫大臣们在自己的车上各载上一筐。鲍鱼的味儿本来挺冲，现在每一辆车都载上一筐，沿路臭气难闻，秦始皇车里的臭味也就不足为奇了。

他们到了咸阳，还不敢把秦始皇的死讯传出去，直到扶苏和蒙恬都被逼死了，才给秦始皇出丧，立胡亥为二世皇帝。朝廷上别的大臣只知道这是秦始皇生前的命令，谁也不敢反对。丞相以下的大臣一律照旧，只有赵高升了官职，特别受二世的信任。实际上，赵高的权比李斯的还大。他就跟二世两个人商量着要按照他们的意思管理天下，首先是杀害老臣，大兴土木，加重税捐，屠杀人民。那不把国家弄成一团糟才怪呢！

揭竿而起

赵高要大规模地安葬秦始皇。二世听了他的话，从各地征调了几十万囚犯、奴隶和民夫，把秦始皇的坟墓修理一下。秦始皇在世的时候，已经在骊山（在陕西省）下开了一块很大的平地作为坟地。这坟地不但开得大，而且挖得深，然后把铜化了灌下去，铸成了一大片十分结实的地基。在这上面修盖了石室、墓道和安放棺材的墓穴。地上挖出江河大海的样子，灌上水银，还有别的花样，说也说不完。这许多建筑物合成了一座大坟，把秦始皇葬在这儿。大坟里面不但埋着无数的珍珠、玉石、黄金，还埋了不少宫女。为了防备将来可能有人盗坟，墓穴里安了好些杀人的机关，不让别人知道。一切安葬的工作完了以后，二世把所有做坟的工匠全都封在墓道里，没有一个能出来。最后在大坟上堆上土，种上花草、树木，这座大坟就成了一座山。

二世胡亥葬了他的父亲以后，怕篡夺皇位的事泄露出来，别人去跟他争，就开始屠杀自己的哥哥和大臣。大哥扶苏死了，二世可还有十多个哥哥。这些公子，还有一些大臣，暗地里免不了说些抱怨的话，二世和赵高就布置爪牙，鸡子儿里挑骨头，捏造证据，把十多个公子和十来个公主，还有一些比较难对付的大臣一股脑儿都定了死罪，杀个精光。二世以为这么一来，就没有人抢他的皇位，从此可以享乐一辈子了。他想起秦始皇曾经盖了一个阿房前殿，太小，他就下一道命令，大规模地建造阿房宫。

上次骊山修大坟，征调了几十万人，其中有囚犯、奴隶和民夫，已经扰得天下怨声载道。这次建造阿房宫，又要从各郡县里抽调民夫，人民的怨恨就更大了。那时候，中原的人口大约不过两千万，被征发去造大坟、修阿房宫、筑长城、守岭南和干别的官差的合起来差不多有二百万人。这样大规模地强迫使用人力，老百姓怎么受得了？

这里忙着盖阿房宫，北方又紧急起来了。所谓北方，地区很大，除了驻扎在一定地区的军队以外，还得从内地押送大批的农民到那边去防守。公元前209年七月，阳城（在河南省）的地方官接到上级的命令，要他征调九百名壮丁送到渔阳（在北京市密云县）去防守北方。地方官派差役到乡里，挨门挨户去抽壮丁。有钱的人出点财物，还可以免了，穷人没有钱行贿，只好给征了去。为这个，每回送到北方去防守的壮丁总是贫苦的农民。

阳城的地方官派了两名军官，押着强征来的九百名贫民壮丁，动身到渔阳去。军官从壮丁当中挑选了两个个儿高大、办事能干的人作为屯长，叫他们分别管理其余的人。那两个屯长一个叫陈胜，阳城人，是个扛活儿的；一个叫吴广，阳夏人，也是个贫苦农民。

陈胜年轻的时候，跟别的雇农一块儿给地主耕地。他们都苦得很，在地头一歇下来就怨天怨地地叹着气。有一天，大伙儿在地头上休息，又互相诉起苦来了，陈胜听着听着，独个儿想开心事了。他想：我年纪轻轻，身强力壮，这么成天给别人做牛做马总不是个出路。要是有一天我能干出一番大事业来，一定要帮助这班穷朋友，让他们也都有好日子过。他越想越兴奋，不觉眉飞色舞地对大家说："咱们将来富贵了，大家伙儿别忘了老朋友啊！"大伙儿笑着说："你给人家扛活儿，给人家耕地,哪儿来的富贵?"陈胜叹口气,说:"唉!不能这么说,一个人总得有志向啊。"

陈胜和吴广本来并不相识,现在碰在一块儿,都是受苦人,很快地做了朋友。他们只怕误了日期,天天帮着军官督促这一大批壮丁往北赶路。

他们走了几天,才到了大泽乡(在安徽省),正赶上下大雨。大泽乡地势低,水淹了道,没法走。他们只好扎了营,暂时停留下来,准备天一晴再赶路。秦朝的法令非常严,误了日期,就得杀头。雨又偏偏下个不停,急得这队壮丁好像热锅上的蚂蚁似的,不知道怎么办才好。走又走不成,逃又逃不了,他们只能愁眉苦脸地叹着气,私底下说些抱怨的话。

陈胜偷偷地跟吴广商量,说:"这儿离渔阳还有几千里地。就算雨马上就住,路上也不好走。算起来,怎么也赶不上日期。难道咱们就这么白白地去送死吗?"吴广说:"那怎么行?咱们逃走吧。"陈胜摇摇头,说:"逃到哪儿去?被官府抓回去,也是个死。逃,是个死;不逃,也是个死。反正是个死,不如起来造反,推翻秦朝打天下,即使打死了,也比到渔阳去送死强。老百姓吃秦朝的苦头也吃够了。咱们借着楚将项燕的名义号召天下,这儿原来是楚国的地界,准会有很多的人出来帮助咱们的。"

吴广也是个有见识的好汉。他完全赞成陈胜的主张，情愿豁出性命跟着陈胜一块儿干。他们相信这九百名壮丁和他们一样，都受尽压迫，会跟着他们一起干的。为了使大伙儿相信跟着陈胜造反一定会成功，他们想到可利用楚人大多相信鬼神这一点，又仔细商量了一些办法，分头去干。

第二天，陈胜叫两个心腹到街上去买鱼。伙夫剖鱼的时候，在一条大鱼的肚子里剖出一块绸子。鱼肚子里有绸子，这已经够新鲜的了，绸子上面还有"陈胜王"三个字。一下子这个新闻就传开了，大伙儿跑到陈胜跟前报告这件怪事。

陈胜故意说："鱼肚子里哪儿能有绸子？你们可别说出去。要是被军官听到了，我还有命吗？你们平日跟我很好，别害我啊！"众人被他这么一说，谁都不愿意叫陈胜为难，只好不再开口了。到了晚上，大伙儿怎么也睡不着。仨一群儿，俩一伙儿，躺在一块儿咬着耳朵还聊着鱼肚子里出的怪事。

大伙儿正瞎聊着，忽然听到外面好像有狐狸叫的声音。一下子谁都竖起耳朵静静地听着。是狐狸叫的声音，叫着叫着，叫出人的声音来了。第一句是"大楚兴"，第二句是"陈胜王"。大家不约而同地用手捂着耳朵沿，再仔细去听。那狐狸还是"大楚兴，陈胜王""大楚兴，陈胜王"，不停地叫着。其中有十几个壮丁也不管天黑路湿，要一块儿出去看个明白。他们顺着声音走去，才听清楚那声音是从西北角一座破祠堂里出来的。三更半夜，荒郊破祠堂里，狐狸说着人话，多怕人呢。有的撒腿就跑，有的还想再走过去。可是等他们一走近，那狐狸又不叫了。他们又是害怕又是纳闷，只好回来睡了。过了一会儿，吴广也从外面回来了。他的胆儿格外大，单人儿出去，比别人晚回来，什么都不怕。

鱼肚子里有"陈胜王"三个字，有眼睛的都看到了；祠堂里的狐狸叫唤着"陈胜王"，有耳朵的都听到了。只有那两个军官，天天要么喝酒、睡觉，要么就打人，别的什么也不管，队伍里的事情都交给两个屯长。两个屯长一见大伙儿这几天特别尊敬他们，他们也就更加待大伙儿好。这么着，陈胜、吴广跟大伙儿更加亲密，完全打成了一片。

一天早晨，雨淅淅沥沥下个不停。壮丁们肚子里不饱，身上穿得又单薄，大伙儿憋在帐篷里又冷又饿，又愤愤地抱怨开了。

陈胜一看机不可失，就叫了吴广一起去见军官。大伙儿说给他们助助威，一齐跟了去，等在营帐外面听消息。两个人进了营帐，吴广对军官说："今天下雨，明天下雨，我们怎么能到渔阳去呢？误了期，就要杀头。我们特意来跟你们商量，还是让我们回去种地吧。"这几句话真说到大伙儿的心坎里去了，大伙儿屏着气，听军官怎么说。一个军官瞪着眼睛，骂吴广说："什么话！你敢违抗朝廷吗？谁要回去，先把他砍了！"外面的人听了，气呼呼地真想冲进去。吴广一点儿也不害怕。他冷笑一声，说："你敢？"另一个军官也不说话，拔出宝剑就向吴广砍去。陈胜手疾眼快，一个飞腿，"啪"的一声，把那把宝剑踢下来，连忙捡起，顺手把他杀了。头一个军官马上拔出刀来要跟吴广对打，吴广一个箭步上去，一把夺过他的刀，把那个军官也杀了。这时候，外面的人也拥进营帐来了。

陈胜大声地对众人说："弟兄们！咱们为了活命，不得不把两个军官杀了。大伙儿说，现在咱们该怎么办？"人群静了一小会儿，立刻爆发出各种喊声。有的喊："咱们听您的！"有的喊："咱们回家！"也有的喊："咱们造反！"吴广从人群里挤出来，跳上土堆，对大伙儿说："弟兄们！咱们要是回家，官吏就会把咱们一个一个抓起来杀头。要活命只有跟着陈大哥，千万不能散伙！"他刚说完，人群里又跳出两个大汉，一个叫葛婴，一个叫武臣。葛婴抢上一步，大声说：
"弟兄们！吴广兄弟说得对。咱们要干就干到底，半途散伙不
算好汉！"武臣接着说："弟兄们想一想，这十几年来，咱们
过的是什么日子！修阿房宫、造皇陵、守边疆、打仗、劳役、
兵役，接连不断。多少人家妻离子散，多少人家田地荒了没人
耕种。还有，苛捐杂税比牛毛还多，差役官吏比老虎还凶，多
少人家被逼得家破人亡。这种日子咱们怎么过得下去？咱们被
逼死、累死、饿死，不如拼着一个死造反，自己找活路。"这
几个人的话，早已把大伙儿心里的火苗儿点着了，大伙儿齐声
喊着说："对呀！咱们不能散伙，咱们造反！"陈胜等喊声一
停，立刻接着说："弟兄们！大伙儿说得对，男子汉大丈夫不
能白白地死。死，也得有个名堂。谁都是爹娘生的，我们为什
么要为他们白白去送死！"好几百人一齐大声地说："对呀！
我们听您的！"大伙儿围着陈胜，情愿听他的指挥。这时候雨
也停了，天上露出太阳来，把大地照得一片明亮。大伙儿的心
里也像这时候的天空一样，又开朗又舒畅。

陈胜叫弟兄们在营外搭个台，做了一面大旗，旗上写了
斗大的一个"楚"字。大伙儿对天起誓，同心协力，替楚将项
燕报仇。他们公推陈胜、吴广做首领。陈胜就自称将军，称吴

广为都尉。九百条好汉一下子就把大泽乡占领了。

大泽乡的农民一听到陈胜、吴广出来反抗秦朝，都说："老天爷有眼睛，这可有了盼头啦！"都拿出粮食来慰劳他们。青年子弟纷纷拿着锄头、铁耙、扁担什么的，到陈胜、吴广的营里来投军。人多了，一下子要这么多的刀枪、这么多的旗子，哪儿来呢？他们就砍了许多木棍做刀枪，砍了许多竹子，梢儿上留着枝子，当作旗子。陈胜、吴广带领着这么一支农民起义军"揭竿而起"（揭竿，举起竹竿），浩浩荡荡地从大泽乡出发去打县城。

陈胜、吴广起义的消息像长了翅膀，比他们的军队跑得还快。没多久，邻近大泽乡的老百姓都传来传去，说楚国的大将项燕的大军到了。县城里的官兵听到楚国的大军到了，吓得逃的逃、降的降。陈胜的起义军一下子就打下了五六座城。

这几年来，各地的老百姓被秦朝的官吏压迫得难过日子，好像又热又闷的伏天憋得人喘不过气来，谁都盼着来阵狂风，下阵大雨。陈胜、吴广一声号召，好像天空中打个响雷，带来了一阵暴风骤雨，真叫人感到说不出的痛快。出于这个缘故，陈胜的人马还没到城下，秦朝官吏的脑袋早被人们砍去了。各地的老百姓和投降的士兵赶着车马纷纷来投奔陈胜，愿意听他的指挥。不到一个月，陈胜已经有了六七百辆战车、一千多名骑兵、好几万名农民。他带着这些人马打下了陈县（在河南省）。陈县是个大城，陈胜打下了陈县，声势就更大了。除了大批起义的农民以外，有些一向不得志的谋士、武士和六国领主的残余分子等，都混进来了。陈胜一一收用。队伍倒是扩大了，可是成分也就复杂了。

陈胜召集了陈县的父老共同商议大事。陈县的父老一见陈胜的军队不抢东西，不伤害老百姓，个个喜欢。他们说："将军替天下百姓报仇，征伐暴虐的秦国，这功劳多么大啊！可是没有王，谁能号令天下去征伐秦国呢？我们都是楚国人，请将军做楚王吧。"陈胜就在陈县做了王，国号"张楚"（张大楚国的意思）。因为他在陈地为王，历史上就称他为陈王。陈王派吴广带领一部分人马去打荥阳（在河南省），派周文带领另一部分人马往西去打京城咸阳，又派了几路人马去接应各地的起义。

陈胜派到各地去的军队都得到当地农民的拥护，原来六国的地盘大部分都被起义军占领，起义军没到的地方也纷纷起兵响应，秦朝的统治眼看就被起义军推翻了。

起义军节节胜利，占领了大片的地方，可战线越拉越长，号令不能统一，有好多地方反倒被旧六国贵族分子霸占了去。这些六国领主的后代并不像起义的农民那样首先要推翻秦朝，他们只想借着机会恢复以前战国的局面，只知道浑水摸鱼，为自己抢地盘。陈胜起兵不到三个月，赵国、齐国、燕国、魏国都有人自立为王。当初被秦始皇灭了的六国，现在只剩了一个韩国还没有王。这些王自己带着军队，占据自己的地盘，谁也不去支援吴广、周文他们。吴广和周文两支军队开始很顺利，沿路打了胜仗。后来吴广在荥阳碰上了秦国的大将李由，周文碰上了秦国的大将章邯，就抵挡不住了，接连向陈王讨救兵。但陈王手下的将士已经派到各地去了，自立为王的将军们又不听他的指挥。吴广、周文打了败仗，都死了。

陈胜自从做了陈王，被一批拍马屁的家伙包围了，整天住在宫里享福。这批人大多都是混进起义军队伍里来的旧六国残余分子和以前失意的政客、官吏。有不少从前跟陈胜一块儿种过庄稼的老朋友，听到陈胜做了王，都跑来看他。他们见了陈胜，高兴得不得了，一开口就是陈胜哥长、陈胜哥短，都叫得很亲热。陈王左右的大臣都说他们这些大老粗太没规矩，污辱了大王，应当处死！万没想到陈胜做了王，把从前的志向也忘了，穷朋友也不要了。他也讨厌他们这样提名道姓的，所以听了这些大臣的话，把几个老朋友杀了。这么一来，这些来投奔他的老朋友都走了。连陈胜的岳父也说："陈胜变了，一个好好的庄稼人当上了王，把我也看作老废物！我不愿意再住在宫里，受这份气！"他就离开陈胜，回到农村去了。有不少跟陈胜一同起义的庄稼人也走了。最后，这位首先起义、为天下除害的张楚王陈胜被叛徒杀害了。

陈胜、吴广虽然死了，由他们点起来的反抗秦朝残暴统治的那把火并没有熄灭，而且越烧越厉害，尤其是在会稽、沛县，出了不少英雄好汉。

天下响应

陈胜、吴广起义以后，在吴中的项梁和侄儿项羽也起来响应。他们杀了会稽郡守，占领了会稽郡。那时候，项羽是个二十四岁的青年，年龄跟他差不多的青年都乐意跟他，不到几天工夫，就组成了一支八千人的队伍。因为这些青年都是当地的子弟，就称为"八千子弟兵"。

项梁、项羽带着这八千子弟兵渡江，很快地打下了广陵（就是现在的扬州），接着渡过淮河，继续进军。沿路有不少英雄好汉带着人马跟项梁联合起来。等他们到了下邳，项梁就有六七万人了。将士当中有几位是很出名的，像季布、钟离昧、虞子期、英布等，还有一个蒲将军。他们一路顺风地打胜仗，占领了不少地方。大军到了薛城（在山东省），驻扎下来，大伙儿准备商议一下以后行军的计划。

就在这个时候，从丰乡（在江苏省沛县西）来了一位将军，叫刘邦，带着一百多名随从来投奔项梁。

刘邦是沛县丰乡人，做过泗水亭长（秦朝十里一亭，亭长是管理十里以内的小官；泗水亭在沛县）。亭长主要的职务本来是管管当地老百姓打官司，抓抓小偷，遇到重大的事情才上县里去报告。可是在秦朝暴虐的统治底下，亭长主要的工作是抓壮丁和押壮丁到咸阳或者骊山去做苦工。

有一次，他押送一批民夫到骊山去。他们一天天地赶路，每天晚上总有几个人逃走。这么下去，到了骊山怎么交差呢？刘邦挠着头皮，想不出办法来。

那天下午，他一步懒似一步地走着，到了一个地方，虽然还早着，他叫壮丁们休息休息，准备过夜。看见有卖酒的，他就买了十来斤，坐在地上，一声不响地喝着。喝了一阵，天快黑了。他突然站起来对众人说："你们到了骊山就得做苦工。不是累死就是被打死。就算不死，也不知道哪年哪月才能回乡。这不是去送死吗？我现在把你们都放了，你们自己去找活路吧。"说着，他把拴着每一个人的绳子都解开。他低着头，闭着眼睛，挥了挥手，说："去吧！"众人感激得直流眼泪。

他们说："那您怎么办呢？"刘邦说："反正我也不能回去。逃到哪儿是哪儿，走着瞧吧。"其中有十几个壮士情愿跟着他一块儿去找活路。其余的人谢过了刘邦，感激涕零地走了。

那天晚上，刘邦他们不能再住客店。刘邦又喝了不少酒，这才醉醺醺地带着这十几个人往洼地那边走去。刘邦东倒西歪地走得慢，有三五个人跟着他落在后头。走了一阵子，月亮出来了。他们不敢走大路，就拣小道走。不知道怎么着，前面的人忽然撒腿往回跑，吓得后面的人还以为碰到了官兵。这一下子倒把刘邦的酒吓醒了。他跑上一步，着急地问："出了什么事儿啦？"他们说："前面有条大蛇横在道儿上，大极了。咱们还是走别的道儿吧。"

刘邦听说是条蛇，倒放心了。他说："壮士走道儿，还怕蛇吗？"他就跑在头里，拔出宝剑，提在手里，过去一瞧，果然是一条挺大的白蛇。他举起宝剑来，一下子把那条蛇剁成两截。大伙儿这才继续往前走去。

跟随刘邦的那些人就编了一段故事，说刘邦斩了白蛇以后，有人在那边经过，瞧见一个老婆子在那儿哭着说："我的儿子是白帝的儿子，变成一条蛇，拦住道儿，被赤帝的儿子杀了。"那个人再要问她，老婆子忽然不见了。这个故事一传开，有人附和着说：白帝是指秦朝时，赤帝的儿子杀了白帝的儿子，这就是说，世上出了真命天子，秦朝的天下长不了啦。跟随刘邦的人把这个故事传了出去，好叫大伙儿相信刘邦是真命天子。

刘邦斩了白蛇以后，同那十几个壮士逃到芒砀山（在江苏省）躲了起来。别的无路可走的人也跑来入伙，日子不多，芒砀山上就聚集了一百多人。他们跟沛县县里的文书萧何和监狱官曹参都有来往。

等到陈胜、吴广打下了陈县，号召天下推翻秦朝的统治的时候，萧何就打发樊哙（fán kuài）去叫刘邦回来。樊哙是个宰狗的，他的妻子和刘邦的妻子是姊妹。刘邦和樊哙带着芒砀山一百多条好汉到了沛县城外，城里的百姓已经杀了县令，开了城门，把刘邦他们接到城里去。这么着，刘邦做了沛公。这时候，他已经四十八岁了。

沛公刘邦举行了一个起兵的仪式，还真把自己当作赤帝的儿子，连旗子的颜色都是红色的。萧何、樊哙他们分头去招收沛县的子弟。没有几天工夫，就来了两三千人。沛公带领这两三千人占领了自己的家乡丰乡。他派一部分人马守在那儿，自己又去进攻别的县城。不料把守丰乡的将军叛变了。沛公得到了这个消息，气呼呼地要去攻打丰乡。可是自己的兵力不足，就到别处去借兵。到了留城（在江苏省沛县东南），正碰到张良带着一百多人想去投奔起义军。他们两个一谈，挺合得来。沛公觉得相见恨晚，把张良当作老师看待。张良看刘邦很能干，就跟他在一起了。

刘邦和张良一商量，决定到薛城去投靠项梁，向他借兵。项梁见沛公也是一个人才，就拨给他五千人马，十个军官。沛公得到了项梁的帮助，打下了丰乡，把丰乡改为丰县，筑了城墙防守起来。他刚把家乡的事情安排好，忽然接到项梁的通知，要他到薛城去开会。沛公就带着张良到薛城再去拜见项梁。

这时候，陈胜、吴广、周文等几个主要的起义军领袖已经死了，赵、齐、燕、魏的那些原来的贵族各抢各的地盘，已经跟农民起义军分道扬镳（biāo）了。其他各地小股的起义军彼此孤立，力量分散。另外，秦将章邯、李由等兵精粮足，把起义军一个一个地击破。就在这个紧要关头，项梁在薛城召开会议，把起义军重新组织整顿了一下，准备再作斗争。

在会议当中，项梁对大伙儿说："我打听到陈王确实死了，楚国不能没有王。因此，请各位共同来商议，要不要公推一位楚王。"有的说:"请将军决定吧。"有的说:"就请将军为楚王吧!"正在项梁犹豫不决的时候,忽然军营外面来了一个七十来岁的老头儿,名叫范增,说是来献计策的。项梁早就听说范增是个有名的谋士,赶紧把他请了进来。范增好像知道项梁他们正在商议立王的事,他对项梁说:"秦灭六国,其中受委屈最大的是楚国。怀王受骗,死在秦国,楚人一直替他抱不平。您是楚国名将的后代,如果依从楚人的愿望,立楚怀王的后人为王,楚人就一定会向着您。"项梁和将士们听范增说得很有道理,都同意了。他们派人到各处去找楚怀王的后代。果然,他们在看羊的孩子里面找到了楚怀王的一个孙子,才十三岁,单名一个"心"字,也叫"孙心"。大伙儿就立他为楚王。因为楚人还想念着以前的楚怀王,他们就称孙心为楚怀王。

张良趁着这个机会央告项梁说:"现在楚、齐、赵、燕、魏都有了王,单单韩国还没有王。在韩公子当中,要数横阳君韩成最贤明。要是将军立他为韩王,他必定感激将军,亲楚抗秦。"项梁就打发张良带着一千人马去立韩成为韩王,拜张良为韩国的司徒。韩司徒张良就跟沛公刘邦分手了。

起义军在薛城开了大会,立孙心为楚怀王以后,将士们勇气百倍，声势大大地增加了。项梁打发张良去进攻韩地，自己率领大军，直奔亢父（在山东省济宁县南），在东阿（在山东省阳谷县东北）大破秦军，紧紧地追赶秦大将章邯。同时，项梁派项羽和刘邦去打城阳（在山东省莒县）。他们打下了城阳，杀了不少敌人，接着往西又势如破竹地大破秦军。秦军逃到濮阳（在河南省滑县东北），死守在那儿。项羽和刘邦就一直往西打过去，碰到了秦将李由。李由是丞相李斯的儿子，在荥阳打败吴广的就是他。他可没碰到过项羽，这会儿碰上了他，一交战就丧了命。

李由因为抵抗楚军，被项羽杀了。赵高反倒说他私通敌人，把李斯一家灭了门，自己接着李斯做了丞相。他又给了章邯不少兵马。这时候，项梁从东阿赶到定陶（在山东省菏泽县南），再一次大破秦军，占领了定陶。项梁接连打了胜仗，就得意起来，认为秦军不过如此，章邯也不是他的对手，这么着，就对敌人放松了。刚巧下了几天雨，他趁着机会休息休息，在帐篷里喝喝酒，准备天一晴再进攻。哪儿知道章邯是个用兵的老手，他看准机会，在一个晚上，趁着项梁不做准备，突然率领全部兵马像山洪暴发似的冲过来。楚兵正睡得香，连抵抗都来不及，一下子死的死、伤的伤、逃的逃，哪儿还像个军队！项梁这一支军队全被打垮，连项梁自己也被杀了。

项羽和八千子弟兵听到这个消息，一时放声大哭，刘邦和别的将士也都流泪。刘邦跟项羽和范增他们商量说："武信君（就是项梁）刚去世，军营中人心不定，不如暂时退兵去守彭城。"他们都同意了。

项羽他们到了彭城，把军队驻扎下来。楚怀王也到了彭城，小心防守，准备等章邯到来再做抵抗。不料章邯另有计划，他知道项梁一死，楚军打了败仗，已经大伤元气，就暂时撇开黄河以南这一头，率领大军到黄河以北，进攻赵国去了。楚怀王听到章邯往北上赵国去了，就准备调兵遣将往西去打咸阳。

破釜沉舟

楚怀王召集将士们，想叫他们往西去进攻京城咸阳。可是秦军挺强，楚军新近打了败仗，他怕将士们不愿意打到关里去，就说："谁先打进关里，就封谁为王。"项羽先开口，他说："我叔父被秦人杀了，这个大仇，我非报不可！请大王派我去。"刘邦说："我也愿意去。"楚怀王就叫他们准备起来，挑个好日子发兵攻秦。项羽和刘邦都出去了，还有几个大臣留在楚怀王身边。他们都说："项羽性子急躁，打下了城，杀人太多。沛公年纪大，阅历深，是个忠厚长者。大王不如派他去。"恰巧赵国派使者来求救兵。楚怀王就打算叫项羽往北去救赵国，让刘邦往西去打咸阳。

第二天，项羽、刘邦向楚怀王请示出兵的日期，赵国的使者还正哭诉着呢。他说："章邯三十万大军围困巨鹿（在河北省平乡县）快一个月了，要是大王再不去救，赵地的老百姓必定遭到屠杀。请大王可怜可怜吧。"

楚怀王问他："燕国、齐国、魏国离赵国都比我们楚国近得多，赵王为什么不去向他们求救，反倒大老远地派你到这儿来呢？"使者说："章邯实在厉害，他派王离、苏角、涉间三个将军围攻巨鹿，自己把大军驻扎在南边，谁要去救，就先打谁。燕王、齐王已经派兵来了，可是都驻扎下来，守着阵地，不敢跟秦兵交锋。我们的大王和将军这才派我到这儿来。"

赵国的使者在楚怀王面前这么一五一十地哭诉着，项羽已经听得火了。他要替叔父报仇，正想跟章邯拼个死活，就对楚怀王说："要是连巨鹿都救不了，怎么还能灭秦呢？我们应当马上发兵去救。"楚怀王说："将军能去，再好不过，可是还得有别的大将一块儿去，我才放心。"

原来楚怀王和大臣们已经商量好了，他们怕项羽势力太大，不容易管束，就拜另一个叫宋义的大臣为上将军，还加上一个挺美的称号，叫"卿子冠军"（卿子，相当于公子；冠军是第一等上将的意思），拜项羽为副将，还封他为鲁公，范增为末将，率领二十万大军往巨鹿去救赵国。

公元前207年，卿子冠军宋义率领着救赵的楚军，到了安阳（在河南省），一打听，知道秦军十分强大，就在安阳停下来了。这一停就停了十多天，急得项羽跑到宋义跟前，央告他说："救人如救火，咱们还是打过去吧。"宋义说："现在秦军攻打赵军，双方都有力量，让他们先去消耗兵力。要是秦军打赢了，他们就算死伤不大，也够累了。我们趁着他们疲劳的时候打过去，就有把握打胜仗；要是秦军打不赢，那我们更能把他们打败了。我们不如先等秦军和赵军决战以后再说。"他又笑了笑，对项羽说："穿着铠甲、拿着兵器跟敌人交锋，我比不上你；坐在帐篷里出个计策，那你可比不上我了。"

这位卿子冠军下了一道命令，说："上下将士尽管像老虎那么猛，如果不服从命令，都得砍头。"这个命令明明是对项羽说的。宋义在安阳继续按兵不动，成天在帐篷里跟将军们喝酒作乐，救赵的事情好像没搁在心上似的。

这时候已经是十一月，天气很冷，又碰到下大雨，士兵们受冻挨饿，都抱怨起来。项羽对他们说："现在军营里粮食不够，可是渡过河去（指漳河），打败了秦兵，粮食有的是。"士兵们都说："对呀，请将军再跟上头去说说。"

第二天，项羽又去见宋义，对他说："秦军多么强啊，新立的赵国怎么打得过秦军？秦军灭了赵国，就更强了，哪儿会疲劳呢？再说咱们的军队新近打了败仗，武信君（就是项梁）死了，怀王坐立不安，这会儿把国内的军队交给了将军，不光为了救赵，也是为了灭秦。国家兴亡，在此一举。将军老在这儿待着，按兵不动已经四十六天了。您也该听听将士们的意见！"

宋义拍着案桌，怒气冲冲地说："你反了吗？怎么敢不服从我的命令！"项羽本来就不服宋义，这会儿见他动了怒，趁势拔出宝剑来把他杀了。他出来对将士们说："宋义违背大王的命令，按兵不动。我奉了大王的密令，已经把他治死了。请诸君不要多心。"上下将士本来就不满意宋义做上将军，这会儿听说项羽把宋义杀了，就说："首先立楚国的，原来是将军一家。现在将军把背叛的人治死了，就该代替他为上将军，统领全军。"项羽就做了代理上将军，打发人向楚怀王去报告。楚怀王只好立项羽为上将军。

项羽杀了宋义，派英布和蒲将军带领两万人马渡过漳河。章邯听到楚军渡河，就派两个将军，一个叫司马欣，一个叫董翳（yì），带领几万士兵前去拦阻。那两个秦将不是英布和蒲将军的对手，一交锋就打了败仗，急忙后退。项羽看英布和蒲将军已经占领了对岸，就率领所有的军队都渡过河去。等到全军都渡过来了，他吩咐士兵，各人带上三天干粮，把军队里做饭的锅都砸了，把船都凿沉了（文言叫"破釜沉舟"，釜，就是锅）。他对将士们说："成败在此一举。这次咱们打仗，只准进，不准退；三天里头一定把秦兵打败！你们看行不行？"将士们举起拳头，一齐嚷着说："行！行！"

围攻巨鹿的秦将叫王离。他一见楚军渡了河，把军营扎在河边就来挑战，忍不住哈哈大笑，说："楚将不懂兵法。河边扎营没有退路，打了败仗都挤到水里，非全淹死不可。"他留着苏角、涉间继续围住巨鹿城，自己带着一支兵马迎了上去。王离笑楚军不留退路，他哪儿知道人家正因为有进无退，才下了决心，拼着命打过来。两下一交战，王离的兵马就败得很惨，死伤了不少人。王离不敢再笑，只好哭丧着脸逃到章邯那儿请示。

章邯听到楚军破釜沉舟，要跟秦军决一死战，已经跟将士们商议了迎敌的计策。这会儿见王离打了败仗回来，他就说："项羽十分厉害，我们不可小看了他。你们把所有的人马分作九路，一路接着一路布置好阵势。我先去跟他对敌，引他进来。你们每一路先后接应。等到楚军进入了我们最里面的阵地，九路人马一齐上来把他们围住，准能叫他们全军覆没。"章邯吩咐九员大将分头把九路人马布置停当，他自己领着一队精兵迎了上去。

　　章邯首先碰到的正是项羽。仇人相见，分外眼红。项羽咬牙切齿地直奔章邯。章邯本来打算假装打败，把项羽引进来。哪儿知道楚兵英勇非凡，越打越有劲儿。他们一个人抵得上秦兵十个，十个就抵上一百个，项羽的那支画戟更是神出鬼没，七上八下地一来，就戳倒了无数人马。他骑的那匹乌骓（一种黑色的千里马）像飞一样地追赶着逃兵。章邯的这支军队不是有计划地假装打败，而是争先恐后地乱跑乱窜，反倒把后面几路接应的军队都冲乱了。章邯自己也逃了。

　　项羽的士兵杀到秦军的第二路、第三路，喊杀的声音好像山崩海啸，震动天地。秦军再也抵挡不住，就哗啦啦地垮下去了。楚军所向无敌，势如破竹，三天里面连着打了九次胜仗。秦将王离边打边退，偏偏项羽那匹乌骓一声嘶鸣追了上去，逼得王离只好鼓着勇气再跟项羽对打一下。项羽见他一枪刺来，就抽出钢鞭，向上一抢，"当"的一声，王离虎口发麻，握不住枪杆，那支枪脱手飞去。王离还想逃命，项羽已经把他从马背上好像老鹰逮小鸡似的抓过来，扔在地上，叫士兵们绑了。

这一场大战真是非同小可，杀得天昏地暗，秦国的士兵四散逃命。大将苏角死在乱军之中。另外几个秦将也有被杀了的，也有连爬带滚地逃了的。大将涉间一见王离被逮去，九路兵马都被打得秋风扫落叶一样，觉得性命难保，就放了一把火，把军营烧了，自己也烧死在里面。

在这次天翻地覆的大战当中，秦兵死伤了一半。按说各路诸侯总该一齐加入战斗了吧。可是他们都没出来。当时各路诸侯前来救赵的就有十几队兵马，他们早被王离吓唬住，不敢跟秦军作战。这会儿各路诸侯听见楚军喊声震天，都挤在壁垒（军营周围的墙）上看。一见楚军都像老虎似的朝着秦兵扑过去，吓得睁着眼睛，连气都喘不过来，哪儿还能出来打仗？直到项羽打败了秦兵，请各路诸侯和将军到大营里相见，他们这才清醒过来。

他们到了项羽的军营，见了项羽，谁也不敢抬起头来。项羽请他们坐下，他们还跪着、趴着不敢坐呢。当中有个胆儿大一点儿的咽了口唾沫，开口说："上将军神威真了不起，从古到今没有第二个。我们情愿听从上将军的指挥！"其余的诸侯一齐像背书似的说："情愿听从上将军的指挥！"他们就公推项羽为诸侯上将军，各路诸侯和军队全由他统领。项羽说：

"承蒙诸公见爱，我也不便推辞。唯愿同心协力，早日灭秦。今天请诸公暂且回营，以后有事，还要请过来一同商量。"他们擦了擦脑门子上的汗珠，都出去了。

项羽准备去追赶章邯，谋士范增拦住他说："章邯还有一二十万人马，一时不容易消灭。赵高这么专横，二世这么昏庸，章邯打了败仗，他们一定不会轻易把他放过去的。我们不如把军队驻扎下来，等他们内部争吵起来，我们直接打过去，准能大获全胜。"

果然不出范增所料。章邯把秦军打败仗的情况报告上去，请二世再派兵来。赵高就说章邯他们无能，请二世查办败将。章邯手下的将军们一个个气得要命。司马欣劝章邯向项羽投降。章邯只好派司马欣到楚营里去向项羽求和。范增劝项羽不要计较过去的仇恨。项羽同意了，还跟章邯订立盟约，封他为雍王，立司马欣为秦军上将军，董翳为副将，叫他们带着二十万投降的秦兵走在头里，项羽自己带着章邯，率领着各路诸侯，浩浩荡荡地往西打过去。

章邯投降的消息传到了咸阳，谁都着慌了，可是赵高并不着慌。他早已有了打算：只要把一切过错都推在二世身上，把二世杀了，然后投降项羽，他也许还能做个关中王。他怕还有一些大臣不服，就牵着一只鹿到朝堂上，在大臣们面前指着这只鹿对二世说："这是一匹好马，特来献给皇上。"二世笑着说："丞相别说笑话了，这明明是一只鹿，丞相怎么说是马呢？"赵高把脸一绷，说："怎么不是马？众位大臣都在这儿，请他们说吧。"二世就问大臣们到底是什么。当时就有不少人说："是马！是马！"有的不开口，只有少数大臣说："是鹿。"没几天工夫，那几个说鹿是鹿的大臣，有暗地里被杀了的，也有被借个罪名治死了的。宫内宫外大小官员谁还敢反对赵高？连二世都怕他了。

约法三章

各路诸侯攻破了武关（在陕西省），离咸阳不远了。二世吓得直打哆嗦，慌忙派人叫赵高发兵去抵抗。赵高不能再待下去，就派心腹把二世杀了。

赵高还想自己即位，可是又怕进关的诸侯不服，只好另外立个王再说。他召集大臣们和二世下一辈的公子们，对他们说："始皇帝灭了六国，统一天下，开始称为皇帝。现在六国都已经恢复了，秦国也应该像以前那样称为王。我看二世的侄儿公子婴可以立为秦王。你们看怎么样？"这批大臣已经上了"指鹿为马"那一课，都说："丞相的主意错不了。"赵高就请子婴斋戒（古人在祭祀之前先使自己身心安静一下的准备措施叫斋戒，一般包括沐浴、吃斋、不跟家里的人住在一起等）

五天，准备在庙堂祭祀一番，正式即位。

子婴对他两个儿子和一个手下心腹说："赵高杀害二世，想自己做王，又怕大臣们和诸侯反对，假意立我为王。这是他的诡计。听说他跟楚军有了来往，约定灭了秦国，让他做关中王。现在他叫我斋戒，我推说有病。到即位那天，他一定自己来催，来了就杀了他！"他们很小心地做了准备。到了那天，赵高派人去请子婴来，自己在庙堂上等着，大臣们都鸦雀无声地伺候着赵高。不一会儿，使者回来说："公子说今天不舒服，不能来。"赵高火儿了，瞪着眼说："病了也得来！"他就气冲冲地亲自去请子婴。

赵高进去，一瞧，子婴趴在几案上好像打盹似的，连头也不抬。赵高责备他说："你呀，你真太不识好歹！今天叫你即位，大臣们都等着，你还不去？"子婴抬起头来，突然从帐幔里跑出来三个人，两个使刀，一个使枪，连砍带刺，立刻把赵高宰了。子婴到了庙堂，宣布赵高的罪状。大臣们都说他早该死了，就很高兴地立子婴为秦王。秦王子婴马上发兵五万去守峣关（在陕西省）。

赵高杀二世和子婴杀赵高的信儿传到了楚营，项羽要趁着秦国内部混乱，赶快打进去，就催动大军连夜进军。那些投降的秦兵在私底下议论起来。他们说："咱们的父母妻子都在关中。咱们打进关去，受灾遭难的还是咱们自己。要是不打进去，诸侯把咱们带到东边去，咱们的一家老小还不被朝廷杀光吗？"有的说："章将军投降也许是个计，也许咱们还有出头的日子呢。"

有的楚将听到了这些私底下抱怨的话，他们挺着急，就向项羽报告。项羽说："秦兵还有二十多万人，他们心里不服咱们就不好指挥。要是到了关中，他们叛变起来，那咱们可就要吃亏了。"英布和蒲将军说："咱们可不能让他们先下手。"项羽说："为了全军的安全，不如光带着章邯、司马欣、董翳一同进关，其余的就顾不得了。"他们就这么制订了计划，起了杀心。大军到了新安城南（在河南省），楚军让投降的二十多万秦兵缴了械，将他们屠杀了，埋在大坑里。打这儿起，项羽的残暴就出了名，秦人把他看作宰人的屠夫。

项羽安抚章邯、司马欣和董翳说："我们发觉你们营里的士兵正准备着叛变，只好忍痛除了后患。这事跟你们三位不相干，请你们放心。"他们三个人知晓还是可以做将军，这才放心了。

项羽杀了投降的秦兵，毫无顾虑地往西进军，沿路也没

044

有什么阻挡，一直到了函谷关，才瞧见关上有兵守着，不能进去，可是守关的不是秦军而是楚军。楚军怎么不让楚军进去呢？项羽也不明白，叫英布去问。英布大声地说："我们是诸侯上将军的军队。快开城门，让我们进去！"守关的将士说："我们奉了沛公的命令守在这儿。沛公下了命令：不论哪一路军队都不准进来！"项羽这一气非同小可，他不明白刘邦怎么反倒先进了关。

原来项羽跟着卿子冠军宋义往北去救巨鹿的时候，在安阳就停留了四十六天，打败了王离的军队以后，又跟秦军的主力三番五次地展开了血战。刘邦就在这个时候从南路往西北进军。他到了高阳（在河南省），得到了一个谋士叫郦食其（lì yì jī）。郦食其是高阳人，他遇见了刘邦手下的一个骑兵，也是本地人，就对他说："听说沛公傲慢得很，可是挺了不起的。我倒愿意去帮助他。请你替我说：'我有个老乡郦先生，六十多了，是个读书人，很有学问，可以帮助您成一大事。'你推荐我，我不会忘了你。"那个骑兵摇摇头，说："不行，不行！沛公最不喜欢读书人。他老说读书人没出息，您还去见他呢？"郦食其央告他说："你就好歹去说说吧。"

那个骑兵跟刘邦学说了一遍，刘邦答应郦食其去见他。郦食其去了，就有人一直领他进内室去见刘邦。他进了内室，瞧见刘邦正在洗脚。郦食其也不下跪，光作了个揖，开口就说："您打算帮助诸侯打秦国呢，还是打算帮助秦国打诸侯呢？"刘邦骂他说："书呆子！天下吃秦国的苦头也吃够了，各路诸侯才联合起来打秦国。你怎么说我帮助秦国打诸侯呢？"郦食其说："要是您真打算联合诸侯去灭暴虐的秦国，对年长的人就不该这么傲慢！"刘邦受了批评，连脚都来不及擦，就这么趿拉着鞋，整了整衣服，向他赔不是，请他坐上座，恭恭敬敬地说："请先生指教！"

郦食其说："将军的兵马还不满一万人，就要去进攻强大的秦国，这是老虎嘴里掏东西吃。不行！依我说，不如先去占领陈留。陈留是个好地方，四通八达，来往方便，秦国的粮食有不少堆在那儿。用我的计策准能把陈留拿下来。"刘邦正愁营里粮食不够，连忙说："请问先生有何妙计？"郦食其说："我跟陈留的县令有点交情，将军派我去劝他投降，大概可以成功。要是他不答应，我就把他灌醉，在里面接应，将军从外面打进去，准能把陈留拿下来。"刘邦就派他先去把县令缠住，自己偷偷地带着兵马埋伏着。这么里应外合地一来，陈留被夺下来了，粮食也有了。刘邦很信任郦食其，封他为广野君。

郦食其有个兄弟叫郦商，他带了四千人来归附刘邦。刘邦立他为将军，叫他带领这四千人和陈留的兵马跟着他一同去。刘邦急于往西走，沿路遇到不容易打下来的城时，他不愿意去跟守城的秦兵死拼，宁可绕个弯儿往前走。他打了几场胜仗，到了颍川。颍川一带是张良打游击的地区。当初张良从项梁那里得到了一千人马到了韩国，立了韩王，打下了几座城。没想到秦国的军队一到，又把这些城夺回去了。张良和韩王成兵马不够，只好来回打游击。这会儿张良听到刘邦到了，就带着韩国的士兵去见他。两支兵马合在一起，由张良带道，很快地打下了韩地十多个城。

刘邦请韩王成留在韩国，守住阳翟（在河南省），要求他让张良一同往西去打咸阳。韩王成说："我派张良送将军进关。等到将军灭了秦国，请吩咐他马上回来。"刘邦满口答应。他拜谢了韩王成，就和张良带领三万人马去进攻南阳。南阳郡守打了败仗，投降了。刘邦封他为殷侯。郡守投降了还可以封侯，西路几个城的郡守等楚军一到，也都一个个投降了。军队有了粮食，沿路又不抢劫，老百姓都很喜欢，刘邦的兵马就越来越多了。

公元前207年八月，刘邦进了武关。就在这个时候，赵高杀了二世，派人来求和，只要让赵高做关中王，他愿意把秦国献给刘邦。刘邦怕他欺诈，还没答应。没有几天工夫，秦王子婴杀了赵高，派了五万兵马守住峣关。刘邦用了张良的计策，派兵在峣关左右的山头插上无数的旗子，作为疑兵，又吩咐大将周勃带领全部人马绕过峣关正面，从东南侧面突然打进去，杀了主将，消灭了这一支秦军。

刘邦的军队进了峣关，一路跑去，到了灞上（在陕西省长安县东），迎面来了一个好像送殡的仪仗队。是秦王子婴带着大臣前来投降了，车马好像戴孝似的都用白颜色。子婴脖子上还套着带子，表示准备勒死，手里拿着皇帝的大印、兵符和节杖，哈着腰候在路旁。樊哙对刘邦说："砍了他算了！"刘邦说："当初怀王派我来，就因为他相信我能宽容人。再说，人家已经投降了，再杀他，也不吉利。"他就收了大印、兵符和节杖，把仅仅做了四十六天秦王的子婴交给将士们看管起来。

刘邦的军队进了咸阳。将士们乱纷纷地争着去找库房，各人都拣值钱的东西拿。萧何可不稀罕这些东西。他首先进丞相府，把那些有关国内户口、地形、法令等的图书和档案都收管起来。这些文件是将来治理国家不能少的，他认为比金银财宝更有用。

刘邦进了阿房宫，一见宫殿这么富丽，幔帐、摆设好看得令人睁不开眼睛，宫女们这么漂亮，就进了内宫，甜丝丝地躺在龙床上，好像躺在云端里似的那么舒坦。樊哙进来了，他说："怎么啦？沛公是要打天下呢？还是要做富家翁？这些穷奢极欲的东西使秦亡了，您要这些干吗？还是快点儿回到灞上去吧！"刘邦对他说："你出去！让我歇歇。"恰巧张良也进来了。樊哙气呼呼地向他说了说。张良对刘邦说："忠言逆耳利于行，良药苦口利于病。请您听从樊将军吧！"刘邦只好皱着眉头把这服苦口的良药喝下去。他起来，吩咐手下人封了库房，自己回到灞上的军营里去。

刘邦召集了各县的父老，对他们说："你们吃秦朝的苦头已经吃够了。批评朝廷的就得灭族，一块儿谈论谈论的就得处死，这种日子叫人怎么过呢？今天我跟诸位父老约法三章（就是订立三条法令的意思）：第一，杀人的偿命；第二，打伤人的办罪；第三，偷盗的办罪。办罪的轻重看犯罪的轻重而定。除了这三条以外，其余秦国的法律、禁令一概废除。官员们和老百姓安心做事，不必害怕。"刘邦就叫各县的父老和原来秦国的官吏到各县各乡去宣布这三条法令。

老百姓听到刘邦约法三章，高兴得不得了，都谢天谢地地感激刘邦，只怕刘邦在关中待不长。刘邦也只怕不能久留在关中，就担心项羽进来。

　　有一个谋士瞧出了刘邦的心事，对他说："关中比别的地方富裕十倍，地形又险要，真是个好地方。可惜项羽他们正从东路赶过来。他们一进来，将军的地位可就保不住了。依我说，一面立刻派兵去守函谷关，别让诸侯的军队进来，一面招收关中的壮丁，扩大自己的军队。这样才可以抵抗诸侯。"这一段话正说在刘邦的心坎上，他就派兵去守函谷关，不准项羽的军队进来。

　　项羽这一气非同小可，连眼珠子都努出来（突出的意思）了。他派英布和蒲将军攻打函谷关。不消多大工夫，他们打进了关。项羽的大军接着往前走，什么阻挡都没有。最后他们到了新丰鸿门（在陕西省临潼县东），人马也乏了。项羽一面把大军驻扎下来，让士兵们吃一顿好的，一面召集将士们商议怎么去惩罚刘邦。

鸿门忍辱

　　范增对项羽说："刘邦原来是个无赖，又贪财又好色。这会儿他进了关，不贪图财物和美女，可见他的野心不小哇。今天不消灭他，将来一定后患无穷。"

　　正在这个时候，来了一个使者，说是刘邦手下的左司马曹无伤派来报告机密的。那个使者传达曹无伤的话说："沛公要在关中做王，那个秦王子婴，不但没办罪，听说沛公还要拜他为相国。皇宫里的一切珍宝，他都占为私有。我虽然拨在沛公部下，到底是楚国的臣下。因此特地派人前来奉告。"

　　项羽听了，瞪着眼睛骂着说："可恨刘邦目中无人。天下人恨透了秦王，他反倒要拜秦王为相国，还跟我作对。哼！明天一早，我就领兵打过去，看他逃到哪儿去！"这时候，项羽兵马四十万，号称一百万，扎在鸿门，刘邦兵马十万，号称二十万，扎在灞上，相距不过四十里地。项羽一发动，说话就到。哪儿知道项羽营里有人把这个消息泄露出去了。

那个泄露消息的人正是项羽的另一个叔父，名叫项伯。项伯曾经杀过人，逃到下邳投奔张良。张良把他收下来，跟他做了朋友。这会儿张良正在刘邦营里。项伯连夜骑着快马跑到刘邦营里，私底下见了张良，说了一个大概，就要拉他一块儿走。张良说："韩王派我送沛公进关，现在人家有了急难，我独自逃走，太没有情义了。我要走也得去说一声。请您等一等，我马上出来跟您一块儿走。"

张良进去把项伯的话都告诉了刘邦。刘邦听了，吓得连话都说不利落了。他着急地说："这这这怎么办呢？"张良问："将军真要抗拒项羽吗？"刘邦皱着眉头，说："有人叫我派兵去守关，不让诸侯的兵马进来。"张良又问："将军自己合计合计，能不能抗拒项羽？"刘邦说："本来就不行啊，现在可怎么办呢？"张良替他想了个计策，告诉他怎么去结交项伯，替他从旁帮忙。

张良出来，见项伯还坐在那儿，就要求他去见刘邦。项伯只好跟着他进去。刘邦很恭敬地请他坐在上位，还摆上酒席，一次次地给他敬酒，很小心地说："我进关以后，什么都不敢拿，什么都不敢做主，只把秦国的官员和老百姓安抚了一下，封了库房，一心一意地等候着鲁公（就是项羽）。为了防备盗贼和别的可能发生的情况，这才派些将士去守关。我日日夜夜盼着鲁公到来，哪儿敢背叛鲁公啊。请您在鲁公面前替我分辩几句，我对鲁公始终忠诚，决不辜负他的恩德。"张良又从旁请项伯帮帮忙，项伯答应下来了。

刘邦还不大放心，他要求和项伯结为亲家，把他女儿许配给项伯的儿子。项伯也答应了。张良就替他们斟酒道喜。项伯说："我回去就替亲家说去。可是明天一早，您自己快去向鲁公赔不是。"刘邦说："当然，当然！我一定去。"

项伯回到鸿门，已经三更天了。项羽可还没睡，他瞧见项伯进来，就问："叔父哪儿去了？"项伯说："我有个朋友叫张良，他曾经救了我的命。现在他正在刘邦营里。我怕明天打仗，张良也保不住，特意叫他来投降。"项羽也知道张良，就问："他来了吗？"项伯摇摇头，说："他不敢来。他说刘邦并没得罪将军，将军反倒去打他，未免有失人心。"他就把刘邦的话说了一遍，还说："要是刘邦不先打下关中，咱们怎么能够那么容易进来呢？人家有了功劳，还要去打他，这是不合情理的。他说他明天亲自来赔不是。我说人家既然愿意听从指挥，不如好好儿待他。"项羽点点头，可没说话。

第二天，天刚蒙蒙亮，刘邦带着张良、樊哙、夏侯婴等几个心腹和一百来个人上鸿门来了。到了营门前，刘邦一看项羽的军营威武森严，心里就有几分害怕。有个将军传令，说："不准多带随从的人。只准带文官或武将一名。"刘邦只好带着张良硬着头皮进去。

刘邦见了项羽，不敢像过去那样平辈行礼。他趴在地上，行着大礼，说："刘邦拜见将军，静候吩咐。"项羽杀气腾腾地问他："你有三项大罪，知道不知道？"刘邦说："我只不过是个沛县的亭长，听了别人的话兴兵伐秦，才得投在将军的旗下，听从将军指挥，丝毫不敢冒犯将军。不知道什么地方得罪了将军。"项羽说："天下痛恨秦王，你自作主张把他放了，还要重用他，这是第一项大罪。就凭你一句话，随便改变法令，收买人心，这是第二项大罪。你抗拒诸侯，不准他们进关，这是第三项大罪。犯了这三项大罪，怎么还说不知道？"

刘邦回答说："请将军允许我表明心迹，再办我的罪。第一，秦王子婴前来投降，我不敢自作主张，只好暂时把他看管起来，等候将军发落。第二，秦国法令苛刻，老百姓像掉在水里火里一样，天天盼着有人来救他们。我急于约法三章，就为了宣扬将军的恩德，好叫秦人知道：进关的先锋就能这么爱护百姓，他们的主将就更不用说了。第三，我怕盗贼未平，秦军的残余可能作乱，不能不派人守关，哪儿敢抗拒将军呢？"项羽听到这儿，眼珠子转了转，脸色缓和得多了。刘邦接着说："将军在河北作战，我在河南作战，虽说军队分作两路，同心协力可是一样的。托将军洪福，我进了关，能在这儿见到将军，真够高兴的了。哪儿知道有人从中挑拨，叫将军生气，这实在太不幸了。还请将军体谅我的苦衷，多多包涵。"项羽连想都没想，就挺直爽地说："就是你们的左司马说的。要不然，我怎么会发火呢？"说着，他扶起刘邦，请他坐下，还留他喝酒。

项羽和项伯是主人，坐了主位，范增作陪；刘邦坐了客位，张良作陪。五个人喝着，吃着，聊着，帐外吹吹打打奏着军乐。项羽和项伯殷勤地劝酒，可刘邦提心吊胆地不敢多喝。范增和张良各有各的心事，再说都是陪客，不便多说话。范增早已劝过项羽及早杀了刘邦，免得以后吃他的亏，这会儿见项羽对刘邦这么宽容，急得跟什么似的。他拿起身上佩着的一块玉玦（是腰带上拴着的一块玉），拿眼睛向项羽说话，叫他下个决心，杀了刘邦。项羽明白了。可是人家到这儿来赔罪，怎么能害他呢？他瞧了瞧范增，不理他，只管喝酒。

过了一会儿，范增又拿起玉玦来向项羽做暗号。项羽向范增有意无意地点了点头，还是不听他的，心里想："人家自己上这儿来，就这么谋害他，还像个大丈夫吗？再说已经和好了，就该好下去。要是容不下一个刘邦，怎么容得下天下呢？"他反倒向刘邦劝酒。

范增第三次拿起玉玦来，连连向项羽递眼色。项羽当作没瞧见。范增实在忍不住，借个因由出去了。他叫项羽的叔伯兄弟项庄过来，对他说："鲁公太厚道了，他不愿意自己动手。你快进去给他们敬酒，完了就给他们舞剑，瞧个方便，杀了刘邦。要不然，咱们将来都要做他的俘虏呢。"项庄就进去给他们敬酒。项庄敬过了酒，说："军营里的音乐没有多大意思，请允许我舞剑，给诸公下酒。"说着就拔剑起舞。舞着舞着，慢慢儿舞到刘邦前面来了。项羽只顾喝酒，不说话，刘邦吓得脸都变白了，张良直拿眼睛看项伯。项伯起来对项羽说："一个人舞不如两个人对舞。"项羽说："叔父有兴头，请吧。"项伯也就拔剑起舞，可他老把身子挡住刘邦。张良也像范增那样向项羽告个便儿出去了，留下项羽和刘邦两个人喝酒。项羽看着项庄和项伯舞剑，刘邦可直擦鼻子上的汗珠，浑身有气没力。

张良到了军门外，樊哙就上来问："怎么样了？"张良说："十分紧急。项庄舞剑，要对沛公下手。"樊哙跳了起来，说："要死死在一块儿！我去！"他右手提着宝剑，左手抱着盾牌，直往军门冲击。卫兵们横着长戟，不让他进去。樊哙拿盾牌一顶，就撞倒了两个卫兵。他们还没爬起来，樊哙已经进了中军，用剑挑起帘子，冲到项羽面前，拿着宝剑，挂着盾牌，气呼呼地一站，连头发都向上直竖，两只眼睛睁得连眼角都快裂开来了。项庄、项伯猛然见了这么一个壮士进来，不由得都收了剑，呆呆地瞧着。项羽按着剑，问："你是什么人？到这儿干吗？"张良已经跟了进来，抢前一步，替他回答说："他是沛公的参乘（驾车的）樊哙，前来讨赏。"项羽说："好一个壮士。"接着回过头去，说："赏他一斗好酒，一只肘子。"底下的人就给樊哙一斗酒，一只生的肘子。樊哙站着，一口气喝完了酒，蹲下来把盾牌覆在地上，把生猪肉搁在盾面上，用剑切成几块，就这么把生肘子吃下去了。

项羽说："壮士还能喝吗？"樊哙说："我死也不怕，还怕喝酒？"项羽觉得这个大老粗说话实在鲁莽，可是挺好玩儿的，就说："你干吗要死？"樊哙说："秦王好像豺狼虎豹一般，只知道杀人、压迫人，才逼得天下都起来反抗。怀王跟将士们约定：谁先进关，谁就做王。现在沛公先进了关，他可并没称王。他封了库房，关了宫室，把军队驻在灞上，天天等着大王来。派士兵去守关也是为了防备盗贼，防备秦人作乱，沛公这么劳苦功高，大王没封他什么爵位，没给他什么赏赐，反倒听了小人的挑拨，要杀害有功劳的人，这跟秦王有什么两样？我不懂大王是什么心意。"项羽不回答他，光说："请坐。"樊哙就一屁股坐在张良旁边。项伯也归了座，项庄站在旁边伺候着项羽。项羽还是叫大伙儿喝酒。他喝多了，闭着眼睛想着樊哙的话，横靠着几桌好像打盹似的。

过了一会儿，刘邦起来要上厕所去，张良向项伯低声地告个便儿，带着樊哙跟了出来。刘邦要溜回去，嘱咐张良留着代他向项羽告辞。张良问他："您带来什么礼物没有？"刘邦说："我带来一对白璧，想献给鲁公；一对玉斗（相当于后来的玉杯），想送给亚父（项羽尊范增为亚父）。因为他们生气了，我不敢拿出来，请先生代我献给他们。"

刘邦只带着樊哙、夏侯婴他们几个人从小道跑回灞上去了。他一回到营里，就把曹无伤斩了。项羽见刘邦好久没回来，就派陈平去请他。张良跟着陈平进去，向项羽赔不是，说："沛公醉了，怕失礼，叫我奉上白璧一双，献给将军；玉斗一双，献给亚父。"项羽说："沛公呢？"张良又向他行个礼，说："他怕将军的部下跟他为难，先走了，这会儿大概已经快到灞上了。我们留在这儿等候处分。"项羽也不介意，很大方地说："你们都好好地回去吧。"回头又对自己人说："你们也散了吧。"他们都出去了。

一会儿范增进来，他见项羽把玉璧搁在几上，一声不言语地瞅着，又是恨他又是疼他。项羽一见范增进来，就有气没力地指着玉斗对他说："这是沛公送给亚父的。"范增过来，拿起玉斗扔在地上，拔出剑来把两只玉斗都打破了，自言自语地说："唉！真是个小孩子，没法替他出主意。"他见项羽不动声色地坐着，就明明白白地对他说："夺将军天下的一定是刘邦。我们瞧着做俘虏吧！"项羽一向很尊重范增，还称他为"亚父"，这会儿也明白他是向着自己的，可是他自己有自己的主意。

火烧阿房

过了几天，项羽率领诸侯进了咸阳，刘邦很小心地也跟了去。项羽首先得决定怎么发落秦王子婴。子婴仅仅做了四十六天秦王，有多大的罪过呢，况且又投降做了俘虏。可是在六国诸侯和五十多万士兵的眼里，他代表着秦国历代的暴君。项羽一开口："怎么处理秦王？"大伙儿一齐嚷着说："有仇报仇，有冤报冤！"就有好多将士拿起刀来准备向子婴砍去。项羽拿手一比画，大伙儿七手八脚地早把子婴剁了。

当时又有人嚷着哭着说："坑害六国的不光是秦王，还有秦国的贵族、文武百官，他们哪一个没杀害过我们的父母兄弟！哪一个不把我们扔在水里火里！"项羽下令："秦国的公子、贵族和不法的官吏都交给你们吧！"范增连忙补上一句说："可别杀害老百姓！"

一霎时，楚人杀了秦国贵族八百多人、文武官员四千多人，杀得咸阳街上全是尸首和污血。秦人看了怎么会不害怕、不伤心呢。在秦人的眼睛里，项羽成了新的暴君，刘邦跟秦人约法三章，这会儿全让项羽给破坏了。项羽怕城里太乱了，就吩咐各路诸侯在城外扎营，自己带着八千子弟兵进了秦宫。

秦宫库房虽说封着，可是值钱的东西早已没了。项羽和子弟兵见了阿房宫，引起了心头仇恨。阿房宫，由各郡县拉来的民夫建成的阿房宫，几十万农民在鞭子底下流血流汗建成的阿房宫，在楚人看来，变成了血泪宫、万人坑！五步一楼，十步一阁，是几十万壮丁的白骨架成的，宫里挖成的河道，供秦王游玩的水池子，流着无数的母亲的眼泪。八千子弟见到这些，愤怒的烈火在胸脯里烧着，眼睛发射出报仇的火苗。项羽说了一声："烧吧！"大伙儿惊天动地地嚷着说："烧吧！烧吧！趁早烧了吧！"楚人分头烧去。可是阿房宫这么大，房子这么多，不是十天八天烧得完的。天天烧，夜夜烧，烧得火焰冲天，咸阳城全都罩在火光和浓烟底下。

阿房宫被烧成了一堆堆的瓦砾（lì）场，人们发泄了历年积压在心头的仇恨。各路诸侯和将士跟着项羽进关，灭了秦国，都希望项羽封他们爵位，赏他们土地。项羽跟范增商议下来，准备重新划分封地，按功劳大小分封诸侯。

有个谋士叫韩生，向项羽献计说："关中是个好地方，地势险要，土地肥沃，四面都有关口，进可以攻，退可以守。将军占了关中，可以建立霸业。"项羽可不这么想。他知道这儿的人对他没有好感，再说宫殿都烧了，将士们又都希望回到东边去。他就说："富贵不归故乡，正像穿着华丽的衣服走夜路，谁知道呢？"韩生退下去，大发牢骚。他说："人们说楚人是戴帽子的猴儿。真是这个样儿！"这话传到项羽的耳朵里，他大发脾气，把韩生杀了。他宁可把关中封给别人，自己非回到东边去不可。

项羽封了十八个诸侯，都称为王，其中最出名的有汉王刘邦、雍王章邯、塞王司马欣、翟王董翳、九江王英布、常山王张耳等。项羽自立为西楚霸王，拿彭城（在江苏省徐州市）作为都城。春秋时代不是有霸主吗？霸主是诸侯的首领，在他上头可还有个挂名的天王。项羽称为霸王，就是十八个诸侯王的首领。他尊楚怀王为义帝，让他在上头就好像挂名的"天王"一样。

项羽灭了秦国，封了十八个诸侯王以后，他们都带着自己的军队回到自己的封地去，天下不就太平了吗？哪儿知道还有一些人认为封赏不公平，不服气。推翻秦朝的战争刚刚结束，诸侯之间争夺地盘的战争又发生了。

第一个不服气的是汉王刘邦，第二个是齐将田荣，别的人也有对霸王不满意的。汉王先进了关，没当上关中王，已经不乐意了，还把他送到巴蜀去（巴蜀，刘邦的封地，在四川省）。到这种地方去，简直是充军，他哪儿肯罢休呢？齐将田荣早在项梁的时候就不听命令，这回又没跟着楚军一同进关来打秦国，分封诸侯没有他的份儿。他就轰走了霸王所封的齐王，自立为王。昌邑人彭越占据着巨野（在山东省），也有一万多人马，他可还没有主人。田荣就拉拢他，拜他为将军，叫他去夺取邻近的县城。还有一个旧贵族叫陈余，他认为自己跟常山王张耳原来是地位相等的，现在张耳封了王，自己连个侯爵也捞不到，就向田荣借些兵马，打败了常山王张耳，占领了赵地，把赵地分成赵、代两国，立赵歇为赵王，自己做了代王。

田荣这么一来，齐国、赵国先背叛了霸王。霸王饶不了田荣，可是他最不放心的还是刘邦，所以在分封诸侯的时候，只把巴蜀封给他，让他住在西南角落里。后来项伯得了刘邦的礼物，在项羽面前给他说情，项羽才又把汉中（在陕西省）封给他。为了防备刘邦回到东边来，项羽把关中地方划分为三处，封章邯、司马欣、董翳三个投降的将军为王，叫他们镇守关中，也叫"三秦"，挡住刘邦那一头，不让他出来。

汉王刘邦动身到自己的封地去了。张良送他到褒中（在陕西省南郑县西北），临走对他说："从这儿往前去都是栈道（在山腰里用木头和木板架成的道儿），请大王走一段烧毁一段。"汉王说："那不是断绝了我的归路吗？"张良说："烧毁栈道不但使别的诸侯不能进去侵略大王，还可以叫霸王放心。"汉王这才明白过来。

张良回来对霸王说："汉王烧毁栈道，不愿意再回来了。田荣背叛大王，倒不能不去征伐。"霸王果然放松了汉王这一头，回到彭城，准备发兵去征伐田荣。

汉王到了南郑，拜萧何为丞相，曹参、樊哙、周勃等为将军，养精蓄锐，准备将来再跟霸王争夺天下。可是士兵们不愿意在这种山地里过活，差不多天天有人逃走，急得汉王连饭都吃不下去。他正憋得慌，有人来报告："萧丞相逃走了！"这可把汉王急坏了。他立刻派人去追。到了第三天早晨，萧何才回来。汉王又是高兴又是恨，气呼呼地问："你怎么也逃了？"萧何说："我怎么敢逃？我是去追逃走的人的。"汉王就问："你追谁呀？"大伙儿也都纳闷，到底丞相追的是谁呀？

韩信拜将

萧何追的是淮阴人韩信。韩信小时候也读过书，拜过老师，文的武的都有一套。后来父母双亡，一向很穷。他没有事情做，老在淮阴城下钓鱼。钓到了鱼，卖几个钱；钓不到鱼，就饿肚子。有个老太太经常在那边洗纱（古时候所说的"纱"就是丝），一出来，总是带着饭篮，干一天活儿。韩信见她吃饭，两只眼睛不由得瞧着她的饭碗，老太太就省了些饭给他吃。韩信也顾不得害臊，大口地吃了，完了对她说："我将来一定重重地报答您。"没想到这句话反倒叫老太太生气了。她说："大丈夫不能自食其力，已经没出息了。我可怜你，才给你吃点儿。谁要你报答！"韩信只好说了声："是！"很难为情地走开了。

韩信虽然穷，可他也像一般的武士、侠客那样身上挎着一把宝剑。淮阴城里的一班少年老取笑他。他们说："韩信，你文不像文、武不像武，像个什么啊？你还是把宝剑摘下来吧。"其中有个屠夫的儿子，特别刻薄，他说："你老带着剑，好像有两下子，我可知道你是个胆小鬼。你敢跟我拼一拼吗？你敢，就拿起剑来刺我；不敢，就从我的裤裆底下钻过去！"说着，他撑开两条腿，在大街上来个骑马蹲。韩信把他上下端详了一会儿，就趴下去，从他的裤裆底下爬过去了。大伙儿全乐开了，韩信也只好附和着咧着嘴笑了一下。打这儿起，人家给了他一个外号，叫"钻裤裆的"（文言叫'胯夫'）。

赶到项梁渡过淮河，路过淮阴的时候，韩信带着宝剑去投军，就在楚营里当个小兵。项梁死了以后，韩信又跟着项羽。项羽见他比一般士兵强，叫他做个执戟郎中。韩信好几回向项羽献计，项羽都没采用。一个小兵怎么能参与大将的计划呢？鸿门宴上，韩信拿着长戟站岗，看到沛公刘邦低声下气地对着鲁公项羽，真有点儿像自己钻裤裆的滋味。他对沛公就有了几分同情，而且认为沛公将来准成大事。后来沛公做了汉王，像充军似的被霸王逼到汉中去。韩信认为投奔一个失势的主人准能得到重用，就下了决心去投奔汉王。

他带着宝剑和干粮，拣小道往西走去。头两天，白天躲着，晚上赶路。他知道栈道已经烧毁了，别的道他又不知道。反正方向不错，爬山越岭也干。他在树林子里请教一个砍柴的老大爷，问他往南郑去的路。那老大爷挠着头皮，说："以前有是有一条，是走陈仓（在陕西省宝鸡县东）的，那可不是路，不好走，还有大虫，已经多年没有人走了。"韩信请他详细说一说，他就说了一大串。韩信一一记住，拜谢了老大爷，向陈仓那面走去。

"天下无难事，只怕有心人"，韩信终于从陈仓找到了南郑，进了汉营。可是天大的希望只捞到了一个芝麻绿豆官，人家仅仅给了他一个挺平常的职司。后来韩信见了萧何，跟他谈了谈。萧何认为韩信的能耐可不小，又专门跟他谈了几次。韩信从天下形势谈到刘、项两家将来的胜败，谈到怎么样打到山东（古时候崤山函谷关以东叫山东，不是现在的山东省）去，等等。萧何这才知道他是数一数二的人才，就在汉王跟前尽力推荐他，还把他的出身说了一遍。

汉王听了可不觉得怎样。他把话岔开去，说："难道咱们一辈子待在这儿吗？什么时候才能打回去呢？"萧何说："只要有了大将训练兵马，率领大军，就能够打回去。"汉王说："哪儿来这样的大将？"萧何说："只要大王肯重用，大将已经找到了。"汉王急切地问："谁呀？在哪儿？"萧何说："淮阴人韩信，就在这儿，可以拜为大将。"汉王皱着眉头，说："哎，钻裤裆的还能做将军吗？"萧何又说了一大套话，汉王只是摇头。

第二天，萧何又去见汉王，对他说："大将有了，请大王决定吧。"汉王眉开眼笑地说："那太好了。谁呀？"萧何很坚决地说："淮阴人韩信！"汉王马上收了笑容，说："要是拜他为大将，不但三军不服，诸侯取笑，就是项羽听到了，也准小看我们。请丞相别再提了。"

萧何一连几天碰了钉子，只好不去说了。可是萧何不去，汉王又去找他，对他说："咱们的家小都在山东，士兵们很不安心，天天有人逃走，怎么办呢？"萧何说："总得先拜大将啊。"汉王说："又是韩信，是不是？老实对你说，不行！你想想从沛、丰跟着我出来的将士们立了多少大功，他们能服气吗？周勃、灌婴、樊哙他们能不说我赏罚不明吗？"萧何说："从古以来英明的君王选拔人才，主要是看他的才能，不计较他的出身。我知道韩信的才能，可以拜为大将，我才三番五次地劝大王重用他。沛、丰来的将士都有大功，可是他们不能跟韩信比。"汉王说："叫韩信安心点儿，有机会我一定提拔他。"萧何只好出来，把汉王将来一定重用的话告诉了韩信。

韩信左思右想，越来越苦闷。他准备些干粮，第二天天一亮，带着宝剑，骑着一匹马出东门走了。手下的人慌忙跑到丞相府，报告说："韩信出了东门，不知道到哪儿去了。"萧何跺着脚，说："哎呀，真给他走了！那还了得？"他立刻骑上快马，带了几个随从，赶到东门，问了问，马上加鞭，急急地又追上去。到了中午，路过一个村子，一打听下来，才知道韩信已经过去了。

萧何一路问，一路追，直到天黑了，还没追着韩信。人也累了，马也乏了，明天再追吧。可是到了明天，不是更追不上了吗？他一瞧，月儿这么明，道上好像洒满了水银似的。凉风吹着，汗也收了，他就在月亮底下又赶了一阵。转过山腰，下了坡，前面是一条雪亮的河。远远望见有个人牵着马在河边来回溜达。那不是韩信是谁呀？萧何使劲地加上两鞭，大声嚷着："韩将军！韩将军！"他跑到河边，下了马，气呼呼地说："韩将军，咱们总算一见如故，够得上朋友。你怎么不说一声，就这么走了？"

韩信向他行个礼，掉下了眼泪，可不说话。萧何又说了一大篇劝他回去的话。韩信说："我这一辈子忘不了丞相的情义，可是汉王……"他又停住不说了。这时候，滕公夏侯婴也赶到了。两个人死乞白赖地非把韩信拉回去不可。他们说："要是大王再不听我们的劝告，那我们三个人一块儿走，好不好？"韩信只好跟着他们回来。

　　到了第三天，他们才回到了南郑。汉王听说丞相追的是韩信，又生气了。他骂萧何说："胡说！逃走的将军也有十来个了，没听说你追过谁，独独去追一个钻裤裆的？这明明是骗我。"萧何说："将军有的是，像韩信那样独一无二的人才到哪儿找去？大王要是准备一辈子躲在汉中，那就用不着韩信；要是准备打天下，那就非用他不可。大王到底准备怎么样？"汉王说："我就依着丞相，让他做个将军，怎么样？"萧何说："叫他做将军，他还得走。"汉王说："拜他为大将怎么样？"萧何说："这是大王的英明，国家的造化。"

　　汉王当时就叫萧何去召韩信来，马上要拜他为大将。萧何很直爽地说："大王平日太不注意礼貌了。拜大将是件大事，不是小孩子闹着玩儿似的叫他来就来。大王真要拜韩信为大将，先得造起一座拜将台，择个好日子，大王还得亲自斋戒，然后隆重地举行拜将的仪式。这样才能让全体将军士兵都能听从大将的指挥，正像听从大王的指挥一样。"汉王说："好，我都依你，请你去办。"

汉营里几个主要的将军一听到汉王择日子要拜大将，一个个高兴得眉开眼笑，都认为自己能力强、功劳大，心里说："不拜我为大将，拜谁呢？"赶到汉王上了拜将台，拜的却是韩信，全军都愣了。汉王举行了拜将的仪式以后，请韩信坐在上位，拱拱手，说："丞相屡次推荐将军，将军一定有好计策，请将军指教！"韩信回个礼，说："不敢当！"接着他问："大王打算向东出去，是不是要跟霸王争天下？"汉王说："是啊。"韩信又问了一句："大王自己估计估计，比得上比不上霸王？"汉王不作声，过了一会儿，说："比不上。"

韩信向汉王道贺，说："我也以为比不上。大王自己觉得比不上，拿这一点说，就该祝贺大王。我曾经在霸王手下做过事，我知道他。他这个人哪，吆喝一声，能够吓坏千百个人，多么勇啊；可是他不能任用有本领的将军，这叫作匹夫之勇。霸王对人很恭敬，看见别人有病，他会流眼泪，心眼多么好哇；可是对于有功劳的人应当封爵的，他不肯封，即使封了，他还把印子拿在手里横摸竖摸，舍不得交给人家。他这个好心眼只是婆婆妈妈的好心眼。霸王虽然做了诸侯的首领，看来好像很强，实则并不强。他所到过的地方没有不被毁坏的，天下都怨他，老百姓不向着他，名义上是个霸主，实际上已经失了人心。所以我说，他的强很容易会变成弱的。"

汉王听了，心里很高兴。他说："可是我不行啊。"韩信说："大王跟他不一样。大王所到的地方，什么都不侵犯。进了武关，废除秦朝残酷的刑法，跟秦人约法三章，秦人都向着大王。再说三秦的三个将军，章邯、司马欣、董翳，欺骗了自己的士兵，投降了诸侯，到了新安，霸王把投降的士兵坑害了二十多万，单单留下这三个秦将，还封他们为王。他们欺压三秦的子弟已经几年了，也不知道杀害了多少人。秦国的父兄痛恨这三个人都痛恨到骨髓里去了。大王发兵往东去，只要发个通告，三秦就能平定。"

汉王越听越高兴，只后悔没早点拜他为大将。他这么信任韩信，全体将士也不得不服从韩信的指挥。韩信开始操练兵马，准备跟霸王作战了。

暗度陈仓

韩信当了大将，马上调配将士，编排队伍，操练兵马，宣布纪律，没多少日子，就训练成一支很整齐的军队。过去勉勉强强听他指挥的将士们这会儿都高高兴兴听他的指挥了。韩信就跟汉王、萧何先商议好，然后把东征的计划告诉了夏侯婴、曹参、周勃、樊哙等几个人，嘱咐他们保密，分头干去。公元前206年八月，汉王和韩信率领大军静悄悄地离开南郑，叫丞相萧何留在那儿收税征粮，供应军饷。韩信下令，吩咐樊哙、周勃他们带领一万人马去修栈道，限他们三个月完工。

樊哙、周勃他们督促一万士兵修栈道。栈道不修好，大军就过不去。可是烧毁的栈道接连有三百多里，高低不平，地势险恶。有的地方必须架桥，有的地方还得开山。一万人马修了十几天，只不过修了短短的一段。限期又紧，口粮又少，士兵们个个抱怨。樊哙管不住小兵，自己也火儿了。他说："这么大的工程，就是用十万壮丁，修它一年，也没法完工。"士兵们听到监工的也这么说，大伙儿千埋怨、万埋怨，干活儿就更没有劲儿了。

过了几天，上头又派来了三五个工头，还押来了一千名民夫。他们传达汉王的命令，说樊哙、周勃口出怨言，给他们撤职处分，就把他们调回去了。新的工头果然比樊哙他们强，天天督促士兵、民工运木料、送粮草，吵吵嚷嚷，闹得鸡飞狗上屋。栈道没修多少，汉王要兴兵东征的警报早已到了关中。

章邯听到这个消息，一面派探子去打听修栈道的情况，一面调兵遣将做拦截汉军的准备。他听了探子们的报告，才知道汉军的大将原来是钻裤裆的淮阴人韩信，汉王的将士们都不服气；修栈道的士兵和民夫天天有逃走的，别说三个月，就是一年两年也修不到这边来。栈道不修通，就算汉军长了翅膀也不容易飞到关中来，汉王可早就嚷着"东征""东征"，真是雷声大、雨点小，把行军大事当作闹着玩儿。话虽如此，章邯是个有经验的将军，没事也当有事看。他派兵马到西边去守住栈道的东口，以防万一，还天天派人打听汉军的动静。

有一天，突然来了个急报，说："汉王大军已经过了栈道，夺去了陈仓，向这边打过来了！"章邯还有点半信半疑，栈道并没修好，汉军怎么能过来呢？他哪儿知道当初韩信投奔汉王压根儿就没走栈道，他是听了砍柴的老大爷的指点，经过陈仓走小道到南郑的。这会儿韩信用了一个计，叫作"明修栈道，暗度陈仓"。章邯只知道派兵守住栈道那一带，人家可不走那条道，暗地里攻占了陈仓，大军已经到跟前了。

章邯亲自带领军队赶到陈仓那边去抵抗汉军。可是他哪儿挡得住归心如箭的汉军？章邯打了败仗，死伤了不少人马，急忙忙逃回，向司马欣和董翳讨救兵。这两个人只怕汉军进来，自顾不暇，没敢发兵去救。韩信可早就侦察了地形，订下了攻城的计划。他先派樊哙、周勃、灌婴他们去进攻咸阳。赶到这边韩信引水灌城，章邯兵败自杀，那边樊哙他们也已经进了咸阳了。

三秦的首领章邯一死，咸阳被汉军占领，司马欣和董翳更加孤立了。秦人对"约法三章"的汉王本来就有好感，一见汉军到来，大多不愿意抵抗。董翳、司马欣打了几阵败仗，都先后投降了。

不到三个月工夫，三秦变成了汉王的地盘。这可把霸王气得鼻孔喷火，头顶冒烟。齐王田荣、代王陈余的叛变已经够叫他生气了，还有彭越仗着田荣的势力，不断地扰乱梁地（河南开封一带），威胁他的后方。项羽认为陈余、彭越跟他作对，全是由于田荣给他们撑腰，只要把田荣消灭，东边和北边就都可以安定下来。可是汉王刘邦夺去了三秦，也不能不去征伐。这么着，他又要向西去攻打刘邦，又得向东去攻打田荣，不能同时进攻两头。正在左右为难的时候，张良给他一封信，劝他去征伐田荣。

张良不是帮着韩王成吗？怎么会替汉王说话呢？原来霸王因为韩王成从来没出过力，把他降了一级，改封为侯。韩王成大发牢骚。霸王说他不识好歹，把他杀了。张良哭得死去活来，一定要替韩王成报仇。他就逃到汉王那边，替他出了个主意，写信给霸王，大意说："汉王只要收复三秦，在关中做王，依照怀王的前约就心满意足了。倒是齐、梁、赵、代等地不及时平定，田荣必定来打西楚。到了那时候，天下将不堪收拾了。"

霸王和范增明知道这是张良替刘邦出的缓兵之计，可是平定了齐、梁、赵、代，单单关中一个地区，回头再去收拾也不太难；要是现在先去对付刘邦，那么往后齐、梁、赵、代就更没法收拾了。倒不如将计就计，卖个人情，所以他们就决定先去进攻齐王田荣。

霸王通知魏王豹、殷王司马卬（áng）等小心防备汉兵，又叫九江王英布发兵一同去征伐齐王田荣。英布存心自己独霸一方，推说有病不能到远处去，派了个将军带着几千兵马去敷衍霸王。霸王就另外给英布一道秘密的命令，嘱咐他暗杀义帝。霸王曾经请义帝搬到长沙去。义帝不乐意，经过几次催促，他还慢吞吞地在路上磨着。英布打发一班心腹扮作强盗，追上义帝的船，在江面上把他杀了。英布派人回报霸王，霸王去了一件心事，就专心去打齐、梁。

鸿沟为界

公元前205年正月，霸王亲自带领大军打到齐国。齐王田荣连着打了败仗，逃到平原。他强迫平原的老百姓供给粮草，慢一步的还得挨揍。平原的老百姓气愤不过，一下子聚集了上千上万的人，杀了田荣。霸王另外立个齐王，齐人不满意新王，霸王就杀了一大批人，又拆毁了一些齐国的城墙，免得齐人再不服从命令。齐人大失所望，霸王一走，他们就叛变了。田荣的兄弟田横趁着这个机会鼓舞齐人保卫父母之邦，鼓励他们抵抗外来的兵马。田横很得人心，夺取了城阳，立田荣的儿子田广为齐王，自己做了将军。霸王再去打齐国。齐人尽力把守城阳，弄得霸王一时没法打进去。汉王可从西边打过来了。

汉王收复了三秦，下了一道命令，让以前秦国的林园一律开放，让农民耕种。三秦的老百姓更加向着汉王了。他又派张良去劝河东的魏王豹投降。魏王豹见汉军强大，听了张良的话，投降了。汉王就这样占领了河东，又派韩信向朝歌（在河南省淇县北）进攻。镇守朝歌的殷王司马卬打了败仗，连着向霸王求救。霸王派项庄、季布带着一队兵马去救朝歌。他们还没赶到，司马卬已经投降了汉王。项庄、季布回来报告，霸王大发脾气，责备他们不该在路上走得这么慢，又把都尉陈平狠狠地骂了一顿，因为司马卬原来是由陈平收过来的。陈平心里很不高兴，觉得自己成了受气包。他想起汉王手下也有他的朋友，就偷偷地逃出楚营投奔汉王去了。汉王把他当作谋士，十分信任。

霸王一心想先把齐国打下来，回头再去收拾汉王，就这样被汉王钻了空子。汉王趁着霸王跟田广、田横相持不下，一直往东打过来，夺下了西楚的都城彭城。霸王一听到彭城也被夺了去，连忙扔了齐国这一头，赶回来在睢水（在安徽省）上跟汉军打了一仗。汉军大败，掉在水里淹死的不知道有多少，连睢水都被堵住了。被俘的也不少，汉王的父亲太公和夫人吕氏也都做了俘虏，被押在楚营里。诸侯一见楚军打了大胜仗，有的就离开汉王归附霸王去了。魏王豹因为汉王把睢水的失败说是他的过错，怕汉王办他的罪，就背叛了汉王。汉王恨透了他，可也没有办法。

汉王收集散兵，守住荥阳，又从关中调来一批士兵，重新整顿队伍。韩信也带着他的一支军队来会合汉王，汉军又振作起来了。汉王采用以攻为守的办法，一面自己守住荥阳，一面派韩信去征伐魏王豹，收复河东。韩信带着曹参、灌婴他们到了魏地，大破魏军，逮住了魏王豹。他派使者到荥阳向汉王报告，还说：他打算往北去攻打燕、赵，收服了燕、赵，往南进攻齐地，然后前后夹攻，包围楚军。汉王完全同意这个计划，还派张耳去帮韩信。韩信真叫厉害，只两个多月工夫，就大破赵军，杀了代王陈余，平定赵地，顺手又收服了燕地。

韩信在北边连打胜仗，汉王可被楚军在荥阳压得不能活动了。谋士陈平献计说："霸王手下不过范亚父（范增）、钟离昧他们几个算是人才。霸王为人猜忌，容易听信谣言。要是大王肯交给我大量的黄金，我就有办法收拾他们。"汉王说："黄金有什么稀罕的，你就多拿些去吧。你爱怎么使，听你的。"

陈平领了黄金，拿出一部分来交给他的心腹，叫他们打扮成楚兵，混到楚营里去。不到几天工夫，楚营里就三三两两议论开了。有的说："范亚父和钟离眛有这么大的功劳，什么好处也没得着。"有的说："要是他们在汉营里，早已封了王了。"这些背地里议论的话传到霸王的耳朵里，他不免起了疑，以后有重大的事情就不再跟范增商量了。他甚至怀疑范增私通汉王，对他很不客气。

汉王派使者去向霸王求和。霸王因为粮食老供应不上，也愿意讲和，就派使者去回报。使者到了汉营，陈平出来招待。他的那股子热心劲儿真叫使者大受感动，不说别的，光是吃食，就有牛羊猪肉摆了一大席。陈平问使者："亚父可好？有没有他的亲笔信？"使者说："我是霸王派来的，为什么要带亚父的信？"陈平故意显出纳闷的神情，说："哦，哦！这是个误会。我们还以为您是亚父派来的。真对不起，请等一等。"他就出去了。立刻进来了几个手下人，七手八脚地把酒席撤下去。过了一会儿，进来一个人，端来了一点儿吃的。使者一看，连普通的饭菜都不如，气得他一赌气就跑回去了。使者指手画脚地向霸王报告，说范增果然私通汉王。霸王更加相信了。

范增看出来了，他就对霸王说："天下大事已经定了，愿大王自个儿好好儿干吧。大王看我年老体衰，让我回老家去吧。"霸王答应了，还派人护送他回到本乡居巢去。范增一路走，一路叹气，伤心得哭都哭不出来。他已经七十五岁了，哪儿受得了这么大的委屈？就在路上害了病，脊梁上长了个毒疮，被折磨死了。

范增一死，更没有人替霸王出主意了。汉王拿少数的兵力，在荥阳、成皋一带牵制住霸王的大军，叫彭越老在楚军的后方截断运粮的道儿，好让韩信去夺取北边和东边的许多地方。汉王就这么守的时候多，打的时候少；败的次数多，胜的次数少，跟霸王相持了两年多。韩信独当一面，打下了赵、燕，又打齐国，杀了齐王田广，轰走齐将田横，攻下了齐地七十多个城。这时候，汉王只盼着韩信早点回来，一则他老被楚军围困在荥阳、成皋一带，没法打出去；二则韩信的兵力越来越大，只怕他不受管束。汉王几次派人去催，哪儿知道韩信按兵不动，倒打发使者送了一封信来，大意说："齐国虽然打下来了，可是齐人多诈，反复无常，南边又接近楚地，难免再发生叛变。可以不可以让我做个假王（假，这儿是代理的意思），暂时代理一下？不然的话，我怕镇压不住齐人。"

汉王看了信十分气愤，他说："岂有此理！我困守在这儿，日夜盼望他来，他不来帮我，反倒要做起齐王来了。"张良、陈平在旁边，两个人不约而同地拿脚尖踢了踢汉王的脚。汉王多么机灵啊，他立刻体会了他们的意思，就装出挂了火儿，当着韩信的使者骂着说："真正岂有此理！大丈夫平定诸侯，就该做真王，干吗要做假王啊？真是！"他就派张良去送大印，封韩信为齐王，一面又派人去劝说九江王英布脱离霸王，封他为淮南王。韩信当然高兴了，英布也答应了，可是他们还不马上发兵攻打霸王。

公元前203年，汉王突围出去，退到广武（在河南省），楚军马上追到了。广武是山名，东西山头各有一座城，中间夹着一条溪涧，东边的叫东广武，西边的叫西广武。汉军守住西广武，楚军占领东广武。两军相对，彼此还可以通话。霸王在阵前吓唬汉王要杀太公。汉王在阵前数落霸王的罪状，说他不讲信义、杀害义帝、屠杀人民，等等。霸王听得火儿了，用戟向后一挥，后面的弓箭手冲上来，一齐放箭。汉王赶快回马，胸口已经中了一箭，受了重伤，差点儿从马背上掉下来。他忍住了疼，扑在马鞍上，故意用手摸摸脚，说："贼人射中了我的足趾，好疼啊。"左右扶着他进了内帐，立刻叫医官替他医治。汉军听说汉王中箭，受了重伤，都着了慌。楚军眼看汉王中了箭，但等他一死，全力进攻。就在这紧要关头，张良劝汉王勉强起来。汉王叫医官用布帛扎住胸脯，勉强上了车，到各军营巡查一遍。大伙儿这才安定下来。汉王马上回到成皋养病去了。

霸王听说汉王没死，还亲自到各军营去巡查，大失所望。又听说自己运粮的道儿也被彭越截断，更加着急起来。张良就对汉王说："目前楚军正缺乏粮食，不能不回去。抓住这个机会去跟霸王讲和，要求他把太公和夫人放回来，我们就撤兵回到关中去。我想他是不会不答应的。"汉王就派使者去见霸王，呈上求和的信。信上的大意是这样的："我刘邦跟你霸王打仗打了七十多次，双方都死了不少人马，弄得老百姓叫苦连天，难过日子。要是再打下去，怎么对得起天下的人呢？我特地派使者前来求和，建议楚汉两方拿荥阳东南的鸿沟为界，鸿沟以东属楚，鸿沟以西属汉，各守疆土，彼此不再侵犯。这样，双方停止战争，恢复兄弟的情义，不但你我二人可以共享富贵，就是老百姓也能过太平的日子。"

霸王倒是个豪爽人，他认为这么划定"楚河汉界"倒也不错，就同意了。钟离昧和季布竭力反对，劝霸王别上汉王的当。亚父范增的话他都不听，钟离昧他们的话更不必说了。霸王就和汉王订了约，交换了合同文书，还把太公和吕氏放了回去。接着他真带着军队回到了彭城。

汉王跟霸王讲和，说要回去，原来是个缓兵之计。现在霸王的大军退了，太公、吕氏又被放回来了，仅仅两个月工夫，汉王就撕了鸿沟为界的合同文书，打发使者分头去约韩信、彭越、英布发兵到固陵（在河南省）会齐，共同去进攻楚军。汉王自己先到了固陵，把军队驻扎下来，一面派使者去催韩信、彭越、英布进兵，一面向霸王下了战书。霸王气得直瞪眼睛，大骂刘邦反复无常。当时就带着钟离昧、季布、桓楚、虞子期等大将，发兵三十万，猛一下子向固陵打过去。汉王慌忙应战，又打了场大败仗。到了半夜，他扔了固陵，逃到成皋。楚军追到成皋，把汉军围在那儿。

汉王对张良说："我总觉得韩信、彭越、英布老不得劲儿。我屡次三番地叫他们快发兵来，他们可都按兵不动。这是什么意思啊？"

张良说："虽然大王已经封韩信为齐王、英布为淮南王，可是那仅仅是个空头衔，您没给他们土地。彭越屡次立了大功，更是什么也没拿到。他在名义上是魏相国，但这是不够的。现在魏王豹已经死了，彭越也想封王。俗语说，重赏之下，必有勇夫。大王不给他们重赏，难怪他们不肯卖力气。"

汉王说："先生的话儿一点不错。请先生告诉他们：等到他们打败了项羽，我就把临淄（在山东省）一带的郡县全封给齐王韩信，一切租税钱粮等项供他支用；大梁的土地全归彭越；淮南的土地全给英布。烦先生分头去封他们吧。"

果然，韩信、彭越、英布得到了分封土地的甜头，没有多久都发兵来会汉王。汉王不用说多么得意了。

四面楚歌

汉王见韩信、彭越、英布等各路兵马先后都到了，就准备跟项羽决战。他请齐王韩信统领各路兵马，指定萧何、陈平、夏侯婴运输粮草，源源不绝地供应大军。成皋、荥阳一路相连几百里都是汉兵。真是兵多粮足，声势十分浩大。

公元前203年十二月，韩信察看地形，把兵马屯在垓下（在安徽省），布置了十面埋伏，要把霸王引到一个适当的地方，准备把他围困起来。他故意拿话去激霸王，让他气得鼻孔喷火、头顶冒烟才好。他编了四句话，叫士兵冲着楚营叫喊：

> 人心都背楚，天下已属刘；
>
> 韩信屯垓下，要斩霸王头！

霸王听了，骂着说："这个钻裤裆的叫花子，想必活得不耐烦了。我就立刻到垓下去，先斩了韩信这小子再说！"霸王好强，受不了人家的讥笑，火绒子性子，一点就着。他率领十万大军一直冲到垓下，可没碰着韩信。他把军队驻扎下来，一看四面全是汉兵，忍不住瞪着眼睛，抖着双手，大声嚷着说："哎……呀呀！我军进了重围了！"大伙儿都吓了一大跳。霸王只好对将士们说："今天汉兵声势浩大，咱们已经中了计，被敌人围在垓下了。可是咱们只要守住阵营，汉兵粮草接不上，必然会退的。"

霸王这个说法并不错，可是他没想到自己的粮道早已被汉兵截断了。一连十来天，霸王只叫将士坚守，不准出战。将士们进来报告说："三军没有粮，战马没有草，士兵们暗地里抱怨。同心协力杀出去，总比待在这儿等死强。"虞子期和季布说："八千子弟一向跟随大王，英勇非凡。大王不如带着他们杀出去。如果能够打开一路，我们各人带领本部人马保护娘娘，就可以紧接着跑出去了。"

钟离眜、桓楚他们情愿跟着霸王先去打一阵。霸王就带领一支人马向前冲过去。楚军尽管大批地死伤，可是霸王的一支画戟，谁也抵挡不住。他见了韩信，更不肯放过。韩信只能一边作战，一边后退。霸王追赶了好几里地，杀散了沿路的汉兵，可是打退一批，又来了一批，杀出一层，还有一层。一支画戟终究对付不了韩信的十面埋伏。楚兵死伤了快一半，那边汉兵又围上来了，四面八方全是敌人。霸王只好转过身来，跑回垓下大营，吩咐将士们小心防守，准备瞅个机会再出战。

霸王进了营帐。他的夫人虞姬（虞子期的妹妹）伺候他坐下，见他闷闷不乐的，故意露出笑容来安慰他，说："胜败乃兵家常事，何必这么烦恼。咱们还是喝几杯提提神吧。"霸王不愿意伤了她的心，就说："你跟着我在军中这些年了，没享过福，我还老给你添麻烦。"虞姬打断他的话，说："大王别说这些。喝几杯，休息休息吧。"

虞姬劝了霸王几杯酒，伺候他睡了，自己守着营帐，心里挺不踏实。到了定更时分，只听见一阵阵的西风吹得树枝子"沙啦沙啦"地直响，好像有人抽抽噎噎地哭着似的。虞姬听了，一阵阵地直起鸡皮疙瘩。她正想躲进内帐里去，忽然听到风声里好像还夹着唱歌的声音。深更半夜，哪儿来的歌声？她慢慢地走到外边，仔细一听，不是唱歌是什么？歌声是由汉营里出来的，唱歌的人还真不少，唱的净是楚人的歌。这是怎么回事啊？

她连忙进了内帐，叫醒了霸王。霸王出来，两个人仔细一听，四面全是楚歌。这一下可把霸王愣住了。他张着嘴，瞪着眼，说不上话来。他拉着虞姬进了营帐，没着没落地对她说："完了，这一下可真完了！难道刘邦已经打下西楚了吗？怎么汉营里能有这么多的楚人呢？"他光知道刘邦的士兵大多是关中人，韩信的士兵大多是齐、赵、燕、代那些地区的人，压根儿没想到英布的九江兵是临近汉水的老乡，是会唱楚人的歌儿的。张良就叫他们教会了汉兵，大伙儿唱起楚歌来。他料到楚兵听了军心一乱，必然会大批地逃亡，嘱咐汉兵不准阻拦逃出来的楚兵。

楚人的歌声传到了楚营，楚营里的楚人听了家乡的歌，都想起家来了。他们眼看着内无粮草、外无救兵，早就不安心了。这会儿，父母、妻子、家乡、邻里，全被这歌声勾起来，谁还愿意待在这儿等死！开头，还只是三三两两地开小差，后来干脆整批地溜了。连跟着霸王多年的将军，像季布、钟离昧他们也暗地里走了。这还不算，就是霸王自己的叔父项伯，也偷偷地投奔张良去了。大将一走，小兵一哄而散。留下的大将只有虞子期、桓楚他们几个人，士兵只剩了千儿八百的子弟兵。楚军就这么自己垮了。

虞子期和桓楚进来，对霸王说："士兵已经散了。大王不如趁着天黑冲杀出去。"霸王叫他们在外边等一会儿，准备在天亮以前一块儿突出重围去。

霸王这时候心里像刀子扎着似的。他什么也不计较，可是败在刘邦手里他是死也不服气的。他什么也不留恋，可是要突围出去就没法保护虞姬，叫他怎么扔得下？他要突围出去，还得依靠那匹骑了多年的战马乌骓。他叫手下的人把马牵来，一面抚摩着那匹千里马，一面说："你辛苦了这些年，弄得这么个下场。唉，咱们的命运太坏了！"虞姬见霸王这么难受地对着战马说话，就叫人把它拉开，可是那匹马瞅着霸王，就是不走。霸王再也忍不住了，他喊了一声，随口用最伤心的调子唱起歌来了：

力气拔得起一座山，

气魄压倒了天下好汉；

时运不利乌骓不走，

可叹哪，可叹！

乌骓不走由它去，

虞姬呀虞姬，你可怎么办？

（注：这首歌的原文是：力拔山兮气盖世，时不利兮骓不逝，骓不逝兮可奈何，虞兮虞兮奈若何？）

左右几个人都哭得抬不起头来，虞姬早已变成泪人儿了。

虞子期进来说："天快亮了，咱们走吧。"霸王还是不愿意离开虞姬。虞姬催着他，说："大王快走吧！看，那是谁？"霸王一回头，说时迟，那时快，她拔出剑来往脖子上一抹。霸王和虞子期赶快去救，已经来不及了。虞子期一见他妹妹死了，也自杀了。霸王两手捂住脸，眼泪像泉水一样从眼眶里涌出来。桓楚听见帐里一片乱哄哄的，进去一看，也止不住直掉眼泪。他刨了两个坑，把他们兄妹俩的尸首分别埋了。霸王跨上乌骓，带着八百子弟兵，好像受了伤的猛虎似的直冲出去，谁也来不及阻挡，谁也阻挡不了。

霸王突出重围，往南跑下去。他打算渡过淮河再往东去。霸王和八百子弟兵沿路杀散汉兵，桓楚阵亡。韩信、英布、周勃、樊哙他们分头追赶。霸王拍着乌骓，使出了平生的劲儿，飞一样地直跑，把汉兵撇在后面。赶到霸王渡过淮河，到了南岸，才瞧见有一百多个子弟兵都快马加鞭地赶到了。他们抢着渡过淮河，跟着霸王又跑了一程，迷了道儿。霸王四面一望，全是小河沟和小道儿，可不知道哪一条道儿可以通到彭城。后面又起了一阵尘土，汉兵远远地还追着呢。

霸王到了三岔路口，瞧见一个庄稼人，就向他问路。那个庄稼人不愿帮他，就说："往左边儿走。"霸王跟一百多个子弟兵就往左跑下去，越跑越不对头，跑得连道儿都没了，前边只是一片水洼地。他们的马陷在泥泞里，连蹄子都不好拔出来。霸王这才知道受了骗，走错了道，赶紧拉转缰绳，再回到三岔路口，可汉兵已经追到了。

霸王往东南跑，到了东城（在安徽省定远县东南），点了点人数，一共才二十八个骑兵。追上来的人马有好几千，好像蚂蚁抬螳螂似的都围上来。霸王觉得这可没法脱身了，就带着这二十八人上了山岗，摆下阵势，对他们说："我从起兵到现在八年了。亲身作战七十多次，没打过一次败仗，就这么当上了天下的霸主。今天在这儿被围，这是天数，不是我不会打仗。我已经不想活了，可是我要和诸君一起痛痛快快地打这最后的一仗。就在这种情况底下，我还能够打三阵，胜三阵，突出重围，斩杀敌人的将军，砍倒敌人的旗子，让诸君知道这是天要我死，不是我不会打仗。"

霸王到了这步田地，还不知道自己的过错在哪儿。他始终认为只有他一个人力气最大，最能打仗，最能杀人，所以天下的人都应当听他的。到了这会儿，跟着他的才二十八个人了，他还不肯认输，一定要再杀一些人让他们瞧瞧。他把二十八个士兵分成四队，说："我给诸君先杀他们一员大将。诸君分四路跑下去到东山下会齐。"他大喊一声，向一个汉将直冲过去。那个汉将仗着人多，想活捉霸王，就跟霸王对打起来。霸王拿画戟猛力一刺，就让他送了性命。汉兵一见，纷纷退了下去。霸王到了山下，山下的汉将、汉兵又把他团团围住。可是乌骓冲到哪儿，哪儿就成了一个缺口。

霸王到了东山下，那四队二十八个子弟兵全都到了。汉兵赶来，又展开血战。霸王专挑汉兵多的地方冲杀。他就一手拿画戟，一手拿宝剑，左刺右劈，又杀了汉军的一个都尉和不少士兵。汉军将士不敢逼近楚兵，远远地嚷着躲着。霸王点了点自己的人数，仅仅短了两个。他笑着对他们说："诸君看怎么样？"他们都趴在马鞍子上行着礼，说："大王真是天神！大王说得一点不错。"

霸王杀退了汉兵，带着二十六个子弟兵一直往南跑去，到了乌江（在安徽省）。恰巧乌江亭长荡着一只小船等在那儿。

他知道来的是霸王，就催他马上渡河。他说："江东虽小，可也有一千多里土地，几十万人口，大王还可以在那边做王。这儿只有我这只船，请大王赶快渡过河去。"

霸王原来打算到了彭城再到会稽去，还没想过到了会稽怎么办。这会儿一听到乌江亭长提起"江东"来，反倒戳疼了他的心。他笑着对亭长说："我到了这步田地，渡过江去有什么意思？当初我跟江东子弟八千人渡过江来，往西去打天下。到今天他们全都完了，我哪儿能一个人回去呢？就说江东父兄同情我，立我为王，我哪儿有脸见他们呢？尽管他们不说，但我心里多么害臊哇。"他接着又说："这匹马，我最喜爱，曾经一天跑过一千里地。我舍不得把它杀了。我知道您是个忠厚长者，我很感激您一片好意，这匹马送给您。"

他下了马，叫亭长把马拉去，那匹马拉也拉不走，净回过头来瞧着霸王。霸王掉了几滴眼泪，拿手一扬，吩咐亭长快拉它上船，渡过江去。亭长只好把乌骓拉到船上。船一离开岸，那匹马就跳着叫着，差点把那只小船闹翻了。亭长放下桨，正想把它拉住，想不到它望着霸王使劲地一蹦，蹦到江里去了。

霸王眼看自己的马被波浪卷了去，低着头直擦眼泪。等他抬起头来往后一瞧，大队的汉军已经追到了。他和二十六个子弟都拿着短刀，步行着跟汉兵交战。他们杀了许多汉兵，自己也一个一个地倒下。末了只剩下霸王一个人。他身上受了几处伤。

有十几个汉将，一齐冲到霸王跟前。霸王拿眼睛向他们一扫，瞧见其中有个将军，是个同乡。霸王说："你不是吕马童吗？老乡也在这儿，正巧。"吕马童不敢正面看霸王。他奔拉着脑袋，说："是！大王有何吩咐？"霸王说："听说汉王出过赏格，情愿出一千斤黄金、封一万户买我的头。我把这个人情送给你吧。"说着，他就自杀了。死的时候他才三十一岁。

霸王一死，西楚差不多都平了。汉王听了张良的劝告，用安葬鲁公的礼节，把霸王的尸首埋了，还亲自祭祀他。

汉王登基

汉王灭了霸王，平定西楚以后，马上跑到齐王韩信的军营里，把兵权夺过来。他对韩信说："将军功劳大，我忘不了你。可是目前天下已经平定，将军还统领着大军，这对将军并没有好处，别人可能会发生妒忌或猜疑。万一出了一些不愉快的事，叫我怎么对得起将军呢？为了保全咱们之间的情义，我再三考虑，觉得楚地已经平定了，义帝没有后嗣，将军又是淮阴人，我就封你为楚王，继承义帝，你还是回到楚地去吧。"楚地没有齐地那么大，兵权又被收了去，韩信当然不大高兴，可是富贵归故乡，也很不错。他就交出了齐王的印，回到楚地，做了楚王。

楚王韩信首先派人去找洗纱的老太太和叫他钻裤裆的那个

少年。在楚王自己的地界里，很快地把这两个人都找来了。韩信再一次谢过那个给他饭吃的老太太，送她一千金（汉以黄金一斤为一金）。老太太欢天喜地地回去了。那个屠夫的儿子一进来就跪在地上直打哆嗦，请楚王韩信治他的罪。韩信叫他起来，对他说："年轻人闹着玩儿的事总是有的，何必认真呢？你就在我这儿做个中尉（在王国内捉拿盗贼的武官）吧！"那个人感激得说不出话来，谢过韩信，含着眼泪出去了。韩信对左右说："当初他侮辱我的时候，我何尝不能把他杀了。可是杀了他，有什么意思呢？我就忍受着。他倒是督促我上进的一个人。"

第二年，就是公元前202年，汉王登基，做了皇帝，后来称为汉高祖，建都洛阳。

汉高祖召集大臣们开了一个庆祝会。大伙儿喝着酒，有说有笑的，很热闹。汉高祖对大臣们说："今天咱们欢聚一堂，我要问问各位，请你们照实说，不必忌讳。我为什么能得天下？项羽为什么失了天下？"大伙儿有这么说的，有那么说的，反正都是些奉承的话。王陵说："皇上派将士去打仗，打下了城邑，有封有赏，所以人人都肯卖力气，替皇上打下了天下。项羽不肯把地方封给有功劳的人，所以人人不肯尽力，那

100

还不失了天下？"

汉高祖乐了乐，说："你们只知其一，不知其二。要知道成功失败，全在用人上。坐在帐帷里订计划，算得到千里以外的胜利，论这一点，我不如子房（就是张良）。治理国家，安抚百姓，运送军粮，源源不绝地供应军队，做这些事情，我怎么也比不上萧何。统领百万大军，开仗就打胜仗，攻城就攻下来，论这一点，我怎么也不如韩信。这三个人都是当世的豪杰，我能够信任他们，他们帮我得了天下。项羽连一个范增都不能用，怪不得被我灭了。"大伙儿听了，都说汉高祖说得对，说得透，不得不佩服他。

汉高祖灭了项羽，总该很满意了吧，可是他还不怎么舒坦，喝酒反倒不如平日那么痛快。有人问他："皇上为什么不敞开大量多喝几杯？"他说："齐王田横躲在海岛上，项羽的大将钟离昧还在暗中拉拢咱们的人。这两个人活着，就好像项羽还没死一样，我怎么能放下心去？"

田横是齐王田荣的兄弟，田荣的儿子田广死了以后，田横接着做齐王。他被韩信打败，差不多全军覆没，只带着亲随的心腹五百多人逃到东海，躲在一个海岛上。汉高祖派使者去叫他来，对他说："你来，大可以封王，小可以封侯；如果不来，就发兵征伐，一个也逃不了。"田横带着两个门客，跟五百多个壮士分别，跟着使者动身了。到了离洛阳三十里的地方，田横对他的两个门客说："我跟汉王本来肩膀一般齐，现在他得了天下，我们去投降，多么臊得慌。今天他高兴了，封你为王，封你为侯；一不高兴，就砍你的头。我何苦自投罗网呢？"说完他就自杀了。两个门客哭了一场，也自杀了。

使者向汉高祖报告。汉高祖叹息了一会儿，把他们的尸体都埋了，还用王礼给田横做了一座坟，就是"田横墓"（在河南省偃师县西）。接着再派使者去叫田横手下的人都回来。五百多个壮士每人只带着一把护身的宝剑，都来了。他们在田横墓上祭祀了一番，唱了一支悲哀的歌儿，就都自杀了。

汉高祖越想越担心。田横手下的人这么死心眼儿向着田横，项羽手下的大将保得住不替项羽报仇吗？尤其是项羽的大将钟离昧，本领大，这个人非找到不可。有人暗地里向汉高祖报告说："钟离昧逃到下邳，躲在韩信那里。"汉高祖听了，脸色都变了。在他看来，韩信加上钟离昧，好像老虎添了翅膀，那还了得？非把他们都收拾了不可。他正想召集几个主要的大臣商议这件事，从陇西来了个献计的人，叫娄敬，他说：

"洛阳四通八达，不是用武之地，不如迁都关中。万一山东（指崤山函谷关以东）有乱，关中可守。"汉高祖问了问左右，他们大多是山东人，谁也不愿意再到关中去。汉高祖决定不下，特地请张良进来问问他的意见。正好张良进来辞行，他说身子不好，不能再跟着皇上，现在天下已经统一，他从此不愿再过问朝廷的事，要云游天下去了。

汉高祖对于带兵的将军确实不大放心，可是对于张良，他一直像对待老师那样对待他，怎么也不能让他走。他说："先生看在我们一见如故的情分上，再帮我几年。小的事情我也不来麻烦您，大的事情非向您请教不可。刚才娄敬劝我建都关中，这是件大事，将士们都不愿意去，我也决定不下。您要是走了，叫我跟谁商量去。"张良见他这么诚恳，只好留下了。他说："洛阳四面受敌，不是用武之地。关中三面险要，都是天然的屏障，独留东路一面控制诸侯，进可以攻，退可以守。而且土地肥沃，物产丰富，从古称为金城千里，天府之国。娄敬说得很对。"汉高祖就决定迁都关中，把秦朝的咸阳改名为长安（现在的咸阳和长安是两个城市）。因为长安在西边，洛阳在东边，历史上就把汉朝拿长安做都城的这一个时代叫"西汉"，也叫"前汉"，把后来汉朝拿洛阳做都城的那一个时代叫"东汉"，也叫"后汉"。

汉高祖决定迁都，先派萧何去修理宫殿，接着就派人去探查韩信和钟离眛的行动。公元前201年，他采用陈平的计策，出去巡游云梦（在湖北省），通知受封的功臣到陈地相见。韩信得到了通知，不能不去，可是他收留着钟离眛，又不敢去，急得他像热锅上的蚂蚁一般。末了，他只好向钟离眛直说，说不能再庇护他了。钟离眛恨恨地说："是我错投了人！不过今天我死，明天就会轮到你。"说着就自杀了。

韩信拜见汉高祖。汉高祖说："事情发觉了，你才来自首，已经晚了。"他吆喝一声，武士们上来把韩信绑了。韩信愤愤不平地说："古人说：'狡兔死，走狗烹；飞鸟尽，良弓藏；敌国破，谋臣亡。'现在天下已经平定，我就该烹了。"

有人劝汉高祖看在韩信过去的功劳上，从宽处分，也好让别的功臣安心。汉高祖想了想，韩信究竟还没造反，要是把他办重了，怕别人不服，就免了他的罪，取消他的王号，降低一级，改封为淮阴侯。

在汉高祖看来，田横和钟离眛简直跟项羽一样重要。这两个主要的敌人已经消灭了，汉高祖总该枕头塞得高高地安心睡觉了吧。万没想到完全不是那回事。他正为了三件大事操心呢。管理国家的制度还没有定出来；长城外的匈奴常来侵犯；有些分封的诸侯王存心割据地盘。这三件大事不办妥善，他是睡不着觉的。

制定朝仪

汉高祖的一批功臣，尤其是从沛、丰起兵一向跟着他的那一帮人，原来都是不分彼此的哥儿们。他们大多举止豪爽，言语耿直。对于读书人或者官员们讲究的那些礼貌，他们不但不习惯，有些根本不懂。在宫里宴会的时候，大伙儿一谈起打仗来，各人都夸耀自己的功劳。一不高兴，就争吵起来；高兴了，就拔剑起舞。经常有人拿着刀剑，大呼大叫地砍柱子、斩案桌，闹得朝堂快变成战场了。汉高祖看了挺不高兴。

大臣当中有个出名的读书人叫叔孙通。他原来是秦朝的博士，投到项梁门下，项羽打了败仗，他投降了汉王刘邦。那时候，刘邦最瞧不起读书人，叔孙通就摘下儒生的头巾，脱去长袍，穿上短褂，打扮得像刘邦的同乡人模样，得到了刘邦的信任。这会儿刘邦做了皇帝，他就献计到礼仪之邦的鲁地去招集儒生，拟定上朝的仪式。汉高祖同意了，他说："可别太难了，要让我也学得会的才好。"叔孙通就根据秦朝尊敬皇帝、抑制臣下的精神，制定了一整套的朝仪（上朝的仪式）。汉高祖下令，吩咐文武大臣都听叔孙通的指挥，到城外去练习朝仪。练了一个来月，都熟了，才请汉高祖去检阅。汉高祖看了，满意地说："这我也会。"

公元前200年（汉高祖七年），萧何已经修好了长乐宫。就在元旦那天，大臣们在长乐宫正式朝贺。殿中早已布置了仪仗，严肃整齐。大臣们按官衔大小，各就各位，按照一定的仪式俯伏、起立、行礼、就座，连喝酒、敬酒都有一定的规矩。汉高祖一看，往日乱哄哄的朝堂，居然井井有条，跟以前砍柱子、斩案桌的情形已大不相同，而且文武百官见了他，都毕恭毕敬，连大气都不敢透一口，心里更加高兴。他得意忘形，不觉脱口而出："我今天才知道做皇帝的尊贵！"

新年庆祝刚过去，还在正月里，北方的匈奴又来侵犯。汉高祖亲自率领三十二万大军往北去抵抗。那一年天气特别冷，又下大雪，有的人冻得连手指头都掉下来，士兵们没到过这么冷的地方，作战很困难。匈奴假装打败，把汉高祖带领的一支军队引到平城，围在白登山（在山西省大同市东）上。汉朝的大军还没全到。汉高祖的一支军队成了孤军，在白登山上死守了七天，用了陈平的计策，买通匈奴内部，他们才退兵。汉高祖为了要专心对付国内，对匈奴贵族采取了"和亲政策"，挑了个后宫的女子嫁给匈奴王，跟匈奴结为亲戚。

汉高祖叫萧何定了一套规章制度，把国家管理得像个样子；又跟匈奴和亲，使北边暂时得到了安宁。可是那些带兵镇守四方的诸侯王不服从朝廷的命令，天下还是太平不了。这些诸侯王过去在战争中都立过大功。他们虽然不是旧的六国贵族，可是还梦想回到秦始皇统一中原以前的时代里去，梦想割据一块土地自立为王，有的甚至认为刘邦可以做皇帝，我何尝不可以做皇帝。

白登之围以后第三年（公元前197年），代相陈豨（xī）造起反来，自立为代王，一下子夺去了常山二十多个城。汉高祖吩咐淮阴侯韩信和梁王彭越一同去征伐。这两员大将都推说有病，汉高祖只好自己带兵去了。

汉高祖还在跟陈豨对敌的时候，家里出事了。韩信手下的人上书告发，说陈豨造反是韩信出的主意，他们还秘密约定里应外合，共取天下。吕后慌忙请丞相萧何想个办法。他们商议以后，使个计，故意派个心腹打扮成军人模样，偷偷地绕道到北边，然后大大方方地回来报告，冒充是皇上派来报信的，说陈豨已经全军覆没，皇上快回来了。大臣们听到了捷报，都到宫里去贺喜。只有韩信仍旧推说有病，不出来。萧何亲自去看韩信，对他说："大臣们都去贺喜，您不去，恐怕给人家说闲话。还是去吧。"韩信只好跟着萧何一块儿到宫里来。宫里早已埋伏着武士，韩信一到，一齐拥上把他绑了。韩信回过头来叫萧何，萧何已经避开了。吕后数落韩信不该跟陈豨谋反。韩信当然不承认。吕后就叫出证人来，说陈豨早已招供了，她吆喝一声，吩咐武士们把韩信杀了。

吕后杀了韩信，才派人向汉高祖报告。韩信死了，去了他一件大心事，汉高祖当然喜欢。

韩信被杀以后不到三个月，就有梁王彭越的手下人告发彭越谋反。汉高祖因为彭越推说有病，不跟他一同去打陈豨，心里已经很不高兴。这会儿他杀了陈豨，平定代地回来，听了这个消息，自然更加生气，就派人把彭越带到洛阳，下了监狱。汉高祖一来因为刚杀了韩信，二来毕竟还没有彭越造反的真凭实据，他不愿意人家说他杀戮功臣，就免了彭越的死罪，把他罚作平民，叫他搬到蜀中去。彭越总算捡到了一条命，到蜀中

109

去就到蜀中去吧。他到了郑地（在陕西省），正碰到吕后从长安到东边来，见了面，就向她哭诉说："我实在没有罪，我对皇上始终是忠诚的。现在我不要求别的，只求皇上让我住在本乡昌邑，就算是皇上和皇后的大恩大德了。"吕后点点头，把他带回洛阳。

汉高祖直怪吕后不该让彭越回来。吕后反倒怪汉高祖太糊涂。她说："彭越是个壮士，您把他送到蜀中去，这是把老虎送到山里去，自讨麻烦。把他杀了，不是更干脆吗？"汉高祖听了吕后的话，就加了个罪名，把彭越杀了。

淮南王英布一听到韩信被杀，已经不安心了。这会儿彭越又遭到杀戮，自己跟他们是一起的，不早动手，免不了和他们一样的下场。他干脆起兵反了。他对手下人说："皇上已经老了，他自己必不能来。韩信、彭越已经死了，别的将军都不是我的对手。"士兵们勇气百倍地愿意跟着他夺天下。英布一出兵，就打死了荆王，打跑了楚王，把荆楚一大片土地都夺过去，急得汉高祖马上发兵去对敌。他碰到英布的军队，一看他布的阵势跟项羽的一样，就有点担心。他在阵前责备英布，说："我已经封你为王，你何苦造反？"英布反问一句："项羽也曾经封你为王，你为什么造反呢？你造反，做了皇帝；我造反，也想做皇帝啰！"

汉高祖冒了火儿，指挥大军直冲上去，正碰上英布的弓箭手，当胸中了一箭。幸亏铠甲护身，箭伤还不太重。他拔出箭，忍住疼，继续前进，杀得英布大败而逃，人马死伤了一半。英布还想逃到长沙去，没想到半路上被人暗杀了。

汉高祖从淮南回来，半路里箭伤又发作了，匆匆忙忙回到长乐宫，病了几个月。在公元前195年，就是他六十三岁那一年，他叫人宰了一匹白马，跟主要的几个大臣订立盟约，说："不是刘家的人不得封王，没有功劳的人不得封侯。谁不遵守这个盟约，天下人共同征伐他！"大臣们都起了誓，决定遵守。汉高祖才闭上眼睛晏驾了。太子即位，就是汉惠帝，尊吕后为皇太后。汉惠帝为人软弱，身子又不大强健，朝中大事大半由吕太后掌管。太后参与朝政，有人赞成，有人反对，这就发生了刘家和吕家的斗争。

公元前188年（汉惠帝七年），二十三岁的汉惠帝死了。他没生过儿子，吕太后叫孝惠皇后假装有孕，到了时候，把后宫美人的婴儿抱来，说是皇后生的，立他为太子。吕太后又怕婴儿的母亲泄露秘密，就把她杀了。这会儿太子即位，称为少帝。太后替少帝临朝，朝廷号令全由她发。这时候，朝廷中几个支持她的大臣，如张良、樊哙都死了。吕太后怕那班立过大功的将军发生叛变，打算封吕家几个人为王，她问右丞相王陵行不行。王陵是个直肠子，他说："不行！高帝曾经跟大臣们定过盟约：'不是刘家的人不得封王，没有功劳的人不得封侯；谁不遵守这个盟约，天下人共同征伐他。'现在要封吕家人为王，这是违背盟约的，我不能同意！"

太后听了很不高兴。她又问左丞相陈平和太尉周勃："你们说呢？"陈平和周勃回答说："高帝平定天下，封自己的子弟为王；现在太后临朝，治理天下，封自己的子弟为王，有什么不可以呢？"太后点点头，才高兴了。过了几天，太后免了王陵右丞相的官职，让他告老还乡。太后先封已经过世的父亲为宣王，大哥吕泽为悼武王。接着又封侄儿吕台为吕王；把齐国的济南郡称为吕国，封给他。不久，吕台死了，他儿子吕嘉继承为吕王。

吕太后这么千方百计地想巩固政权，帮着少帝临朝，少帝可并不感激她。公元前184年（吕太后临朝第四年），少帝知道了母亲被杀的事，像懂事又像不懂事地说："太后怎么能杀我的母亲？将来我长大了，一定要替我母亲报仇！"这话传到了吕太后耳朵里，她十分恐慌，就把少帝杀了，另外立小孩子刘弘为帝，也称为少帝。

公元前181年（吕太后临朝第七年）秋天，吕太后患了重病。她把守卫都城的南、北两支禁卫军交给自己的两个侄儿吕禄和吕产，封吕禄为上将军，亲自掌握北军，吕产亲自掌握南军，嘱咐他们说："咱们吕家封王，大臣们都不赞成。我一死，大臣们可能作乱。你们必须带领士兵守卫宫殿，千万别出去送丧，免得被人暗算。"她还立了遗嘱：大赦天下，拜吕产为相国。

吕太后一死，按制度下葬，吕禄、吕产都没去送殡。他们准备谋反，就怕周勃、灌婴他们这些大臣，不敢马上发动。朱虚侯刘章的妻子是吕禄的女儿。吕禄谋反的计划，他女儿知道。他女儿一知道，女婿也知道了。朱虚侯刘章暗地里派人去告诉他哥哥齐王刘襄，叫他发兵从外面打进来，再约别的大臣为内应，杀了吕家人，就请他哥哥即位。齐王刘襄果然发兵，往西进攻济南，还发信给各诸侯，列举吕家人的罪恶，号召大家发兵去征伐他们。

齐王发兵的警报到了长安。相国吕产慌忙派灌婴为大将，发兵去抵抗。灌婴带领兵马到了荥阳，对手下的将士们说："吕氏一帮人带着军队占据关中，要夺取刘氏的天下。现在我们去攻打齐王，这正是帮着吕氏作乱。"大伙儿认为汉朝的臣下不该帮着吕氏去打刘氏。灌婴就派使者去告诉齐王，双方都把军队驻扎下来，等待吕氏起兵造反，一同打进长安去，齐王同意了，也暂时按兵不动。

吕禄、吕产准备夺取天下，可是他们内怕周勃、刘章，外怕齐、楚的兵马，又怕灌婴叛变，倒弄得进退两难了。这时候，周勃名义上是太尉，可是兵马全掌握在吕家的人手里。他知道曲周侯郦商（郦食其的兄弟）的儿子郦寄跟吕禄是好朋友，就和陈平相商，用计把郦商骗到家里，软禁起来，逼着郦寄去劝吕禄交出兵权。

郦寄对吕禄说："皇上叫太尉领北军，叫您回到赵国去。现在还来得及，您快把将军的印交出去吧，要不然，大祸临头啦！"吕禄就依了他的劝告，交出兵权，走了。

太尉周勃拿了将军的大印，进了北军。他对士兵们说："现在吕氏和刘氏起了纷争，你们自己可以决定到底帮谁。凡是愿意帮助吕氏的，右袒（袒，脱去衣袖，露出胳膊来的意思）；愿意帮助刘氏的，左袒！"士兵们好像连想都没想，全都脱去左衣袖，都愿意帮助刘氏。周勃就接收了北军。

可是南军还在吕产手里。陈平叫朱虚侯刘章去帮助周勃。

周勃叫刘章监督军门，再传达丞相的命令，吩咐宫殿里的卫士不准吕产进宫。吕产不知道吕禄已经离开北军。他带着一队人马，进宫去收玉玺（皇帝的印）。卫士们守住殿门，不让他进去。吕产还不明白底细，刘章带领着一千名士兵已经赶到，就把他杀了。吕产一死，吕氏的兵权全没了，势力就倒了。

大臣们派朱虚侯刘章去告诉齐王，叫他退兵。灌婴也从荥阳退兵回来。大臣们商议着立谁为帝呢。有的说立这个，有的说立那个，可是大多数的大臣都说："代王是高帝的儿子，最长，心眼好；太后家薄氏，小心谨慎，又没有势力，不如立代王。"大臣们都同意，就派使者去请代王。代王刘恒即位，就是汉文帝。

缇萦救父

汉文帝的母亲薄氏是个不得势的妃子，汉高祖在世的时候，她怕住在宫里受吕后的陷害，就跟儿子住在封地上。再说，薄氏是个吃过苦的人，娘儿两个多多少少知道一些老百姓的苦楚。汉文帝一即位，首先大赦天下，接着就召集大臣们商议一件大事。他说："一个人犯了法，定了罪也就是了。为什么把他的父母、妻子也都一同逮来办罪呢？我不相信这种法令是公正的，请你们商议改变的办法。"大臣们商议下来，同意汉文帝的意见，打这儿起废除了全家连坐的法令（连坐，就是牵连着一同办罪的意思）。

汉文帝又下了一道诏书，开始救济各地的鳏（guān）、寡、孤、独（鳏，死了妻子的老年人；寡，寡妇；孤，孤儿；

独，没有儿女的老年人）穷苦的人。规定八十岁以上的老人按月发给米、肉、布帛，还规定地方长官必须按时按节去慰问年老的人。

多少年来，老百姓是不能谈论政治的，更不用说批评皇帝了。汉文帝下了一道诏书，要老百姓多提意见。这么一来，上奏章的，当面规劝皇帝的人就多了起来。别说在朝廷上，就是在道儿上有人上书的话，汉文帝也会停下车来接过奏章。他说："可以采用的就采用，不能采用的搁在一边，这有什么不好呢？"因此，谁都可以上书。

公元前167年，有个小姑娘上书给汉文帝。事情是这样起来的：

齐国临淄地方有个读书人，名叫淳于意（姓淳于，名意）。他喜欢医学，替人治病很有把握，因此出了名。后来他做了齐国太仓县的县令。他有个脾气，不愿意跟做官的人来往，更不会拍上司的马屁。所以过了不久，他辞了官职，仍旧去做医生。

有个大商人的妻子患了病，请淳于意医治。那女人吃了药不见好转，过了几天死了。大商人就告他是庸医杀人。当地的官吏把他判成"肉刑"。那时候的肉刑包括脸上刺字、割去鼻子、砍去左足或右足三种。因为淳于意曾经做过官，就把他解到长安去受刑罚。淳于意有五个女儿，可没有儿子。临走的时候，他叹着气说："唉，生女不生男，有了急难，一个有用处的也没有！"

姑娘们低着头直哭。那个最小的女儿叫缇萦（tí yíng），又是伤心又是气愤。她想："为什么女儿就没有用？难道我不能帮助父亲吗？"她决定跟着父亲一同上长安去。她父亲到了这时候反倒疼着她，劝她留在家里。解差也不愿意带上小姑娘，多添麻烦。可缇萦不依，寻死觅活地非去不可。解差怕罪犯还没送去先出了命案，只好带着她一块儿走了。

缇萦到了长安，要上宫殿去见汉文帝。管宫门的人不让她进去。她就写了一封信，到宫门口把信递给守宫门的人。他们把她的信传上去。汉文帝一看，才知道上书的是个小姑娘，字写得歪歪扭扭，可是挺动人的。那信上写着：

"我叫缇萦，是太仓县令淳于意的小女儿。我父亲做官的时候，齐地的人都说他是个清官。这会儿犯了罪，应当受到肉刑的处分。我不但替父亲伤心，也替所有受肉刑的人伤心。一个人砍去了脚就成残废；割去了鼻子，不能再安上去。以后就是要想改过自新，也没有办法了。我愿意给公家没收为奴婢替父亲赎罪，好让他有个改过自新的机会。恳求皇上开开恩！"

汉文帝不但同情小姑娘这一番孝心，而且深深地觉得过去的肉刑实在太不合理。他召集大臣们，对他们说："犯了罪，应当受罚，这是没有话说的。可是受了罚，得到了教训，就该让他重新做人才是。现在惩办一个犯人，在他脸上刺了字，或者毁了他的肢体，这就太过分了。这样的刑罚怎么能劝人为善呢？我决定废除肉刑，你们商议个代替肉刑的办法吧。"

大臣们商议下来，拟定了三条办法：废除脸上刺字的肉刑，改为做苦工；废除割去鼻子的肉刑，改为打三百板子；废除砍去左足或右足的肉刑，改为打五百板子。

汉文帝同意了，下了一道诏书，正式废去肉刑。小姑娘缇萦不但救了自己的父亲，也替天下的人做了一件好事情。汉文帝减轻刑罚，有人就怕这么下去，犯法的人一定会增加。可是正相反，犯罪的人越来越少了。据说一年里头，全国犯重罪的案子一共只有四百件。这是因为汉文帝采用了一系列减轻人民负担的政策。

汉文帝即位的第二年，就免去那一年田租的一半；第十二年，又免去这一年田租的一半；第十三年以后，完全废除了田租。这时候汉朝立国才二十几年，当年跟着汉高祖打仗的大批农民都分到了一小块土地，免去田租对农民有一些好处，不过得到好处更多的是地主。好在十几年来，国内基本上是太平的；匈奴虽然有时候还来侵犯北方，可没发生大的战争，老百姓还可以安心生产。老百姓安居乐业，国家也有了积蓄。再说汉文帝生活节俭，不肯轻易动用国库里的钱，国家因此更加富足了。有一次，有人建议造一个露台。汉文帝召工匠计算一下得花多少钱。工匠仔细一算，需要一百金。汉文帝说："要这么多吗？十户中等人家的财产也不过一百金。我住在先帝的宫里已经觉得很阔气了，何必再造露台呢？"

为了给天下做个俭朴的榜样，他自己穿的衣服是用黑色的厚布做的。他最宠爱的夫人所穿的衣服也挺朴素，衣服下摆不拖到地上，宫女们更不必说了。

汉文帝虽然连花一百金的露台都不愿意造，可是为了长生不老，求神仙倒很肯花钱。祭祀天帝的费用要多少有多少，被方士（自称能炼金、能求神仙的人）骗去的黄金也就不少。

有个方士叫新垣平，他暗地里派人向汉文帝献上一只玉杯，玉杯上刻着"人主延寿"四个古体字。汉文帝问献杯的人："你这只玉杯是哪儿来的？"那个人说："有一位穿黄衣服的老爷爷，眉毛、胡须全像雪一样白，他嘱咐我替他献给皇上。我问他：'您叫什么名字？住在哪儿？干吗要我去献？'他说：'你不必问。远在天边，近在眼前，有缘千里来相会，无缘对面不相逢。'"

新垣平说："没说的，那位老爷爷就是仙人！"汉文帝收了玉杯，吩咐左右拿出黄金来赏给来人。方士们正在汉文帝面前捣鬼的时候，丞相张苍暗地里派心腹去侦察新垣平的行动。张苍是个天文学家，他不相信方士的鬼话。果然被他查出了那个献玉杯的人和刻字的工匠。这样，方士欺蒙皇上、骗取金钱的把戏被揭穿了。汉文帝前前后后仔细想了想，这才从迷梦中醒过来。他越是后悔自己的糊涂，就越痛恨方士。他把新垣平这些罪恶大的方士办成死罪，次要的轰了出去。从此，他回过头来又留心起国家大事来了。他下了一道诏书，首先承认自己的过错，然后劝老百姓好好地耕种，不要去做买卖。在诏书里还嘱咐各地官吏去劝告老百姓不可浪费粮食，不应该把粮食拿来做酒。

公元前158年，匈奴侵犯上郡和云中，来势汹汹，杀了不少老百姓。好多年不曾打仗，匈奴忽然打进来，大伙儿慌忙放起烽火来，远远近近全是火光，连长安也瞧得见。汉文帝连忙派周亚夫他们几个将军首先守住京城和邻近的关口，再发大军去打匈奴。他还嘱咐将士们用心把匈奴打回去，可是不要追到匈奴的地界里去。匈奴碰到汉朝的大军，打了一阵，乱哄哄地逃回去了。从这一次的战争中，汉文帝知道周亚夫是个人才。还有一个少年将军李广也挺了不起的，汉文帝把他称赞了一番。可是汉文帝不喜欢用兵，将军们在平日也显不出本领来。

打败匈奴以后第二年，四十六岁的汉文帝害了重病。他立了遗嘱，大意是："万物有生必有死，我死了，你们不必过于悲伤。安葬要节俭，不可起大坟，也不可把珍宝埋在坟里。照过去的规矩，戴孝实在太长时间了。吩咐天下官吏和人民戴孝只需三天，就该满孝。别的我也不必多说，一切从简就是了。"

他叫太子到跟前，对他说："将来如果发生变乱，可以叫周亚夫掌握兵权，准错不了。"说了这话，他就咽了气。接着太子即位，就是汉景帝。

晁错削地

汉景帝认为租税固然不应该太重，但是国家必要的开支也不能省，租税不能完全不收。他在即位第一年，开始征收田租一半，租税还是很轻的。

当初汉文帝废除肉刑改为打板子，原来是件好事情。但是犯人有打到五百或者三百板子就被打死的。汉景帝就规定：原来要打五百板子的减为二百，原来要打三百板子的减为一百。他还规定只准打屁股，不准打别的地方，免得丧了犯人的性命。

汉景帝也像汉文帝一样，采用减轻人民负担的政策，决心把国家治理好。他知道内史晁（cháo）错（内史，官职名，是治理京师的大官）有才能，把他提升为御史大夫（地位和宰相差不多）。

御史大夫晁错眼看分封的那些诸侯王势力越来越大，有的已经不受朝廷的约束，天下又快变成诸侯割据的局面了。那时候汉朝共有二十二个诸侯国，有些诸侯的土地实在太多了，像齐王有七十多个城，吴王有五十多个城，楚王也有四十多个城。诸侯闹割据，一来免不了要发生战争，二来对发展生产也很不利。晁错对汉景帝说："吴王（刘濞）一直不来朝见，按理早该把他办罪。先帝（指汉文帝）送给他几杖（几就是桌几，疲倦的时候，可以靠着打个瞌睡；杖就是拐杖，可以拄着走道。几杖是古时候尊敬老年人的礼物），原来是宽大为怀，希望他改过自新。哪儿知道他反倒越来越狂妄自大，不受朝廷管束。他还招兵买马，准备造反。眼看诸侯王的势力越来越大，还是趁早削减他们的封地，限制他们发展。"汉景帝说："好是好，就怕削地会引起他们造反。"晁错说："诸侯要是存着造反的心，削地要造反；不削地，将来也要造反。现在造反，祸患还小，等将来他们势力更大了，造起反来，那祸患就更大了。"

汉景帝听了晁错的话，决心削减诸侯王的封地。可巧楚王刘戊到长安来，晁错就揭发他的罪恶，要汉景帝把他治罪，收回他一部分的封地。这位楚王刘戊是汉景帝的从兄弟，荒淫无度，不守规矩。他以为楚国离长安路远，谁也不会发觉的，偏偏被晁错查出来了。汉景帝削去了他的封地中的一个郡，仍旧让他回去。晁错又查出了赵王的过失，削去他的一个郡。胶西王私卖官爵，经人告发，削去了六个县。

晁错正计划着要削减吴王刘濞的封地，忽然从他家乡颍川跑来了一个老头儿。晁错一看，原来是自己的父亲，连忙把他迎接进去。他父亲责备他说："你找死吗？我好端端地在家里，你可不让我活下去！"晁错一愣，说："这从哪儿说起？"他父亲说："你做了御史大夫，地位已经够高的了。怎么还不安分守己，好好地过日子，反倒自寻烦恼，硬管闲事？你想，诸侯王都是皇室的骨肉，你管得着吗？你把他们的封地削了，他们哪一个不怨你，哪一个不恨你！你这究竟是为了什么？"

晁错请他父亲别生气。他说："削地是为了国家的安全。请您也想一想，各地的诸侯王势力越来越大，朝廷的权力就越来越小了。这么下去，天下必然大乱！削地就是要使天下太平。"

他父亲叹了一口气，说："我明白了。可是这么下去，刘家的天下可以安稳，我晁家的性命可就危险了。我已经老了，不愿意见到大祸临头。"晁错还是劝他要为国家着想，即使有人不谅解，也该干下去，任劳任怨有时候也是难免的。可是这位老大爷就是不能体贴晁错的心意，他回到老家，还真喝毒药自杀了。

晁错不能听从他父亲的话专为自己打算。他跟汉景帝商议下来，准备削减吴王的封地。没想到吴王刘濞先造起反来了。他在汉文帝的时候，就想自己做皇帝。这会儿借着削地的因由，拿"惩办奸臣晁错，救护刘氏天下"的名义，煽动别的诸侯王一同起来叛变。诸侯王当中有的不愿意打仗，有的还想趁着乱劲儿，再抢些地盘。吴王刘濞分头接洽下来，参加叛变的有吴、楚、赵、胶西、胶东、淄川、济南七个诸侯国。因为参加叛乱的有七个诸侯国，历史上就称为"七国之乱"。他们一同发兵，声势十分浩大。汉景帝吓慌了。朝廷上有几个妒忌晁错的人就说七国发兵完全是为了晁错一个人。他们劝汉景帝说：只要答应七国的要求，杀了晁错，免了诸侯王起兵之罪，恢复他们原来的封地，他们就会撤兵回去的。汉景帝为了保住自己的皇位，就昧着良心，把忠心耿耿的晁错杀了。

汉景帝杀了晁错，下了一道诏书，叫七国的诸侯退兵。诏书送到吴王刘濞那里，刘濞已经打了几场胜仗，夺到了不少地盘，他自己做了皇帝，哪儿还肯退兵？他说："我已经做了皇帝，还管什么诏书不诏书！"他干脆把诏书退了。这样，朝廷和诸侯国之间的大战就正式开始了。

汉景帝没有了晁错，就好比折了一只胳膊，一听到七国的大军连着打了胜仗，急得直后悔。可是晁错已经杀了，后悔也没用。正在没法的时候，他想起汉文帝临终时候的话来："将来如果发生变乱，可以叫周亚夫掌握兵权，准错不了。"他立刻拜周亚夫为大将，发兵去征伐。二十二个诸侯国当中叛变的有七国，不叛变的还有十五国。周亚夫很能用兵，首先稳住了这十五个诸侯国，然后使用计策，仅仅三个月工夫，就把七国的叛变都平定了。

汉景帝灭了起兵的诸侯王，可还让他们的后代继续为诸侯。不过从此以后，各国诸侯只能在自己的封地内征收租税，不再干预地方行政，诸侯的势力大大削弱，汉朝的政权就更加巩固了。汉朝能够加强统一，晁错是有功劳的，可是他已经死了。

七国之乱以后，天下又安定了。汉景帝还是减轻税赋，减少官差，国内又出现了一片富裕的景象。公元前150年（七国之乱以后第四年），汉景帝立皇子刘彻为皇太子，那时候刘彻才七岁。赶到他十六岁那一年，汉景帝害病死了。皇太子刘彻即位，就是汉武帝。汉武帝是中国历史上很有本领的一个皇帝，文的武的都有一套。别看他年轻，可他知道要治理国家，做一番大事业，首先必须搜罗人才；有人才，才能办大事。他采用选举和考试相结合的办法搜罗人才。这样一来，有本领的人还真来了不少。

李广射虎

汉武帝一即位，就下了一道诏书，叫各郡县推举品行端正、稍有才学、能够有话直说的人，这叫作"举贤良方正、直言极谏之士"（谏，用直言规劝在上的人的错误）。当时推荐到京师来的有一百多人。汉武帝亲自考试，挑选了十多个人，其中最出名的要算广川人（广川，在河北省）董仲舒了。他主张拿孔子的学说来统一思想，排斥百家，设立学校，培养人才。这种维持君权的主张正适合汉武帝的想法，他重用董仲舒和他那一派儒家的人。可是汉武帝的祖母窦太后不赞成改变文帝、景帝的法度。汉武帝刚即位，年纪又轻，不敢得罪窦太后，只好让董仲舒去做江都相（汉武帝有个弟弟封在江都；相是辅助诸侯王的大臣）。

汉武帝的雄心大志没法发挥，只好跟一班伺候他的臣下喝酒、作诗、打猎玩儿。他十九岁那年（公元前138年），要大兴土木建造一座很大的花园，叫"上林苑"。那一年碰上大水灾，黄河开了口子，平原的庄稼全都淹了。可是皇家十分富足，库房里的钱不知道有多少万贯，串钱的绳子都烂了，钱多得数都没法数；粮仓的粮食一年年地堆上去，都露到外面来，多得吃不完，有的已经霉烂，不能吃了。老百姓遭到了灾荒，皇家却有的是钱和粮食。汉武帝要大规模地起造上林苑，有人赞成，有人反对。上书反对大兴土木的一个大臣叫东方朔。他说话好像说笑话闹着玩儿似的，可是说的都是正经话，人家就称他为滑稽派。

有一回，汉武帝的奶妈因为儿子犯了罪，汉武帝要处罚她。她向东方朔哭诉，请他帮助。东方朔告诉她再去向汉武帝求饶，可不要多说话，只要临走的时候，回过头去多看皇上几回就是了。第二天，奶妈向汉武帝央告，求他开开恩，汉武帝不答应，叫她走，她还不走。东方朔执着长戟正伺候着汉武帝，他吆喝一声，说："滚出去！"奶妈只好走了，一步一回头地看着汉武帝。东方朔责备她说："滚，老婆子！你该放明白点儿，现在的皇上不是吃奶时候的婴孩，你还回头看什

130

么？"汉武帝听了，心头很难受，想起自己是她奶大的，怎么能忘恩负义不照顾她呢？他马上免了她的罪，好言好语地嘱咐她以后小心点儿。

这位被称为滑稽派的东方朔劝告汉武帝别修上林苑，汉武帝虽然觉得东方朔的话说得有道理，也爱他忠心耿耿，敢说话，可是他只把东方朔称赞了一番，赏他一百金，并没接受他的意见。他照样下令动工，大修上林苑。上林苑完了工，就有一班专门会拍马屁凑热闹的文人作诗、写文章来歌颂汉武帝。其中最叫汉武帝欣赏的一篇就是《上林赋》。那篇《上林赋》是汉朝出名的文人司马相如（姓司马，名相如）写的。汉武帝喜欢文学，欣赏司马相如和别的文人的文章，自己也喜欢作诗，这些都是真的，可是他的雄心大志并不在文学方面。这时候窦太后已经死了，汉武帝自己掌了权，他要抵抗匈奴的侵犯，使国家强大起来。

汉武帝看得很清楚，中原最大的敌人是北方的匈奴。汉高祖亲自带兵抵抗匈奴，吃了败仗，只好对匈奴贵族采取"和亲政策"。但是他们还不断地侵犯中原，抢劫粮食、牛羊和别的财物，还把青年男女掳去做奴隶。文帝和景帝不愿意打仗，在边境上只做消极防御。匈奴的势力因此越来越大，成了汉朝最大的威胁。

公元前129年，匈奴又来进犯，一直打到上谷（在河北省）。汉武帝派卫青、李广等四个将军，每人带一万人马，分四路去抵抗匈奴。这四个将军当中，李广年纪最大。他在汉文帝的时候就做了将军。汉文帝曾经对他说："可惜你在我手里做将军，不是时候，如果你在高皇帝手里，封万户侯也算不了什么。"汉景帝的时候，李广一直守住北方的边界，他曾经做过上郡太守。

有一回，李广带着一百个骑兵追赶三个匈奴兵，追了几十里地才追上。他射死了其中的两个，把第三个活捉了。正准备回来，突然前面来了几千个匈奴骑兵！大伙儿不由得慌了，逃又逃不了，怎么办呢？李广对士兵们说："咱们离大军几十里地，回不去了。干脆下马，把马鞍子也卸下来，大伙儿躺在地上休息一会儿。匈奴兵以为咱们是来引他们过来的，一定不敢打咱们。"他们就都下了马。匈奴的将军果然害怕了，马上叫士兵们上山，布置抵抗的阵势，有一个白马将军冲下山来，李广立刻上马赶过去，只一箭就把他射死了。李广一回来，又下了马，躺在地上。天黑下来，匈奴兵认为前面一定有埋伏，提心吊胆地守着山头。到了半夜，他们趁着天黑，偷偷地逃了。

到了天亮，李广一瞧，山上没有人。大伙儿这才擦了擦冷汗，回到大营。

多少年来，李广净在北方防御着匈奴。匈奴人因为李广箭法好、行动快、忽来忽去，谁都摸不清他打哪儿来、往哪儿去，就给他一个外号叫"飞将军"。飞将军李广在北方出了名，匈奴人都怕他。

这一回，汉武帝派出四路人马去抵抗匈奴。匈奴的首领叫军臣单于（军臣，是人名；单于，是匈奴王的意思），他探听到汉军分四路打过来了，就把大部分的兵马集合起来，沿路布置了埋伏，要活捉李广。李广打了一阵胜仗，往前追去。他哪儿知道匈奴兵是假装打败引他进去的。这一下子李广可倒了霉了，他掉在地坑里，被匈奴的伏兵活活地逮住。匈奴的将士们高兴得没法说。他们一看，李广快死了，把他放在用绳子络成的吊床里，用两匹马驮着，送到大营里去献功。

匈奴的将士们一路走，一路唱着歌。李广躺在吊床上纹丝不动，好像死了似的。走了几十里地，他偷偷地瞅着旁边一个匈奴兵骑着一匹好马，就使劲地一挣扎，猛一下子跳上那匹好马，夺过弓箭来，把匈奴兵推下马去，掉过马头拼命地往横里跑。赶到匈奴的将士们一齐去追，李广已经跑在头里了。他一面使劲地夹住马肚子催着马快跑，一面连着射死了几个追在最前面的匈奴兵。匈奴的将士们瞧着李广越跑越远，只好瞪着眼看他逃回去。

军臣单于集中兵力专打李广，李广这一路打了败仗不必说了。另外三路怎么样呢？一路打了败仗，死伤了七千多人。另一路根本没找到匈奴兵，白跑了一趟回来了。只有卫青那一路打了胜仗，逮住了七百来个匈奴兵，立了大功。

四个将军回到长安，报告经过。汉武帝听了，只有卫青打了胜仗，他格外赏赐卫青，封他为关内侯。那两个打败仗的将军被定了死罪，都应当砍头，李广就是其中的一个。好在汉朝已经有了一条规矩：罪人可以拿钱来赎罪。他们两个人交了钱，赎了罪，打这儿起，做了平民。

李广做了平民，回到老家，打打猎、喝喝酒，日子过得挺无聊。第二年秋天（公元前128年），匈奴两万骑兵又打进来，杀了辽西太守，掳去青年男女两千多人和不少财物。汉朝守边界的将军打了败仗，退到右北平（包括河北省丰润、遵化等地方），守在那儿。又过了几个月，那个将军死了，右北平没有人主持。汉武帝又起用李广，派他为右北平太守。

李广做了右北平太守，匈奴兵害怕李广，逃到别的地方去了。右北平一带没有匈奴人了，可是时常有老虎出来伤害人。李广就经常出去打虎，老虎碰见他，没有不被他射死的。有一天，李广回来晚了，天色半明半暗，正是老虎出来的时候。他和随从的人都很小心，恐怕山腰里突然跳出一只老虎来，就一面走着，一面提防着。李广忽然瞧见山脚下草蓬里蹲着一只斑斓猛虎，拱着脊梁正准备扑过来。他连忙拿起弓箭来，使劲地射了过去。凭他百发百中的箭法，当然射中了。手下的人见他射中了老虎，拿着刀跑过去逮。他们走近一瞧，全愣了。原来中箭的不是老虎，是一块大石头！箭进去很深，拔也拔不出来。大伙儿奇怪得不得了。

李广过去一看，也有点儿纳闷。石头怎么射得进去呢？他也不相信自己有这么大的力气。他回到原来的地方，摆好马步，拿起弓箭来，对准那块大石头使劲地又射了一箭。那支箭碰到石头，迸出了火星儿，掉在旁边。他还不相信，连着又射了两箭，箭头都折了，可都没能射到石头里去。

可是就那么一箭已经够了。人们都说飞将军李广的箭能射穿石头。这个消息传了开去，匈奴更害怕李广，不敢来侵犯右北平了。可是在别的地方，匈奴还是老来袭击汉兵。汉武帝再派卫青带着三万兵马从雁门出发去打匈奴。他打了胜仗，杀了匈奴好几千人，又立了一个大功。

公元前124年，卫青打了场大胜仗，掳来了十几个匈奴小王，一万五千多个俘虏。汉武帝为了鼓励将士们打匈奴，拜卫青为大将军，加封土地和户口，还要把卫青的三个孩子都封为列侯。卫青接受命令做了大将军，别的都推辞了。他说："打退敌人全靠皇上的洪福和将士们的功劳，我不该加封，孩子们更谈不到，请皇上开恩！"汉武帝就把卫青手下的七个将军都封为列侯。第二年，匈奴再一次侵犯代地，汉武帝派大将军卫青率领飞将军李广等六个将军和大队人马去对付匈奴。卫青的外甥霍去病才十八岁，少年英雄，很有能耐，也跟着他舅舅卫青去打匈奴。

霍去病是第一次出来打仗的小伙子，十分勇敢。他做了校尉，带着八百名壮士作为一个小队。八百人的小队居然闯进匈奴的大营，杀了匈奴的一个头子，活捉了两个俘虏回来。卫青问了问那两个俘虏，才知道一个是单于的叔叔，一个是单于的相国！捉到了这么高级的首领，这功劳可真不小。没想到那个被霍去病杀了的匈奴头子还是单于的叔伯爷爷。霍去病立了这么大的功劳，被封为冠军侯。

在这次战争中，有一个校尉叫张骞（qiān），也立了大功。张骞曾经作为汉朝的使者到过西域（汉朝边疆以西的地区笼统地都叫西域，大部分在现在新疆维吾尔自治区），被匈奴逮去，扣留了十多年。后来他逃回来，在卫青手下做校尉。他熟悉匈奴的地形。这次出兵，全靠他带道，人马才没受渴挨饿。卫青奏明他的功劳，汉武帝封他为博望侯。

汉武帝为了专门对付匈奴，派了十多万人马去建筑朔方城（在内蒙古黄河以南），又征发十多万民夫，把黄河以南（指河套一带）秦始皇时候造的要塞堡垒都修理了一下，接着移民十万人到朔方去。这大量的移民，不但加强了边防，也解决了部分没有土地的农民的生活。他把国内和防守的事情大体上都布置好了，就再派张骞到西域去。

张骞探险

张骞是汉中人，在汉武帝初年做了郎中。那时候，匈奴当中有人投降了汉朝。汉武帝从他们的谈话中才知道一点西域的情况。他们说敦煌（在甘肃省）和天山当中有个大国，叫月氏（yuè zhī）。月氏人被匈奴打败，往西逃去。他们痛恨匈奴，想要报仇，就是没有人帮助他们。

汉武帝听了，就想：月氏在匈奴的西边，要是跟月氏联合起来，准能切断匈奴跟西域各国的联系，等于斩断匈奴的右胳膊。他下了一道诏书，征求精明强干的人去联络月氏。汉朝跟月氏本来没通过音信，谁也不知道这月氏到底在哪儿。那几个匈奴人只知道月氏往西边逃去，逃得很远，可是究竟有多远呢，谁也不知道。诸侯王、文武大臣当中没有一个人敢到这种地方去的。他们说不是不敢去，可是连地名都不知道，没头没脑地怎么去呢？

那时候张骞还是个小伙子，他觉得这件事情很有意义，首先应征。张骞带头应征，别的人胆子也大了。有个匈奴人叫堂邑父（姓堂邑，名父），还有一百多个勇士都愿意跟着张骞一块儿去寻找月氏国。

公元前138年，汉武帝就派张骞为使者，带着这一百多个人从陇西（就是现在的甘肃省）出发去找月氏。陇西外面就是匈奴地界。他们要到月氏去，必须经过匈奴。张骞他们小心地走了几天，还是被匈奴兵围住了。这一百多个人怎么打得过匈奴呢？没说的，他们做了俘虏。

匈奴倒没杀他们，只是派人管住他们，不放他们回去。张骞他们走不了啦，只好住在那边，过着匈奴人的生活。一住就是十多年。可是他们全都分散了，只有堂邑父跟张骞在一起。日子久了，匈奴人管他们就不怎么严了。他们说话、做事，跟一般匈奴人没有什么不同，日常生活比以前自由得多了。

有一天，张骞跟堂邑父商量了一下，带着干粮，趁着别人不留心的时候，骑上两匹快马，逃了。他们没忘了自己的任务，还是要到月氏去。虽然不知道月氏在哪儿，可是他们断定：只要往西走，准错不了。他们跑了几十天，吃尽苦头，逃出了匈奴地界。出了匈奴地界，总该到了月氏了吧。哪儿知道月氏还没找到，倒闯进了另一个国家，叫大宛（在中亚细亚）。

大宛在月氏的北边，是出产快马、葡萄和苜蓿（mù xu，就是草头，也叫金花菜）的好地方。他们到了大宛，就被大宛人截住。大宛是匈奴的邻国，懂得匈奴话。张骞和堂邑父都能说匈奴话，言语方便，一说就明白。大宛人就去向国王报告。大宛王早就听到过在很远很远的东方有个大汉王朝，地方很富庶，吃的、穿的、住的讲究得没法说，金银财宝、绸缎布帛多得用也用不完，就是太远，没法来往。这会儿一听到汉朝的使者到了，连忙欢迎他们。

张骞见了大宛王，对他说："我们是奉了皇上的命令到月氏去的。要是大王能够派人送我们去，将来我们回到中原，皇上一定拿最好的礼物来送给大王。"大宛王答应了，就派人送张骞他们到了月氏。张骞见了月氏王，谈到汉朝愿意跟月氏联合起来共同去打匈奴。月氏王能够得到汉朝的帮助，杀父大仇可以报了，他还能不高兴吗？没想到完全不是那么一回事。

原来月氏老王被匈奴杀了以后，月氏人立他的儿子为王。新王率领着全部人马和牲畜迁移到西边。他们越走越远，一直到了大夏（就是现在阿富汗北部的地区），大夏人就跟他们打起来了。双方打了几仗，月氏人打败了大夏，占领了大夏大部分的土地。那边土地肥沃，物产丰富，月氏人得到了那块土地，很满意，就建立了一个"大月氏国"。月氏王不想再去跟匈奴作战，报仇的念头已经冷了。他听了张骞的话，不大感兴趣，只因为张骞是个使者，就很有礼貌地招待着他。

张骞和堂邑父在月氏住了一年多，还到大夏去走走，学到了许多东西，就是没法叫月氏王去打匈奴。他们只好回来。他们离开月氏，经过康居（在中亚细亚）和大宛，到了匈奴地界，又被匈奴逮住了。堂邑父本来是匈奴人，张骞又能说匈奴话，只要他们不回到中原去，匈奴还是不杀他们。他们只好留在那边。过了一年多工夫，匈奴内部出了事儿，太子和单于争夺王位，弄得国内大乱。张骞趁着乱劲儿，同堂邑父逃回来了。张骞原来带着一百多人出去，在外边足足过了十三年，就剩下他们两个人回来。汉武帝慰劳他们，拜张骞为大中大夫，封堂邑父为奉使君。

大中大夫张骞因为熟悉匈奴的地理和情况，这次随大将军卫青出征，能够在漫荒野地找到水和草。卫青特地向汉武帝奏明张骞的功劳，所以汉武帝就封他为博望侯。

博望侯张骞还想再到西域去。他向汉武帝详细报告西域各国的大概情况。最后他说："我在大夏看见邛山（在四川省）出产的竹杖和蜀地（四川省成都市）出产的细布。"

汉武帝奇怪起来。他说："邛竹和蜀布是咱们中原很出名的东西，怎么你能在大夏见到呢？"张骞说："是啊！我当时就问大夏人这些东西哪儿来的。他们说是买卖人从身毒（古代对'天竺'的音译，发音近似'sin do'，就是现在的印度）买来的。身毒在大夏东南好几千里，是个大国，风俗跟大夏差不多，就是天气热。还有，他们骑着大象打仗，这就跟别的地方不一样。大夏在长安西边一万二千里，现在大夏人能从身毒买到蜀地的东西，可见身毒离蜀地一定不远。我们走西北这条道到大夏去，必须经过匈奴，阻碍重重。要是从蜀地出发，走西南那条道儿，经过身毒到大夏，就不必经过匈奴了。"

张骞又讲了一些别的西方国家的情况。汉武帝听了，才知道在匈奴的西边还有大宛、大夏、安息（古代的波斯）、大月氏和康居这些国家。汉武帝打算用礼物和道义去跟这些国家来往，使它们都联合起来对付匈奴。他非常钦佩张骞的探险精神，完全同意他经过身毒到大夏去的计划。

汉武帝派张骞为使者，从蜀地出发，带着礼物去结交身毒。按照张骞的推想，身毒是在蜀地的西南方，可是谁也没有去过。那条道儿还得用他们的脚去踩出来。

张骞把人马分成四队，从四个地点出发去寻找身毒国。四路人马各走了两千里地，都碰了壁。有的给当地的部族打回来了，有的被杀害了。

往西走的一队人马到了昆明（在云南省），也给当地的人挡住了。汉朝的使者只好换一条道儿走。他们绕过昆明，到了滇国（也叫滇越，在云南省）。滇国的国王原来是楚国人，已经有好几代跟中原隔绝了。他愿意跟汉朝来往，很客气地招待着使者，也愿意帮助使者找道儿去通身毒。可是昆明在中间挡着，一过去就打，他们只好回来。

张骞回到长安，向汉武帝报告经过。汉武帝认为这次出去虽然没能找到身毒，可是已经通了滇越，在南方结交了一个从没听到过的国家，也很满意。

公元前121年，匈奴再一次打到上谷，杀了几百个汉人，抢了一些牲畜、财物，不等汉军过去就走了。这可把汉武帝气坏了，他决定跟匈奴拼一拼。

再通西域

汉武帝拜青年军事家霍去病为车骑将军，叫他率领一万骑兵，从陇西出发去进攻匈奴。霍去病的军队打了大胜仗，夺取了燕支山和祁连山。

过了两年，就是公元前119年，一万多匈奴骑兵从东边打进来，杀了一千多名当地的老百姓，抢了一些粮食和财物又回去了。汉武帝派大将军卫青和车骑将军霍去病各带五万人马去追击匈奴。这时候，飞将军李广做了郎中令（宫廷的守卫官），经常在汉武帝左右，要求派他去打匈奴，汉武帝说他太老了，不让他去。李广再三要求，他说："匈奴这么疯狂，一次次地侵犯我们，屠杀我们的老百姓，我实在不能再在京师里消消停停地住下去了。"汉武帝就叫他带一队兵，跟别的三个将军一共四队人马，由大将军卫青统领，一同出发。临走的时候，汉武帝嘱咐卫青说："李广年老，不可让他独当一面。"卫青点了点头。

这次汉军出去跟以前大不相同。除了十万骑兵，还有几十万步兵和十四万匹驮东西的马。卫青、霍去病分两路进兵，一定要打败匈奴。

卫青派李广往东绕道进兵，指定日期到漠北（沙漠以北）会齐。李广要求打先锋，可不愿意往东绕道，因为他不熟悉东路的情况。卫青不答应，派另一个将军赵食其（zhào yì jī）跟李广同去。

卫青自己向北进军，一碰到匈奴，就打起来了。匈奴连连败退。卫青在三天里头追了二百来里地，可没追上单于。汉军又追了一段路，没找到一个匈奴兵，又不知道前面的路，就回到漠南（沙漠以南）。

卫青的大军回到漠南，才碰到李广和赵食其的军队。卫青责备他们误了日期，他说："人家已经从漠北回来了，你们可才到了漠南。"赵食其说："东路水草少，道儿远，弯弯曲曲的小道儿又多，我们迷了道儿，差点儿连漠南都到不了啦。"李广气愤不过，连话都说不出来。卫青一面送酒食给李广，一面派人审问李广他们行军误期的案子。

飞将军李广流着眼泪对将士们说："我自从投军以来，跟匈奴打仗，大小七十多次，有进无退。这次大将军不让我跟他在一起，一定要我往东绕道儿。东路远，迷了道儿，耽误了日子，我还能说什么？我已经六十多了，犯不着再上公堂。"说着，就自杀了。士兵们一向敬爱李广，一听到他死了，全都哭了。

李广的儿子李敢，跟着车骑将军霍去病从代郡出发去打匈奴，倒立了功劳。霍去病的大军连着打了胜仗，逮住了单于手下的三个王，还有将军、相国、军官等八十三人，消灭了匈奴八九万人。匈奴人逃到漠北。打这儿起，漠南不再有匈奴的军营了。

西域一带有许多国家本来都受到匈奴的压迫，现在看到匈奴打了败仗，失了势，就都不愿意再向匈奴进贡、纳税。汉武帝趁着这个机会，打算再派张骞去通西域。

张骞献计说："匈奴西边有个乌孙国（在新疆伊宁县以南的地区），原来也给匈奴纳税进贡。最好先结交乌孙王，要是他愿意和我们结交，皇上不妨跟他和亲。这么一来，乌孙以西的国家，像大宛、康居、大夏、月氏，就容易结交了。"

汉武帝一听到能够联合这许多国家来对付匈奴，挺赞成。他派张骞和他的几个副手为使者，拿着汉朝的使节，带着三百个勇士，每人两匹马，还有牛、羊一万多头，黄金、钱币、绸缎、布帛等价值几千万钱的礼物，动身往乌孙去。

张骞到了乌孙，乌孙王出来迎接。张骞把一份很厚的礼物送给他，对他说："要是大王能够搬到东边来，皇上愿意把那边的土地封给大王，还把公主嫁给大王做夫人，两国结为亲戚，共同对付匈奴，这对咱们两国都有好处。"

乌孙王一时不能决定。他请张骞暂时休息几天，自己召集大臣们商议商议。乌孙王和大臣们只知道汉朝离乌孙很远，可不知道汉朝的天下到底有多大，兵力到底有多强。他们离匈奴又近，大伙儿都害怕匈奴，不敢搬到东边去。可是乌孙王又想得到汉朝的帮助，因此商议了好几天，还是决定不下来。

张骞恐怕耽误日子，就打发他的副手们拿着使节，带着礼物，分别去联络大宛、康居、大月氏、大夏、安息、身毒、于阗（在新疆和阗县）等。乌孙王还派了几个翻译帮助他们。这许多使者去了好些日子还没回来，乌孙王倒先打发张骞回去了。他借着送回张骞，回拜汉朝的因头，派了几十个人到长安去探看一下。

张骞带着乌孙的使者来见汉武帝。汉武帝见了他们已经很高兴了，又瞧见乌孙王送给他的几十匹高头大马，喜欢得不得了，格外优待乌孙的使者。

　　过了一年，张骞害病死了。汉武帝失去了这么一个英雄，愁眉苦脸地闷了好几天。又过了几年，张骞派出去的那些副手带着各国的使者陆续回来了。各国的使者又都送来了各色各样的土特产作为礼物。汉武帝非常高兴。他想知道西域各国的情况，向他们问长问短地问了许多话。

　　使者们也说不上西域到底有多少国家，大伙儿把到过的地方合起来算一算，就有三十六国。这些国家一向受着匈奴贵族的压迫，匈奴还派官员到那边去收税，要牛羊，要奴仆。他们害怕匈奴，只好把自己的奴隶和财富交给匈奴。这会儿汉朝皇帝打败了匈奴，跟这些国家交好，他们不必纳税，而且能得到礼物，都很乐意跟汉朝结交。

　　乌孙王不愿意搬到东边来。汉武帝就在那边设立了两个郡，一个叫酒泉郡，一个叫武威郡（就是甘肃省酒泉县和武威县），一年到头有官员和兵士守卫着。这么一来，匈奴不能再从那一边往南来侵犯了。

　　汉武帝为了联合西域各国一致抵抗匈奴，一而再，再而三地打发使者分别到这些国家去。西域三十六国都知道博望侯张骞，说他心眼儿好，够朋友。因此在很长一个时期内，派到那边去的使者都不说张骞已经死了。他们每次出去的派头大体上都跟当初张骞出去的时候差不多。出使一次，多则几百人，少则一百来人。西域的道儿上每年都有使者来往。路近的两三年来回一次，路远的八九年来回一次。汉朝和西域的交通就这么建立起来了。这对汉朝和西域各国都有好处。汉朝从西域那边得到的，有高头大马、葡萄、苜蓿、胡桃、蚕豆、石榴等几十种物产；西域各国从汉人那里学会了耕种、打井和炼铁，这对于发展生产大有帮助。

汉朝和西域各国这么来往着，匈奴人当然很不服气。他们准备了一段时间，就派骑兵去阻碍交通，抢劫使者带着的货物。汉武帝除了加紧酒泉和武威的防御以外，又设立了两个郡，一个叫张掖郡，一个叫敦煌郡。这四个郡都驻扎着军队，随时可以打击匈奴，保护着西域的交通。

通神求仙

汉武帝派卫青、霍去病他们打匈奴，派张骞他们通西域，都得到了很大的胜利。汉朝的江山早已坐稳了。他还打算干什么呢？俗语说"做了皇帝想登仙"，这话对汉武帝来说，一点儿不假。他从十六岁即位以来，一直相信鬼神。这一二十年来，已经有不少方士向他骗过俸禄和黄金。他一发现方士欺诈，就把他们杀死。可是他认为神仙是有的，就是这些方士本领太差，所以他杀了一个，接着就相信另一个。

这会儿他相信一个方士叫少翁。"少翁"就是"少年老人"的意思，看过去少翁还像个少年，可是他说他已经二百多岁了。少翁对汉武帝说："皇上要跟神仙来往，先得把自己住的宫殿、用的被服都装饰成像神仙用的，神仙才能下来。"汉武帝一心想做神仙，先要见见神仙，就听了少翁的话，把宫殿的顶子、柱子、墙壁都画上五彩的云头、仙车什么的，帷幕和被服也都绣上这一类的玩意儿。

少翁又请汉武帝盖了一座甘泉宫，里面画着各色各样的神像，摆着祭祀的东西，为的是请神仙下来。这么搞了一年多，花了不少钱，神仙还是没下来。汉武帝开始起了疑，少翁也觉得自己要是再不想办法，恐怕就要失去皇上的信任了。

有一天，少翁跟着汉武帝到甘泉宫去，路上瞧见有人牵着一头牛过去。少翁指着牛对汉武帝说："这头牛的肚子里准有天书。"当场就把那头牛宰了，从牛肚子里拿出一条布帛来，上面写着字。尽管字写得古怪，字句也不大好懂，汉武帝还是认出是少翁的笔迹。审查下来，果然是少翁耍的把戏。汉武帝就把方士少翁杀了。少翁的骗局被拆穿了，他的徒弟还想靠着欺骗过日子。他们又耍了一个花样。过了一个多月，有人说在关东碰见了少翁，回来向汉武帝报告。汉武帝又像相信又像不相信，他派人把少翁的坟刨开，打开棺材瞧瞧。方士们又买通了掘坟的人，他们对汉武帝说：棺材是空的，里面只有一个竹筒。这样一来，汉武帝又相信起别的方士来了。

公元前115年，汉武帝用柏木做栋梁，造了一座二十来丈高的台，叫"柏梁台"，台上用铜做柱子，有三十来丈高，铜柱顶上有个盘，叫"承露盘"。承露盘由一只手掌托着，那手掌就叫"仙人掌"。柏梁台上的仙人掌托着承露盘。盘里的露水和着玉石的粉末变成玉露。方士们都说，经常喝玉露就能长生不老。汉武帝一有玉露就喝。喝了露水倒无所谓，玉石磨成的粉末怎么能吃呢？玉露喝得多了，害得他生了一场大病。

他病一好，就老想着少翁棺材里的竹筒。他以为杀的只是一个竹筒，真的少翁早已遁走了。他直怪自己得罪了仙人。正在这时候，又来了一个方士，叫栾（luán）大。他对汉武帝说："我以前在海里来往，碰到了一个仙人，拜他为老师，学到了一些皮毛。只要功夫深，黄铜可以炼成金，大河开了口子，也可以堵住，长生不老的仙丹可以得到，神仙也可以请到。可有一样，少翁受了冤枉死了，方士有几个脑袋呢？因此，我栾大也不敢多嘴。"汉武帝连忙撒谎，说："他是吃了马肝中毒死的，你别多心。只要你有法术，尽管说，要花钱，我有。"栾大说："我的老师都是仙人。只有人求他们，他们并不求人。皇上诚心求神仙，就该尊重仙人的使者，才可以叫他去求仙通神。"

汉武帝真信了栾大的话，就封他为将军，赏给他十万斤黄金，叫他去迎接神仙。栾大动身以后，汉武帝打发几个心腹扮作老百姓暗暗地跟着他，观察他的行动。

这几个心腹沿路跟着栾大，看他干什么。栾大上了泰山，坐了一会儿，下来又到海边溜达溜达，就这么待了几天，回到长安来了。那几个暗探瞧见栾大这么捣鬼，根本没有神仙跟他来往，就实话实说，把这些事告诉给汉武帝。栾大见了汉武帝，还想捏造鬼话。汉武帝叫出证人来，揭穿他的勾当，不怕栾大不招认，把这个方士又拉到大街上斩了。

杀了一个少翁，来了一个栾大；杀了一个栾大，又来了一个公孙卿。公孙卿劝汉武帝上泰山去祭天。他说："黄帝祭了天，有黄龙下来迎接他。他骑着龙上去，当时攀着龙须上天的有黄帝的宫女和大臣一共七十多人。还有别的臣下也拉着龙须不放，想一同上去，可是龙须拉断了，全掉下来。我的老师没法上去，只好留在人间修道。"汉武帝听了，叹了一口气，说："要是我能学黄帝的样，我情愿抛弃荣华富贵。"他拜公孙卿为郎中，叫他准备上泰山去祭天。

汉武帝带着方士和大臣们上了泰山，在山上刻了字留个纪念，祭祀一番。他下了山，齐地的方士成群结队地来拜见汉武帝，都说蓬莱岛上有神仙。他就吩咐人准备船只，自己要坐船到海里去找神仙。可是海上风浪很大，汉武帝直皱眉头。大臣东方朔劝他，说："皇上还是回去吧。求神仙也不能太心急。只要安安静静地住在宫里，多修修好，神仙有灵，自然会降临的。"汉武帝听了东方朔的话，回到长安。

这一次出门，费了五个月工夫，花了无数的金钱，还是没见到神仙。没见到神仙倒也罢了，谁想得到东边、北边、西南边都出了事，汉武帝不得不把求神仙的事暂时缓一下子，去对付外来的侵扰。

苏武牧羊

匈奴自从被卫青、霍去病打败以后，逃到漠北，休息了好几年。他们表面上做出要跟汉朝和好的样子，实际上还是招兵买马，准备侵入中原。单于还一次次地派使者来求和，可是汉朝的使者到匈奴去回访，有时候就被他们扣留了。这几年来，汉朝的使者前前后后被匈奴扣留的就有十几起，匈奴的使者被汉朝扣留的也有十几起。公元前100年（汉武帝四十一年），汉武帝正想出兵去打匈奴，匈奴又派使者来求和，还把汉朝的使者都放了回来。

汉武帝见到被匈奴扣留的使者都回来了，很高兴。为了报答单于的好意，他特地派中郎将苏武带着使节送匈奴的使者回去，把以前扣留下的使者也都放回去，还带了许多礼物去送给单于。

苏武奉了命令，带着两个副手，一个叫张胜，一个叫常惠，和一百多个士兵到匈奴那儿去，路上跟匈奴的使者们交了朋友。

苏武到了匈奴那儿，送回扣留的使者，送上礼物。哪儿知道单于并不是真心要跟汉朝讲和。他把汉朝的使者送回去只是个缓兵之计。他一见汉朝把使者送回来，还送了这么多的礼物，就认为汉朝中了计，更加骄横起来了。他对待苏武也不讲礼貌。苏武为了两国和好，不便多说话，更不能发脾气。他只等着单于写了回信让他回去就是了。没想到就在这个时候，出了倒霉的事儿，害得苏武吃尽苦头。

苏武没到匈奴以前，有个汉朝的使者叫卫律，投降了匈奴。单于正需要汉人帮助他出主意，特别重用他，封他为王。卫律有个副手叫虞常，虽然跟着卫律，心里可很不愿意。他见到卫律替匈奴出主意去侵犯中原，心里更不痛快。他老想杀了卫律，逃回中原去，就因为没有帮手，不敢莽撞。这会儿他见到苏武和他的副手张胜来了，高兴得不得了。他跟张胜本来就是朋友，就暗地里对张胜说："听说咱们的皇上恨透了卫律，我准备替朝廷把他杀死。我母亲和兄弟都在中原，我不希望别的，只希望立了功，皇上能够照顾照顾我的母亲就是了。"

张胜很表同情，愿意帮他去暗杀卫律。谁知道"路上说话，草里有人听"。虞常没把卫律弄死，自己反倒被单于的手下人逮住了。单于叫卫律审问虞常，还要从他身上查出同谋的人来。到了这时候，张胜害怕了。他只好把虞常跟他说的话告诉了苏武。苏武急得跟什么似的，他说："要是虞常供出了跟你同谋，咱们还得去上公堂。堂堂大国的使者像犯人一样被人家审问，不是给朝廷丢脸吗？还不如早点自杀吧。"说着，就拔出刀来向脖子上抹去。张胜和常惠眼疾手快，连忙拉住他的手，夺去刀，没让他死。

苏武只希望虞常不供出张胜。虞常受了各种残酷的刑罚，只承认张胜是朋友，他们曾经说过话，不承认跟他同谋。卫律把供词交给单于，单于叫卫律去召苏武他们投降。

苏武一见卫律来叫他投降，就对常惠他们说："丧失气节，污辱使命，就算活下去，还有什么脸见人哪？"一面说，一面又拔出刀来向脖子上抹去。卫律慌忙把他抱住，苏武的脖子已经受了重伤。他倒在地上，浑身是血。卫律叫人去请医生。常惠他们哭得不像样子。赶到医生到来，苏武还没醒过来。医生给苏武灌了药，让他缓醒过来，然后给他涂上药膏，扎住伤口，把他抬到营房里去。常惠很小心地伺候着他。那个愿意帮助虞常的张胜已经被关在监狱里了。

单于十分钦佩苏武，早早晚晚派人去问候，一直等到他完全好了，才叫卫律想办法再去劝他投降。卫律奉了单于的命令审问虞常和张胜。他请苏武坐在公堂上好像旁听似的听他审问。审问下来，卫律给虞常定了死罪，杀了。他对张胜说："你是汉朝的使臣，不该跟虞常同谋暗杀单于的大臣。你也有死罪。可是单于有个命令：投降的免死。你要是不投降，我就砍了你的脑袋！"说着，他就拿刀向张胜举着。张胜贪生怕死，投降了。

卫律回过头来对苏武说："你的副手有了死罪，你不投降也得死！"他又拿起刀来，还没砍过去，苏武脖子一挺，不动声色地等着。他这一挺，反倒叫卫律的手缩回去了。他说："苏先生，您听我说吧。我也是不得已才投降匈奴的。多蒙单于大恩，封我为王，给我几万名手下人和满山的马群。您瞧多么富贵呀。苏先生今天投降，明天就跟我一样。何必这么固执白白地丧命？先生听我的劝告，我就跟先生结为兄弟。要不然，恐怕您不能再跟我见面了。"

苏武站起来，指着卫律的鼻子，骂着说："卫律！你做了汉朝的臣下，忘恩负义地背叛朝廷，厚颜无耻地投降了敌人，做了汉奸，我为什么要跟你见面呢？我决不会投降，要杀要剐（guǎ）都由你！匈奴闯下这场祸，将来汉朝来问罪，你也逃不了。"

苏武的责备，义正词严，连卫律这号人听了也红了脸。单于听了卫律的报告，不由得更加钦佩苏武，可是他更加要想办法叫苏武投降。他想折磨苏武，叫他屈服，就把他下了地窖（jiào），不给他吃的、喝的。这办法可真毒辣，没有吃的已经够受的了，没有喝的，简直不想让人活了。可苏武仍旧不屈服。这时候正好下大雪，破破烂烂的地窖里也全是雪。他就捧着雪大口地吃。嘴倒是不渴了，肚子还是饿的。他把扔在地窖里破旧的皮带、羊皮片什么的啃着吃下去。这么着，他又过了几天。

单于见苏武还活着，只好把他放出来。单于要封他为王，他不干。最终，单于把他送到北海（就是现在苏联的贝加尔湖），叫他在那边放羊。他的副手常惠也不肯投降。单于罚他做苦工，故意不让他跟苏武在一起。

苏武到了北海，口粮不够。他就挖野菜，逮田鼠作为补充。吃的、喝的，是冷是热，他都不在乎，最叫他念念不忘的是他没完成使者的使命。现在他什么都没有，跟他同生同死的就剩下这根使节了。他从这根使节上得到了安慰。他拿着使节放羊，抱着使节睡觉，他还想着总有一天能够拿着使节回去。

大雁带信

一年一年地过去了，苏武一直在北海放羊。那个代表朝廷的使节日夜没离开他的手，这么多年来，使节上的穗子全掉了。可是他把那根光杆子的使节看成自己的命根子一样，紧紧抓住这根杆子，想念着汉武帝，想念着朝廷，想念着父母之邦。

苏武在朝廷上有个很要好的朋友叫李陵。他出使匈奴的第二年，汉武帝派李陵带着五千名步兵，去跟匈奴作战。单于亲自率领三万骑兵，把李陵这点儿步兵都围上。尽管李陵的箭法了得，尽管这五千名步兵杀了六七千名匈奴兵，终于因为没有救兵，只剩下四百零几个人回来，李陵自己被匈奴逮去，贪生怕死，投降了。

李陵投降匈奴的消息惊动了朝廷。汉武帝让李陵的母亲和妻子下了监狱，召集了大臣们评评李陵的罪行。大臣们都骂李陵不该贪生怕死，只有个太史令，叫司马迁，他冒冒失失地说："李陵虽然打了败仗，可是杀了这么多的敌人，也足足可以向天下的人交代了。李陵不肯马上就死，准有他的主意。他一定还想将功赎罪来报答皇上。"

汉武帝火儿了，他责问司马迁说："你怎么知道他的主意？是李陵告诉你的？是你叫李陵去投降的？要像你这种说法，谁都可以投降敌人了。你这么替投降敌人的人强辩，不是存心反对朝廷吗？"他吆喝一声，把司马迁下了监狱。

审查下来，司马迁被定了罪。按照汉朝的规矩，定了死罪还可以拿出钱来赎罪。可是司马迁拿不出钱来，只好受了刑罚，成了个残废的人，被关在监狱里。依他的脾气，他宁可自杀，也不愿意受罚。可是他想到自己有一项极重要的工作没完成，不应该死。他正在用全力写着一部历史书，叫《史记》。他要忍受一切痛苦来完成这部书。"有志者事竟成"，司马迁终于写完了《史记》，咱们今天还读那部书呢。

汉武帝把李陵的一家下了监狱，把司马迁治了罪。后来传说李陵要帮着匈奴来打汉朝了。汉武帝大怒，就把李陵的一家全杀了。李陵得到了全家灭门的消息，哭得死去活来，也死心塌地地投降了匈奴。他听说苏武宁可死，决不投降，可不敢去见这位老朋友。一直过了十几年，单于知道了李陵跟苏武的交情，就派他到北海去劝苏武。

李陵对苏武说："单于听说我跟您过去素来要好，特地派我来跟您说，他很尊敬您。您反正不能回到中原去，何苦在这儿吃苦呢？不管您怎么忠心，有谁知道呢？现在皇上已经老了，今天杀大臣、明天杀大臣，无缘无故地就把人家灭了门。皇上这个样，朝廷这个样，您受罪还为了谁呢？"

苏武回答说："我是汉朝的臣下，我不能对不起自己的祖宗，不能对不起父母之邦。请您别再说了。"

过了一天，李陵又对苏武说："老兄，您能不能再听听我的话？"苏武板着脸说："我早已准备死了。大王（李陵封为匈奴王）一定要逼我投降的话，我就死在大王面前！"李陵见苏武这么坚决，忽然称他为"大王"，听了实在刺耳，就叹了一口气，只好跟苏武分别了。

自从苏武被匈奴扣留以后，十多年来，汉朝跟匈奴经常作战，汉武帝发兵，少则几万人马，多则几十万人马。打一次仗，匈奴总得死伤几万人马，怀着胎的牛、马、羊也流了产，那些才生下来的小牛、小马、小羊，碰到打仗照顾不了，也大批大批地死去。匈奴因此元气大伤。后来老单于死了，他儿子即位当了单于，就派使者到汉朝来要求讲和。

汉武帝同意了匈奴的要求，答应和好。原来这时候汉朝也很困难。汉武帝为了打匈奴、通西域，再加上他生活奢侈，好讲排场，又迷信鬼神，连年大兴土木，耗费了大量的人力物力，这许多年来，把文帝、景帝时候积下来的钱财粮食，花得干干净净。为了弄钱，他重用残酷的官吏，加税加捐，加重官差，甚至让有钱的人出钱买爵位，买官做。这班人做了官，当然要拼命搜刮老百姓，更加几倍、几十倍捞回买官的本钱来，逼得老百姓难过日子。大大小小的官僚、地主还趁着农民有困难的时候，大批地兼并土地。当初汉文帝和汉景帝减轻租税，原来是件好事情，可是受益最多的是地主，贫苦农民遭到了天灾人祸，只好把土地卖给他们。到了汉武帝的时候，土地更加集中到大中地主的手里，失去土地的农民不是做了佃农，就是逃亡成为流民。再加上水灾、旱灾，各个地方都有大批的农民起来反抗官府。精明强干的汉武帝已经看到了：他要是再这么干下去的话，国内一定大乱，汉朝的统治准会被这一代的陈胜、吴广推翻。这不能不叫他害怕。他下了决心，要尽一切努力来巩固自己的统治，挽救自己的命运。

公元前89年，就是汉武帝六十九岁那一年，农民正开始春耕的时候，他吩咐大臣们准备农具，自己亲自下地，装模作样做个耕种的架势，还吩咐全国官吏劝导农民好好儿耕种。

正在这时候，有个管财政的大臣向汉武帝建议说："轮台（在新疆维吾尔自治区）东部有五千多顷（古时候田一百亩为一顷）土地可以耕种。请皇上派人到那边去建造堡垒，驻扎军队，然后招募老百姓到那边去开荒。这样，不但轮台可以种五谷，而且可以帮助乌孙，让西域各国有所顾忌。"汉武帝趁着这个机会，下了一道诏书，说：轮台在车师以西一千多里。以前发兵去打车师，虽然打了胜仗，但是因为路远，饮食困难，沿路死了好几千人，到车师去已经死了这么多人，别说再到车师以西更远的地方去了。要是派人到遥远的轮台去筑堡垒，驻扎军队，这不是又要扰乱天下，苦了老百姓吗？我听也不愿意听下去。目前最要紧的是：废止残暴的刑罚，减轻全国的赋税，鼓励农民努力耕种，养马的可以免劳役。只要国家开支不缺乏，边疆防守不放松，就很好了。

这道诏书，后人称为"轮台悔过"。从此以后，汉武帝就不再用兵，还用各种办法让老百姓能够过日子。农民反抗朝廷的行动开始缓和下来。

公元前87年，汉武帝死了，汉昭帝即位，才八岁。骠骑将军霍去病的异母兄弟霍光是个托孤大臣（皇帝临死把自己的子孙托给大臣叫托孤），掌握着朝廷的大权。公元前85年，匈奴的单于也死了，他儿子即位。新单于的叔叔和别的匈奴王都要做单于，就这么起了内乱，无形中分成了三个国家。新单于知道没有力量再跟汉朝打仗，又打发使者到长安要求跟汉朝和好。霍光也派使者去回报，只提出一个要求：要单于放回苏武、常惠等汉朝的使者。匈奴骗使者说苏武他们已经死了。

第二次汉朝又派使者到匈奴去。常惠买通了单于的手下人，私底下跟使者见了面，说明苏武的底细，还教给他一个要回苏武的办法。使者见了单于，要他送回苏武和其他的使者。单于说："苏武早已死了。"汉朝的使者很严厉地责备他，说："匈奴既然存心要跟汉朝和好，就不应该再欺骗汉朝。我们皇上在上林苑射下了一只大雁，大雁的脚上拴着一条绸子，是苏武亲笔写的一封信。他说他在北海放羊。您怎么说他死了呢？大雁带信，就是天意。您怎么可以欺骗天呢？"

单于听了吓了一大跳，眼睛看看左右，左右目瞪口呆地都愣了。一会儿单于张着嘴，眼睛望着天，说："苏武的忠义感动了飞鸟，难道我们还不如大雁吗？"他当时就向使者道歉，答应一定好好儿地送回苏武。使者说："承蒙单于放回苏武，请把常惠和别的几个人一概放回，才好真心真意地互相和好。"单于也答应了。

当初苏武出使的时候，随从的有一百多人，这次跟着他回来的只剩常惠等几个人了。苏武出使的时候刚四十岁，在匈奴受难十九年，今天回来，胡须头发全都白了。长安的人民听说苏武回来了，都出来看。他们瞧见了白胡须、白头发的苏武手里拿着光杆子的使节，没有不受感动的。有的流下眼泪来，有的跷着大拇指，说他真是个大丈夫。

苏武他们拜见了汉昭帝，交还使节。汉昭帝拿着那光杆子，看了好大的工夫，又看看苏武他们，酸着鼻子，可说不出话来。他把使节亲手交给苏武，对他说："您到先帝（指汉武帝）庙里去祭祀祭祀，把使节交还给先帝，让他老人家也高兴高兴。"说着，他直流眼泪。大臣们也都流着眼泪，心里直痛恨匈奴不讲信义。苏武回来以后，汉朝和匈奴没再打仗，双方都有使者来往。

霍光辅政

汉昭帝虽然年纪小，但他能听从大臣们的话。霍光忠心耿耿，他叫汉昭帝尽可能地照顾老百姓，减轻赋税，减少官差，有时候还借种子、借粮食给农民。因此有的人说："孝文皇帝和孝景皇帝的日子又快回来了。"可是朝廷中有几个大官因为霍光不讲情面，他们不能为所欲为，就把他看作眼中钉，非把他拔去不可。

左将军上官桀和他的儿子上官安首先反对霍光。上官安是霍光的女婿。他有个女儿，才六岁。上官安要把这个六岁的女儿嫁给汉昭帝，将来好立她为皇后。他请父亲上官桀先去跟霍光疏通疏通。霍光说："您的孙女才六岁，现在就送进宫里去，不合适。"话是一句好话，可是上官桀和上官安从此更痛恨霍光了。

上官安不死心，他另外找了个帮手。他找到了汉昭帝的大姐盖长公主的朋友丁外人，请他去请求盖长公主。丁外人向盖长公主一说，盖长公主就答应下来了。汉昭帝从小死了母亲，一向把大姐盖长公主看成母亲一样。盖长公主怎么说，他就怎么依。这么着，上官安六岁的女儿进了宫，没有多少日子就被立为皇后。上官安做了国丈，还做了车骑将军。他非常感激丁外人，就在霍光面前说丁外人怎么怎么好，可以封他为侯。霍光对于六岁的小姑娘进宫这一件事本来很不乐意，因为盖长公主主张这么办，他也不便过于固执。可是封丁外人为侯，算是什么规矩呢？就算上官安嘴皮子说出血来，霍光也是不依。

上官安央告他父亲上官桀再去跟霍光商量。霍光说："无功不得封侯，这是高皇帝立下的制度。"上官桀降低了要求，他说："拜他为光禄大夫行不行？"霍光说："那也不行。丁外人无功无德，什么官爵都不能给。请别再提啦。"霍光因此得罪了上官桀他们爷儿俩和盖长公主、丁外人他们。

上官桀他们勾结燕王刘旦（汉昭帝的异母哥哥），先想办法消灭霍光，然后废去汉昭帝，立燕王刘旦为皇帝。朝廷里有左将军上官桀、车骑将军上官安，还有别的大臣，外边有燕王刘旦，宫里有盖长公主和丁外人，他们联合起来布置了天罗地网，不怕霍光不掉在里面。

燕王刘旦不断地派人送信、送金银财宝给盖长公主和上官桀他们，叫他们快想办法。刚巧霍光出去检阅羽林军（保护皇帝的禁卫军），又把一个校尉调到大将军府里来。上官桀他们抓住这个机会，派个心腹，冒充燕王刘旦的使者，假造了一封燕王的信，去告发霍光。汉昭帝接过信一看，信上大意说："听说大将军霍光出去检阅羽林军，耀武扬威地坐着跟皇上一样的车马，又自作主张，调用校尉。这种不尊重皇上、滥用职权的人哪儿像个臣下？我担心他准有阴谋，对皇上不利。我愿意归还燕王的大印，到宫里来保卫皇上，免得奸臣作乱。"

汉昭帝把这封信看了又看，念了又念，就搁在一边。上官桀等了半天，没有动静，就到宫里去探问。汉昭帝只是微微地一笑，可不回答他什么。第二天，霍光进去，听说燕王刘旦上书告发他，吓得躲在偏殿里等候发落。过了一会儿，汉昭帝临朝，大臣们都到了，单单少了一个霍光。他问："大将军在哪儿？"上官桀回答说："大将军因为被燕王告发，不敢进来。"

汉昭帝吩咐内侍去召霍光进来。霍光进去，自己摘去帽子，趴在地上，说："臣该万死！"上官桀他们心里得意地想："这回你可真该死啦！"汉昭帝说："大将军尽管戴上帽子。我知道有人存心要害你。"大臣们听了，一愣。霍光又是高兴又是奇怪。他磕了个头，说："皇上怎么知道的？"汉昭帝说："大将军检阅羽林军是在邻近的地方，调用校尉也是最近的事，一共不到十天工夫。燕王远在北方，他怎么能够知道这些事？就算知道了，马上写信，马上派人来上书，也来不及赶到这儿。再说，如果大将军真要作乱，也用不着调用一个校尉。这明明是有人暗伤大将军，燕王的信分明是假造的。我虽然年轻，也不见得这么容易受人欺蒙。"这时候汉昭帝才十四岁，霍光和别的大臣们听了，没有一个不佩服他的聪明的。

霍光戴上帽子，恭恭敬敬地站着。上官桀他们吓得凉了半截。汉昭帝把脸一沉，对大臣们说："你们得想个办法把那个送信的人抓来！"送信的人就是上官桀他们，大臣们哪儿知道呢？汉昭帝连着催了几天，也没破案。上官桀他们怕追急了弄出大祸来，就劝汉昭帝说："这种小事情，陛下不必追究了。"汉昭帝说："这还是小事情吗？"打这儿起，他就怀疑起上官桀那一伙人来了。

上官桀他们还在汉昭帝面前说霍光坏话。汉昭帝可火儿了。他说："大将军是忠臣。先帝嘱咐他辅助我。以后谁敢在我面前诬赖好人，我就砍他的脑袋！"上官桀他们只好再使别的花招。他们商议停当，由盖长公主出面请霍光到宫里去喝酒，上官桀爷儿俩布置埋伏，准备在宴会的时候刺死霍光。他们又派人通报燕王刘旦，请他到京师来即位。燕王答应上官桀他们为王，当时先派使者去接头。

上官桀爷儿俩又秘密地定下了计策，准备杀了霍光之后，再把燕王刘旦刺死，上官桀自己即位做皇帝。上官安高兴得像躺在云端里一样。父亲做了皇帝，自己就是太子了，心里太高兴，不能不向自己的心腹聊聊。有人把他们的秘密告诉了霍光，霍光连忙告诉了汉昭帝，汉昭帝又连忙嘱咐丞相田千秋火速扑灭乱党。

田千秋首先逮住了燕王刘旦的使者，再派人分别去抓上官桀、上官安和丁外人，录了他们的口供。他们好像做梦似的都被杀了。盖长公主没有脸再做人，自杀了。燕王刘旦得到了这个消息，正想发兵，诏书已经到了，叫他放明白点，他只好上吊自杀。皇后上官氏才九岁，谋反的事情连听都没听到过，又是霍光的外孙女儿，还是做她的皇后。

霍光扑灭了乱党以后，希望老百姓能够安居乐业，不愿再用兵，偏偏北边的匈奴、东边的乌桓和西边的楼兰，又来侵犯中原。汉昭帝前后发兵打败了匈奴、乌桓和楼兰。他改楼兰为鄯善，给鄯善王一枚汉朝的王印，又把宫女嫁给他做夫人。西北方从此太平了一个时期。

公元前74年，汉昭帝二十一岁了。他下了一道诏书，叫大臣们商议减少人头税。因为这十几年来，鼓励节约，撤销了不必要的官员，国库还算充实。商议下来，减少人头税十分之三。才过了两个月，汉昭帝害病死了。

昭君出塞

汉昭帝死了，上官皇后才十五岁，没有孩子，别的妃子也没生过儿子。大臣们议论纷纷：立谁好呢？霍光听了别人的话，把汉武帝的一个孙子昌邑王刘贺立为国君。没想到昌邑王是个昏君，他荒淫无度，据说即位才二十七天，就做了一千一百二十七件不应当做的事。霍光他们一班大臣只好废了昌邑王，另立汉武帝的曾孙刘询（也叫刘病已）为国君，就是汉宣帝。不久，霍光死了，汉宣帝重用丞相魏相、卫将军张安世、老将军赵充国等。

这时候，匈奴由于贵族争权，内部不团结，势力越来越衰落，根本没有力量再跟汉朝作对了。原来匈奴出了五个单于，互相攻打。其中有个单于叫"呼韩邪"，他杀了一个主要的敌手，打败了别的几个单于，差不多可以把匈奴统一了。想不到他的哥哥自立为郅（zhì）支单于，又跟呼韩邪单于打起仗来了。呼韩邪单于打了几场败仗，死伤了不少人马，不知道怎么办才好。大臣当中有人劝他跟汉朝和好。呼韩邪单于跟大臣们商议了好几天，最后他下了决心，亲自带着部下到长安来见汉宣帝。

汉宣帝召集大臣们商议用什么仪式去接待呼韩邪单于。大臣萧望之对汉宣帝说："单于不是汉朝的臣下，他的地位比诸侯王高。他是第一个亲自到中原来的单于，咱们应当按礼节接待他。这样，别的部族也会乐意跟咱们结交了。"汉宣帝采用萧望之的办法，下了一道诏书，说要像招待贵宾那样地去招待单于。

公元前51年正月，匈奴呼韩邪单于亲自来见汉宣帝。汉宣帝打发使者送给他一套最讲究的衣帽、一枚金印、一辆头等的马车和许多别的礼物。呼韩邪单于打扮起来，坐着新的马车，跟着使者到了长平（离长安五十里地）。汉宣帝也到了长平。

到了汉宣帝和单于会见的那一天，各部族的君长、诸侯王等一同去迎接的就有好几万人。汉宣帝上了渭桥，大伙儿全都高呼"万岁"！呼韩邪单于先到了长安公馆里，然后再到建章宫去参加盛大的宴会。汉宣帝又送了不少礼物给他，请他参观了各种珍宝。

呼韩邪单于和匈奴的大臣们在长安住了一个月。到了二月里，他们准备回去了。呼韩邪单于请求汉宣帝让他们住在漠南光禄寨一带。万一郅支单于再来攻打，可以守住受降城。汉宣帝答应了，还派两个将军带领一万六千名骑兵护送他到了漠南。这时候，匈奴正缺少粮食，汉朝送去了三万四千斛（hú，古时候十斗为一斛）粮食。

郅支单于怕汉朝帮着呼韩邪单于去打他，他也打发自己的儿子到长安来，表示和汉朝友好。他自己带领部下往西边撤。离匈奴故城已经七千多里了，他还不断打发使者来访问汉朝。

呼韩邪单于十分感激，一心跟汉朝和好，不必说了。就是西域各国也都争先恐后地来和汉朝打交道。汉宣帝不用说多么高兴了。

汉宣帝在位的几十年，汉朝强盛了一个时期。公元前49年，汉宣帝害病死了，太子即位，就是汉元帝。汉元帝立王政君为皇后，封皇后的父亲王禁为阳平侯。他即位没几年，西边的郅支单于派使者来要求汉朝把他的儿子送回去，话还说得很强硬，弄得汉元帝不知道该怎么办才好。

郅支单于当初听到呼韩邪单于在漠南建立了国家，就率领部下往西去攻打坚昆（古部族名，也是地名，在新疆维吾尔自治区哈密西边）。他占领了坚昆，把它作为都城，兼并了那边三个小国，又强大起来了。他派使者到长安来，要求汉朝把他的儿子送回去。汉元帝听从了大臣们的话，决定跟郅支单于交好，派大臣谷吉为使者护送他的儿子回去。

谷吉把郅支单于的儿子送到坚昆，郅支单于反倒把谷吉和随从的人都杀了。他知道这么得罪汉朝，汉朝是不会放过他的，又听说呼韩邪单于由于得到汉朝的帮助，也强大起来了，他就再往西到了康居，强迫康居王听他的指挥，又强迫当地的老百姓费了两年工夫给他造一座城叫郅支城。接着他就攻打乌孙、大宛，弄得西域没有一天安宁。

到了这时候，被郅支单于压迫的各国只希望汉朝能出兵去帮助他们。西域都护（是汉宣帝时设立的卫护西域的官）甘延寿和他的副手陈汤征调了在西域屯田的汉兵和当地的人马，一共有四万多人，分两路去攻打郅支单于。一来因为甘延寿和陈汤得到了西域十五个国家的帮助，二来因为郅支单于不得人心，两下打了几仗，汉兵打下了郅支城，郅支单于也死了。甘延寿和陈汤把郅支城里的金银财宝和牲口等都拿出来，分别送给一起围攻郅支城的十五个国王和他们的将士。他们全都欢天喜地地回到本国去了。

郅支单于一死，呼韩邪单于的匈奴王位可以坐定了。他在公元前33年，再一次亲自到长安来，要求和汉朝结亲。汉元帝也愿意同匈奴和亲，答应了。他吩咐大臣到后宫去传话："谁愿意到匈奴去的，皇上就把她当作公主看待。"

后宫的宫女都是从民间选来的，她们好像关在笼子里的鸟儿，永远没有飞的份儿。能够出去嫁人的话，就是嫁给一个平民也够称心了。可是要她们离开本国到匈奴去，谁都不乐意。其中有个宫女叫王嫱（qiáng），又叫王昭君，她很有见识。为了两国的和好，她向上报名，愿意到匈奴去。

管这件事的大臣正为了没有人应征而焦急，难得王昭君肯去，就把她报上去。汉元帝就吩咐几个专门办理喜事的臣下，准备嫁妆，择个日子，给呼韩邪单于成亲。

到了结婚那一天，呼韩邪单于瞧王昭君年轻貌美，从心眼里感激汉元帝。不说别的，那份嫁妆已经够叫他高兴了。光是绸缎布帛一项，就有一万八千匹，丝绵一万六千斤。从汉朝方面来说，只要匈奴不来侵犯，使边界上和邻近的居民能够不受到抢劫和屠杀，已经够称心了。现在呼韩邪单于一心跟汉朝和好，从此不再来侵犯，汉朝怎么样优待他也都是乐意的。因此，在呼韩邪单于夫妇离开长安那一天，汉元帝在宫廷里举行了一个盛大的宴会欢送他们。

王昭君到了匈奴，住在塞外（塞，就是有防御工事的边界），从此见不到父母之邦，心里不免难受。可是匈奴人都喜欢她，尊敬她，她慢慢也就生活惯了。打这以后，匈奴和汉朝和睦相处，六十多年没有打仗。

公元前33年，汉元帝死了。太子即位，就是汉成帝。汉成帝立母亲王政君为皇太后，拜大舅王凤为大司马大将军，舅舅王崇为安成侯，还有五个小舅舅都封了侯。外戚王家从此掌握了朝廷的大权。

王莽称帝

皇太后王政君有八个弟兄，大哥叫王凤，王凤下面就是她。二兄弟叫王曼，生了两个儿子，他死得早，没赶上封侯。王曼的大儿子结婚以后没多久就死了，次子叫王莽。王政君是他的姑母。王凤做大司马大将军，执掌朝廷大权的时候，王莽的叔叔和叔伯兄弟们都好像互相比赛着看谁更骄横、更奢侈似的。王莽因为父亲死得早，没有势力跟他们比赛。人们都说王家子弟当中就数王莽最好，朝廷上有名望的大臣也上书称赞王莽。汉成帝就封他为新都侯，叫他做大官。王莽做了官，对人更加恭敬，做事特别谨慎，越来越得人心。

大司马王凤死了以后，他的两个兄弟前后做了大司马。后来汉成帝拜王莽为大司马，叫他掌握朝廷大权。王莽用心搜罗天下人才。远远近近一些知名之士，凡是来投奔他的，他都收用。

公元前7年，汉成帝死了，新君即位，就是汉哀帝。汉哀帝尊皇太后王政君为太皇太后。汉哀帝也像汉成帝一样，身体不好，只做了六年皇帝就死了。他没有儿子，王莽和别的大臣们立了一个新君，就是汉平帝。汉平帝才九岁，懂得什么呢？这么着，太皇太后王政君替他临朝，可是她已经七十多岁了，国家大事全由大司马王莽做主。

王莽掌握了大权。他手下的人都说王莽是安定汉朝的大功臣，一致请太皇太后加封他为"安汉公"。太皇太后一一照准。王莽不肯接受封号和封地，还告了病假，躺在床上不肯起来。大臣们一面联名请求太皇太后一定要封王莽，一面都去劝王莽上朝。太皇太后又下了一道诏书，封王莽为太傅，尊为安汉公，加封两万八千户。王莽接受了封号，可是把封地退还了。

公元2年（以后公元几年，都是公元后几年的意思），中原发生了旱灾和蝗灾，公家要粮要税还逼得很紧，全国又骚动起来了。为了缓和老百姓对朝廷和官吏的愤恨，王莽向太皇太后建议节约粮食和布帛，公家的伙食和衣服也都得节省一些。为了向全国将近六千万人表示关心，王莽自己一家先吃起素来。他一下子拿出一百万钱、三十顷地，当作救济灾民的费用。他一带头，贵族、大臣当中就有二百三十人也只好拿出一些土地和房子来。这么一来，王莽的名声就更大了。

第二年，汉平帝才十二岁。王莽请太皇太后给汉平帝定亲。太皇太后选定了王莽的女儿，准备明年给汉平帝完婚。王莽又推让一番，太皇太后和大臣们怎么也不依，他也就同意了。

王莽自己以外戚的身份掌握了大权，他怕汉平帝的母亲一家也参与朝政，分了他的权力，就封汉平帝的母亲卫姬为中山王后，叫她留在中山，不准到京师里来。有个大臣上书给王莽，大意说，皇上还是个小孩子，谁能像母亲那样照顾他呢？卫姬只生这么一个儿子，儿子做了皇帝，把她接到宫里来，让他们母子相会，也是符合孝道，只要不让她参与朝政就是了。王莽把那个上书的大臣革了职，以后谁也不敢说了。

王莽的大儿子叫王宇，他怕将来汉平帝长大了，一定怨恨王家，就跟他老师吴章和大舅子吕宽商量，怎么去劝告他父亲。吴章说："你父亲十分固执，光说说不顶事。可是他迷信鬼神，我们就利用迷信，在夜里把猪羊狗血泼在他门上。他必然起疑。要是他向我问起，我就可以借着因由劝告他了。"王宇、吕宽都认为不妨试一试。当天晚上，吕宽把猪羊狗血泼在王莽家的门上，没想到被管门的瞧见了。管门的向王莽报告，王莽就把吕宽逮去，拷问他说出主使的人来。吕宽以为王宇是王莽的亲生儿子，在门口洒上些血也不致判成死罪，就招认了。

王莽借着这个机会要消灭反对他的人，就逼着王宇自杀，把吴章、吕宽也定了死罪，杀了。这还不算，他一不做，二不休，干脆把卫姬的一家，除卫姬外，灭了族，又把大臣中反对他的人都牵到里面，里里外外杀了好几百人。

过了年，十三岁的汉平帝做了小女婿，愣头愣脑地成了亲，王莽的女儿立为皇后，王莽做了国丈。他掌了大权，太皇太后以下，大多都说他好，说他真能"谦恭下士"（"谦恭"，谦虚、恭敬；"下士"，虚心对待人士），又能"大义灭亲"，他的功德只有古代的伊尹（yī yǐn）和周公才可以相比。这样的功臣应当大大加封。太皇太后要把新野的土地二万五千六百顷赏给他，可是王莽又推辞了。

王莽派王恽（yùn）等八个大臣分头到各地方去观察风土人情，搜集民间的意见。他们一下去就到处宣扬王莽不肯接受新野土地这件事情。中小地主和农民都恨透了兼并土地的豪强，一听到王莽连两三百万亩的土地都不要，说他真是个了不起的好人。可是王莽越是不肯受封，人家就越要太皇太后封他。朝廷上的大臣和地方上的官吏纷纷上书要求加封安汉公。前后上书的一共有四十八万七千五百七十二人。诸侯、王公、列侯、宗室等还到太皇太后面前磕头，说："要是不快点儿拿最高的荣誉赐给安汉公，天下的人都不答应了。"

刘家皇族里有个泉陵侯刘庆，他上书给太皇太后，说："周成王小时候，全由周公代理；现在皇上还很年轻，应当请安汉公执行天子的职权。"太皇太后叫大臣们去商议。大臣们都说："应当照刘庆的话去做。"王莽就真像周公那样做了汉平帝的代理人。

王莽派出去观察风土人情的八个人都回来了。他们写了各种各样歌颂王莽的诗歌，一共有三万多字，他们说这些都是从老百姓那儿采集来的歌谣。这些诗歌差不多篇篇都是用好字眼儿写成的，不是说国泰民安、五谷丰登，就是说人民安居乐业、没病没灾。这些全靠安汉公的洪福，足见全国人民都拥护王莽。王莽很得意，把王恽他们八个人都封为列侯。

别人越是歌颂王莽，汉平帝却越觉得王莽可怕、可恨。

母亲不能到京师里来团聚，不必说了，王莽还把他舅舅一家杀光，连他们的亲戚朋友也都遭了祸，不是杀，就是充军。汉平帝免不了在背地里说些抱怨的话。宫里上下都是王莽的人，他们向王莽报告。王莽可冒了火儿。他想："小小年纪竟敢口出怨言，将来长大了，那还了得？"那年（公元5年，即汉平帝五年）十二月，有一天，大臣们欢聚一堂，给汉平帝上寿。王莽亲自献上一杯椒酒。汉平帝接过来喝了。第二天，宫里传出话来，说汉平帝患了重病。王莽连忙求告老天爷，情愿自己死，可别让皇上遭到不幸。他依照从前周公替武王祈祷的故事，把自己愿意代死的祷文封在匣子里，很郑重地把匣子放在前殿，还嘱咐大臣们别传出去，表示他忠于皇上，愿意暗暗地替他死。没几天工夫，汉平帝死了。王莽哭了一场，下令天下官吏六百石以上（相当于县一级的官）的都穿孝三年。

汉平帝死的时候才十四岁，自然没有儿子。就是汉元帝也绝了后。可是汉宣帝曾孙倒很多，封王的有五个，封列侯的有四十八个，一共五十三人。王莽因为他们都长大了，不好指挥，就挑选了汉宣帝的一个玄孙（孙子的儿子叫曾孙，曾孙的儿子叫玄孙）叫刘婴的，才两岁，立为皇太子，又叫孺子婴。尊汉平帝的皇后（王莽的女儿）为皇太后。汉高祖打下来的刘家的天下眼看着要落在王莽手里了。

有个安众侯（安众，汉朝的县城，在现在的河南省镇平县）刘崇，首先起来反对。他对自己的心腹张绍说："王莽准会篡位，可是谁也不敢起来反对。这是我们刘家的羞耻。我先发动起来，全国的人一定会帮助我的。"张绍帮着他召集了一百多个部下，就这么冒冒失失地进攻宛城。宛城有几千名士兵守着。两下一交战，刘崇的兵马就垮了。刘崇和张绍死在乱军之中。刘崇的伯父和张绍的叔伯兄弟恐王莽追究，自动到长安，请王莽办他们的罪。王莽为了安定人心，把他们都免了罪。

大臣们又商议了一下，向太皇太后建议说："刘崇他们谋反是因为安汉公的权还太小，地位也还不够高。为了便于统治天下，安汉公应当有个更合适的名称。"太皇太后王政君就下了一道诏书，称王莽为"假皇帝"（假，是代理的意思，不是真假的假）。想不到第二年秋天，东郡太守翟义又起兵了。他约会了皇族里的一些人，立东平王的儿子刘信（汉宣帝的玄孙）为天子，自称"大司马柱天大将军"，号召天下说："王莽毒死汉平帝，要夺刘家的天下。现在已经有天子了，大家应当起来去征伐王莽。"刘信、翟义他们从东郡出发，到了山阳（郡名，在山东省金乡县西北），已经有十几万人马了。

警报到了长安，王莽抱着三岁的孺子婴，日日夜夜在庙里祈祷，还通告天下，说他只是代行职权，这个职权是要还给孺子婴的。可是不管他怎么说，刘信、翟义的大军已经向长安打过来了。王莽就派孙建、王邑等七个将军带着关东的兵马去对付翟义。

正在这个时候，长安西边有两个壮士，一个叫赵朋，一个叫霍鸿，他们眼看着王莽的大军往关东去了，长安空虚，就率领当地的农民起义。他们占领县城，火烧官府，沿路招收青年子弟。没有多少日子，赵朋、霍鸿他们就有了十几万人。因为他们接近长安，皇宫里就望得见西边的火光。王莽拜王奇、王级为将军发兵去镇压赵朋他们。

孙建他们率领大军到了陈留，杀败了翟义、刘信，又去帮助王奇、王级的军队。赵朋、霍鸿他们勉强支持到年底，到了第二年春天，也被压下去了。

满朝文武百官都想做开国元勋，王莽也觉得假皇帝管不了天下，还不如做个真皇帝吧。当时就有一批凑热闹的人，纷纷地报告"天帝的命令"，什么"王莽是真命天子"的图书也出现了，"汉高祖让位给王莽"的铜箱也在高帝庙里被发现了。

一生以推让出名的王莽这会儿不再推让了。公元9年正月，王莽把汉朝改为"新"朝，自称"新皇帝"，废孺子婴为定安公。西汉从汉高祖到汉平帝一共十二个皇帝，二百一十四年的天下到这儿就亡了。

在喧嚣的世界里，

坚持以匠人心态认认真真打磨每一本书，

坚持为读者提供

有用、有趣、有品位、有价值的阅读。

愿我们在阅读中相知相遇，在阅读中成长蜕变！

好读，只为优质阅读。

林汉达中国历史故事集．西汉故事

策划出品：好读文化　　　　　　监　　制：姚常伟

责任编辑：张世琼　祝含瑶　　　产品经理：程　斌

特邀编辑：云　爽　　　　　　　封面设计：仙　境

图书在版编目（CIP）数据

林汉达中国历史故事集.西汉故事 / 林汉达著.——
杭州：浙江人民出版社，2023.6
ISBN 978-7-213-11036-8

Ⅰ.①林… Ⅱ.①林… Ⅲ.①历史故事—作品集—中
国—当代 Ⅳ.① I247.8

中国国家版本馆CIP数据核字（2023）第056113号

林汉达

中国历史故事集

东汉故事

○林汉达 著○

浙江人民出版社

只 为 优 质 阅 读

好
读
Goodreads

目录

绿林好汉

公元9年，汉朝的大臣王莽改汉朝为"新朝"，自己做了皇帝。他一心要把汉朝的制度改革改革。怎么改呢？照他的想法，以前的周朝就比秦汉好，他要按照古代的办法改革一番。这就奇了。改革，一般总是向前看，把旧的改为新的，使社会越来越进步，那才是道理，哪儿能往后倒退呢？王莽可不管社会的发展和老百姓的需要，一心要恢复古代的制度。这哪儿能不失败呢？

王莽复古改制的一件大事是把天下的田地改为"王田"，归朝廷所有，不准私人买卖。还叫田多的富户把多余的田交给无田人去种。这就引起了豪门、地主、贵族的反对。王莽把"王田"一下子交给农民去种，可农民一向受着沉重的剥削，他们没有农具、没有牲口、没有本钱，怎么能把硬派给他们的"王田"种好呢？结果，农业生产还不如以前了。王莽只好又下一道命令："王田"又可以买卖了。他自己打自己的嘴巴，弄得威信扫地。国内人心不安，生产受到损失。

王莽还想显显新朝的威力，招募了三十万人马去打匈奴。名义上是招募，实际上是拉夫。为了打仗，还得向老百姓征军粮、征牲口。谁要是稍慢一步，就拿来办罪，动不动就处死刑或者没收为官奴。老百姓被闹得实在没法活，只有起来反抗。这么着，天下就大乱了。

西北边境五原、代郡接近匈奴这一带的老百姓，捐税和官差的负担特别重。他们首先起义了。接着，东方和南方也都有大批农民起来反抗官府。

公元17年，荆州（湖北、湖南一带）闹饥荒，野菜都被挖光了。有人在城外挖到了一些野荸荠（bí qi），消息一传开，人们就成群结队地赶到那边去了。开头还各挖各的，后来互相争夺，打起架来。有几个老年人出来劝架，反倒挨了几拳。他们赶紧请出两个人来调解。

这两个人都是新市人（新市，在湖北省京山县①），一个叫王匡，一个叫王凤。他们在农民当中威信很高，谁都乐意听他们的。他俩一露面，大伙儿都围了上来，那些打架的人也住了手，请他们评个理儿。

王凤维持秩序，叫王匡给打架的人排解排解。王匡站在土岗子上，挥着手，提高了嗓门对大伙儿说："乡亲们，为了挖这么一点儿野荸荠，自个儿跟自个儿打架，太不值了。就靠这点儿东西，今儿填了肚子，明儿怎么办呢？咱们还是合计合计，找条活路才好哇！"

大伙儿嚷着说："对呀！找条活路才好哇！"有的说："王大哥，您说吧，咱们听您的！"王匡接着说："是谁害得咱们没有饭吃？是谁把咱们的粮食全搜刮去了？就是那些做官的狗东西！只要咱们心齐，官府也不用怕。打开粮仓，就有饭吃，大伙儿说对不对？"

"对呀！打开粮仓，就有饭吃！"他们就公推王匡、王凤为首领，一下子跟他们的就有好几百人。这支农民起义军在王匡、王凤的带领下，抢了一些粮食，占领了一个山头，叫绿

---

①因作者受写作年代所限，本书地名表述与现行规范有所不同，为尊重作品原貌，此类问题均不做改动。

林山（在湖北省当阳县）。打这儿起，他们上打官府，下打恶霸，劫富济贫，除暴安良，没几个月工夫，就有了七八千人。后世的人就称他们为"绿林好汉"。

绿林好汉在荆州出了名，南方的另外几支农民起义军，像南郡的张霸（南郡，在湖北省江陵县）、江夏的羊牧（江夏，在湖北省黄冈县西北），各有一万来人，也都和他们互相联络、彼此接应，声势就更大了。

农民起义的消息到了长安，王莽召集大臣们，问他们怎么办。大臣当中奉承王莽的人多。他们说："皇上不必操心，这些人既然活得不耐烦，发大军去把他们剿灭，不就结了吗？"王莽捋着胡子，点点头。可有个将军站出来说："这不行啊，千万不能发兵去打老百姓！"王莽一看，原来是左将军公孙禄，就皱着眉头问他："为什么不行？"

公孙禄说："大臣当中有不少人报喜不报忧，所以下情不能上达。他们有意蒙蔽皇上，有的乱划田地，叫农民没法耕种；有的不顾老百姓的痛苦，只知道加重捐税。百姓造反，罪在官吏。只要皇上惩办这些贪污的官吏，向天下赔不是，再派贤良的大臣去安抚全国，国内就能够安定下来。进攻匈奴的军队应当赶快撤回来，再跟匈奴讲和。从今天的形势来看，可忧虑的不是塞外的匈奴，而在中原！"

王莽只准别人顺着他说话，公孙禄那样顶撞他，他一听就有气。他叫卫士们把公孙禄轰了出去，接着下了命令，吩咐荆州的长官快去剿灭绿林。荆州的长官不敢怠慢，马上召集了两万名官兵，浩浩荡荡杀奔绿林而来。

绿林的首领立刻带领着弟兄们迎了上去。跟大队的官兵交战，他们还是第一次。官兵一向欺压老百姓，要打就打，要杀就杀，反正他们手里有刀，老百姓没有刀。没想到绿林好汉跟他们拼起命来，越打越精神。官兵招架不住，开头还慢慢地后退，后来连爬带滚，四散逃跑，还死伤了好几千人。兵器和粮草，扔得沿路都是。

王匡、王凤趁着机会，攻进竟陵（在湖北省天门县西北）、安陆（在湖北省应山县南）两个城，打开监狱，放出囚犯；打开粮仓，把粮食分了一些给城里的贫民，大部分都搬上了绿林山。

他们回到绿林，人数增加到五万多人。想不到第二年（公元22年），绿林发生了疫病，一天当中就死了几百人，两个月下来，五万人死了快一半。其余的人只好分成几路，离开绿林。其中一路占领了南阳（在河南省），称为"新市兵"；一路占领了南郡，称为"下江兵"；一路占领了平林（在湖北省随县东北），称为"平林兵"。这三路起义军，还统称"绿林军"。

平林有个避难的原汉室贵族子弟，叫刘玄。他正隐姓埋名，藏在他姥姥家。这会儿，听说农民们起来反抗官府了，想着自己这么躲躲藏藏，总不是个了局，就投奔了绿林的"平林兵"，还当了一名首领。

这时候，除了荆州这一个地方，东方、西北、北方的老百姓也纷纷起义，弄得王莽应付不了。

赤眉起义

　　东方的琅邪郡海曲县（在山东省日照县）有个公差，叫吕育。他没依着县官的命令去打那些交不出捐税的穷哥儿们。县长硬说他勾结刁民，反抗官府，把他定成死罪，杀了。这就激起了公愤。吕育的妈妈挺有魄力，约会了一百多个穷苦农民替她儿子报仇，杀了那个狗官。穷哥儿们跟着吕妈妈来到黄海一个小岛上，瞅着机会就上岸攻打官府，打开监狱，打开粮仓。等到大队的官兵调到那儿，他们早就下了海了。吕妈妈的名声越来越大，没多少日子，跟着吕妈妈的就有了一万多人。

　　第二年（公元18年），莒县（在山东省）又出现了一支农民起义军，首领名叫樊崇。莒县官兵多，防守严，樊崇他们没能打进去。他们就以泰山为根据地，在青州和徐州之间来回打击官府。不到一年工夫，各地投奔樊崇的就有一万多人。后来，吕妈妈害病死了。她手下的一万多人都上了泰山，归附樊崇。这支起义军的声势也大了起来。

公元21年，王莽派大将景尚带兵去围剿，打了大败仗，连景尚也叫起义军给杀了。

王莽得到消息，眼睛往上一翻，差点儿背过气去。他对太师王匡（和绿林起义军的首领王匡同名同姓的另一个人）说："荆州的盗贼还没消灭，琅邪的盗贼又起来了，不给他们点儿严厉的，那还了得！"太师王匡说："只要集中兵马，先打一头，看他们活得了活不了。"王莽很赞成先打一头的打法，他说："好，先去剿灭琅邪的盗贼。要多带兵马，两万不够，五万，五万不够，十万。"他就派太师王匡亲自出马，再派更始将军廉丹当副手，率领十万大军，浩浩荡荡地又去围剿樊崇军。

樊崇他们听到了风声，准备跟官兵大战一场。他们怕打起仗来，人马混杂，自己人不认识自己人，就想了一个办法，叫起义的农民都在眉毛上涂上红颜色作为记号，同时也好显出起义军的威严。为了这个缘故，这支东方起义军就得了个外号，叫"赤眉"。

赤眉军只是反抗官府，不伤害老百姓。他们立了两条公约：第一条，杀害老百姓的定死罪；第二条，打伤老百姓的受责打。赤眉军很守纪律，真的到了哪儿，哪儿的老百姓都欢迎。太师王匡和更始将军廉丹的官兵正好相反，他们别的本领没有，欺压老百姓可到了家了。他们沿路奸淫掳掠，无恶不作。老百姓都说：

宁可碰到赤眉，

不要碰到太师；

碰到太师已经糟糕，

碰到更始性命难保。

赤眉兵不怕死，纪律又好，老百姓向着他们。他们的人数比官兵少，力量可比官兵大。开头的时候，廉丹还占上风，以后越打越不行。他们跟赤眉军在须昌（在山东省东平县）大战一场。太师王匡做梦也没想到涂着红眉毛的庄稼人还敢跟他对敌，竟把官兵团团包围住了。官兵不愿意拼命，赤眉军可拼着命攻上来了。樊崇是个大力士，枪头"咄咄咄"地对着太师王匡直扎过来，猛极了。太师王匡举起大刀朝樊崇的肩膀横劈过去，樊崇用枪一架，就震得他双手发麻。他心想："哎呀，这么厉害！"拉转马头就往回逃。樊崇的枪头"咄咄咄"地又直逼过来，太师王匡的大腿上被他扎了一枪。樊崇拔出枪来，准备再扎过去，太师王匡仗着马快，一眨眼儿跑远了。更始将军廉丹好容易杀出重围，又碰上了一支农民军，末了，死在乱军之中。

十万名官兵，逃了太师，死了大将，没有个发号施令的将官，还卖什么命啊，乱哄哄地散了一大半，有一部分投降了赤眉军。赤眉军越打越强，人数增加到十多万了。

兵荒马乱且不说，还到处闹饥荒，关东又有不少人活活地饿死了。逃荒的、逃难的，听说京城长安有粮食，一批一批地往关中拥过去。守关的没法拦阻，慌忙往上报，说进关的难民有几十万人。王莽只好下令开仓发粮，派官吏去救济难民。官吏们层层克扣（kè kòu），粮食哪到得了难民嘴里。难民上千上万地死去，长安街上每天都有路倒的。消息传到王莽的耳朵里，他就把管理长安市政的王业叫来，问他："听说有几十万难民进了关，我马上下令开仓救济。怎么到了今天，据说还有人饿死。这是怎么回事？你是管理京城的朝廷命官，知道不知道？"王业心里早有了底儿，他不慌不忙地说："这些人都是流氓，不是真正的难民。"他拿了些从菜馆子里买来的米饭和肉羹（gēng）给王莽看，对王莽说："这是他们吃的东西，不太坏吧！"王莽不相信，吩咐左右再拿些难民的伙食让他看个清楚。这管什么用啊，底下的人早布置好了，叫他不能信。他透了一口气，说："这些人吃得这么好，怎么能是难民呢？"经过了这样一番"调查"，他放了心，就派使者分头去催促各路官兵加紧围剿，一定要消灭绿林和赤眉。

绿林军在荆州，赤眉军在东海，打败了王莽的两路大军。别的地方的起义农民听到消息，更加活跃起来，单黄河两岸，就有大小起义军几十路。声势最大的，要数铜马。可是各地的起义军彼此没有联络，都自个儿打自个儿的。

那些地主、豪强和倒了霉的汉朝贵族，趁着机会也混进了农民起义军的队伍。在南阳的春（chōng）陵县，有一支刘家宗室的子孙，也野心勃勃，发动起来了。

刘氏举兵

南阳舂陵县住着汉朝的一个远房宗室叫刘钦。他有三个儿子，老大叫刘縯（yǎn），老二叫刘仲，老三叫刘秀。他们一直痛恨王莽，老想恢复刘家汉朝的天下。大哥刘縯性情刚强；小兄弟刘秀生性谨慎，态度沉着。刘縯老讽刺刘秀，笑他没有多大出息。刘秀听了也无所谓。他觉得要成大事，非得跟那些当官的结交一下。他就到了长安，进了太学，拜了老师，结识了一些名人。后来从太学回来，就做起粮食买卖，成了个大商人。

有一天，刘秀运着一些谷子到宛县（在南阳市）去卖，在街上碰到了好朋友李通和李轶（yì）。李通和李轶把刘秀请到家里，跟他说："现在四方乱糟糟的，王莽眼看着不行了，咱们南阳地方就数你们哥儿俩最能干，你们又是宗室，何不趁此机会，召集人马，夺取天下，也好恢复汉室。"刘秀一听，正合了自己的心愿。三个人谈得挺对劲儿，就约定在南阳发兵。李通在宛县很有势力，他一发动，召集几百个人并不困难。李轶就叫李通留在宛县，自己跟着刘秀到舂陵去见刘缤。

刘缤有了李通和李轶两人做助手，就召集了一百来个豪强，对他们说："王莽暴虐，老百姓都起兵了。这是上天叫新朝灭亡的时候，也是我们平定天下，恢复高帝事业的时候了。"大伙儿都很赞成，马上分头到附近的各县去发动自己的亲戚、朋友，一同起兵。刘缤在舂陵公开号召南阳豪强们起兵反抗王莽。有几家害怕了，有的干脆躲着他，还说："造反可不是闹着玩儿的。跟着刘缤莽撞地出去，豁出一条命还是小事，弄不好还得灭门呢！"后来他们瞧见那个一向小心谨慎的刘秀也穿上军装，拿着刀，不由得改变了主意，一下子就来了七八千人，就等着李通那一边到这儿来会齐了。

等了几天，李通那边还没有人来，刘缤只好派人去打听。派去的那个人到了宛县城里，在大街上就听见有人喊喊喳喳地议论。他挤在中间探问了一下，才知道李通还没发动，就被官府发觉了。李通逃了，李家一门来不及逃的全都被抓了去，一共死了六十四个人。

李通那一头吹了。刘缤这儿只有七八千人，成不了大事。正好新市兵和平林兵已经到了南阳。刘缤就派人去见新市兵的首领王凤和平林兵的首领陈牧，劝他们共同去进攻长聚，他们同意了。三路人马联合起来往西打去，这第一仗，旗开得胜，长聚被打下来了。接着又打下了棘阳（在河南省新野县东北），他们就把军队驻扎下来。

刘缤又打算进攻宛县，半道上碰上了王莽的大将甄阜（zhēn fù）和梁邱赐的大军。刘缤他们都是步兵，连刀枪也不齐全，简直没法对打。这第二仗，南阳兵败了，还败得挺惨，只得退到棘阳，守在那儿。甄阜和梁邱赐不肯放松，他们把粮食和军用物资留在兰乡（在泌阳县），率领着十万大军过了泚水（泌阳河），把桥都毁了，放出话来，说不消灭"绿林盗贼"决不回头。

新市兵和平林兵的两个首领来见刘缤和刘秀。他们说："甄阜和梁邱赐有十万兵马，叫我们怎么抵挡得了？还不如扔了棘阳，暂时退到别处去吧！"刘缤嘴上叫他们不要怕，心里可也挺着急的。正在为难的时候，忽然进来一个人，说："下江兵到了宜秋（在河南省唐河县西南）。我们联合起来，一定能够打败敌人。"刘縯哥儿俩一看，原来是李通。刘秀高兴地说："这就好了！你怎么到了这儿？"李通说："我从家里逃出来，四处奔波。听说你们在这儿很为难，棘阳也许守不住，刚巧下江兵到了宜秋，我才赶来报信。下江兵的首领王常挺了不起，你们去请他帮助，他准肯出力。"

刘縯马上带着刘秀和李通亲自跑到宜秋去见王常。刘縯跟他说明两路人马联合起来的好处。王常挺痛快地说："王莽暴虐，失了民心。现在你们起来，我愿意做个助手。"刘縯说："如果大事成功，难道我刘家独享富贵吗？"刘縯跟王常当下就订了盟约。

王常送走了刘縯他们，回来就把这件事跟另外两个首领成丹和张卬（áng）说了一遍。成丹和张卬不大同意，说："大丈夫起兵，就该自己做主，何必去依靠别人，受人家的节制？"可是，他们一向佩服王常，最后还是听了他的话。打这儿起，农民起义军跟地主武装就混合在一起了。

王常、成丹、张卬他们带着下江兵赶到棘阳，跟南阳兵、新市兵、平林兵合在一起，准备跟甄阜他们干一下子。刘縯跟各路将士订了盟约，大摆酒席，休息三天。到了十二月三十那天，刘縯提出他的作战计划。就在当天晚上先去袭击兰乡，断了官兵的粮草。

把守兰乡的官兵怎么也不会想到兰乡会遭到袭击，他们大吃大喝地过除夕，大伙儿都醉了，睡得死死的。半夜里人家已经偷偷地到了跟前，他们还没醒，怎么还能抵抗呢？四路起义人马杀散了兰乡的士兵，把甄阜、梁邱赐留在那儿的粮草能搬的都搬到棘阳去，来不及搬的，放一把火，全都烧了。

第二天就是元旦，起义军进攻沘水。沘水那边，甄阜和梁邱赐听说丢了兰乡，早就慌了神，想不到起义军已经到了跟前。大伙儿手忙脚乱地抵挡了一阵，死的死、逃的逃，甄阜和梁邱赐都被杀了，士兵死伤了两万多人。王莽另一路大军赶来救援，也被打得一败涂地。起义军趁势把宛县团团围住。

这时候，四路人马合起来已经有十多万人，该有个最高首领，才能够统一号令。四路起义军的首领们这就商量开了。贵族、地主出身的一些将士利用农民的正统观念，提出了一个口号，叫"人心思汉"。他们说："人心思汉，已经不是一天了。必须立个姓刘的人做皇帝，才符合人们的愿望。"可是军队里姓刘的人多着呢，立哪一个好呢？南阳兵和下江兵的首领王常主张立刘縯。新市兵和平林兵的首领怕刘縯的势力大，主张立没有实权的刘玄，连下江兵的张卬也同意。最后，立刘玄这一派占了多数。

刘縯不服气，可他的兵力不够，只好绕着弯儿反对。他说："诸君要立汉朝的后代，我们刘家的子孙万分感激。现在赤眉军也有十多万人在青州和徐州，要是他们听到南阳立了个宗室做皇帝，他们也立个宗室做皇帝，那怎么办呢？王莽还没消灭，宗室跟宗室倒先对立起来，叫天下人怀疑，又削弱了自己的力量。咱们不如先立个王。有了王，也可以统一号令了。如果赤眉立了个贤明的天子，咱们就去归附他，他绝不会废去咱们的爵位。要是他们没立，咱们先消灭了王莽，再回到东边去收服赤眉。到那时候再立天子，也不晚哪。"

别人谁也不说话。张印拔出宝剑来往地上一剁，大声地说："三心二意的，不能成大事。今天已经这么决定了，不应该再有第二句话！"刘縯不敢再反对。这么着，当时就决定立刘玄为皇帝。

公元23年二月初一日，在淯水（就是河南省白河）举行了皇帝登基仪式，改元为"更始"。刘玄拜王匡、王凤为"上公"，朱鲔（wěi）为"大司马"，刘縯为"大司徒"，陈牧为"大司空"（大司马、大司徒、大司空就是以前的太尉、丞相、御史大夫，总称"三公"，三公之上还有个名位更高、没有实权的"上公")。刘秀为"太常偏将军",其余的将士各有各的职位。打这儿起,绿林起义军称为"汉军"。汉军的大权掌握在新市和平林将士们的手里,舂陵的刘家军很失望,表面上不说什么,心里已另做打算了。

昆阳大战

更始皇帝刘玄派王凤、王常、刘秀他们去进攻昆阳（在河南省叶县），派刘缤再去围攻宛县。镇守宛县的将军叫岑（cén）彭，十分厉害，刘缤没法儿打进去。昆阳兵力薄弱，很快就被王凤、王常、刘秀他们打下了。接着，他们又打下了邻近的定陵（在河南省郾城县西北）和郾城（就是河南省郾城县）两个县。

王莽听到了汉军立刘玄为皇帝，又打下了昆阳，围攻宛县，急得坐也不是，站也不是，可还装作满不在乎的样子。就在这么紧急的时候，他还搜罗天下美女，娶个小姑娘做皇后。王莽已经六十八岁了，头发、胡子全都白了。他把头发和胡子染黑，又做了新郎，还在搜罗来的美女当中挑选不少人做妃子。后宫的大事办完了，他才派司徒王寻和司空王邑去各地征调兵马，到洛阳会齐，先去平定南阳这一头。王寻、王邑集合了四十二万人马，号称一百万，浩浩荡荡直奔昆阳。

昆阳的汉军将士站在北门的城门楼子上往远处一望，只见没完没了的全是王莽的军队，有的人害怕了，准备散伙。刘秀对他们说："这是最紧要的关头，必须顶得住。咱们兵少粮少，全靠同心协力才行，要是见了敌人就散伙，那就什么都完了。大丈夫，英雄汉，万万不能灭自己的志气。"他把怎么到外面去调军队，怎么布阵怎么打，跟大伙儿说了一遍。将士们这才安定下来，愿意听他的指挥。昆阳城里当时只有八九千人，王寻、王邑的头一批人马就有十万。刘秀请王凤和王常只守不战。自己带着李轶他们十三个人骑上快马，趁着黑夜冲出南门，往定陵和郾城去调兵。昆阳城虽然不大，城墙可又高又结实，王寻、王邑一时打不进去。

这时候，刘縯已经把宛县打下来了。刘秀可还没得到信儿。他到了定陵和郾城，要把这两个地方的兵马都调到昆阳去，暂时放弃这两个城。将士们可不大愿意。刘秀就对他们说："现在咱们到昆阳去，把所有的人马都用上，打败了敌人，就可以立大功，成大事。要是让敌人打过来，咱们打了败仗，连命都保不住哪！大丈夫做事，得站得高，看得远。"为了鼓舞士气，他虽然还没得到刘缤那边的信儿，却故意说："宛县已经打下了，大司徒的大军就快到了，还怕什么呢？"将士们这才勇气百倍，放弃了定陵和郾城，跟着刘秀直奔昆阳。

刘秀带着步兵和骑兵一千多人做先锋。到了离王寻、王邑的大营四五里地，他们布置了阵势。王寻和王邑一瞧，前面才这么一丁点儿人，只派了几千名士兵去对敌。刘秀突然冲过去，一连杀了几个敌人。将士们见了，高兴得直蹦。他们说："刘将军先前碰到小队的敌人，好像胆儿挺小似的，今儿见了强大的敌人，就这么勇敢，真怪！他还打头呢！来呀，咱们大伙儿冲啊！"这么一来，汉兵一个抵得上敌人十个。王寻、王邑的兵连着往后退。汉军赶上来，杀了上千的人。刘秀带着敢死队直冲过去，专打中军大营。王寻、王邑自己带着一万兵马跟刘秀的三千人交战，还真打不过，不一会儿就乱了队伍。各地征调来的兵马各守各的阵营，互不相救。汉兵越打越有劲儿。王寻想显点儿本领，还要往前冲。汉兵知道他是大将，立刻把他围上，乱砍、乱刺，结果了他的性命。

王邑瞧见王寻被杀，慌忙逃跑。城里王凤、王常他们一瞧城外打赢了，开了城门打出来。两面夹攻，喊声震动了天地。王莽的大军听到主将被杀，副将逃了，全都慌了神，乱奔乱跑，自相践踏，沿路一百多里地都有尸首倒着。汉兵正杀得高兴，忽然瞧见一个怪人带着一群猛兽冲过来了。那个怪人叫巨毋霸，据说有一丈来高，身子像公牛那么粗。这么笨拙的巨人有什么用呢？他可有一种特别的本领，能够训练老虎、豹、犀牛、大象。王莽拜他为校尉，让他带着几只猛兽和一批扮作猛兽的士兵出来助威。汉兵哪儿见过虎豹出来打仗的，只好躲开了。没想六月的天气变化无常，突然"哗啦啦"一声响雷，接着，大豆似的雨点像天塌了似的往下直倒。那些身上涂着颜色扮作老虎和豹的士兵被浇得直打哆嗦，不但不往前冲，反倒窜到后面去了，巨毋霸也只好往后退。一群猛兽净向巨毋霸挤过去，挤得他立不住脚，仰面一倒，头重脚轻，就这么掉在河里，说什么也起不来了。

汉军一看可高兴了。他们认为这是天帮助他们消灭敌人，个顶个都生龙活虎似的直往前追。王莽的大军好像决了口子的大水向后倒去，把人都挤到河里，淹死了一万多人，连那些猛兽也都夹在里面。各地征调来的兵将也都四散逃跑了。

昆阳大战消灭了王莽的主力。这个消息传到各地，鼓舞了各地起义军。有不少人杀了当地的官府，自称将军，用汉朝的年号，等待着刘家皇帝的命令。

可就在这个时候，刘家皇帝与刘家将军发生了矛盾。宛县和昆阳打了胜仗，刘缤哥儿俩的名声大了起来，更始皇帝刘玄对他们有点儿不放心，他们手下的人也不把刘玄放在眼里。有一个叫刘稷（jì）的，是刘缤的心腹，就这样说刘玄："他算老几？哪儿轮得到他？"话传到刘玄耳朵里，他就把刘稷拿下，说他违抗命令，定了死罪。刘缤急忙跑来替刘稷争理，刘玄没主意了。站在一旁的朱鲔大喝一声说："刘稷对抗命令，还不是刘缤主使的吗？他也不能免罪！"刘玄把脑袋一顿，使出了做皇帝的威风，把刘缤和刘稷一块儿杀了。

刘秀这时候不在宛县。他听到哥哥被杀了，痛哭了一场，然后擦干眼泪跑到宛县来见刘玄，承认自己的不是，向刘玄表示忠心。人家问起昆阳大战的情形，他说："这全是皇上的洪福和将士们的功劳，我不过跟着大家沾了些光。"他也不给他哥哥穿孝，有说有笑的，完全像没事人一样。刘玄反倒觉得过意不去，拜他为破虏大将军，封为武信侯。

死守黄金

　　刘玄派上公王匡去进攻洛阳，大将军申屠建和李松去进攻武关（在陕西省商南县西北）。王莽急得要命，他合计一下，能打仗的一些将军大多还在塞外对付匈奴，一时撤不回来，留在国内的主力已经被消灭了。主要的地盘只剩下长安和洛阳两座大城，这怎么能叫他不着急呢？他临时拜了几个将军，把囚犯都放出来作为士兵，凑成了一支军队，往东去抵抗汉兵。

　　这些临时凑合起来的士兵，刚一出发，有的就逃散了。剩下的好容易到了战场，勉勉强强跟汉兵打了一仗，几个将军死的死、逃的逃，士兵大多数不愿卖命，都一哄而散。

　　弘农（在河南省灵宝县南）郡长王宪干脆投降了汉军，做了校尉。这么一来，有不少豪强大族也都起兵，自称汉朝的将军，跟着王宪去打长安。他们到了长安城下，争着要进城去，有的就在城外放起火来。城外烧着大火，照到城里，城里也有人放起火来，火烧到未央宫，众人闹闹嚷嚷地都拥了进去。王宪他们也进了宫。新朝的将军王邑、王林、王巡这几个王家将带着宫里的士兵四面抵抗。

王莽穿着礼服，手里拿着一把短刀，坐在宣室前殿，死守着六十万斤黄金和别的珍宝。朝廷上的公卿大臣跟着他在一起。王莽自己安慰自己说："天理在我这儿，汉兵能把我怎么样？"别的人又是流泪，又是叹气，心里只想着："什么天理不天理，能不死就好！"就这么挨过了一个晚上。第二天，火烧到前殿来了。大臣们扶着王莽离开了六十万斤黄金，躲到太液池里的一座楼台上。那楼台叫"渐台"，四面都是水，只有一座桥可通，火是烧不到这儿来的。在渐台陪着王莽的还有一千多人。

王邑、王林、王巡他们日夜不停地抵抗，累得有气无力，手底下的士兵死的死、伤的伤，差不多全完了。王邑他们听说王莽在渐台，就到水池子那边去保护他。可是士兵们没了，光杆儿将军双拳难敌对手，全被杀了。渐台周围全是人，围了好几层。台上的将士还往下射箭，大伙儿没法上去。直到台上的箭射完了，下面的人才拥上去。长枪、短刀、铁耙、木棍都使上，肉搏开始了。

太阳下山的时候，众人进了台上的内室，保护着王莽的几个大臣都死了。大家拥上去，咔嚓一刀，就把王莽杀了。王莽死的时候，头发和胡子都是半截黑半截白的。有个校尉割下王莽的脑袋，拿去向王宪报功。王宪又找到了那颗镶了一只角的玉玺。他就不再做校尉，自封为"汉大将军"。涌到长安城里的几十万人没有头儿，一听说王宪是汉大将军，就都算是他的部下。王宪的势力突然大了起来。

王宪把自己的一部分士兵留在宫里作为卫队，吩咐别的将士和小兵都驻扎在外边。他拿着玉玺，穿上王莽穿过的龙袍，戴上王莽戴过的冠冕，把王莽的后宫都收下来作为自己的后宫。他就这么得意忘形地做起皇帝来了。

过了两天，刘玄派来的申屠建和李松到了。他们听说玉玺在王宪那儿，就向他要，他可不肯给。他们查出王宪使用天子的旗子和车马，就把他拿来定罪，收了玉玺，向刘玄报告接收长安的情况。

刘玄觉得王莽一死，全国没有第二个皇帝，他的江山可以坐定了。小小的宛县不能作为都城，他就打算迁都到长安去。

这时候，王匡已经打下了洛阳，还把那个跟他同名同姓、伤了一条腿的太师王匡也杀了。刘玄手下的将士都是关东人，一听到洛阳也被打下了，那份高兴就不用提了。他们说："长安太远，不如迁都到洛阳吧。"刘玄本来没有一定的主张，就听了将士们的话，决定迁都洛阳。可是洛阳刚打过仗，宫殿被破坏得实在太厉害，得先修理一下才好。刘玄不敢重用刘秀，不让他再去打仗，这修理房子的碎烦事儿不妨让他去办。他就派刘秀为司隶校尉，带着一些人到洛阳去修理宫殿。

刘秀到了洛阳，还是像在宛县那样，做事很有精神，天天有说有笑的。可是到了晚上，他喜欢清净，一个人一间屋子，不让别人进去，只有冯异是个例外。这个冯异原是新朝的一个将军，昆阳大战以后，归附了刘秀。刘秀看他能力出众，把他当作心腹。有一天冯异发现刘秀的枕头湿了一大片，就猜出了刘秀的心事，他苦苦地劝告刘秀别太伤心。刘秀急忙摆摆手，对他说："请你千万别说出去！"

新朝被推翻了，各地方的人马互相攻打，各抢各的地盘，害得老百姓叫苦连天。这么乱糟糟的天下怎么能够统一起来呢？刘玄本来是个傀儡皇帝，也没有平定天下的才干。刘秀是他的臣下，无权无势，能干出什么大事来呢？正在这时候，有个太学生来找刘秀，说愿意帮助他平定天下。这个太学生是谁呢？他真有这个本领吗？

豆粥麦饭

那个太学生名叫邓禹，南阳新野人。他跟刘秀在长安同过学，比刘秀小七岁。两个人挺合得来，成了知心朋友。邓禹听说刘秀在洛阳修理宫殿，就赶去找他。到了洛阳，才知道刘秀已经走了。

原来，刘玄要安抚河北的各路兵马，把这个差使交给了刘秀。刘秀拿着大司马的节杖，到河北去了。邓禹就沿路追上去，一直追到邺城（在河北省临漳县西），才把刘秀追上。

同学好友见了面，那份高兴劲儿就不用提了。刘秀说："老朋友跑了这么多的路赶来，为的什么呀？"邓禹说："我想替您出点力，将来也好留个名。"刘秀就留着他在一间屋子里睡。邓禹挺正经地说："现在山东还没安定下来，像赤眉那样各占地盘的多得很。刘玄庸庸碌碌，自己没有主张。他手底下的将士光知道贪图财帛，没有远大的志向。你这么下去，也成不了大事。依我说，不如搜罗人才，争取民心，创立高帝的事业。"刘秀一听，这话正说到了他的心坎儿里。第二天，他就吩咐手下人称邓禹为邓将军。还叫邓禹跟他住在一间屋子里，有事情好一块儿商量。他们两个的心思被另一个有心人琢磨出来了。那个人就是冯异。他也对刘秀说："人心思汉，已经不是一天了。现在刘玄的将士们乱打一气，老百姓很失望。一个人挨饿挨得久了，有点儿东西吃，就够满足的了。应当赶快派人分头到各地去给老百姓申冤，宣扬汉家的恩德。"刘秀听了很同意，就让冯异他们到附近各县去考察官吏，安抚百姓，释放受冤的囚犯。自己带着部下，往北到了邯郸。

邯郸有个汉朝宗室的子弟叫刘林，他见到刘秀，向他献计说："赤眉在河东（黄河东边），只要掘开了河堤，把水灌到河东去，赤眉非淹死不可。"刘秀一想，掘开了河堤，老百姓不也得遭殃吗？用这种办法，怎么能夺取天下呢？就没去理他。过了几天，刘秀又带着人到真定（在河北省正定县）去了。

刘林碰了一鼻子灰，越想越别扭，就打算自己起兵。他找了一个算卦先生，叫王郎，请他算个卦，看是凶是吉。王郎看刘林噘着嘴，知道他有心事，就细细盘问起来。刘林把自己的打算说了出来。王郎说："我有个主意。头些日子，长安有个人自称汉成帝的儿子，名叫子舆，王莽说他是冒名顶替，把他杀了。你不妨冒充刘子舆，就可以号召天下了。"刘林说："你自己去冒充，不是一样吗？我来帮你登基。"王郎一听甭提多高兴了，连忙说："行！咱们说在头里，有福同享，有难同当。"这么着，两人就对天盟了誓。

刘林联络了一些人，打起刘子舆的幌子，没几天工夫，召集了好几千人。他们就立王郎为天子，刘林为丞相，向邻近的州郡发了通告。赵国以北，辽东以西，许多州县都起来响应，王郎的势力就突然强大起来。刘林还出了十万户的赏格，要捉拿刘秀。

刘秀知道自己力量单薄，没法跟王郎拼，回去的道又被截断了，只好再往北走，到了蓟州（在河北省蓟县）。蓟州有个叫刘接的，他贪图那十万户的赏格，起兵响应王郎，要捉拿刘秀。刘秀他们慌慌忙忙跑出了南门，往饶阳（在河北省安平县东）方向走去。走到半路，大伙儿都饿得肚子咕咕直叫。冯异向老百姓讨来半碗豆粥，送到刘秀跟前。刘秀捧起碗来，几口就吞下去了，好像从来没吃过这么香的东西。好容易磨蹭到饶阳，大伙儿饿得头昏眼花，都支持不住了。

刘秀看到路边有一座传舍（就是驿站），有了主意，就叫大伙儿大模大样地走进去，冒充是王郎的使者，吩咐传舍里的官员赶快摆饭。饭摆上了，随从的人一瞧见有了吃的，大伙儿就抢开了。传舍里的官儿起了疑，心想："哪儿有这号使者？怕是冒充的吧？"他就一边敲鼓一边喊："邯郸将军到了。"大伙儿一听，脸都白了。刘秀一想，逃也逃不了啦，索性壮着胆子对那个官员说："请邯郸将军进来见我！"那个官员哪儿去找邯郸将军呢，只好糊里糊涂敷衍了几句了事。刘秀他们吃完了饭，又大模大样地离开了传舍。

刘秀听说信都（在河北省冀县东北）太守不肯投降王郎，就向信都方向走去。

他们一路跑到南宫（在河北省新河县东南），下起大雨来，衣服全湿了。刚巧瞧见道旁有座空的传舍，就躲进去避一避。冯异抱来了一大捆柴火，又找吃的去了。邓禹见屋里有现成的灶，就忙着生起火来。一会儿，火着旺了，刘秀给大伙儿烘衣服。冯异找来了一点麦子，大伙儿七手八脚地煮成麦饭，半生不熟的就这么吃了点儿。又歇了一会儿，雨停了，他们赶紧动身，像难民似的又走了一百来里地，才到了信都。信都太守任光跟和城太守（和城，是以前巨鹿郡的一部分）邳彤（pī tóng）都不肯投降王郎。他们也有点军队，可是已经成了孤军，正担心着呢，一听到刘秀他们到了，不由得都高兴起来。

『铜马皇帝』

任光和邳彤把刘秀他们接进信都，大伙儿商议怎样对付王郎。邳彤说："只要大司马登高一呼，召集信都、和城两郡各县的兵马，一定能打败王郎。"

刘秀就用大司马的名义，召集人马，果然得到了四千精兵。任光发出通告说："王郎冒充刘氏宗室，诱惑人民，大逆不道。大司马刘公从东方调百万大军前来征伐。一切军民人等，反正的，既往不咎；抗拒的，决不宽容！"他派骑兵把这个通告分发到巨鹿和附近各地。老百姓看到了通告，纷纷议论，消息越传越远，王郎手下的兵将听了都害怕起来，好像大祸临头了似的。

刘秀带着四千精兵，又打下了邻近几个县城，声势慢慢地大起来。没过多少日子，又有不少地方首领起兵来投靠他。刘秀慷慨得很，不但封他们为将军，有的还封为列侯。这么七拼八凑，他总算有了十几万人马，他就率领这些人马去进攻巨鹿。

正好，刘玄也派兵来攻打王郎。两路大军联合起来，连着攻打了一个多月，还不能把巨鹿城打下来。有几个将领说："咱们何必在这儿多耗日子呢？不如直接去攻打邯郸。打下了邯郸，杀了王郎，还怕巨鹿不投降吗？"刘秀采纳了他们的意见，留下一部分人马继续围攻巨鹿，自己带领着大军去攻打邯郸，接连打了几场胜仗。王郎的部下支持不住，开了城门，把汉军迎进城去。刘秀占领了邯郸，杀了王郎，刘林却逃得不知去向了。

刘秀进了邯郸宫殿，检点公文，都是各郡县的官吏和大户人家跟王郎来往的文书，其中大多是奉承王郎，说刘秀坏话的。刘秀特意在将士们面前把这些文书全都烧了。有人说："哎呀，反对咱们的人都在这里头呢。现在连人名都查不到了。"刘秀说："烧了这些文书，好让人家安心！"大伙儿这才明白过来，全都佩服刘秀胸怀开阔。

刘秀的队伍越来越大。他重新编排人马，整顿队伍，让士兵们随个人的心愿分配到各营里去。许多士兵都说："愿意拨在大树将军的部下。"刘秀奇怪了，这"大树将军"到底是谁呀？一打听，原来是冯异的外号。

冯异从来不说自己的长处，上阵打仗，他总跑在头里。到了休息的时候，将军们免不了要聊聊打仗的经过。他们团团坐在一起，你一言，我一语，说个没完。有时候为了争功，甚至各不相让，闹得脸红脖子粗。每到这时候，冯异就偷偷地溜了，一个人坐在大树底下躲着。因为他不止一次地躲在大树底下，军队里就都称他为"大树将军"。刘秀听了士兵们的话，对"大树将军"冯异就更加尊敬了。

刘秀打下了邯郸，消灭了王郎。刘玄就派使者来见刘秀，封他为萧王，还吩咐他撤兵回去。刘秀手下的将领听说了，都急得跟什么似的，跑来对刘秀说："刘玄迁都到了长安，只知道享乐。再说全国各处起义的人马，有几万人的，有十几万人的，甚至有几十万人的，刘玄压根儿没法对付他们，他长不了。大王现在平定了王郎，只要登高一呼，准能天下响应。为什么把天下让给别人呢？大王千万不可听他的呀！"刘秀听了摇摇手，叫他们别再往下说。

刘秀出去对刘玄的使者说："王郎虽然灭了，河北还没平定，我一时还不能动身。"他就留在河北，调集各郡的兵马，打败了另一支农民军铜马，把铜马的人都收编进来。这么一来，刘秀的军队就扩充到几十万人，关西一带就管刘秀叫"铜马皇帝"，都不听更始皇帝刘玄的了。

刘秀到了河内郡（在河南省武陟、沁阳一带），正要向北去平定燕、赵。不想这个时候，有消息传来，说刘玄和赤眉军又打起来了。原来这赤眉军大都是朴实的农民，他们是没有活路了才起来造反的，并不想争什么地盘。他们的首领樊崇压根儿没有做皇帝的打算。因此，一听到刘玄做了皇帝，恢复了汉朝，他们就按兵不动了。刘玄从宛县迁都到洛阳的时候，派使者去叫赤眉归顺。樊崇就带着二十几个首领跟着使者到了洛阳。刘玄给樊崇封了个挂名儿的列侯，又不给二十几万赤眉军发饷。樊崇他们大失所望，找个机会逃了回去。他们担心要再这么下去必然军心涣散，因此决定跟刘玄干一下子。

争先恐后

公元24年二月，刘玄迁都到长安。樊崇率领二十万大军，往西攻入了函谷关（在河南省灵宝县南）。刘秀一得到消息，就知道刘玄敌不过樊崇，长安一定保不住，就打算派邓禹往西边去打樊崇。可是刘玄的大将朱鲔还在洛阳，他是刘秀的死对头，要是知道河内空虚，随时可以打过来。刘秀自己又想去平定燕、赵，那么叫谁把守河内呢？他就问邓禹，邓禹说："从前高帝信任萧何，嘱咐他守住关中，供应军粮，高祖才能够一心一意地去收服山东，终于成了大事。河内地势险要，北通上党，南近洛阳，要挑个文武全才的人守在这儿，再没有比寇恂（xún）更合适的了。"

刘秀听了邓禹的话，拜寇恂为河内太守，又拜大树将军冯异为孟津将军，防备着洛阳那边。布置完了，他就分给邓禹三万兵马，叫他进关去攻打赤眉军，自己带着大军去平定燕、赵。

寇恂留在河内，吩咐各县练兵，尤其是练习射箭。他做了一百多万支箭，养了两千匹马，征集了四百万斛（hú，一种量器）军粮，源源不绝地运到前方去。镇守洛阳的朱鲔打听到刘秀带着大军往北去了，果然趁着机会来进攻河内，正好碰上孟津将军冯异，吃了大败仗。冯异和寇恂两路兵马合在一起，渡过河去，一直追到洛阳。朱鲔把城门关得紧紧的，不敢出来对敌。冯异和寇恂带着大军绕洛阳城耀武扬威地走了一圈。打这儿起，洛阳大起恐慌，白天也关着城门。

寇恂、冯异派人向刘秀去报告，刘秀挺满意，将士们也都进来向他贺喜，要他趁此机会当皇帝。刘秀听了直摇脑袋。有个将军理直气壮地说："大王虚心退让，好是好，可是大王就不顾宗庙社稷了吗？确定了名分，才好商议征伐大事。要不然，谁是主、谁是贼，谁应当征伐谁呢？"刘秀一看，原来是前锋将军马武。马武本来是绿林的一个首领，也是南阳人。刘秀不但信任他，而且跟他很亲热。可是刘秀觉得还没到时候，不肯答应。他说："将军怎么说出这种话来？论罪名可以砍头的呢。"马武说："将士们都这么说。"刘秀说："那你就去告诉将士们，快别再这么说。"

刘秀没当皇帝，别的地方有好几个人已经自称皇帝了。势力最大的一个，是成都的公孙述。

刘縯、刘秀在南阳起义的时候，公孙述就在成都招募了几万兵马占据了一大块地盘。后来刘玄派兵去攻打，被公孙述打得大败。打这儿起，公孙述的名声更大了。他就自立为蜀王，当地的老百姓和邻近的部族全都归附了他。他的部下劝他当皇帝，他说："做帝王要有天命的，我怎么敢承当呢？"他的部下李熊说："天命没有一定。现在民心归向大王，大王又有能力，还有什么可迟疑的呢？"公孙述也就不再推让，自己当了皇帝，拜李熊为大司徒，自己的兄弟公孙光为大司马，公孙恢为大司空。关中起兵的豪强都来归附公孙述。这么一来，公孙述就有了几十万名士兵。

公孙述做了皇帝，消息一传开，可叫跟着刘秀的那一班人着急起来。他们又去请求刘秀即位。刘秀把冯异找来，问他的主意。冯异说："刘玄的几个重要的大臣都跑了，他一定失败。天下没有主儿，人心惶惶。大汉的宗庙社稷还要不要，就在于大王了。大王应当接受大家的意见。"

公元25年六月，刘秀当了皇帝，就是后来的汉光武。那时候他三十一岁。汉光武打发使者拿着节杖和诏书到邓禹那里，拜他为大司徒。

这时候，赤眉军早已进了武关，长安已经是"火烧眉毛"，十分危急了。

攻占两京

赤眉军分成两路向西进攻长安。刘玄派兵去抵抗，接连打了几场败仗，急得他不知道怎么办才好。张卬、王匡他们就私下商议说："赤眉说到就到，咱们没法在这儿待下去了。不如趁早收拾些财物，回南阳去再找路子。要是南阳也守不住，咱们就到大湖里去做大王！"他们就派人去见刘玄，向他说了这个主意。刘玄可不愿意回南阳去，没答应。张卬就想着发兵强迫刘玄离开长安。刘玄得到消息，先下手为强，发兵去打张卬。张卬和王匡只好一块儿逃走了，南方起义军就这么互相火并起来。这时候，赤眉军已经到了长安城下。

赤眉军看着刘玄不行了，想另外立一个姓刘的人做皇帝。队伍里姓刘的人还真不少，一找就找出七十多个，其中有个刘盆子，据说跟皇室的血统最近。他才十五岁，是给樊崇的部下看牛的，大伙儿都管他叫牛倌儿。樊崇就决定立他为天子。大伙儿让刘盆子换身衣服。他不依，还哭着不走。结果只好让他披着头发、光着脚，破破烂烂地去见樊崇。刘盆子见了樊崇，不敢再使性，就穿上了小皇帝的衣服，戴上了小皇帝的冠冕。樊崇领着部下，共同立刘盆子为天子。文武百官向他朝见，窘得他不知道该怎么应付。一退了朝，他赶紧换上了原来的衣服，溜到外面，要跟别的牛倌在一块儿。大伙儿只好把他留在屋子里，吩咐手下人别让他随便出去。

赤眉军就打着汉天子刘盆子的旗号，来征伐刘玄。刚巧张印和王匡从长安逃出来。他们投降了赤眉军，回过头来把赤眉军领进了长安城。刘玄急得没法可使，带着妻子和宫女们从北门逃了出去。他跑到了一座驿舍里，正想歇口气儿，赤眉军的使者已经来到跟前，传达上面的命令，叫刘玄投降。使者又说，现在投降，还可以封为长沙王；过了二十天，他要投降也不允许了。刘玄只好跟着使者到长乐宫去见刘盆子和樊崇。他光着上身，向刘盆子奉上了玉玺。刘盆子当然只听樊崇的，封刘玄为长沙王，让他住在长安。

汉光武这时候正在攻打洛阳。把朱鲔困在洛阳，有好几个月了，可还是打不下来。现在听说刘玄完了，就派人劝朱鲔投降。朱鲔这时候内无粮草，外无救兵，只好带着队伍出来投降。汉光武让他做了将军，还封其为侯。打下了洛阳，汉光武就把洛阳作为京都（因为长安在西边，洛阳在东边，所以前汉也叫西汉，后汉也叫东汉）。

汉光武住在洛阳很不放心。各地方自立为王、自立为帝的人还真不少，占据一块小地方做土皇帝的，那就更多了。可他最不放心的，还是赤眉军这一路。赤眉军占领着长安，是个大威胁，就不知道邓禹打的什么主意，为什么还不攻打长安呢？

邓禹不但不攻打长安，反倒带着军队越走越远了。他对将士们说："咱们孤军深入，前面没有给养，后面运粮困难。赤眉刚进长安，正在势头上，马上和他们交战，准得吃亏。可他们人多粮少，在长安待下去，迟早是要变动的。我探听到上郡、北地、安定三个郡有的是粮食、牲口。咱们不如先拿下这三个郡，给养就不用愁了。等到长安乱了，再打也不迟。"

邓禹带着人马，绕着大弯儿由东往北，转西向南，开走了。这时候，赤眉军在长安城里，把粮食吃光了，再也待不下去了。可他们还能到哪儿去呢？往北，邓禹的军队扼住了北上的道儿；往东，洛阳已经成了汉光武的大本营；剩下的只有往西一条路了。樊崇带着几十万大军向西流亡，没想到那些地方跟长安也差不了多少，粮食、牲口早给邓禹的军队搜刮去了。赤眉军只好再往西走，谁知道祸不单行，碰到了暴风雪，冻死了不少人马。樊崇万不得已，只好折回长安。

这时候，邓禹的兵马已经进了长安。赤眉军也不去攻城，就刨起汉朝历代帝王和皇后、妃子的坟来，那里面埋着不少金银、珠宝、玉器什么的。邓禹立刻发兵去攻打，想不到打了败仗，连长安也丢了，慌忙退到高陵。他怕军中粮草不够，只好向汉光武求救。

汉光武连忙派冯异带着一队兵马去代替邓禹。他嘱咐冯异说："长安一带老百姓已经穷到了极点，将军这次去征伐，要是赤眉肯投降，就让士兵都回家去种地，最要紧的是安定人心，不要随便杀人。"冯异答应着，带着军队往西去了。汉光武又给邓禹下诏书说："千万别死拼。赤眉没有粮食，一定会到东边来的。我这儿已经准备好了，你赶快回来。"

冯异到了长安，把人马埋伏好，就向赤眉军下战书。赤眉军不知道这是诡计，一上阵就中了埋伏，拼死拼活打了一天，死伤了一大半。冯异让一些士兵也在眉毛上涂上红颜色，打扮成赤眉的士兵，混进赤眉的队伍。赤眉军正进退两难，冯异叫将士们大叫大喊："赶快投降！投降不杀！"那些假装赤眉的士兵马上响应："咱们投降！咱们投降！"赤眉军一下子军心大乱，被解除了武装。

剩下的十几万赤眉军由樊崇带着，向东开走了。冯异又火速派人报告给汉光武。汉光武连忙率领大军布置好埋伏，等赤眉军一过来，就把他们团团围住。樊崇没法走脱，只好派人向汉光武求和。汉光武下令让他们投降，樊崇就带着刘盆子去见汉光武，奉上了玉玺。赤眉的将士也交出了铠甲和兵器。

汉光武吩咐赶紧做饭、做菜，让十多万赤眉兵吃一顿好的。接着，把樊崇他们带到了洛阳，给他们官做。可这些人是赤眉的首领，十多万赤眉兵还向着他们呢。汉光武嘴上不说，心里总觉得留着他们不妥当。没到几个月工夫，就拿谋反的罪名把他们杀了。

推翻新朝的绿林、赤眉这两支最大的农民起义军，到这时候，都被汉光武收拾了。可他还是不放心，因为各地自称王、自称帝的还有不少，天下正乱着呢。这里边势力最大的，要数陇西的隗嚣（wěi xiāo）、河西的窦融、蜀地的公孙述。

得陇望蜀

公元28年，隗嚣派马援为使者，去联络公孙述。马援到了公孙述那里，公孙述让文武百官列队欢迎，排场挺讲究，仪式挺隆重。公孙述跟马援没讲几句话，就叫手下人拿出衣帽来，要封马援做大将军。他大模大样地坐着，等候马援谢恩。没想到马援不吃这一套，婉言推辞了。

马援回去，对隗嚣说："公孙述自高自大，就像只井底的蛤蟆，咱们不如向着东方吧。"隗嚣又派他去洛阳见汉光武。

汉光武听说马援到了，穿着便衣，也不带卫士，就在宫殿里欢迎马援。他带着笑脸对马援说："您在两个皇帝之间奔波，我真觉得有点过意不去。"马援说："天下还没定下来，不但做君王的要挑选臣下，做臣下的也得挑选君王哪。"汉光武猜不透是什么意思，乐了乐，不说话。马援接着说："我跟公孙述是同乡，从小挺要好。我去见他，他布置了武士，还让我一步一步走上台阶去跟他相见。今儿我刚到这儿，您就接见我，好像见着老朋友似的。您怎么知道我不是刺客呢？"汉光武笑着说："您不是刺客，可能是说客。"马援说："如今天下乱糟糟的，称王称帝的不少。今儿见您这么豪爽，真像见到了高帝一样。"两个人越谈越投机。马援心里打定了主意，要劝隗嚣归顺汉光武。汉光武也打发来歙（shè）送马援回去。隗嚣按规矩挺客气地招待来歙。来歙劝隗嚣上洛阳去见汉光武，还说只要他肯去一遭，一定能得到很高的爵位。隗嚣一想，这不是叫他当刘秀的臣下了吗？可不能干，就借个理由儿推辞了。

隗嚣送走了来歙，就把班彪找来，跟他谈论起秦汉兴亡的历史。班彪是个很有学问的人，一听就明白了，隗嚣是借古论今：姓刘的既然可以代替秦朝做皇帝，不是姓刘的为什么不能代替汉朝做皇帝呢？班彪心里想，隗嚣可不是汉光武的对手，就劝他不要和汉光武去争天下。隗嚣一心想当皇帝，怎么肯听他的劝告呢？班彪再待下去也没有滋味儿，就找个来由辞了职。

河西的窦融和班彪是同乡，他听说班彪离开了隗嚣，就打发使者把他接了来，挺虚心地向他请教。班彪劝他去归顺汉光武。窦融早就听说汉光武这个人挺能容纳有本事的人，只因为河西离着洛阳路远，没能和他来往。这回他就听了班彪的话，写了一个奏章，打发使者上洛阳去见汉光武。汉光武立刻拜窦融为凉州牧（牧就是州长），还给窦融写了一封信。信里面说："现在益州（就是蜀）有公孙述，天水有隗嚣，将军的地位举足轻重，帮谁，谁的力量就大。如今有人主张分割天下，各自为王，要知道即使中国的土地可以分割，中国的人是不能分割的。将军能够上为国家出力，下为百姓着想，我非常感激。"

汉光武安定了河西这一头，又派来歙去见隗嚣，请他一起去征讨西蜀的公孙述，还答应成功之后分给他土地。隗嚣当然不干，他心里明白，公孙述要是被消灭了，自己在陇西还站得住脚吗？他对来歙说："我力量薄弱，还要防备着北方的匈奴，哪儿能分出兵来去打蜀地呢？"可是汉光武的势力越来越大，他不能不赔个小心，就打发他儿子跟来歙去洛阳，还叫马援全家也跟了去。

公元30年，汉光武又写信给隗嚣和公孙述，要他们归附汉朝。公孙述不但没回答他，还发兵进攻南郡。汉光武要试试隗嚣是不是向着公孙述，故意请他一同去攻打蜀地。隗嚣耍了个滑头，回答说："公孙述性子急躁，弄得上下不和，不如等他恶贯满盈了，再去征伐。"汉光武心里明白了，他就亲自到长安，发兵向成都进攻，暗地里防着隗嚣。隗嚣果然沉不住气了，他派兵占领了陇山底下的几个城，还发兵进攻关中，正好碰上征西大将军冯异，吃了大败仗。

隗嚣正在为难，马援来信了，责备他不该反复无常，劝他及早回头，归附汉光武。隗嚣火儿了，调度人马，准备再跟汉兵交战。马援带着五千骑兵，在隗嚣的队伍中来来往往，劝将士们归附汉朝，就有一些将士听了他的话，离开了隗嚣。隗嚣只好写信向汉光武求和。汉光武这会儿就不再那么客气了，回答说："空话我也听烦了，或是真心，或是假意，随你的便。"隗嚣知道汉光武已经看透了他，就投降了公孙述。公孙述封他为王，还派兵去帮他对抗汉光武。

公元32年，汉光武亲自带兵去征伐隗嚣。凉州牧窦融率领着好几万骑兵和步兵，来跟汉光武的大军会齐。汉兵的声势大，没费多大的力气就把隗嚣打败了。隗嚣带着妻子逃到了西城（在甘肃省天水县南），公孙述派来的救兵逃到了上邦

（在甘肃省天水县西南）。汉光武再一次写信叫隗嚣投降，保他父子相会。隗嚣还是不降。汉光武就把他那个做质子的儿子杀了，围住西城和上邽，吩咐凉州的人马回去，自己也回洛阳去了。

汉光武在路上给围攻西城和上邽的将军写了一封信，信上说："那两个城要是打下来了，你们马上带领兵马往南去征伐蜀地。人的毛病就在于不知足，我的毛病也在于'得陇望蜀'（平定了陇右，又希望去平定蜀地）。每发一回兵，我的头发、胡须总是会白一些。可是不这么干，天下怎么能够统一呢？"

隗嚣被围困在西城里，他闷闷不乐，第二年就害病死了。他的部下立他的儿子隗纯为王，继续抵抗汉兵。又过了一年，隗纯投降了。可是大树将军冯异也病死在军营里。

陇右平定了，汉光武就集中兵力去对付蜀地。公元36年，汉军大破蜀兵，进攻成都，公孙述受了重伤死了，他手下的将领就献出成都，投降了。这么一来，汉光武得了陇又得了蜀，平定天下的心愿总算是实现了。

汉光武等到大军回来，就开了一个庆功大会，大封功臣。他想起当年汉高祖多么重视张良和萧何，可惜那个"赛萧何"

寇恂已经在前一年死了。邓禹虽然抵不上张良，可是告诉汉光武怎样统一中原，随时劝他注重纪律，收拾民心的还是他。因此，汉光武把他当作第一号功臣，封为高密侯。别的功臣也都按照功劳大小，给他们不同的爵位和赏赐。已经死了的功臣，就封他们的子孙。

平定了陇、蜀，二十年来乱糟糟的中原又统一起来了。汉光武已经打败了所有的敌手，他打算把内政好好地整顿一番。

种地钓鱼

汉光武整顿内政是从两方面着手的：一方面节省朝廷的开支；一方面减轻老百姓的负担。打了这么多年仗，各地人口减少。他就下了一道诏书，要按照实在的情形合并一些县，裁减一些官员。这么一来，人口不多的县合并了四百多个，十个官吏裁去了九个，只留下一个，公家的开支就大大地减少了。就在那一年年底，汉光武又下了一道诏书，说前几年军费大，田租一直是按产量的十分之一征收的，现在粮食凑合着有些积蓄了，从今年起恢复原来的制度，仍旧征收三十分之一。这么一来，大大减轻了老百姓的负担，汉光武的皇帝座位也就稳当了。

汉光武一面整顿内政，一面尽力搜罗人才。他打发使者到各地访问名士，邀请他们到朝廷里来做官。可有的名士有名士的怪脾气，他们愣不来。汉光武也有他的怪脾气，人家越不肯来，他越要人家来。

太原有个名士叫周党，禁不住使者的催促，只好坐着车马来了，他穿着旧衣服，戴着破头巾，到了朝堂上，气呼呼地往地上一趴，怎么也不肯磕头，更别说叫一声"皇上"了。汉光武请他做官，周党才不稀罕做官呢。他说："我是个乡下老百姓，不懂朝政，放我回去吧！"大臣们见他这么傲慢，都很不服气。汉光武拗不过他，只好说："从古以来，就是多么贤明的君王，也有人不肯做他的宾客。周党不肯做官，各人有各人的心意，送他四十匹帛，让他回去种田吧！"

周党总算还来了一趟。还有的假装害病，干脆不来；有的隐姓埋名，逃到小村里去了。这些人中间，最出名的要数严光了。严光也叫严子陵，是会稽人，跟汉光武同过学，两个人挺要好。汉光武当了皇帝，就老想着他。可人家早就更姓改名隐居起来了，谁知道上哪儿去找呢？

汉光武就把严子陵的长相详详细细说了一遍，吩咐画工画一张像。画工按照汉光武说的，画了个大概，汉光武拿来一看，还真是个严子陵，就叫画工照样又画了几张，派人把这些画像分送到各郡县，叫官吏和老百姓寻找严子陵。隔了不多日子，齐国上书给汉光武，说那边有个男子披着羊皮，老在河岸上钓鱼，相貌有几分像，可不知道是不是他。汉光武马上派使者准备了上等的车马，到齐国去接他。

使者见了严子陵，奉上礼物，请他上车。严子陵推辞说："你们看错了人啦。我是打鱼的，不是做官的。礼物拿回去，让我安安静静地过日子吧。"使者哪儿肯听，死乞白赖地把他推上了车，飞一般地送到京都来了。汉光武特意准备了一所房子，派了好些手下人去伺候他，还亲自去看他。严子陵听说他来了，脸朝里躺在床上，只装不知道。汉光武走过去，摸摸他的肚子说："喂，子陵，你怎么啦？不愿意帮帮我吗？"严子陵翻过身来，盯了他一眼，说："各人有各人的心意，你逼我干吗？"汉光武叹了一口气，说："子陵，我真不能收服你吗？"严子陵听了，更不理睬他。

汉光武再三请他搬到宫里去，对他说："朋友总还是朋友吧。"严子陵这才答应他到宫里去一趟。那天晚上，汉光武跟他睡在一起。严子陵故意打着呼噜，把大腿压在汉光武身上，汉光武就让他压着。第二天，汉光武问他："我比从前怎么样？"严子陵回答说："好像好一点儿。"汉光武乐得大笑起来，当时就要拜他为谏议大夫。严子陵怎么也不干。他说："你让我走，咱们还是朋友；你逼着我，反倒伤了和气。"汉光武只好让他走了。

严子陵已经露了面，不必再更姓改名了。他就回到家乡富春山（也叫严陵山，在浙江省），种种地，钓钓鱼，过着悠闲的生活。富春山旁边就是富春江（这条江上游叫新安江，中游叫富春江，下游就是钱塘江），江上有个台，据说就是当年严子陵钓鱼的地方，所以被称为严子陵钓台。

严子陵不愿意做官，他的清高的名望越来越大；汉光武能够这么低声下气地对待严子陵，他的谦恭下士的名望也越来越大。这么一来，两个人的地位都抬高了。汉光武收服不了名士，可对那些有战功的将军，倒很有一些办法。

宁死不屈

平定蜀地的大军回来那一年，汉光武已经四十三岁了。他二十八岁起兵，十五年当中，差不多没有一天不是过着军队的生活。豪强争夺地盘，打了这么多年仗，老百姓早已恨透了。汉光武决心让天下休养休养，不愿意再谈军事。有一天，皇太子刘疆（郭太后的儿子）问他怎么打仗，他趁着立过大功的将军们都在面前，回答儿子说："这种事，你还是不问的好。"

邓禹和贾复听出话里有话。如今天下平定，用不着打仗了，当然也用不着他们这些功臣老带着大军住在京师里。他们就顺着汉光武的意思，请求让他们解散军队去研究学问。汉光武当时就答应了。别的功臣听说了，也纷纷交还了将军的大印，不再参与朝政，各回各的封地，享受富贵去了。只有邓禹、李通、贾复三个，还留在朝廷里。汉光武对待功臣十分宽厚，即使犯了点儿小过失，他闭闭眼睛也就过去了。外地进贡来什么好东西，他经常分赐给功臣们，宁可自己没有。

帮汉光武打天下的功臣都回到封地去了，可皇亲国戚都住在洛阳。他们仗着皇帝的势力，要怎么着就怎么着，连他们的奴仆也在京城里横行不法。这叫当洛阳令的董宣很不好办。

汉光武有个姐姐叫湖阳公主。她有个奴仆在外头杀了人，躲进了公主府。董宣不能闯进公主府去找杀人犯，只好一天又一天地等着那个奴仆出来。

这一天，湖阳公主坐着马车出来了，跟着她的正是那个杀人犯，董宣就带着人上去逮。湖阳公主火儿了，说董宣不该拦住她的车。董宣拔出宝剑往地上一划，当面责备公主不该放纵奴仆杀人。他叫手下人把那个杀人犯拉下车来，宣布了罪状，当场就杀了。

湖阳公主哪儿受得了这个气，她赶进宫去，向汉光武哭哭啼啼诉说董宣怎样当众欺侮她。汉光武一听也火儿了，直怪董宣不该冲撞公主。他立刻召董宣进宫，吩咐左右拿着鞭子，要当着湖阳公主的面责打董宣，给姐姐出气。董宣说："用不着打，让我把话说完，我情愿死！"汉光武怒气冲冲地问："你还有什么说的？"董宣说："皇上是中兴之主，一向注重德行。如今皇上让长公主放纵奴仆杀人，怎么还能治理天下呢？用不着打我，我自杀就是了。"说着就挺着脑袋向柱子上撞，撞得头破血流。汉光武一听理在董宣那儿，急忙叫左右把他拉住，只要他向公主磕个头，赔个礼也就算了。董宣宁可被砍脑袋，也不肯磕这个头。左右使劲把他的脑袋往下按，他两只手使劲撑住地，梗（gěng）着脖子硬不让他们按下去。汉光武实在佩服董宣，只好放他走了。

湖阳公主还窝着一肚子火儿。她对汉光武说："你当年在家乡，也窝藏过犯死罪的人，官吏不敢上门来搜查。现在你做了天子，反倒对付不了一个小小的洛阳令了吗？"汉光武笑着说："就因为我做了天子，不能再那么干了。"他一面劝姐姐回去，一面称赞董宣，还赏了他三十万钱。董宣把这三十万钱都分给他的手下人。董宣不怕豪门贵族，威望震动了整个京师。从此以后，人们都称他为"强项令"（强项，就是硬脖子）。

这样执法如山的官吏，除了洛阳令董宣，还有个看城门的小官，叫郅恽（zhì yùn）。

有一天，汉光武带着人马出城去打猎，回来时天早就黑了。他们来到东门外，城门已经关得严严实实。士兵们叫看城门的赶快开门。郅恽说："起了更就关城门，是皇上立下的规矩，谁也不能破这个例。"汉光武亲自来到城下，让郅恽看个明白，吩咐他快开城门。郅恽回答说："夜里看不清楚，不能随便开门。"汉光武碰了钉子，只好绕到东中门进了城。第二天，郅恽上书说："皇上跑到那么远的山林里去打猎，白天还不够，直到深夜才回来。这么下去，国家社稷怎么办？"汉光武看到了他的信，不能不说他讲得有理，就赏他一百匹布，还把那个管东中门的官员降了级。

过了四年（公元41年），汉光武把郭皇后废了，立阴丽华为皇后。太子刘疆知道自己很危险，不知道怎么办好，就去请教郅恽。郅恽劝他辞去太子，好好奉养母亲。刘疆听了他的话，总算没出什么事。过了几年，汉光武立阴丽华的儿子刘阳为皇太子，改名刘庄。

公元57年，汉光武六十三岁了。那年二月里，他害了重病，没有几天就死了。太子刘庄即位，就是汉明帝。

取经求佛

汉明帝登基后第七年，皇太后阴丽华害病去世。汉明帝是很爱他母亲的。他再也见不到母亲，心里没着没落地难受，晚上老睡不着觉。有一个晚上，他做了一个很奇怪的梦，梦里看见一个金人，头顶上有一圈白光，一闪一闪地在宫殿里摇晃着。汉明帝正要问他是谁，从哪儿来，那个金人忽然升到天空，往西去了。汉明帝吓了一跳，醒了，擦了擦眼睛一瞧，什么也没有。蜡台上那支蜡烛正一闪一闪地摇晃着。他对着蜡烛出了一会儿神，天也就亮了。

汉明帝把这个梦告诉了大臣们。大臣们都说不上那个头顶发光的金人是谁，更没法说这个梦是凶是吉。汉明帝说："听说西域有位神叫作'佛'。我梦见金人是往西去的，说不定就是佛。"博士傅毅说："皇上说得对，佛是西方的神，还有佛经呢。从前骠骑将军霍去病征伐匈奴，带回来休屠王供奉的金人，据说那个金人是从天竺传到休屠国去的。武帝把金人供养在甘泉宫里，后来打了这么多年仗，金人不知哪儿去了。皇上梦见的金人，准是天竺来的佛。"汉明帝听了这番话，觉得挺有趣儿，就派郎中蔡愔（yīn）和秦景前往天竺去求佛经。

天竺也叫身毒，是佛教创始人释迦牟尼降生的地方（释迦牟尼生在尼泊尔，现在的尼泊尔和印度在古时候总称为天竺或身毒）。他生在公元前557年，本来是个小国的太子，从小在宫里享受荣华富贵。后来长大了，他看到衰老的人和害病的人那种苦恼劲儿，心里挺难受，更别提看到死人了。他觉得人生就是痛苦，还不如不生在世上的好。要是没有"生"，就没有"老"，没有"病"，也没有"死"了。做了人，谁都逃不了生、老、病、死。他越想越不是味儿。有什么方法能摆脱人生的痛苦呢？他下了决心，离开了王宫，到山里去静修。经过十六年的沉思默想，他创设了一个宗教，就是佛教，也叫释教。他宣传物质是暂时的，精神是不灭的；一切事物，有因必有果，所以行善作恶，都有报应；生物从人类到昆虫，都是平等的，所以做人要以慈悲为本，不可杀害一切有生命的东西。当时天竺还是奴隶社会，受苦的人多。许多人听了他的这些话，居然都相信了，佛教就这样很快地传开了。释迦牟尼的弟子还把他的话记载下来，编成了十二部经典。

蔡愔和秦景经过了千山万水，历尽了千辛万苦，终于到了天竺国。天竺人很欢迎中国派去的使者。蔡愔和秦景在天竺学会了当地的语言和文字。天竺有两位有学问的佛教徒，一个叫摄摩腾，一个叫竺法兰，也学会了中国的语言文字，帮助蔡愔和秦景懂得了一点佛教的道理。蔡愔和秦景邀请他们到中国来，他们同意了。这么着，蔡愔和秦景带着两位天竺僧人，还有一幅佛像、四十二章佛经，回到中国来了。

他们用一匹白马驮着佛经，好容易经过西域到了洛阳，安顿在东门外的鸿胪寺（招待外国人的宾馆）里。蔡愔和秦景朝见汉明帝，呈上了佛像和佛经，引见了两位僧人。

汉明帝看了佛像，也记不清是不是梦里看见的金人，翻了翻佛经，一个字也不认识。摄摩腾和竺法兰给他讲了一段，他也听不明白，只是跟着点头。他吩咐人修理鸿胪寺，把佛像供在里面，请两位天竺僧人主持佛教的仪式。那匹驮佛经的白马也养在里面，鸿胪寺就称为白马寺。

汉明帝听不懂佛经，王公大臣也不相信佛教。大伙儿只把白马寺里的佛像、佛经和两位僧人当作外国传来的新鲜玩意儿，觉得好玩儿就去看看，谁也不怎么重视。只有楚王刘英特别感兴趣，他派使者来到洛阳，向两位僧人请教。两位僧人就画了一幅佛像，抄了一章佛经，交给了使者，还告诉他怎么样供佛，怎么样礼拜，怎么样祈祷。使者回到楚国，照样说了一遍。

　　刘英就把佛像供在宫里，早晚礼拜祷告，求佛祖保佑他"逢凶化吉、遇难呈祥"。他打着信佛的幌子结交方士，刻制图文作为"符命"，说自己应该做皇帝。刘英这里还没动起来，早有人向汉明帝告发了，说楚王刘英谋反，应当处死。汉明帝派人调查属实，就废了刘英的爵位。刘英只好自杀，佛祖也救不了他的命。

　　对于汉明帝供奉佛像的事儿，一些儒生本来就不赞成，可又不便反对。如今出了楚王刘英谋反的事儿，他们正好借这个机会请汉明帝专门尊重儒家。汉明帝本来也不相信佛教，就在南宫办了一个太学，让贵族子弟学习儒家经典，特别是孝经。他想，要是人人都顺从父母，还会有谁来夺他的皇位呢？他还特地到鲁地去祭奠孔子，亲自到太学去讲孝经。

汉明帝办太学，注重文教，果然培养了一些喜欢读书写文章的名士。可也有一个书香子弟，居然抛了书本，扔了笔杆儿。他就是班彪的儿子班超。

投笔从戎

班彪当年离开了隗嚣，跟窦融在一起。后来汉光武知道他有学问，请他整理历史。他死后留下两个儿子，大的叫班固，小的叫班超。汉明帝就叫班固做兰台令史（汉宫藏书的地方叫"兰台"，"兰台令史"是在宫里校阅图书、治理文书的官，后来史官也叫兰台），继承他父亲的事业，编写历史。班超帮着哥哥做些抄写工作，后来也做了兰台令史。哥儿俩都像他们父亲那样很有学问，可是性情不一样。班固的理想人物是写《史记》的司马迁；班超的理想人物是通西域的张骞。他听说匈奴又联络了西域的几个国家，经常掠夺边界上的居民和牲口，气愤得再也坐不住了，说："大丈夫应当像张骞那样到塞外去立功，怎么能老闷在书斋里写文章呢？"他把笔杆儿一扔就投军（文言叫"投笔从戎"，"从戎"就是从军）去了。

那时候，执掌兵权的是窦融的侄子窦固。他采用汉武帝的办法，先去联络西域，斩断匈奴的右胳膊，再去对付匈奴。公元73年，他就派班超为使者，带着随从和礼物去结交西域各国。

班超先到了鄯善（shàn shàn）。鄯善王虽然归附了匈奴，向匈奴纳税进贡，可匈奴还不满足，不断地勒索财物。鄯善王心里不高兴，可汉朝这几十年来顾不到西域这一头，他只好勉强顺从。这会儿汉朝又派使者来了，他就殷勤接待。班超住了几天，正打算再往西去，忽然觉着鄯善王态度变了，不像开初那么毕恭毕敬了，供给的酒食也不那么丰富了。班超心想，这里面准有鬼。

他跟随从的人说："鄯善王对待咱们跟几天前不一样了。你们看得出来吗？"大伙儿说："我们也觉得有点两样，可不知道为什么。"班超说："我猜一定是匈奴的使者到了。鄯善王怕得罪匈奴，才故意冷淡咱们。"话虽这么说，究竟只是推想。

刚巧鄯善王派底下人送酒食来了。班超见面就问："匈奴的使者来了几天了？住在什么地方？"那个底下人给班超这么一问，还以为他早知道了，就老老实实地说："来了三天了，住的地方离这儿才三十里地。我们的大王又是恨他们，又是怕他们，正为难着呢。"班超把那个人留在帐篷里，不让他去透露风声。他把三十六个随从全召集在一块儿，请大伙儿喝酒。

大伙儿正喝得兴高采烈，班超站起来，说："你们跟我千辛万苦来到西域，想的就是为国立功。没想到匈奴的使者到这儿才几天，鄯善王对咱们就不怎么客气了。要是他看咱们人数少，把咱们抓起来送给匈奴，咱们连尸骨都还不了乡了。怎么办呢？"大伙儿说："咱们想逃也逃不了啦。是死是活，全听您的！"班超说："没有进老虎洞的胆量，怎么逮得着虎崽子呢（文言作'不入虎穴，焉得虎子'）？如今只有一个办法，趁着黑夜去袭击匈奴使者住的帐篷。他们不知道咱们有多少兵马，一定着慌。只要杀了匈奴使者，鄯善王一定吓破苦胆，还能不归顺咱们吗？大丈夫立功就在这一遭了。"大伙儿都说："对！咱们不管死活，就这么拼一下子！"

到了半夜里，班超率领三十六个壮士，偷偷地摸到匈奴使者的帐篷外边，正好赶上刮大风。班超吩咐十个壮士拿着鼓躲在帐篷后面，二十个壮士埋伏在帐篷前面，他带着六个人顺着风向放火。火一烧起来，十个人同时擂鼓呐喊，其余的人大喊大叫，杀进帐篷里去。匈奴人从梦里吓醒，当时就大乱起来，班超手起刀落，一下子砍死了三个匈奴兵。壮士们跟着班超，杀了匈奴的使者和三十多个随从。他们割下了匈奴使者的脑袋，把帐篷都烧了，剩下的匈奴兵有被烧死的，也有逃跑的。班超带着三十六个壮士回到自己营里，正好天亮。

鄯善王听到匈奴的使者被杀了，又是高兴，又是害怕。只要汉朝能帮他抵抗匈奴，他是愿意跟汉朝联合的。他亲自来到班超的帐篷里，说今后一定听从汉天子的命令。班超好言好语安慰了他一番。鄯善王为了表示真心跟汉朝和好，就叫他儿子跟着班超到洛阳去学习汉朝的文化。

班超回到洛阳，向窦固报告了结交鄯善的经过。窦固很高兴，向汉明帝奏明了班超的功劳。汉明帝派班超再去结交于阗（也写作寘），还叫他多带些人马去。班超说："于阗地方大，路又远。宣扬威德不在人多，只要能帮助他们抵抗匈奴就成。要是出了岔子，多带几百个兵也不顶事，反倒成了累赘。我带着原来的三十六个壮士去，也就够了。"汉明帝知道班超能随机应变，就同意了。他觉得既然到西域去宣扬威德，就叫班超多带些礼物去。

班超带着原班人马，走了好多日子，才到了于阗。于阗王早就听说班超厉害，只好出来接见。可他那儿还住着个匈奴派来的军官呢，真叫他左右为难。他回到宫里，就把巫人请来，让巫人向大神问问吉凶：他到底是向着汉朝好，还是向着匈奴好？

那个巫人是向着匈奴的。他装模作样地作起法来，假装大神的口气对于阗王说："你为什么要跟汉朝人来往？汉朝使者骑的那匹马倒不错，赶快拿来祭我。"于阗王怎么敢违背大神的旨意呢，就派人去向班超要马。可他手下有几个人不服气，偷偷地把巫人的花招告诉了班超。班超心里有了底，就对来取马的人说："大王要我的马敬神，我怎么能不乐意呢？可不知道要的是哪一匹，请巫人自己来挑挑吧。"

取马的人回去一说，那个巫人还真的来挑马了。班超也不跟他说话，立刻拔出宝剑把巫人杀了，就提溜着巫人的脑袋去见于阗王，对他说："这个人头跟匈奴使者的人头一个样。你跟汉朝和好，两国都有好处；你要是勾结匈奴侵犯汉朝，我们的宝剑可不是吃素的。"

于阗王见了人头早就愣住了，再听班超这么一说，不由得软了半截，连连说："愿意听汉天子的吩咐。"他派兵杀了匈奴的军官，把人头献给了班超，还说愿意像鄯善王那样，把儿子送到洛阳去学习。班超这才把带来的绸缎和布匹等礼物送一份给于阗王和他手下的大官。

于阗和鄯善是西域的大国，它们跟汉朝有了来往，别的小国像龟兹（qiū cí）、疏勒，跟着也都过来了。班超派人去向窦固报告，窦固让班超留在疏勒，好就近帮助西域各国抵抗匈奴。西域和汉朝不相往来已经有六十五年了，到了这时候，才恢复了张骞当时的局面。

公元75年，汉明帝害病死了，太子即位，就是汉章帝。这一年，国内发生了大饥荒。有的大臣说，把军队驻扎在老远的地方，花费大，得益少，还不如撤回来。汉章帝才十八岁，没有什么主张。他下了一道诏书，让驻扎在西域的兵马都撤回来。

班超接到了诏书，只好准备动身。疏勒国的官员和百姓一听到这消息，都像大祸临头似的，只怕匈奴再来欺负他们。有一个疏勒的将军流着眼泪说："汉朝扔了咱们，咱们用什么来抵挡匈奴呢！与其那时候死，不如今儿就死了吧！"说着就自杀了。班超看了心里像刀子扎一样，可皇上叫他回去，他怎么能不依呢？

班超经过于阗，于阗王和大臣们拦住了班超，抱住他的马腿不放。班超只好暂时住下来，上书给汉章帝说：西域各国受不了匈奴的欺负，把汉朝的天子当作靠山，现在天子叫我回去，它们失去了依靠，只好再去投靠匈奴，再来侵犯中原。汉章帝看了班超的奏章，跟大臣们商议了一下，就收回成命，让班超留在西域。

汉章帝做了十三年皇帝，害病死了。太子即位，就是汉和帝，尊汉章帝的皇后窦氏为皇太后。汉和帝不是窦太后亲生，他的母亲梁贵人还是被窦太后害死的。汉和帝即位的时候才十岁，窦太后替他临朝。因为儿子不是自己生的，窦太后就依靠娘家，让哥哥窦宪执掌大权。从汉章帝起，东汉的皇帝大多是短命的，新即位的皇帝又多半是小孩子。就因为这样，太后临朝，太后家执掌大权，差不多成了公式，外戚的势力从此大起来了。

外戚专权

　　皇太后的哥哥窦宪执掌了大权，第一件大事就是把禁止私人煮盐和炼铁的法令废了。汉武帝当年费了很大的力气，把煮盐和炼铁的利益从豪门手里夺了过来。这会儿，窦太后为了得到豪门的支持，又把盐铁的利益让给了他们。这样一来，窦家的政权居然拿稳了，窦宪的几个兄弟都做了大官。

　　汉和帝有个本家伯父叫刘畅，是汉光武的大哥刘缤的孙子，为了汉章帝的丧事，他到京师来吊孝，窦太后几次召他进宫。窦宪怕窦太后重用刘畅，派刺客把他暗杀了。窦太后蒙在鼓里，还叫窦宪去捉拿凶手，追查主使的人。窦宪把杀人的罪推在别人身上，可有人不服气，说应当仔细调查。调查下来，主使杀人的原来就是窦宪自己。杀了皇帝的伯父，这可不是件小事儿，窦宪只怕窦太后也没法包庇他。正好南匈奴的单于上书说北匈奴遭了饥荒，又发生了内乱，请汉朝发兵帮他去打北匈奴，窦宪就请窦太后让他带兵北伐，也好避过这个风头。窦太后自然同意，还拜他为车骑将军。这么一来，窦宪又神气起来了。

原来匈奴早已分裂成南、北两部。强迫西域跟汉朝作对的是北匈奴，住在大漠以北。大漠以南的归附汉朝，叫南匈奴。这时候北匈奴已经衰落，不能抵抗汉兵。窦宪在漠北打了大胜仗。俘虏和投降的匈奴兵有二十万人。他就让中护军班固写了一篇颂扬他功德的文章，高高地刻在山石上，这才下令班师还朝。窦太后拜窦宪为大将军，加给他两万户的封地，叫他驻扎在凉州。窦宪的三个兄弟都封了侯，加上他们的子弟、女婿、伯伯、叔叔、娘舅、外甥，还有爪牙、心腹，威风得不得了。各地的刺史、郡守、县令，大多是窦家门里出来的。他们贪污勒索、贿赂公行。谁要是反对他们，谁准得倒霉。窦宪的三弟窦景，更闹得无法无天。

窦景手下有两百个骑兵做他的卫队。这一伙人骑着高头大马，老成群结队在街上溜达。瞧见哪个铺子有什么值钱的东西，他们拿手一指，东西就是他们的了，压根儿用不着付钱。

妇女被他们看中了，也就算他们的了，还得乖乖地送去，要不然他们就加个罪名，抓去当囚犯来办。洛阳城里的商人和居民一瞧见窦家的卫兵和奴仆出来，都逃的逃、关门的关门，好像见了老虎一样。向着窦家的官儿不用说了，就是不向着窦家的也只好睁着眼睛当作没瞧见。谁要是多嘴，自己的命先保不住。朝廷上除了司徒丁鸿、司空任隗、尚书韩棱，差不多都是窦宪一党的。他们把窦家作为靠山，互相勾结，准备造反，拥护窦宪做皇帝。

汉和帝这时候十四岁了。他年纪虽小，可挺有心眼，看出了这批人谋反的苗头。他打算把丁鸿、任隗、韩棱召进宫去，商议对付的办法。可是里里外外、上上下下，都是窦宪的"耳朵"和"眼睛"，万一走漏了消息，可不是闹着玩儿的。他看看左右，只有服侍他的宦官。他觉得中常侍郑众还忠实可靠，和他谈谈，别人也不会起疑心。这么一想，他就趁着郑众进来伺候他的时候，悄悄地问郑众怎么才能够消灭窦党。郑众出了个主意，先把窦宪从凉州调回来，趁他们不防备，把他们一网打尽。汉和帝叫郑众暗地里联络了司徒丁鸿、司空任隗他们，接着就下了一道诏书到凉州，说南北匈奴已经和好了，西域也通了，大将军应当回到朝廷里来辅助皇帝。

窦宪正想回到京师来，好成全大事。他接到了诏书，就带着大军回到洛阳。汉和帝派大臣到城外去迎接窦宪，还慰劳了他的将士。窦宪把军队驻扎在城外，自己进了城。那时候天已经快黑了，他决定在家里休息一夜，第二天一早去朝见皇上。那些奉承窦宪的大官儿都连夜到将军府里去拜见窦宪。就在这个时候，汉和帝和郑众到了北宫，吩咐丁鸿派兵关上城门。丁鸿把所有的卫兵都用上，人不知，鬼不觉，分头布置停当。窦宪的女婿郭举和亲信邓叠从将军府出来，才回到家里，就像小鸡碰到老鹰似的，一个一个都被抓了起来，当夜就下了监狱。

窦宪送走了客人，安安停停睡了一觉，什么都没听见。他哪儿知道，丁鸿带着卫兵，已经把将军府围得水泄不通。天一亮，汉和帝的使者敲门进来，说有诏书到。窦宪慌忙起来，揉揉眼睛，趴在地上。使者宣读了诏书，免去窦宪将军的职司，改封为冠军侯。窦宪只好交出大将军的大印。送走了使者，他派人去探听几个兄弟的动静，才知道他们也都交还了大印。没过多少时候，他又听说郭家、邓家的人都被绑到大街上杀了。凶信接二连三，急得窦宪晃晃悠悠，脑子里嗡嗡直响。可皇上的使者又到了，催他立刻离开将军府，回到自己的封邑去。他的兄弟窦笃、窦景、窦环，也都分头动身走了。

窦宪哥儿四个各自带了家小，回到了自己的封邑。汉和帝免了窦环的罪，其余三个，嘱咐他们自己动手，他们都只好自杀。窦太后孤零零一个人住在宫里，过了几年也害病死了。

当年勾结窦宪的大官，有处死的，也有自杀的。中护军班固也算窦宪一党，被下了监狱。班固已经六十多岁了，受不了折磨，就在监狱里自杀了。

班固当初奉了汉明帝的命令，编写《前汉书》。这时候，还剩下一小部分，别人很难接着往下写。汉和帝听说班固的妹妹班昭很有才学，就把她召进宫去，叫她继续她哥哥的工作。班昭是扶风人曹寿的媳妇儿，早年守寡。她进宫以后，除了写书，还教后宫的妃子和宫女念书。后宫都叫她曹大姑（古文写作"大家"，女子的尊称，"家"要读作"姑"）。

曹大姑另一个哥哥就是远在西域的班超。他跟窦宪没有来往，当然牵累不着，还升了官，当了西域都护。

天知地知

　　班超在西域，听说西方还有个大国叫大秦（就是罗马帝国），就派助手甘英为使者，带着随从和礼物去联络大秦。甘英到了条支（古国名，在叙利亚一带），受到当地人的欢迎。条支国是个半岛，都城造在山上，周围四十多里，西面是大海（就是地中海）。那地方又热又潮湿，老有狮子、犀牛等猛兽出没，走陆路很不方便，甘英打算乘船去。有个安息（古波斯国）船夫劝告他说："我看你还是别去了。海大得很，行船得冒极大的风险。碰巧了，顺风顺水，也得三个月工夫；风向不凑巧，两年也到不了。我们到大秦去，船上总得准备着三年的粮食。大海茫茫望不见边，船里的人免不了想家，要是害了病，或者遇着风浪，死的人可就不少。你们东方人怎么受得了哇？"

甘英谢过了那个安息人，回来把经过报告了班超。刚巧安息的使者到了，带来了安息的狮子和条支的大鸟作为礼物，要送给汉朝皇帝。班超这时在西域已经三十年了，他就派他儿子班勇陪着安息国的使者上洛阳去，还趁这个机会上了一封书给汉和帝。他说："我死在西域也无所谓，只怕以后的人因为我不得回国，不敢再出来了。我即使回不到酒泉郡，只要能活着进玉门关也就心满意足了。我的儿子从小生长在西域，我能在活着的时候，让他回来看看父母之邦，我真够造化的了。"汉和帝没给他回信。

班超的妹妹曹大姑也上书汉和帝，苦苦央告让她哥哥回来。汉和帝这才下了一道诏书，派中郎将任尚为西域都护去接替班超，召班超回朝。公元102年八月，班超回到洛阳，九月里死了，死的时候七十一岁。

过了三年，汉和帝年纪轻轻也死了。皇后邓氏没有儿子，就把后宫生的一个不满两周岁的婴儿立为太子。第二年正月，这个小太子即了位，就是汉殇（shāng）帝，他当然做不了主，只好由邓太后临朝。邓太后还挺年轻，不便老跟大臣们在一起商讨国家大事。除了她哥哥邓骘（zhì），还有谁能老到宫里去见皇太后呢？这样一来，邓骘就做了车骑将军。这一年八月里，汉殇帝死了。邓太后和邓骘一商量，觉得清河王刘庆的儿子生得聪明伶俐，就立他为太子，太子即位，就是汉安帝。汉安帝也不过十三岁，邓太后继续临朝。

邓太后看到过窦宪是怎样败亡的。她不敢专用娘家的人，还一再吩咐地方官，邓家的亲戚、子弟要是有过错，一概从严惩办。她还提倡节俭，减轻捐税。

可事情并不顺她的心，国内连年发生灾荒，老百姓穷得没饭吃，连京城里都饿死了人，又有地方爆发了农民起义。西北边境上也不安宁，匈奴和西羌都打到内地来了。原来接替班超的任尚只知道压制西域的老百姓，改变了班超当初的规矩。西域各国一个接一个地起来反抗，朝廷上的大臣也目光短浅，认为西域各国反复无常，根本没法治，不如把兵撤回来，也好省下一大笔粮饷。邓太后听了这些意见，就放弃了西域。这样，西域又落入匈奴手里。匈奴又联络西羌不断入侵西北边境，抢劫财物，残杀人民。

凭邓太后她一个人，怎么管得了这么些国家大事呢？她叫邓骘推荐有名望的人到朝廷里来办事。邓骘果然推荐了一个人，就是华阴（在陕西省潼关县西）人杨震。

杨震很有学问。他家里穷，靠教书和种菜过日子。弟子们替他种菜，他不让，说免得耽误他们的功课。他教了二十多年书，人们都说他道德高、学问好。邓骘听到了，先推荐他为"茂才"（就是秀才），请他当荆州刺史，后来又调他去东莱（在山东省）当太守。他到东莱去上任的时候，路过昌邑（山东省金乡县西北），在驿站里住了一宿。

昌邑县的县令王密本来是杨震推荐的。王密也许为了感谢杨震，也许为了要他提拔，就在夜里去拜见他，献上了十斤黄金。杨震对他说："我知道您是怎么个人，您怎么不知道我呢？"王密说："您先别说这个。我给您送点礼，您何必客气呢！反正半夜里没有人知道，您就收了吧。"杨震一本正经地对他说："天知道，地知道；你知道，我知道。你怎么能说没有人知道呢？"王密听了，臊得连耳朵根儿都红了，只好拿着黄金退了出去。

杨震做了好几年太守，仍旧是两袖清风。家里人吃的是蔬菜，走路靠两条腿。有个朋友对他说："为了子孙后代，您多少也该置办点儿家产。"杨震笑着说："让我的后代做个清白官吏的子孙，这份遗产还不够阔气吗？"

杨震到了京师，做了太仆（管车马的官），后来又升为太常（管祭祀的官）。这会儿邓骘又推举他做了司徒。大臣们都尊敬他，邓太后也特别信任他。这时候汉安帝已经二十六岁了，朝廷上有了这么一个司徒，邓太后该可以放心了，为什么她还要自己临朝，不把大权交给皇帝呢？原来她有她的苦衷：汉安帝小时候聪明伶俐，没想到他越大越不像话，只知道吃喝玩乐，不知道上进。邓太后挺不高兴。她看到河间王的儿子刘翼人才出众，就封他为平原王。

汉安帝的奶妈王圣见邓太后喜欢刘翼，就起了疑心，只怕邓太后要改立刘翼为皇帝。她勾结了李闰和江京两个内侍，在汉安帝跟前说邓太后的坏话。汉安帝挺相信他奶妈的话，对邓太后又是恨又是怕。

公元121年，邓太后病了，还咯了血。她辛辛苦苦地临朝十八年，死的时候才四十一岁。邓太后一死，汉安帝亲自掌了权，中常侍樊丰、刘安、陈达，还有内侍李闰、江京，奶妈王圣，一下子都参与了朝政。这一批人交了运，另一批人就倒霉。第一个倒霉的是龙亭侯蔡伦。

蔡伦是桂阳（在湖南省）人，他很有学问，喜欢研究手工艺。本来，文字不是刻在竹简上，就是写在绢上。后来西汉初年，出现了一种用树皮和麻丝做的纸。可是这种纸太粗糙，不好写字。蔡伦又研究了好几年，试验了不知道多少次，末了用树皮、麻丝、破布、渔网什么的泡在水里，用石臼捣得稀烂，制成了一种又薄又细的纸。他把他制的纸献给了汉和帝。汉和帝着实称赞了一番。打这儿起，大伙儿喜欢用蔡伦的纸，纸就渐渐用开了。后来，邓太后封蔡伦为龙亭侯，大伙儿就把蔡伦造的那种纸称为"蔡侯纸"。

邓太后一死，有人向汉安帝告发，说蔡伦从前奉了窦太后的命令，杀了汉安帝的祖母。蔡伦不愿意受到侮辱，就喝毒药自杀了。

汉安帝恨透了邓太后的哥哥邓骘，收了他的大将军印，逼着他自杀。邓家的子弟全受了连累。外戚邓家算是完了，新的外戚和宦官江京、李闰他们都封了侯。奶妈王圣和她的女儿在宫里直进直出，威风无比。汉安帝成天价跟这些人胡闹，国家大事一概不管，都交给樊丰他们去办。司徒杨震好几次上书劝告，汉安帝就是不理。

樊丰他们看到杨震也碰了钉子，就谁都不怕了。他们假传诏书，调用国库里的钱，大兴土木，给自己盖起花园来。杨震自然又上书告发，樊丰就请汉安帝免去他的官职。这还不够解恨，他又在汉安帝跟前撺掇说："杨震本来是太后的心腹，邓家受了惩罚，他怎么能够不怨恨皇上呢？依我说，还不如送他回乡吧。"

杨震只好动身回到家乡华阴去，他的门生都去送他。到了城西夕阳亭，他对门生们说："有生必有死，本来用不着难受，只是我受了皇恩，不能消灭奸臣，还有什么面目见人呢？我死之后，你们要用葬一般读书人的制度葬我，切不可铺张奢侈。"这位拿"天知、地知"提醒人的人就这么自杀了。他的学生们痛哭就不必说了，连过路的人也没有不流泪的。

杨震一死，汉安帝清净得多了。他就带着年轻漂亮的阎皇后、国舅阎显和樊丰、江京一伙人离开了洛阳，往南边游玩去了。他可没想到，这一去就不能活着回来了。

豺狼当道

汉安帝走到半道儿，乐极生悲，害起病来，只好打消了往南游玩的念头，赶紧回来。这位糊涂皇帝就糊里糊涂地死在路上了。阎皇后忍不住大哭起来，阎显、江京、樊丰他们连忙向她摆手，对她说："不能哭，大臣们要是知道皇上晏驾了，立了济阴王，咱们还活得下去吗？"阎皇后只好忍着眼泪，不敢哭出声来。

原来汉安帝的后宫李氏生了个儿子叫刘保，本来已经立为太子了。阎皇后怕李氏夺她的地位，把李氏毒死了；又叫江京、樊丰诬告太子谋反。太子刘保才十岁，汉安帝就把他废了，立为济阴王。如今汉安帝死在路上，阎显、江京、樊丰他们只怕大臣们知道了，把刘保请回来当皇帝。他们急急忙忙地回到京师，把另立新皇的计策定了以后，才给汉安帝发表。

阎皇后打算自己临朝，挑了个汉章帝的孙子做皇帝，她自己做了皇太后，哥哥阎显做了车骑将军，执掌了大权。阎显把那地位最高的三公（太尉、司徒、司空）都换了自己的人，又跟新的三公联合弹劾大将军耿宝、中常侍樊丰、谢恽、周广和奶妈野王君王圣，说他们结党营私，大逆不道。阎太后下了一道诏书，这几个人就全完了。新上台的是阎太后和阎显的几个兄弟：阎景、阎耀、阎晏。阎家的威风就抖起来了。

谁知好景不长，才过了几个月，娃娃皇帝害了病，眼看活不成了。宦官孙程想趁着机会抓权，秘密联络了十八个中黄门，大家伙儿对天盟誓，决定去迎接废太子刘保。娃娃皇帝果真死了，阎太后和阎显他们还没商议停当，孙程他们突然发动起来，杀了内侍江京、刘安一伙人，当天晚上就请济阴王刘保即位，这就是汉顺帝。孙程传出了汉顺帝的命令，指挥全部卫队杀了卫尉阎景，逼着阎太后交出了玉玺；阎显、阎耀、阎晏下了监狱，一个个都被处了死刑，把阎太后软禁在离宫，没过几天阎太后也死了。孙程他们十九个宦官是有功之臣，都封了侯。一眨眼儿，东汉的天下就从外戚手里转到宦官的手里了。

公元132年，汉顺帝十八岁了，立贵人梁氏为皇后，梁皇后的父亲梁商做了大将军。有人请汉顺帝叫各地推荐有才学的读书人到京师里来，由皇上亲自考试。来的人果然不少，最出名的有汝南人陈蕃、颍川人李膺（yīng）、南郑人李固、南阳人张衡等人。他们参加了考试，提出了种种改进政治的办法。可政权掌握在宦官和外戚的手里，这些读书人能发挥什么作用呢？

在这些读书人里边，南阳的张衡还是个了不起的科学家。他是专门研究天文和数学的。他断定地球是圆的，月亮绕着地球转，借着太阳的光而发光。他还用铜制造了一个"浑天仪"，上面刻着日月星辰，靠流水来转动。坐在屋子里看着浑天仪，就可以知道什么星从东方升起来，什么星从西方落下去。

那时候，经常发生地震。张衡就发明了一个仪器，叫"地动仪"，形状像一个大酒坛。在"酒坛"周围，按照东、南、西、北、东北、东南、西北、西南八个方向，装着八条龙，每条龙的嘴里含着一个铜球。龙嘴下面各蹲着一只张着嘴的铜蛤蟆。哪个方向发生地震，朝着那个方向的龙就吐出铜球。铜球正好落在蛤蟆嘴里，"当"的一声，就像打钟一样。只要听到声音，跑去一看，就能知道哪个方向闹了地震。

大臣们听说张衡造出地动仪，都不相信，只把它当作逗乐的玩意儿。公元138年二月里的一天，地动仪上朝西的那条龙吐出铜球，"当"的一声，掉到蛤蟆嘴里了。可洛阳城没有地震，也没听说附近哪儿发生了地震。大臣们议论纷纷，都说张衡的地动仪是骗人的，有的甚至说他造谣生事，应当办罪。没想到才过了几天，陇西有人来报告说，离洛阳一千多里的金城发生了大地震，连山都塌了。大伙儿这才信服了。可是朝廷里乌烟瘴气，真有本领的人哪儿能得到重用呢？

汉顺帝靠着宦官做了皇帝，他当然要重用宦官。浮阳侯孙程死了，汉顺帝格外开恩，让孙程的养子孙寿继承爵位和封地。当初汉武帝和汉宣帝利用宦官，是因为宦官没有后代，不至于像外戚那样来威胁朝廷。现在开了这个例，宦官的养子也可以得到封赏，还有个完没有了？养子是要多少有多少的。这么着，汉宫里的宦官多到几百家，甚至上千家，彼此争权夺利，闹得天下乱糟糟的，没有一天安宁。大将军梁商虽然做了大将军，也叫他儿子好好地结交宦官曹节、曹腾他们，好保全一家的荣华富贵。不少见风使舵的官员，也争先恐后地向曹节他们献殷勤。

公元141年，梁商害病死了。汉顺帝让梁商的儿子梁冀接着他父亲做了大将军，另一个儿子梁不疑做了河南尹。别看梁冀说话结结巴巴的，他可是从小就耍钱、斗鸡，长大了仗势欺人，什么坏事都干。这样的人做了大将军，又和曹节、曹腾那些宦官勾结在一起，就更闹得无法无天了。老百姓被逼得活不下去，纷纷起来反抗官府，专杀贪官污吏。

谏议大夫周举上书给汉顺帝说，要想把造反的平息下去，先得把各地的地方官查一查，是贪官污吏，就该严办。汉顺帝这一回倒是听了他的话，派了八个大臣分头到各地去视察。

八个大臣中，有个最年轻的叫张纲。他一路走，一路想：把国家弄得这么糟，还不是朝廷上那些大官吗？惩办了那些大官，地方上的小官自然就不敢胆大妄为了。他越想越不是味儿，到了洛阳都亭，就把坐的车子毁了，把车轮埋了起来，不走了。人家问他："您怎么啦？"他说："豺狼当道，何必查问狐狸？"他跑回洛阳，就上书告大将军梁冀和河南府尹梁不疑。

这个消息一传开，整个洛阳城都轰动起来了。老百姓都说张纲代他们说出了心里话。梁家的子弟和亲戚却恨得咬牙切齿。他们说："张纲这小子，看他有几个脑袋！"汉顺帝正宠着梁皇后，怎么会惩办皇后的弟兄呢？可他知道向着张纲的人也不少，只好把张纲的奏章搁在一边，只当没有这回事似的。出去视察的大臣报上来的，大多也牵连到梁冀和宦官，这些报告，也都如石沉大海，没有下文了。

梁冀恨透了张纲，非想个法治他一下才解气。刚巧广陵那边有公文到来，说"广陵大盗"张婴扰乱徐州、扬州一带，手下有好几万人马。梁冀就趁这个机会，推荐张纲为广陵太守，想让他到那儿送死。

张纲到了广陵，带着十几个随从亲自去见张婴，说自己是来惩办贪官污吏的，决不跟老百姓为难。张婴早就听说张纲为人正直，说话算话。两个人就指天起誓，要一起除暴安良。张纲在起义军中挑选了一批有能力的人，帮他办事，让其余的人回家种地。广陵一带就这么安定下来了。

公元144年，汉顺帝死了。两岁的太子即位，就是汉冲帝。不到半年，汉冲帝又死了，立谁做皇帝呢？大臣们提出两个人来：一个是清河王刘蒜，一个是勃海王刘缵（zuǎn），都是汉章帝的曾孙。太尉李固劝梁冀立年长的刘蒜。梁冀和梁太后可不听他的，年长的皇帝哪儿有年幼的皇帝听他们的话呢？他们就决定立八岁的刘缵为皇帝，这就是汉质帝。

跋扈将军

汉质帝才八岁，又聪明，又不懂事。他看梁冀独断专行，把谁都不搁在眼里，觉着别扭。有一天在朝堂上，汉质帝当着文武百官的面，指着梁冀说："大将军是个跋扈将军（跋扈，专横的意思）。"梁冀一听，气得眼珠子都蹦出来了，他寻思着："这小子这么厉害，赶明儿长大了还了得！"就嘱咐内侍把毒药放在饼子里拿上去。汉质帝吃了饼子，觉着难受，就召太尉李固来问："吃了饼子，肚子闷，口干，喝点儿水还能活吗？"梁冀抢着说："不、不、不能喝，喝了恐怕要、要、要吐。"梁冀磕磕巴巴地还没说完，汉质帝就倒在地上，打了几个滚，死了。李固扑上去痛哭了一场，请梁太后和梁冀查办内侍。要是张纲还活着，他一定又是那句话："豺狼当道，何必查问狐狸？”

太尉李固和大鸿胪杜乔他们只怕梁冀又要挑个小娃娃做皇帝，就联名上书，请立清河王刘蒜为帝。可梁冀和梁太后又有了主意。第二天，梁冀把大臣们召集在一起，他耸着肩膀，直瞪着两只眼睛，气势汹汹地说："立……立……立蠡（lí）吾侯！"李固、杜乔他们正要说话，梁冀就大喝一声："退朝！"立皇帝的事，就这么定了。

李固还真有点固执劲儿，他写信给梁冀，说了一大篇该立刘蒜的道理。梁冀把信一扔，进宫去请梁太后拿主意。梁太后下令免了李固的职，让杜乔接替他做太尉。就这么着，十五岁的刘志当了皇帝，就是汉桓帝，仍旧是梁太后临朝，大权仍旧掌握在梁冀手里。

转过了年，汉桓帝娶了梁太后的小妹妹，姐儿俩成了两辈，一个是太后，一个是皇后。梁冀要拿最阔气的聘礼去迎接他妹妹。杜乔反对，说不能破坏先皇定下的规矩。梁冀恨透了杜乔。碰巧洛阳发生地震，一些人上书说京师地震，罪在太尉。梁太后就又把杜乔免了职。梁冀知道推崇李固、杜乔的人还不少，就趁机请梁太后把李固下了监狱。

李固的学生们听说老师被逮了起来，一齐到宫门前请愿，要求释放李固。梁太后怕事情闹大，只好把李固放了。李固昂着脑袋走出监狱，洛阳城里满街满巷的人都直喊"万岁"。梁冀听说了，他想："这还了得，这不是跟我梁家作对吗？"他又去对梁太后说："李固笼络人心，图谋不轨，咱们梁家将来准要吃他的亏，不如趁早把他治了。"这么一来，李固又被抓起来，他受不了折磨，在监狱里自杀了。梁冀又派人去叫杜乔自杀，杜乔不听他的。梁冀就把他抓了起来，杜乔也被逼死在监狱里。

公元150年，梁太后害病死了，朝中的大事，就梁冀一个人说了算。他不但是梁太后的哥哥，还是梁皇后的哥哥呢。尽管他怎样无法无天地闹，汉桓帝还是信任这个大舅子，这个跋扈将军。公元153年，黄河发大水，冀州一带的河堤决了口，淹死了不少老百姓，几十万户人家流离失所。当地的官员不但不救济，还借着修复河堤敲诈勒索。冀州的难民越来越多，眼看要造反了。梁冀就派朱穆去做冀州刺史。朱穆是个出了名的执法如山的人，老跟梁冀过不去。他就让朱穆到灾区去吃点儿苦头。

朱穆才过了黄河，冀州的贪官污吏就已经吓破了胆，有四十多人扔了官印逃走了。朱穆到了冀州，果然铁面无私，认真查办起来。

有人向朱穆告发：宦官赵忠的父亲死了，赵忠跟埋葬皇上一样，给他父亲穿上了玉衣。在那个时候，丧葬有严格的制度，一个宦官的父亲也穿上了玉衣，这可不是件小事。朱穆马上派人去调查。去的人刨开坟来一看，赵忠的父亲真穿着玉衣躺在棺材里呢。朱穆听到报告，当时就把赵忠一家下了监狱。

赵忠在宫里得到消息，气得两眼发直，就跑到汉桓帝跟前哭诉，说朱穆刨了他父亲的坟。梁冀本来就讨厌朱穆，也在旁边添枝加叶，说了朱穆许多坏话。汉桓帝哪儿有不听他的，立刻派人把朱穆逮回来，关进了监牢。

消息一传出去，就有好几千名太学生出来打抱不平。大伙儿公推刘陶带头，写了一封信，一齐来到宫门前，要求释放朱穆，要是不放，大伙儿愿意跟朱穆一同坐牢。汉桓帝也怕秀才造反，只好把朱穆放了，让他回到本乡南阳去。太学生们还不肯罢休，又上书给汉桓帝说："皇上要打算安定天下，就得起用忠良。朱穆、李膺为人正直，办事能干，是中兴的助手，国家的柱石。皇上应当召他们还朝，辅助皇室。"汉桓帝哪儿做得了主，大权还在梁冀手里拿着呢。

不想没隔多久，梁冀的妹妹梁皇后死了。汉桓帝本来喜欢邓贵人，皇后一死，邓贵人就出了头。这邓贵人是邓太后（汉和帝的皇后）的侄孙女儿，父亲早死了。梁冀的老婆看她长得挺美，就收作自己的女儿，叫她改姓梁，把她送进了宫里。大伙儿还以为邓贵人是梁冀的女儿，只有邓贵人心里明白是怎么回事儿。这会儿邓贵人出了头，梁冀只怕邓贵人的母亲在外头泄露了秘密。他就派了个刺客去杀邓贵人的母亲。不料那刺客被人逮住了，审问下来，才知道是大将军梁冀派去的。邓贵人把这事儿告诉了汉桓帝。梁冀这些年来杀过不知多少人，汉桓帝从不过问；这会儿杀到邓贵人的母亲头上了，那还了得！汉桓帝气得肚子发胀，就悄悄地问小黄门唐衡："宫中谁跟梁家有怨？"唐衡低声说："单超、左悺（guàn）、徐璜、具瑗（yuàn），他们都……"汉桓帝连忙摆了摆手，说："我知道了。"

汉桓帝挺秘密地跟这五个宦官商量停当，发动起一千多名卫兵，突然包围了梁冀的住宅，收了他的大将军印。梁冀知道自己完了，只好跟老婆一块儿喝毒药自杀。梁家的子弟、亲属，有的被处死，有的被废为平民。跟梁冀好的大官、小官免去了三百多人，朝廷上差不多空了。

宦官五侯

外戚梁家的势力倒了，汉桓帝就把单超、左悺、徐璜、具瑗、唐衡这五个宦官在同一天都封了侯，就是所谓"宦官五侯"。

单超又对汉桓帝说，小黄门刘普、赵忠等也有功劳，汉桓帝慷慨得很，就又封了八个宦官为侯。朝廷上一下子好像有了点新气象，其实打这儿起，东汉的政权从外戚手里又转到了宦官手里。

尚书令陈蕃还盼望着汉室中兴，他向汉桓帝推荐了五个名士：南昌人徐稺、广戚人姜肱（gōng）、平陵人韦著、汝南人袁闳（hóng）、阳翟人李昙（tán）。汉桓帝派人分头去迎接他们，可这五个人没有一个肯来的，都宁愿留在家乡教书种地。

陈蕃还不死心，又请汉桓帝去接安阳名士魏桓。魏桓跟徐稺他们一样，也不肯动身。朋友们劝他说："就是到京师里去走一趟也好嘛。"魏桓说："读书人出去做官，总得对得起百姓，对得起国家。现在后宫多到几千人，请问能减少吗？供玩儿的马多到一万匹，请问能减少吗？皇上左右的那一批宦官，请问去得了吗？"大伙儿听了都叹气说："恐怕都办不到。"魏桓说："对呀！那你们干吗还要劝我去呢？要是我活着去，死了回来，对大伙儿有什么好处呢？"大伙儿这才没有话说。

名士们一个也不来，汉桓帝并不稀罕他们，他有一大批封了侯的宦官呢。中常侍侯览并没参与除灭梁冀的事，他献了五千匹绢，汉桓帝也封他为侯，列在功臣里面。白马（在河南省滑县）县令李云上了个奏章，批评汉桓帝不该滥封宦官。他说："这么多的宦官，没有什么了不起的功劳，都封了万户侯，这怎么能叫边塞的将士们服气呢？皇上乱给爵位，宠用小人，贿赂公行，不理朝政，这样下去怎么得了？"

汉桓帝看了李云的奏章，气得眼珠发直。他立刻下一道命令，把李云下了监狱，叫中常侍管霸严刑拷打。大臣杜众上书说愿意和李云一同死。汉桓帝更火儿了，把杜众也下了监狱。陈蕃等几个大臣联名上书，替李云和杜众求情。汉桓帝要让他们瞧瞧他才是治理天下的主子，就把陈蕃他们都革了职，传令把李云、杜众都杀了。你说他宠用宦官，他觉得还没宠用够呢，干脆把单超拜为车骑将军，叫他掌握全国的兵权。宦官的势力顶破了天。

单超做了车骑将军没多久，就死了。其余四个：徐璜、具瑗、左悺、唐衡可越来越骄横。宦官的义子也能继承爵位和俸禄，这是汉顺帝开的先例。就有不少没脸没皮的人赶着宦官叫爸爸。这样，四个宦官的义子、兄弟和侄儿都做了官，有不少做了太守，做县令的那就更多了。这些大官、小官，只知道贪污勒索。老百姓受了冤屈，也没有地方可以告发。

徐璜的侄儿徐宣做了下邳令。已经死了的汝南太守李嵩，家就在下邳，他的女儿被徐宣看上了。徐宣派人到李家去，要小姑娘做他的姨太太。李家不答应，徐宣就派人把她抢了来。小姑娘死也不依。徐宣火冒三丈，叫人把她绑在柱子上，毒打了一顿，再问她依不依。小姑娘骂他是畜生。徐宣龇牙一笑。他拿出一张弓，捡了十几支箭，一边喝酒，一边把她当作箭靶子，就这么喝一口酒，射一支箭，把小姑娘活活射死了。

李家到处鸣冤告状，可有谁敢碰徐宣一根毫毛呢？最后告到东海相黄浮那儿。黄浮是个不怕死的硬汉，下邳又是属东海管的，他就把徐宣传来当面审问。徐宣仗着他叔叔徐璜腰杆子硬，把嘴角使劲往下一拉，说："你敢把我怎么样？"黄浮吩咐手下的人剥去他的衣帽，把他反绑了。徐宣嚷着说："你反了吗？你不怕死吗？你真敢碰我？"黄浮大喝一声说："推出去砍了！"徐宣这才打着哆嗦，跪在地上喊"饶命"。黄浮的手下人都慌了，拦住黄浮说："这可使不得！万万使不得！杀了徐宣，祸事不小。"黄浮说："今天我把这个贼子宰了，明天我就是死也甘心！"他亲自监斩，砍下了徐宣的脑袋。全城的人没有一个不痛快的。

痛快固然痛快，可是徐璜怎么能放过黄浮呢？徐璜哭哭啼啼地对汉桓帝说："黄浮受了李嵩家的贿赂，害死我的侄儿。请皇上给我做主。"汉桓帝长着耳朵，就因为听宦官的话，他马上把黄浮革职论罪。这样的冤案，何止十桩八桩。

宦官为非作歹，闹得老百姓都活不下去了。那些太学生再也忍不住，纷纷议论起朝政来。

禁锢党人

汉桓帝尝过秀才造反的滋味，听说太学生们又在议论纷纷，就让李膺做了司隶校尉，陈蕃做了太尉，王畅做了尚书。这三个人都是太学生们推崇的。太学生们说，李膺是天下模范，陈蕃不怕豪强，王畅也是优秀人物，都称得上君子。

这么一议论起来，大伙儿都把当时的人物评论开了，说谁谁谁是君子，谁谁谁是小人。宦官们一听就明白，这是冲着他们来的。他们就倒打一耙：谁把他们分在小人这一伙里，他们就把谁称作"党人"。因为孔夫子说过"君子群而不党"，既然是党人，就不是君子了。不是君子是什么人呢，当然也是小人。就这么着，宦官和党人成了死对头。

李膺一当上司隶校尉，就有人告发野王（在河南省沁县）

县令张朔贪污、勒索，无恶不作。张朔是宦官张让的弟弟，他知道李膺的厉害，就逃到京师，躲在他哥哥张让家里。李膺听到风声，亲自带人到张让家去搜，把张朔像小鸡儿似的提溜了出来，押在监牢里。张让急忙派人去说情，没想到他弟弟的脑袋早被砍下来了。张让气得跟什么似的，马上到汉桓帝跟前哭诉，可张朔已经供认了自己的罪过，汉桓帝也不好难为李膺，心里直责怪李膺不该跟宦官作对。

一波未平，一波又起。有个方士叫张成，素来结交宦官，吹牛说他能看风向、测吉凶。这一天，中常侍侯览透出消息来说，日内就要大赦。张成马上装腔作势地当着大伙儿的面看了看风向，就说皇上快要下诏书大赦天下了。别人不信，他就跟人家打赌，叫他儿子去杀了人。李膺把凶手抓了起来。第二天，大赦的诏书果然下来了。张成得意扬扬地对大伙儿说："你们看我是不是未卜先知？诏书下来了，不怕司隶校尉不把我的儿子放出来。"这话传到李膺耳朵里，李膺更加火儿了，他说："预先知道大赦就故意去杀人，大赦也不该赦到他的身上。"他就把张成的儿子杀了。张成怎么肯甘休，去请侯览、张让他们给他报仇。侯览他们就替张成出了个主意，叫他上书控告李膺跟太学生和名士结成一党，诽谤朝廷，败坏风俗。还附上一份所谓

"党人"的名单，把跟他们作对的人全列在上面。

汉桓帝本来就恨透了那些批评朝廷的读书人，这会儿看了控告书，就命令太尉陈蕃逮捕党人。太尉陈蕃一看名单，上面写着的都是天下名流，他不肯照办。汉桓帝火儿更大了，当时就把李膺下了监狱。大臣杜密、陈翔，连同名单上的，一共两百多人，全被逮起来了。其余的人听到风声，逃的逃、躲的躲，连个影儿都没有了。有个名士叫陈寔（shí），被划在党人里头。有人劝他逃走，他叹了一口气，说："我逃了，别人怎么办呢？我去，也可以壮壮大伙儿的胆量。"他自己来到京师，进了党人的监狱。

太尉陈蕃上了一个奏章，替党人们辩护。汉桓帝就把陈蕃革了职。李膺在监狱里想了个办法，要治治这些宦官。他传出话来，说不少宦官的子弟都是他的同党。宦官们没法儿了，只好对汉桓帝说："现在天时不正，应当大赦天下。"汉桓帝反正只听宦官的，就把两百多名党人都放了，但是"禁锢"他们终身，就是永远不准他们做官。

就在这年冬天，汉桓帝害病死了。窦皇后（汉桓帝立过三个皇后，窦皇后是第三个）慌了手脚，连忙召她父亲窦武进宫，跟几个大臣商议了一下，立河间王刘开的曾孙刘宏为皇帝，就是汉灵帝。汉灵帝才十二岁，他懂得什么呢？当然由窦太后临朝。窦武为大将军，陈蕃为太尉，李膺、杜密他们重新回来，参与朝政。朝廷上又气象一新了。

窦太后挺尊重陈蕃。可她住在宫里，天天接触的还是宦官曹节、王甫他们。她经不起这些人的奉承，把他们当作了亲信，他们请求什么，她就答应什么；他们要封谁，她就封谁。陈蕃私底下对窦武说："不除掉宦官，就没法治理天下。将军得早想个办法才好。我已经快八十了，还贪图个什么呢？留在这儿，就为帮助将军给朝廷除害。"窦武完全理会陈蕃的心思。他马上进宫，要求窦太后除了曹节他们。窦太后怎么下得了这样的决心呢？她说："汉朝哪一代没有宦官？"

陈蕃真的拼老命了，他上书列举宦官侯览、曹节、王甫他们的罪恶，请太后立刻把他们杀了，免得造成祸害。接着又有别的大臣上书，要求罢免宦官。这么打草惊蛇，哪有不被蛇咬的呢？宦官们倒先下手了。他们拿着皇帝的节杖，说陈蕃、窦武谋反，把两个人都杀了，接着逼窦太后交出玉玺，把她关在南宫。陈蕃和窦武两家的人和他们的亲戚、门人都遭了殃，连带被害的还有好几家。李膺、杜密他们也被削职为民。这些人回到家乡，名声反而更大了。读书人把他们当作领袖。宦官更把他们当成了死对头。

山阳高平（在山东省邹县西南）有一个人叫张俭。他上书告发宦官侯览，侯览就让手下人反过来告发张俭，说他和同乡二十多人结成一党，诽谤朝廷，企图谋反。曹节他们乘机让几个心腹一起上奏章，请求再一次逮捕党人，把李膺、杜密这些人都抓起来。

汉灵帝才十四岁，哪儿懂得是怎么一回事。他问曹节："什么叫党人？为什么要抓他们？"曹节顺口就编了一通，说党人怎么怎么可怕。汉灵帝吓得缩短了脖子，连忙叫他们下诏书逮捕党人。

逮捕党人的诏书一下，各地又都骚动起来。有人得到了消息，慌忙跑到李膺家里，催他赶快逃走。李膺说："我一逃，反倒害了别人。我已经六十了，还逃到哪儿去呢？"他就自己进了监狱，后来，他和杜密都被害死了。他的门生和他推荐的官吏都被"禁锢"。别的党人被杀的、被禁的一共有六七百人，太学生被逮捕的也有一千多人。

宦官镇压了这么多的党人，当然是称心如意了。可是侯览还挺不高兴，他的死对头张俭还没拿到。他请汉灵帝通令全国，一定要捉拿张俭到案。谁窝藏张俭的，跟张俭同罪。张俭不像李膺、杜密他们那样情愿自己找死，他各处躲藏，还想活命。好几家人因为收留过他遭了祸，轻则下了监狱，重则处了死刑。有一家姓孔的，也因为收留过张俭倒了霉。

那个姓孔的叫孔褒（bāo），鲁郡人，跟张俭挺要好。张俭逃到鲁郡去投奔孔褒，刚巧他不在家。他的小兄弟孔融才十六岁，自作主张把张俭留下了。张俭住了几天，不免走漏了风声。赶到官府派人来抓时，张俭已经走了。鲁郡的官吏就把孔褒、孔融哥儿俩都逮了去。孔融说："张俭是我招待的，应当办我的罪。"孔褒说："他是来投奔我的，应当定我的罪，跟我兄弟无关。"官吏问他们的母亲孔老太太。孔老太太说："我是一家之主，应当办我的罪。"娘儿三个这么争着，弄得郡县没法判决，只好上书请示。诏书下来，只把孔褒定了罪。孔融愿意代哥哥受罪，因此出了名。

张俭这么躲来躲去，有人觉得这不是个办法。陈留（在河南省开封市东南）人夏馥（fù）也在党人名单中，他说："自己东躲西藏的，还连累别人，何苦呢？"他就把头发和胡子全都铰（jiǎo）了，逃到林虑山（在河南省林县），更名换姓，给人家做了用人。因为天天干活儿，手和脸都变得又粗又黑，谁也看不出他是个读书人了。

官逼民反

公元178年，皇宫里有一只母鸡，鸡冠越长越高，有一天忽然打起鸣来了。母鸡变成公鸡，本来是生理上的一种变态，并不奇怪。古人可把它看成不祥之兆。汉灵帝着实慌了，他问大臣们怎样才可以消灾。议郎蔡邕（yōng）就上了一个秘密的奏章，说国家的祸害就在朝廷上，皇上应该重用君子，远离小人。他还把朝廷上谁是君子、谁是小人，都写在奏章上。

汉灵帝看了蔡邕的奏章，着实地叹息了一番。没防着曹节趁他更衣的时候，把秘密奏章偷看了一遍。这么一来，蔡邕说些什么全被宦官们知道了，原来那上面都是冲着他们来的。中常侍程璜立刻派人告发蔡邕，说他诽谤朝廷，谋害大臣。又在汉灵帝面前添枝加叶地说蔡邕大逆不道，应当处死。汉灵帝到了儿还是听了宦官的，把蔡邕下了监狱，定了死罪。想不到宦官当中也有个替蔡邕抱不平的人，名字叫吕强。他尽力在汉灵帝面前替蔡邕说情作保。汉灵帝就叫吕强传出命令，免了蔡邕的死罪，罚他和他全家充军到朔方（在内蒙古杭锦旗西北）去。

汉朝经过这么几代外戚和宦官的折腾，国库里的钱早就花得差不多了。汉灵帝只知道吃喝玩乐，可钱从哪儿来呢？宦官们就给汉灵帝出了个主意，开一个挺特别的铺子，让有钱的人来买官职和爵位：四百石的官职定价四百万钱，两千石的官职定价两千万钱，没有钱的也可以买官做，等他上任之后再加倍付款。买官做的人图个什么呢？还不是到了任上去搜刮民脂民膏。本来就连年灾荒，粮食歉收，这么一来老百姓更苦了。实在没法子活下去，各地农民就起义了。

最先起义的是会稽人许生，他在句章（在浙江省慈溪县）举兵，没有几天工夫，参加的贫苦农民就有一万多人。他们攻破县城，杀了官吏，打退了前来围剿的官兵，许生就自称阳明皇帝。这支农民军后来被镇压了下去，许生也被官兵杀了。

过了不久，巨鹿郡张家三兄弟又领着老百姓起来造反。这弟兄三个：张角、张宝、张梁，都挺有本领。张角曾读过书，懂得医道，给人治病挺有效，给穷人看病还不要钱。他看到农民们都盼望能安心生产、过太平日子，就创立了一个教门，叫"太平道"，还收了一些弟子，跟他一块儿传教、治病。每逢发生瘟疫，张角把药煎好，配成现成的药水，盛在瓶子里，随时给人治病。他叫病人跪在坛前，自己念了符咒，再给病人喝药水，救活了不少人。这样一来，张角就出了名，远远近近来求医的，每天总有一百多人。张角自称"太平道人"，人们可都尊他为"太平真人"。

相信太平道的人越来越多。张角就派他的兄弟和弟子周游四方，一面治病，一面传道。大约过了十年光景，太平道传遍青州、徐州、幽州、冀州、荆州、扬州、兖（yǎn）州、豫州，教徒发展到几十万人。这八个州的老百姓不论信不信，没有不知道太平真人的。各地的官吏也认为太平道是劝人为善、给人治病的教门，没把张角他们放在心里。

张角看着时机成熟了，就暗地里发动道徒们起来反抗朝廷。他用四句话作为暗号，就是"苍天已死，黄天当立；岁在甲子，天下大吉"。"苍天"就是指汉朝，"黄天"指太平道。他们约定在甲子年（公元184年）一块儿起义，到那时候就"天下大吉"了。

张角让他的弟子们秘密地到各地，用白土写上"甲子"两个字，大街小巷，住家店铺都写上了，连京城的城门上都写有这两个字。可就在这紧要的时候，他弟子马元义的助手唐周贪生怕死，出卖了要起义的弟兄，上书向朝廷告密了。马元义没防着这一手，就被逮了起来。他受了各种残酷的刑罚，到了儿没投降，还拒绝了高官厚禄的诱降。最后，这位不屈服的好汉被杀害了。同时被杀的有一千多人。汉灵帝急忙下令捉拿张角兄弟。

张角到这时候，只好通知各地提前起义。他自称"天公将军"，张宝为"地公将军"，张梁为"人公将军"。没多少天工夫，全国就有几十万名农民起义了。他们头上都裹着黄巾当作标记，起义军就叫"黄巾军"。

黄巾军一齐攻打各地郡县，火烧官府，没收官家的财物，开仓放粮。各地的郡守、刺史急得连忙向汉灵帝告急。汉灵帝急得坐也不是，站也不是。他连忙让国舅何进做大将军，保卫京师。又派大臣卢植和皇甫嵩、朱儁（jùn）各带兵马，分两路去攻打黄巾军。何进还请汉灵帝下令要各州郡加紧防备，对付黄巾。这么一来，各地的郡守、刺史、地主、豪强都趁着打黄巾的机会，浑水摸鱼，招兵买马，扩大自己的地盘和势力。要是碰巧打败了黄巾，还可以升官发财，封王封侯呢！到了这个时候，他们都拼力来打黄巾军了。

黄巾军一上来气势很猛，接连打下了好些郡县，杀了许多贪官污吏。可后来各地的兵马都打过来了，黄巾的粮草武器到底不如官兵，准备又不足，慢慢地退了下来。没想到这时候，天公将军张角因为劳累过度，病倒了。到八月十五日这一天，他知道自己不行了，就对站在眼前的弟弟张梁和别的几个弟子说："苍天是死了，可狼还活着。"过了一会儿，他又提高了嗓门，叫着："苍天已死，黄巾不灭；万众一心，天下大吉！"说完，这位为民除治百病，希望天下大吉的贤师良医，就死去了。

张角一死，黄巾军失去了主心骨。接着张宝、张梁也都死在战场上，这支农民起义军最后还是被镇压下去了。可天下已经被那地主豪强们闹得四分五裂，后来形成了割据的局面。到了公元220年，东汉亡于魏。魏、蜀、吴各有皇帝，各立朝廷，正式分成了三国。

图书在版编目（CIP）数据

林汉达中国历史故事集. 东汉故事 / 林汉达著. —
杭州：浙江人民出版社，2023.6
　ISBN 978-7-213-11036-8

　Ⅰ . ①林… Ⅱ . ①林… Ⅲ . ①历史故事－作品集－中
国－当代 Ⅳ . ① I247.8

中国国家版本馆CIP数据核字（2023）第056926号

林汉达中国历史故事集
LINHANDA ZHONGGUO LISHI GUSHI JI
林汉达　著

出版发行	浙江人民出版社（杭州市体育场路347号　邮编　310006）
责任编辑	张世琼　祝含瑶
责任校对	何培玉　戴文英
封面设计	仙　境
电脑制版	阅鸣空间
印　　刷	三河市中晟雅豪印务有限公司
开　　本	880毫米×1230毫米　1/32
印　　张	21.75
字　　数	357千字
版　　次	2023年6月第1版
印　　次	2023年6月第1次印刷
书　　号	ISBN 978-7-213-11036-8
定　　价	139.00元（全四册）

如发现图书质量问题，可联系调换。质量投诉电话：010－82069336

在喧嚣的世界里，
坚持以匠人心态认认真真打磨每一本书，
坚持为读者提供
有用、有趣、有品位、有价值的阅读。
愿我们在阅读中相知相遇，在阅读中成长蜕变！

好读，只为优质阅读。

林汉达中国历史故事集·东汉故事

策划出品：好读文化　　　　　　监　制：姚常伟

责任编辑：张世琼　祝含瑶　　　产品经理：程　斌

特邀编辑：云　爽　　　　　　　封面设计：仙　境